L'Esprit du Crépuscule

Tania Koster

Tania Koster est née à Quito, en Equateur, de père luxembourgeois et de mère française. Au cours de son enfance et adolescence, elle a vécu en Amérique Latine, Afrique, Asie du Sud-Est et Europe, dans des contextes pluriculturels qui ont influencé sa vision du monde, ses valeurs et ses choix de vie. Après ses études à l'Ecole Hôtelière de Lausanne en Suisse, ses pas l'ont menée à exercer sa profession à Monaco puis en Amérique Centrale, avant de s'établir au Mexique... bien qu'elle demeure nomade dans l'âme.
Les plumes, les cahiers encore vierges de traits, le papier qui attend un évènement créatif l'ont toujours fascinée. A travers l'écriture, elle concilie et exprime ses passions. La gastronomie, les voyages et la culture ont laissé des traces profondes dans les thèmes abordés dans ses romans.

www.taniakoster.net

Instagram : jardinsecretmexico

Facebook : Tania Koster

Du même auteur

La Rivière des Vents, 2022
La fille des sables, 2022
Le codex du fruit sacré, 2020
Cœur Créole, 2013

© 2025, Tania Koster
www.taniakoster.net
Dépôt légal Février 2025 Registre 03-2025-022509351200-01
Première édition : Mai 2025

Aucune partie de ce livre ne peut être reproduite, stockée dans un système de récupération, ou transmise sous quelque forme que ce soit ou par quelque moyen que ce soit, électronique, technique, photocopieuse, enregistrement ou autre, sans autorisation écrite expresse de l'éditeur.

*A l'adolescente rêveuse que je fus,
et qui aimait déjà que la vie s'écrive
avec des points de suspension…*

*« On peut aller jusqu'au bout de toutes les routes,
et jusqu'à la fin de ses jours,
mais nulle part on ne peut déposer ses souvenirs
et leur tourner le dos pour toujours. »
Gary Jennings*

Première Partie
Il me souvient d'un temps fort éloigné
16 juillet 1924   11

Deuxième Partie
Fragments d'un mirage
Mars 1922 à décembre 1923   47

Troisième Partie
Horizons lointains
Janvier 1924 à février 1925   191

Quatrième Partie
Anonyme dans l'histoire
Décembre 1918 à février 1920   251

Cinquième Partie
La déchirure
Juillet 1924 à février 1925   285

Sixième Partie
Matins de lumière
Avril 1925 à février 1926   323

Epilogue
Des étoiles et des vestiges
Mars 1950 à juin 1952   351

Première Partie
Il me souvient d'un temps fort éloigné

16 juillet 1924

« Est-il rien de plus vrai que la vérité ?
Oui : la légende.
C'est elle qui donne un sens immortel à l'éphémère vérité ».
Nikos Kazantzakis

Mercredi,16 juillet 1924

Mark,

La nuit profonde engourdit tout d'un silence feutré. Les étoiles se sont allumées une à une, parsemant le ciel d'une myriade de mondes… Et dire que ce même firmament, cette même lune, scintillent aussi *là-bas*, chez moi !

Ce soir je ne dormirai pas. J'ai mal au cœur, mal de vivre. Trop de souvenirs ressurgissent des abîmes de ma mémoire, confrontés à la quiétude de cette pièce, me bouleversant à nouveau. Serait-ce à cause du regret d'une vie que je n'ai pas su aimer quand il en était temps ?

A présent il est trop tard. Le mal est déjà fait.

J'ignore ce qui me pousse à t'écrire ces lignes. Qui sait ? J'aurais sans doute mieux fait de partir dans l'anonymat du crépuscule sans laisser de traces. Mais je ne peux pas. Tu dois connaître l'histoire qui alourdit ma conscience. Comment ai-je pu me dérober à toi, le seul à qui j'ai juré fidélité devant Dieu et les hommes ?

La cendre encore tiède des miens m'a imposé le secret. Ou peut-être était-ce la pudeur et les larmes d'un passé que j'ai tenté d'oublier en vain. Ce soir cependant, une ultime force intérieure me donne le courage de tout t'écrire, enfin.

Si je suis loin de toi à l'heure où tu me liras, si je suis partie, c'est parce que je crains ce que j'ai laissé derrière moi. Et je regrette profondément ce qui nous est arrivé. Tu as été généreux envers moi, sans que je comprenne pourquoi. J'aimerais croire que c'est parce que d'une certaine façon, tu tiens à moi. Peut-être qu'avant l'irréparable, l'amour était le seul miracle à pouvoir me sauver.

Lorsque tu m'as choisie, je n'étais pour toi qu'une orpheline sans famille ni honneur. Tu m'as prise sous ta protection et tu m'as donné ton nom, mais tu n'aurais jamais pu soupçonner que le mien avait prospéré à l'ombre du plus grand empire de l'histoire.

Je suis née à Saint-Pétersbourg le 1er novembre 1901 et ma première vie s'est achevée avec celle des Romanov le 16 juillet 1918 dans un obscur lieu de l'Oural. Combien de fois ai-je désiré disparaître dans l'oubli auprès d'eux ! J'ai souhaité la mort comme une renaissance.

Je ne crois plus au bonheur de ce monde, ni à l'illusoire promesse de l'autre. Depuis six ans, j'endure la cruelle confrontation entre une confidentielle tragédie et l'indifférence des hommes qui continue malgré les blessures infligées. Mon espoir de rédemption se tarit d'aube en aube, succombant à une lente agonie.

La nuit sera longue, Mark. J'ai besoin de retrouver les vestiges d'hier pour comprendre ce qui est arrivé, pour me libérer ou sombrer à jamais. Je veux me raccrocher aux images de mon père, de la cour impériale, des Romanov. De la Russie, mon pays bien-aimé. J'ai envie de justifier la décadence de ma lignée, revisiter l'Histoire et la Révolution une dernière fois.

Viens avec moi, tourne ces pages. Va jusqu'au bout de ma confession. Tu as le droit de savoir. Revis la première partie de ma vie, et puis, si tu le peux, pardonne-moi. Lorsque tu auras compris mes silences et omissions, brûle ces pages, oublie-moi. Puisse leur témoignage conjurer mon absence et s'effacer dans la nuit des temps. Car, à l'instar de ceux qui sont entrés dans la légende au prix d'un ultime sacrifice, moi, Vélénia Andréïevna Kemsky, je veux demeurer à jamais une énigme.

Ma famille paternelle était originaire de Lituanie, à l'égal des Romanov, que mes ancêtres servirent dans un dévouement total pendant plus de deux siècles, jusqu'à la déchéance du dernier des tsars, Nicolas II.

D'aussi loin que remonte la mémoire des Kemsky, la lignée des Romanov a toujours privilégié et protégé les nôtres. Deux siècles séparent l'anoblissement accordé par Pierre le Grand à Anatoli Nicolaïevitch Kemsky, de mon père, Andreï Sergueïevitch Kemsky. Deux cents ans qui ont engendré plusieurs générations sur l'insolente Saint-Pétersbourg, à l'extrémité du monde. Terre de gloire et de cruauté, de totalitarisme et de sang, Saint-Pétersbourg fut l'orgueil des Romanov et la malédiction des Kemsky, les entraînant dans la chute des maîtres absolus du plus grand royaume de la terre.

Les premiers seront les derniers ; les grands seront rabaissés.

Ainsi s'écrit la chronique des hommes.

Mon père n'aimait guère le protocole ni les intrigues de la cour impériale auxquels le destinait son titre de comte. C'était un homme au tempérament impétueux, idéaliste et fougueux, qui restait volontiers solitaire pour mieux réinventer la réalité à sa guise. De ma mère, je ne garde que le curieux prénom de son invention dont elle m'a baptisée, *Vélénia,* ainsi que les impressions floues d'un tendre dernier adieu qu'elle me fit lorsque j'avais cinq ans. Sophie de Castellan partait passer la belle saison dans sa France natale auprès des siens. Un fatal accident de fiacre me l'arracha doublement, car à la demande de sa famille et malgré la farouche opposition de mon père, elle fut inhumée là-bas, dans un lieu qui demeura longtemps un mystère pour moi. Les portraits d'elle qui subsistaient au Palais Kemsky témoignaient de sa remarquable beauté, et les rares conversations que je surprenais chez les adultes lorsqu'ils baissaient la garde, faisaient d'elle un de ces êtres éthérés qui traversent la vie, la peuplant de lumière et de rires.

J'ai longtemps tenté d'être à la hauteur et la perfection de cette image inaccessible…

Dès les débuts de son veuvage, le comte Kemsky commença à s'absenter régulièrement, à voyager. Alors qu'il partait à la découverte des terres les plus éloignées de la Sainte Russie pour oublier et peut-être mourir lentement loin de nous tous, il me confiait à ma gouvernante anglaise et à toute une légion de serviteurs qui auraient dû suffire à compenser son absence.

Je devins la petite princesse du vaste palais Kemsky sur les rives de la Neva, à l'est du Champ-de-Mars et du Jardin d'été. De style néoclassique, ses murs extérieurs étaient ornés de pilastres, chapiteaux et festons de marbre rose de Carélie qui contrastaient en douceur avec ses quatre façades symétriques couleur bleu ciel. Son intérieur était somptueusement décoré de stucs aux scènes venues d'une Antiquité que je rêvais de sonder. Je pouvais tout aussi bien passer des heures, immobile et sage face à ces chefs-d'œuvre, à déchiffrer les secrets de la mythologie, qu'à patiner énergiquement dans mes bas de soie sur les sols miroitants du palais en granite de Finlande et marbre bleu de l'Oural, échappant à tout un attroupement de valets essoufflés essayant de me rattraper pour modérer mes élans de jeunesse. Livrée à moi-même, je fis du palais mon territoire, un monde à ma mesure. Le Siècle des Lumières avait inspiré Mikhail Sergueïevitch Kozlovski pour créer la pléthore de statues qui hantaient le palais ; j'en fis mes complices muettes, me cachant dans leurs replis pétrifiés lorsque je voulais échapper à la surveillance de quelque adulte. Plusieurs artistes baroques, dont l'illustre italien Stefano Torelli, puis des maîtres d'art russes et français, avaient peint les portraits de toutes les générations de Kemsky jusqu'à mes parents. Il ne manquait plus que le mien pour compléter l'imposant arbre généalogique. Mon père avait promis de m'emmener à Paris et commander la toile à François Flameng le jour où je serais une jeune fille capable de se tenir convenablement et de poser de longues heures durant. En attendant de grandir, je trouvais mes aïeux bien ennuyeux, figés dans leurs portraits tous plus raffinés les uns que les autres. Ils jalonnaient la galerie centrale du palais, aussi raides que dignes, sans exception. Je me sentais jugée par leur expression sévère, depuis l'éternité dans laquelle ils restaient coincés. Sans doute étaient-ils horrifiés par mes débordements d'enfant.

Ma gouvernante Lily veillait au rituel scrupuleux de chaque jour avec une bienveillance douce et résignée. Levée à sept heures du matin en toute saison, je récitais ma prière en compagnie d'elle dans la chapelle du palais Kemsky dédiée à Saint Michel. Je prenais ensuite mon bain et déjeunais. Thé au lait, petits pains, le menu était invariable. Aussitôt après, Monsieur Guillaume venait me dispenser les cours particuliers qui entamaient une bonne partie de ma journée. Mon précepteur chauve et cacochyme avait dans une époque assez éloignée veillé sur l'éducation de ma mère en France, puis avait accédé à s'expatrier pour éduquer toute la descendance que Sophie de Castellan ne manquerait pas de donner à son séduisant comte russe. Hélas, pour une raison qui m'échappait, j'étais la seule et unique héritière de l'illustre et noble maison Kemsky.

Lorsque Monsieur Guillaume ne piquait pas du nez sur ses livres, parchemins et grimoires, j'étudiais le français, les mathématiques, mais n'aimais guère la rigidité des cours. Je bayais aux corneilles, au grand désespoir de mon précepteur. Il déployait une opulente mappemonde pour les leçons de géographie, et alors je rêvais de voyager vers des pays exotiques par-delà les frontières du seul empire que je connaissais, sur les pas de mon père. Je parcourais mentalement cette France inconnue qui avait vu naître ma mère, ou l'Océanie à l'âme sauvage et les Amériques des aventuriers... Je me rachetais aux yeux de Monsieur Guillaume, en m'appliquant en géographie et en dévorant les livres d'histoire qu'il me prêtait. A travers eux, j'avais l'impression de comprendre et reconstruire le temps des hommes en revivant ses batailles, ses passions et ses méandres...

En fin de matinée, mon précepteur se retirait de sa démarche engourdie avec force soupirs, et je montais à l'étage déjeuner seule dans mes appartements qui donnaient sur la torrentueuse Neva. J'avais à peine le temps de savourer mon dessert, lorsque la dynamique et autoritaire Mademoiselle Svetlana Anatolievna arrivait à 13 heures précises. La jeune russe se donnait beaucoup de peine pour m'inculquer une éducation musicale, malgré mon manifeste manque d'enthousiasme pour le solfège. Elle saisit très rapidement qu'elle ne tirerait jamais rien de ma voix, et se centrait exclusivement sur les leçons de piano, me faisant travailler jusqu'à la perfection toutes mes partitions.

Lily réapparaissait en fin de journée, avec sa bonne humeur et sa bonté. En dépit des convenances, je me lançais dans ses bras pour quémander un peu de tendresse, compenser les péremptoires exigences de tous les autres adultes de la maison. Lily était mon refuge, mon havre, la seule capable de panser mes menus chagrins d'enfant esseulée, d'encourager mes talents et modérer mes élans.

Mon père me manquait cruellement, d'autant plus que je ne comprenais pas quel mal l'éloignait de moi. Avais-je fait quelque chose d'irréparable pour le peiner ? Je tentai à un moment de devenir « sage comme une image » pour compenser ma faute, mais ma nature bouillonnante reprenait vite le dessus. J'ignorais alors que ma seule faute était d'être le vif portrait de ma mère ; ma vue rappelait à Andreï Kemsky l'amour absolu perdu à tout jamais. J'avais pourtant des preuves de son affection dans les lettres qu'il m'écrivait régulièrement depuis des *ailleurs* extraordinaires. Il me les décrivait en les enjolivant sans doute, ou en y rajoutant un brin de fantaisie. En tous les cas, mon père ne manquait jamais de me combler des cadeaux les plus extraordinaires entre deux absences, mais ce que j'appréciais le plus, c'était ses récits d'endroits que je ne connaîtrais probablement jamais.

Le financement des constantes expéditions du comte commençait à entamer la fortune des Kemsky amassée par plusieurs générations. Ce fut imperceptible au début, et le train de vie du palais ne sembla pas en être affecté. Certes, je remarquais que des œuvres d'art, des statues ou le portrait de quelque ancêtre disparaissaient au fil des mois. Je mettais ce lent dépeuplement des galeries sur le compte d'un réagencement du palais, sans me douter que les pièces partaient rejoindre définitivement quelque musée ou collection privée hors de Russie. Je ne m'en inquiétai pas vraiment...

... jusqu'au jour où mon père se défit de l'Esprit du Crépuscule, le seul joyau qui eût vraiment de l'importance à mes yeux, non pas pour son inestimable valeur, mais pour ce qu'il symbolisait : la rencontre entre mes parents.

Mon père me rapporta un jour, que dans sa jeunesse, fringant héritier d'une prestigieuse et noble lignée, il voguait la vie, blasé par les plaisirs faciles que lui offrait son titre, et par l'éphémère ivresse des fêtes dont les lendemains lui laissaient un arrière-goût d'insatisfaction qu'il ne s'avouait jamais. Il était assez proche du grand-duc Alexis Alexandrovitch. Extrêmement francophile, l'éminent membre de la famille impériale Russe passait le plus clair de son temps en France dont il appréciait les plaisirs et la bonne chère. Souvent, pour tromper son ennui, Andreï se joignait à la tournée des grands-ducs, de Paris à Biarritz, au grand dam de ma grand-mère qui désespérait de voir son fils unique s'assagir et prendre femme pour donner un héritier à la lignée comtale. L'enfant terrible était la faiblesse d'Irina Ivanovna Kemsky. A la mort prématurée de son mari, elle avait souhaité qu'Andreï reprenne la tête de la maison malgré son très jeune âge, mais il lui faudrait bien des années avant de devenir un homme et assumer ses responsabilités. La comtesse douairière décida de mettre un terme à la vie oisive de son fils lorsqu'il eut trente ans et ne montrait toujours qu'un intérêt distant et poli pour les jeunes filles de bonne famille qui lui étaient présentées. Par le biais d'une amie d'enfance établie à Paris, Irina Ivanovna trouva une jeune fille de la haute bourgeoisie française qui lui convint fort bien comme belle-fille. Ainsi, les de Castellan, ancienne famille établie à Biarritz depuis la Révolution Française, accordèrent par procuration la main de leur fille aînée, Amélie. A vingt ans, elle était le plus beau parti dont put rêver Andreï, grâce à une éducation raffinée et une impeccable connaissance des *manières dans la société.* Le célibataire endurci céda, pensant que le mariage était plus une affaire de bienséance que de cœur. Rien ne l'empêchait de s'adonner – de manière plus discrète certes – aux femmes dont les bras le séduiraient réellement.

L'avant-dernière année du siècle touchait à sa fin lorsque les fiançailles furent fixées à Biarritz et que les deux fiancés se rencontrèrent pour la première fois. Andreï Kemsky et sa mère descendirent à l'hôtel du Palais jadis édifié par Napoléon III sur le Golfe de Gascogne pour que son épouse Eugénie de Montijo puisse se rapprocher de l'Espagne.

Les futurs fiancés furent présentés l'un à l'autre lors du bal du réveillon de la Saint-Sylvestre dans la salle des fêtes de l'hôtel. Jolie brune au teint diaphane et aux traits parfaitement dessinés, Amélie était certes ravissante, rompue au protocole et aux manières du beau monde. Cependant, Andreï la trouva quelque peu rigide et hautaine. Ce fut une tout autre jeune fille qui le captiva : la pétillante et vive Sophie de Castellan, sœur cadette de la fiancée. A seize ans, encore mi-femme, mi-enfant, sa blondeur émanait une irrésistible et solaire fraîcheur. Sa curiosité était à la fois insatiable et spontanée, son envie de connaître et comprendre tout lui conféraient une désarmante franchise. Alors qu'Amélie accéda à danser une dernière fois avec tous les gentilshommes qui figuraient sur son carnet de bal avant que sa main ne fût officiellement accordée dès le lendemain, Andreï Kemsky tombait sous le juvénile charme de Sophie. En l'espace d'une soirée, le coup de foudre fut réciproque et total.

Mise dans la confidence, Irina Ivanovna dut faire appel à ses dons de persuasion et de diplomatie pour expliquer à la famille de Castellan que la fiancée ne serait plus celle qui avait été pressentie au départ. Pour sa part, du moment que son fils était marié – et profondément amoureux, ce qu'elle n'aurait jamais espéré –, peu importait que sa bru fût Sophie ou Amélie. L'humiliation et déception de cette dernière fut profonde, d'autant plus que ses parents cédèrent lorsque le comte amoureux décréta qu'il épouserait Sophie et aucune autre femme. Un argument de poids termina de les convaincre : un bijou exceptionnel qui scellait le serment d'amour entre Sophie de Castellan et le comte russe.

Il s'agissait d'un rare diamant rose de quatorze carats qui provenait d'une mine de l'Inde méridionale. Un aïeul des Kemsky en avait hérité au début du 19ième siècle en gagnant une partie de cartes contre un Maharadjah de l'Andhra Pradesh. Celui-ci assurait que quiconque possèderait cette pierre serait heureux en amour. Pas vraiment impressionné par la romanesque réputation de ce qu'il considérait comme un vulgaire caillou, le russe le fit tailler pour lui donner de l'éclat et de la valeur. Mais la pierre précieuse fut aussitôt oubliée et dormit pendant plusieurs générations dans le coffre-fort du Palais Kemsky.

Lorsqu'il s'était résigné à accepter de guerre lasse le mariage conclu par sa mère avec Amélie de Castellan, Andreï Kemsky avait décidé de faire monter par la Maison Cartier de Paris le diamant en un somptueux ras-de-cou agrémenté de plusieurs dizaines d'autres petits diamants blancs. Il savait qu'après tout, les femmes bien nées raffolaient de beaux bijoux. Peut-être que celle qui lui était destinée et qu'il ne connaissait pas encore serait éblouie et lui pardonnerait ainsi tous ses écarts à venir…

Mais lorsque ce fut Sophie de Castellan qui reçut à la place de sa sœur la somptueuse parure de fiançailles, le diamant revêtit un tout autre symbolisme pour le comte Kemsky. En effet, la jeune fille remarqua spontanément que la délicate teinte du diamant rose ressemblait à l'évanescence du jour. Il n'en fallut pas plus pour que mon père trouve enfin sa veine romantique et baptise la gemme « L'Esprit du Crépuscule ».

En marge de sa très grande valeur commerciale, l'Esprit du Crépuscule n'a jamais revêtu pour moi qu'une valeur profondément sentimentale, Mark. Il symbolisait l'amour que se portaient mes parents et qui illuminait le visage de mon père à la seule mention de ma mère. Pourtant, le bonheur des souvenirs s'atténuait dans les décombres de sa solitude croissante. Lorsqu'il se sépara du diamant, non seulement je compris qu'il avait renoncé à une vie sans sa bien-aimée Sophie, mais je perdis une seconde fois ma mère.

Je devais avoir huit ou neuf ans lorsque cela arriva. Lily étant une magicienne des déguisements, je l'avais suppliée de me composer un costume de corsaire car je voulais conquérir les terres lointaines que m'enseignait Monsieur Guillaume et les fabuleuses légendes que je leur attribuais entre les murs du palais de mon père. Afin de me rendre plus crédible, elle m'avait confectionné un tricorne dans lequel elle cacha ma longue chevelure de fillette, ainsi qu'un masque sombre qui me rendait aussi redoutable qu'un garçon. Ainsi affublée, je partis à l'assaut de trésors cachés lorsque j'entendis mon père en grande conversation dans la galerie des portraits. Je descendis discrètement par l'aile gauche de l'escalier circulaire d'apparat qui y menait depuis l'étage des appartements. Je guettai, entre chaque rampe d'appui qui soutenait la main courante, les deux étrangers qui étaient avec lui, cherchant à deviner qui ils étaient. Le premier devait avoir quelques années de plus que mon père, et avait engagé une conversation animée dans un anglais avec un accent plutôt chargé que je n'avais jamais entendu auparavant. A travers les bribes de conversations qui me parvenaient, je compris qu'ils venaient tous deux des Etats-Unis d'Amérique et qu'ils avaient conclu un marché avec mon père pour racheter une pièce qu'ils considéraient inestimable.

Aux côtés de l'étranger qui parlait, se trouvait un jeune homme. C'était probablement son fils vu leur vague ressemblance. Grand et athlétique, il possédait un visage que j'eus la faiblesse de trouver aussi parfait que celui des princes dans les contes de fées, ainsi qu'un sourire qui dénotait une certaine bienveillance. Il écoutait d'une oreille distraite la conversation, hochant de temps à autres la tête. En réalité, il ne pouvait détacher son attention du portrait de ma mère, celui pour lequel elle avait posé avec l'Esprit du Crépuscule, sans aucun doute subjugué par Sophie de Castellan comme tous l'avaient été de son vivant. Je crois que j'aurais pu rester ainsi, des heures durant, dans la muette contemplation de ce

jeune homme, si je n'avais eu la malencontreuse idée d'éternuer. Il m'aperçut aussitôt entre les colonnades de l'escalier, et je sus immédiatement qu'il y aurait un avant et un après cet instant-là. Je fus transpercée par mon premier émoi ; mon cœur se mit à battre si férocement que je le sentis dans mes tempes et rougis de la tête aux pieds. Je ne pouvais détacher mon regard de cet adolescent étranger qui m'observait en retour avec une expression amusée. Je me suis perdue en lui, irrémédiablement. J'étais possédée par un sentiment tellement lumineux et intense, qu'il tutoyait presque l'éternité. Dans ma gamine innocence, j'eus l'intuition que nul garçon, nul homme dans ma vie ne serait jamais à la hauteur de cette rencontre inattendue et fortuite, qu'il y aurait toujours un cruel manque en moi.
- C'est toi Len ? demanda mon père levant son visage vers moi. Que fais-tu là ? Va donc rejoindre Lily.

Intimidée et pétrifiée, je ne sus que répondre, mais me gardai d'obéir. Je remarquai alors, entre les mains de l'américain plus âgé, un écrin ouvert qu'il venait de prendre des mains de mon père. *L'écrin de l'Esprit du Crépuscule*. Je saisis instantanément la situation et fus gagnée par une bouffée de panique qui me poussa à réagir. Je dévalai frénétiquement les marches qui me séparaient des trois hommes.
- Non, père ! m'écriai-je en russe. Pas le collier de maman ! Je vous en supplie, tout mais pas l'Esprit du Crépuscule ! Il est pour moi ! Vous me l'aviez promis !

Dans mon désarroi, j'avais complètement laissé de côté la dévastatrice émotion ressentie quelques minutes auparavant et m'accrochai désespérément à la ceinture de mon père pour l'empêcher de livrer le précieux joyau. Il appela à l'aide quelque domestique qui voulût bien le délivrer de l'hystérie brusque de sa fille. Ce fut Lily qui accourut et m'arracha avec toutes les peines du monde à mon père. Elle me prit dans ses bras avec fermeté alors que je me débattais comme un diablotin, et m'emporta précipitamment à l'étage. Entre les larmes de désespoir qui voilaient ma vision, je pus à peine discerner l'expression du jeune homme. Il était passé d'une indifférence amusée à une tristesse profonde qui me toucha une dernière fois.

Après ce regrettable incident dont en apparence je me remis, mon affable gouvernante s'évertua à patiemment convertir l'indomptable sauvageonne que j'étais en une jeune fille de bonne famille, aux manières délicates. La tâche se révéla ardue vu mon vif tempérament. Lorsque j'eus douze ans, mon père convint qu'il était temps pour moi de fréquenter la cour pour polir mon éducation en vue d'une *alliance avantageuse*, un terme dont je ne connaissais alors pas les implications.

Non loin de la demeure des Kemsky, se trouvait le Palais d'Hiver, résidence officielle de la famille impériale. Les premières années de son mariage, ma mère avait été tolérée dans le cercle restreint de la cour uniquement parce qu'elle portait le nom et le titre de mon père. L'aristocratie de Saint-Pétersbourg ne lui pardonna jamais d'être l'étrangère qui avait usurpé le cœur du comte Kemsky alors qu'il aurait dû épouser l'une des leurs. La tsarine mit un terme à tant d'animosité, en la nommant dame de compagnie. En effet, Alexandra Feodorovna Romanova s'était prise d'une affection spontanée pour la jeune française offerte en pâture à une cour impitoyable, maladivement envieuse et friande d'intrigues. D'une certaine façon, l'impératrice étrangère se reconnaissait en Sophie de Castellan. Par conséquent, je devins à mon tour l'objet de son affection sans aucun mérite propre et par simple « filiation ».

Au fil de mon adolescence et des fréquentes absences de mon père, la famille impériale accepta ma présence dans leur entourage, et à certaines occasions dans leur cercle intime qu'ils préservaient jalousement. J'avais initialement farouchement résisté à cette exceptionnelle faveur, redoutant la fin de *mon monde* tel que je le connaissais au Palais Kemsky. Mais profitant de l'âge de raison qui opérait en moi, Lily avait réussi à me raisonner en me faisant voir que j'avais quitté le carcan de l'enfance et ses caprices. De plus,

Anastasia Nicolaïevna Romanova réussit le pari impossible de m'apprivoiser...

Mon aînée de quelques mois, le plus jeune des grandes-duchesses était pleine de charme, espiègle ; il était impossible de s'ennuyer avec elle. Diablesse séduisante, elle était particulièrement chérie par le tsar et arrivait toujours à se faire pardonner ses excès. Je trouvai en elle un écho de moi-même. Son cadet, Alexis Nicolaïevitch avait, quant à lui, à peine deux ans de moins que moi. Il possédait une volonté tenace et une joie de vivre communicative. Je me souviens qu'il ramassait sans cesse de vieux débris qu'il collectionnait comme des trésors : ficelles, papiers, clous... Ces insignifiantes choses devenaient de merveilleux jouets, des instruments précieux qui canalisaient nos imaginations débordantes.

Les grandes-duchesses et le grand-duc tsésarévitch devinrent dans mon univers d'enfant esseulée la fratrie que je n'avais jamais eue, en particulier les benjamins. Il m'est pénible de me souvenir de leurs minois candides, de leur sourire malicieux qui, ce soir encore, éclaire le fond de mon cœur. Ils sont les vestiges troubles et les images éparses d'un bonheur innocent qui bafouait pourtant d'autres vies. Tout était si facile alors, car je n'avais aucune conscience de la marche et des tourments de l'histoire hors du cercle privilégié dans lequel j'évoluais. Chaque page de nos destinées était en train d'être réécrite sans nous...

Est-ce que je retournerais à mon insouciante enfance si je pouvais remonter le cours des ans ? Je ne le sais plus. Les gens qui vous ont entouré donnent un sens et du charme à une époque... et sans leur présence, plus rien n'est pareil.

Nicolas II et Alexandra Romanov passaient peu de temps à Saint-Pétersbourg dont l'agitation les lassait. Chaque bal, chaque cérémonie officielle les mettait mal à l'aise, alors que moi, fille solitaire d'un comte absent, j'en adorais la magnificence. Ils préféraient la quiétude de leur résidence d'été Tsarskoïé Selo, à l'écart de la cour, de ses bruissements et rumeurs. Il m'arrivait d'y accompagner les enfants impériaux pour des séjours de quelques semaines, en attendant les éternels retours de mon père…

Il y avait, au « village des tsars », deux palais. L'Ancien Palais Catherine, dont la façade bleue me rappelait la demeure de mon père, abritait les fastes des incontournables grands dîners et réceptions. Parfois, Anastasia et moi hantions ses couloirs déserts, nous imaginant princesses d'un autre conte, attendant dans la Salle des Arabesques que nos chevaliers invisibles viennent nous faire valser lors d'un bal que nous étions seules à voir. Le mien possédait les traits du jeune homme que j'avais surpris admirant le portrait de ma mère, lorsque l'Esprit du Crépuscule avait été vendu… Le Palais d'Alexandre, était quant à lui devenu la résidence principale des Romanov après la révolution de 1905, le refuge où ils menaient une vie régulière et sobre, protégeant leur intimité et le drame secret de leur seul héritier mâle car dévoiler l'hémophilie d'Alexis représentait une menace pour la pérennité de la monarchie. Ainsi, la monotonie était un luxe qu'ils savouraient discrètement et que je partageais parfois.

La souvenance de Tsarskoïé Selo est celle du bonheur de vivre, des après-midis de liberté à aimer la vie, tout simplement, auprès d'Anastasia. A ce jour, je respire toujours le parfum des roses fleurissant à profusion dans la perfection d'un jardin au tracé versaillais, je me rappelle les secrets bains parmi les écureuils au clair de la lune. Et aussi les scénettes que nous jouions dans un pavillon enchanté au fond d'un jardin oublié, nous projetant dans d'autres vies que les nôtres.

Je grandissais entre Saint-Pétersbourg et Tsarskoïé Selo, dans les tourbillons des fêtes, inconsciente des bruits de guerre qui éclataient ailleurs… Je revois une salle de bal où les murs peints de roses rivalisaient avec celles, naturelles, des buissons. Je m'enivrais de toutes ces vanités, de ceux qui contemplaient la beauté bourgeonnante de ma jeunesse, de ceux qui enviaient mon rapprochement avec les plus grands d'entre eux. Il y eut des moments d'exception, tels ces clandestines escapades au petit matin pour surprendre le soleil se lever sur le paisible Golfe de Finlande.

Je ne connaissais que les privilèges qui éclipsaient la démesure des souffrances et des privations du peuple Russe exacerbées par une guerre mondiale qui s'éternisait. Comment aurais-je pu soupçonner ce qui se tramait derrière les remparts orgueilleux de nos palais ? Si Anastasia Nicolaïevna visitait les soldats blessés dans un hôpital privé de Tsarskoïé Selo, jamais je ne l'accompagnai, mon père ayant interdit que je sois exposée à la misère qu'engendraient les combats. Elle me rapportait comment elle jouait avec les soldats pour les encourager. La Grande Guerre rageait en Europe, et je pensais naïvement que la Sainte Russie demeurerait en marge de ce conflit mondial trop lointain de Saint-Pétersbourg. Pourtant, j'aurais dû comprendre, lorsque ma ville natale fut rebaptisée Petrograd en 1914 pour se démarquer de ses consonnances trop germanophones, que l'ennemi et le danger étaient bien réels.

Le seul souci de la cour que je fréquentais, était de se voiler la face et d'ignorer une misère qui avait fatalement existé de toute éternité et ne pourrait jamais entamer notre monde. Les extravagances de la cour m'étaient familières, ses scandales m'intriguaient, en particulier ceux qui entouraient l'énigmatique et ténébreux Grégory Raspoutine qui ne quittait jamais la tsarine ni son fils, et que j'avais croisé en de très rares occasions…

Tout cela n'est aujourd'hui qu'images d'une époque révolue. Le temps de l'insouciance se dissipait sournoisement. Le tumulte et la fougue de l'aristocratie se ternissait alors que je grandissais. Ce n'est que plus tard, trop tard, que je découvris l'autre visage de la Russie avec sa famine, ses injustices et sa rébellion. Je ne me suis jamais identifiée à cette Russie-là, n'ai su ni l'aimer ni l'accepter. Le peuple a eu sa revanche et nous en avons payé lourdement le prix.

Lorsque se profilèrent les premiers jalons de la Révolution, les boutons d'or, les coquelicots, les bleuets et la douceur du printemps Russe venaient de se faner.

Le comte Andreï Sergueïevitch Kemsky réapparut à la cour, encensé, perdu dans la réminiscence d'autres terres, jurant avoir découvert l'autre extrémité du globe, foulé des sols vierges. Il me prit à témoin de ses périples, sans *me voir*, telle que je devenais. Plutôt que de décider de mon sort à l'aune d'un empire qui s'écroulait, il décrivit ses périples avec exaltation. Il avait traversé des déserts et des montagnes, oublié de donner de ses nouvelles à son unique fille. Mais il était enchanté, peut-être enfin délivré d'un cœur brisé.

- J'ai croisé des caravanes sur la route d'Afghanistan. Certains de ses peuples et gens n'ont jamais entendu parler du tsar, Len ! J'ai suivi ma route vers l'Arabie et la Méditerranée, pour regagner l'Egypte.

L'Egypte était source du monde, selon ses propres paroles. Il devenait intarissable dès qu'il évoquait ses monuments, ses sables, son soleil ardent. Et il évoquait d'une manière étrange la *dérive vers les étoiles*... Mon père avait la ferme intention de retourner à la terre des pharaons et du Nil, ne supportant plus les hivers interminables de Saint-Pétersbourg, et surtout le passé camouflé dans chaque recoin du palais des Kemsky qui réveillait le fantôme de ma mère, Sophie.

Le comte Kemsky partit au printemps 1916 avec la vague promesse de m'emmener lors de son prochain voyage. Il ne revint jamais. Une mauvaise fièvre eut raison de lui en Cappadoce. Je ne l'appris qu'à la fin de l'été, mais sa disparition n'avait aucun sens pour moi. Dans mon esprit, il était en voyage quelque part hors de cette vie, et réapparaîtrait un jour, à l'improviste. Ma peine fut atténuée par cette absurde consolation.

Nous vivions à la cour, sans le savoir, l'ultime automne de la Sainte Russie. La neige fondue et la boue contrastaient injurieusement avec la pure beauté blanc-et-or des palais, et le ciel gris pleurait déjà. Le vent âpre soulevait des brassées de feuilles ocres et rougeoyantes.

Puis vint l'hiver, et les premiers jours de l'année funeste, avec des tornades glaciales dans un horizon de cendre, mauvais présage avant les évènements, l'abdication et la mort des miens.

Et moi, je suis encore vivante.

31 janvier 1917. J'avais quinze ans et je portais le deuil de mon père.

A Petrograd, ce soir-là, la vieille Russie brillait d'un éclat terni par l'agitation populaire. Les Romanov avaient convié l'aristocratie à une réception somptueuse. C'était là un ultime effort pour garder les apparences et conjurer la déchéance, car tout s'effritait insidieusement.

Le starets Raspoutine avait été assassiné un mois plus tôt et je ressentis un obscur soulagement de ne plus devoir le croiser dans l'entourage d'Alexandra Fédorovna. Avec lui, pensai-je candidement, disparaissait la lugubre prédiction qu'il lui avait faite : « Je mourrai dans des souffrances atroces. Après ma mort, mon corps n'aura point de repos. Puis tu perdras ta couronne. Toi et ton fils vous serez massacrés ainsi que toute la famille. Après, le déluge terrible passera sur la Russie. Et elle tombera entre les mains du Diable. »

La Grande Guerre s'éternisait en Europe, mais je chassais cette sinistre pensée de mon esprit. Je savais que les défaites successives et les lourdes pertes de la Russie dans le conflit avaient fragilisé le pays, mais j'ignorais que la fin germait. J'entendais les hommes autour de moi converser ; c'était à eux de résoudre le conflit. Je me sentais à l'abri de tout cela, protégée.

Ce soir-là, on revit dans les rues les équipages opulents de la cour impériale. Une foule nombreuse et bruyante acclamait le cortège. J'eus pourtant pour la première fois le pressentiment que ces cris sonnaient faux. Dans la voiture des grandes-duchesses que j'accompagnais, les dames d'honneur étaient frappées de mutisme, conscientes que tout cela n'était que parade et mensonges d'un peuple qui les trahirait.

Au théâtre, le parterre était rempli d'officiers élégants. Ils admiraient ouvertement dans leurs loges les coquettes et jolies femmes de la noblesse. De jeunes diplomates allaient et venaient, se faisaient remarquer avec leurs impeccables smokings noirs et leurs cravates blanches, arborant leur arrogance avec panache.

Tout ce beau monde m'intimida pour la première fois. Je vivais un rêve éveillé. Les grandes-duchesses avaient oublié la foule de dehors. Elles souriaient gracieusement, atteintes indubitablement par la folie de ce grand soir. Nicolas II et Alexandra Feodorovna se tenaient raides et dignes, saluant affablement l'aristocratie qui les acclamait. Rien ne pouvait les atteindre.

Pourtant, tout était étrangement absurde et déplacé. Comme si nous vivions une mise en scène où des marionnettes dociles riaient dans le vide.

A mes côtés, le prince Pavel Mikhaïlovitch auquel j'étais fiancée, se penchait vers moi, conversant plaisamment. C'était un homme de grande taille, mince et bien proportionné, au visage sévère, mais extrêmement beau et fin. Son intelligence et sa fortune en faisaient une alliance avantageuse, et mon père s'était empressé de lui accorder ma main peu avant de disparaître... une aubaine pour l'orpheline que j'étais désormais. Il était naturellement devenu mon tuteur à la mort de mon père et le resterait jusqu'à notre mariage. Malgré ses qualités, je ne pouvais me faire à l'idée que quelques mois plus tard je deviendrais la femme d'un homme de dix-sept ans mon aîné et dont je n'étais pas amoureuse. Cependant, jamais je n'aurais été capable de remettre en cause l'engagement qui me liait à lui, respectant trop la dernière volonté de mon père.

A la fin d'un éblouissant spectacle, les danseuses étoiles Ivanovna, Kchesinskaïa et Karsavina se présentèrent ensemble, sous un tonnerre d'applaudissements. Cette ovation perpétuait vainement les splendeurs de l'aristocratie. Pavel Mikhaïlovitch revint auprès de moi après s'être absenté brièvement et s'excusa de son impolitesse. Il me raconta qu'il avait été retenu par un étranger dont j'oubliai vite le nom et qui l'avait complimenté sur moi. J'écoutai à peine ce qu'il m'en rapportait, et ignorai volontairement la fierté qu'il en retirait. Je maudissais secrètement d'être devenue la « fiancée de » après avoir été la « fille de ». Était-ce mon destin d'être continuellement la possession d'un homme ?

- Chère Vélénia Andréïevna, conclut le prince avec l'affabilité qui le caractérisait, comme je regrette que votre père ne soit plus des nôtres pour participer à cette ultime soirée !

Il me fixait de ce profond regard qui faisait soupirer plus d'une femme à la cour.

- Pourquoi cette fatalité ? lui rétorquai-je. Ne voyez-vous pas combien cette soirée est exceptionnelle, combien le tsar est aimé ? Tout s'arrangera, assurément...

Il eut l'élégance de ne pas souligner ma candeur. Comme pour appuyer mes paroles, l'orchestre se leva, se tourna vers la salle et entonna l'hymne impérial. Je fus émue aux larmes, me raccrochai au bras de mon fiancé. Il avait réussi à semer le doute en moi, à approfondir mon malaise.

- Pavel, voulez-vous m'emmener loin d'ici ? le suppliai-je. Je me sens lasse.

Nous écoulant entre l'aristocratie russe, Pavel Mikhaïlovitch et moi descendions les escaliers de marbre et d'ors, filant discrètement pour échapper à la dernière fête du régime impérial donnée chez la princesse Radziwill, écoutant au passage des bribes de conversations futiles. J'observais, silencieuse, ces visages maudits par le peuple et qui étaient déjà ceux d'une procession de fantômes.

A ma demande, le prince me ramena chez moi à pied malgré le froid, en longeant les rivages de la Neva sous un firmament sans astre. Jamais je ne m'étais sentie aussi proche de lui, malgré son silence et sa respectueuse retenue. Nous observions, côte à côte, les flots tumultueux du fleuve qui avaient plus d'une fois englouti des crimes, tu des vérités, achevé des intrigues. Cette fois, ils endigueraient difficilement la révolte qui sourdait. Je scrutais à la dérobée Pavel Mikhaïlovitch dont la présence et le soutien m'étaient précieux depuis la mort de mon père. Il savait doser nos rencontres pour maintenir une certaine distance entre nous. Pour la première fois, je me surpris à penser que peut-être un jour je ressentirais suffisamment d'inclination pour lui, lorsque j'aurais grandi. Pour l'instant, malgré les compliments que je recevais sur ma beauté et mon rang, je n'étais qu'une adolescente maladroite et intimidée projetée trop tôt dans un corps et un destin de femme du monde…

15 mars 1917. Le tsar abdiqua au milieu des ruines de l'Empire, sous la pression des bolcheviques. Il venait de perdre l'unique chose qui aurait pu le sauver : la confiance de ses proches conseillers, et surtout celle du peuple qui n'avait pas oublié le Dimanche Rouge de janvier 1905 où cent mille des leurs furent décimés… Le désaveu de Nicolas II résonnerait longtemps dans mon âme russe…

> *En ces jours décisifs pour la Russie, nous croyons devoir, pour obéir à notre conscience, faciliter à notre peuple une étroite union ainsi que l'organisation de toutes ses forces pour l'avènement rapide de la victoire. C'est pourquoi, en accord avec la Douma de l'Empire, nous estimons bien faire en abdiquant la couronne de l'Etat et en déposant le pouvoir suprême. Ne voulant pas nous séparer de notre fils bien-aimé, nous léguons notre héritage à notre frère le grand-duc Michel Alexandrovitch en lui donnant notre bénédiction au moment de son ascension au trône. Nous lui demandons de gouverner en pleine union avec les représentants du peuple… Nous faisons appel à tous les fils loyaux de la Patrie, leur demandant d'accomplir leur devoir sacré en obéissant au tsar en ce pénible moment d'épreuve nationale, et de l'aider, avec les représentants de la nation à guider l'Etat Russe dans la voie de la victoire, de la prospérité et de la gloire. Dieu aide la Russie !*

Mais Dieu oublia la Russie.
Le grand-duc Michel Alexandrovitch se désista aussitôt, refusant une couronne vouée à la damnation. Ainsi, la Sainte Russie cessa d'être le plus vaste empire de tous les temps.
Nicolas II resta à Mohilev jusqu'au 24 mars, date de son arrestation. Empereur déchu, lié à toutes les maisons royales d'Europe, il fut abandonné de ses pairs. Le silence des

monarques le condamna doublement. La dernière image que je garde de lui est celle d'un homme mélancolique, raide et impassible. Tragiquement digne. Il pressentait qu'il marchait inévitablement vers une sordide destinée.

Ne cherche pas en moi la vérité de l'histoire Russe, Mark. Je ne l'ai jamais saisie et n'ai fait que la traverser, emportant avec moi des bribes d'un tout qui me dépasse. Les faits et les dates froidement énoncés sont une injure car l'histoire est tissée de sang et de passions.

Voici des heures que ma vie s'écoule et prend forme sous ma plume qui écrit et ne s'arrête jamais. La fraîche quiétude de la nuit noie mes tourments dans un silence effrayant, parce qu'il me livre à moi-même. De l'autre côté du miroir devant moi, je ne retrouve plus le visage de celle qui fut la comtesse Vélénia Andréïevna Kemsky. S'est-elle perdue en disparaissant elle aussi ? Qui suis-je ? Pourquoi ai-je échappé à la fatalité ?

Je devine ton inquiétude à propos de Pavel, mais peux-tu lui reprocher d'avoir été mon seul soutien lorsque je devins l'orpheline de toute la lignée des Kemsky, et pis encore, lorsque je fus arrachée à Anastasia Nicolaïevna Romanova, celle que j'aimais comme une sœur ?

Tout arriva si vite. Trop vite.

Le peuple maintint captifs les Romanov à Tsarskoïé Selo dans le palais au passé resplendissant, désormais entaché par la chute de l'Empire. Pavel Mikhaïlovitch parlait de m'envoyer à Biarritz, auprès de mes grands-parents maternels en attendant notre mariage dont la date devait être bientôt fixée, mais il abandonna son projet lorsque je menaçai de mettre fin à mes jours plutôt que de demander asile à ceux qui avaient refusé que la dépouille de leur fille Sophie de Castellan fut rapatriée en Russie et rendue à mon père.

Sourde aux supplices de celui auquel j'étais promise, je restai résolument barricadée dans le palais déserté de mes aïeux, aux côtés de ma tendre et fidèle Lily. Tous les autres domestiques avaient disparu les uns après les autres en emportant ce qu'ils pouvaient. Puisqu'il était mon tuteur depuis la mort du comte Kemsky, je laissai à Pavel Mikhaïlovitch le soin de prendre toutes les décisions me concernant et de s'occuper du peu qui restait de la splendeur passée des miens dont je me désintéressais à vrai dire. Je n'avais pas été élevée pour décider de mon sort, mais pour suivre et me plier aux décisions d'un homme. Je savais que mon fiancé projetait de s'exiler en Angleterre où, depuis plus d'une année, en homme avisé et prévoyant, il avait fait envoyer sa fortune et une grande partie des œuvres d'art qu'il possédait. Désemparée et désœuvrée, je traversais les jours en entretenant une correspondance assidue et à sens unique, hélas, avec Anastasia par le truchement de Pavel Mikhaïlovitch qui refusait de quitter Petrograd sans moi. Dans mon aveugle entêtement, je ne réalisais pas l'ampleur de son dévouement.

En août 1917, les Romanov furent exilés en Sibérie, dans la maison du Gouverneur à Tobolsk, loin des vestiges de la cour et à l'abri de la colère du peuple.

Le palais Kemsky tombait en ruines et je n'avais qu'une obsession : écrire, écrire sans relâche à Anastasia pour lui manifester mon attachement inconditionnel et ma fidélité. Je ne reçus qu'une seule et unique terrible réponse en décembre, juste avant Noël. Mon amie avait recopié de sa gauche écriture le poème *Evelyn Hope* de Robert Browning que nous avions tant aimé et dont nous nous récitions en cachette les vers déchirants lorsque nous nous imaginions entourées de beaux soupirants. Le tragique poème auquel nous mesurions nos rêves romanesques pleurait un amour perdu.

Ma Véléniouchka,
Quand Evelyn Hope mourut, elle n'avait que seize ans. Un homme l'aimait sans l'avoir jamais vraiment côtoyée et pourtant il savait et comprenait qui elle était. Il n'a jamais pu lui dire qu'il l'aimait. Et maintenant elle est morte.
Adieu, ma chère amie, ne m'oublie jamais.

Nastya.

Ces mots furent les plus cruels à lire, car je devinais entre les lignes qu'après ma mère et mon père, Anastasia aussi abdiquait de la vie. L'incertitude la minait et avait eu raison de sa pétillante joie de vivre. Et moi, j'étais impuissante.

31 janvier 1918. Trois mois après le début de la révolution bolchévique, il fut décidé qu'au début du mois suivant, la Russie passerait directement au 14 février pour s'incorporer au calendrier grégorien en cours dans le reste du globe. Personne ne naîtrait jamais en Russie du 1er au 13 février 1918. Un pan du passé de la Russie, de presque deux semaines, fut effacé pour toujours. Tout autour de moi se désintégrait. En serait-il ainsi pour tout ce que j'avais connu jusque-là ?

Je ne vivais que par et pour les rares nouvelles que j'entendais au sujet d'Anastasia, beaucoup desquelles n'avaient aucun fondement. Pavel Mikhaïlovitch apprit par ses informateurs que l'entourage de la famille impériale diminuait comme peau de chagrin. A l'instar des précepteurs Pierre Gilliard et Charles Sydney Gibbes, Sophie Buxhoevden, dame de compagnie de la tsarine que j'avais souvent croisée à la cour, fut séparée des Romanov en mai parce qu'elle était étrangère et que les bolchéviks ne voulaient pas d'un incident diplomatique. Seuls la femme de chambre Anna Démidova, le valet de pied du tsar Alexeï Trupp, le cuisinier Ivan Kharitonov, ainsi que le docteur Eugène Botkine suivraient les monarques jusqu'à leur dernier souffle. Leurs noms ne paraîtront jamais dans les annales, et pourtant, les prononcer, c'est rendre hommage à leur inébranlable et tragique dévouement.

Ne pouvant revenir à Petrograd, la baronne Buxhoevden réussit à fuir la Russie par Omsk qui se trouvait sous le contrôle de l'Armée Blanche Russe et des militaires britanniques. Elle maintint une correspondance fournie avec Pavel Mikhaïlovitch pour lequel, avait-on maintes fois murmuré à la cour, elle avait un faible. Par elle nous avons appris que les Romanov furent déplacés à Ekaterinbourg et internés dans la maison d'un commerçant dénommé Ipatiev.

Face à la dangereuse tournure que prenaient les évènements, le prince et Lily m'imposèrent de concert un ultimatum les derniers jours de mai 1918 : il nous fallait partir pour Londres avant qu'il ne soit trop tard. Cette fois-ci, ce fut le tuteur autoritaire qui imposa sa volonté et non le fiancé compréhensif. Ayant définitivement quitté son hôtel particulier de Petrograd, Pavel s'était installé au palais Kemsky pour veiller sur moi. Mais j'étais trop hantée par le calvaire d'Anastasia et des siens, couvant le naïf espoir de retrouver les jours d'antan. Je croyais fermement que la famille impériale serait tôt ou tard libérée.

- Les maisons royales d'Europe restent emmurées dans leur silence et ne feront rien ! s'exaspéra-t-il parce qu'il n'arrivait pas à me raisonner... C'est décidé, nous partons dès demain à l'aube ! Lily, veuillez vous occuper des bagages de Vélénia Andréïevna dès à présent.

Ce soir-là, Lily s'affaira avec diligence à préparer mes malles. Avec toute son affabilité et patience, elle tentait de me persuader que l'exil à Londres et le mariage qui s'ensuivrait étaient le meilleur des saluts. Evidemment, pensais-je, pour elle, retrouver sa patrie et sa ville natale était une aubaine. Je ne répondais rien, contemplais hagarde la désolation et solitude du Palais Kemsky. J'observai le portrait de ma mère dans la galerie du Palais Kemsky qui m'avait vue grandir. Avec l'aide de Lily, je le décrochai, lui enlevai le cadre et l'enroulai dans un porte-rouleau de dessin où je glissai aussi l'unique missive d'Anastasia. Puis je lui demandai de se procurer une des vestes de mon père pour coudre dans la doublure le rang de perles que m'avait offert Pavel Mikhaïlovitch pour nos fiançailles ainsi que d'autres bijoux de famille qui avaient échappé aux pillages du palais. Pensant que j'étais enfin redevenue raisonnable et que j'acceptais mon destin, ma gouvernante s'empressa de suivre mes instructions alors que le prince s'était retiré pour se reposer et prendre des forces. Elle m'embrassa et me souhaita la bonne nuit pour me laisser me reposer à mon tour. J'attendis dans la pénombre que le lourd calme de la nuit reprenne ses droits. Il devait être peu après minuit lorsque je me levai de mon lit avec mille précautions, me rendis dans la salle d'eau pour couper à la hâte ma longue chevelure. Je bandai mon torse pour cacher ma féminité et m'habillai en homme avec des vêtements glanés dans la chambre de mon père. Après avoir laissé un mot sur ma commode à l'intention de Pavel Mikhaïlovitch, j'ai discrètement fui le Palais Kemsky et Petrograd, décidée à atteindre coûte que coûte Ekaterinbourg, dans l'Oural. Seule, effrayée, je laissais derrière moi les splendeurs de l'avenir que mon père avait tracé pour moi, m'immergeant corps et âme dans un bouleversement irréversible.

Un mois plus tard, j'arrivai par mes propres moyens à Ekaterinbourg, me faisant passer pour un adolescent afin de ne point attirer l'attention. Je garde de flous souvenirs de ma traversée jusqu'en Sibérie et ne saurais raconter mon périple ni dire d'où je sortis la force d'entreprendre ce voyage sans retour. Car je n'étais plus moi-même, sinon une ombre famélique et épuisée portée par le seul espoir de revoir ma sœur de cœur et l'accompagner jusqu'à la fin. Tout ce dont je me souviens clairement, c'est que j'étais partie de Petrograd par l'est, m'agrippant clandestinement à des wagons de trains lorsqu'il y en avait. J'ai été accueillie par des paysans qui me donnaient le gîte et de parfaits étrangers qui faisaient un bout de chemin avec moi dans un pays convulsionné et méconnaissable. Je découvrais le visage d'une Russie qui m'avait été cachée.

Devenir invisible aux yeux des autres fut une expérience libératrice car je n'étais plus ni femme ni aristocrate. Les regards glissaient sur moi sans s'attarder et me traversaient. Je n'étais plus la jeune fille vulnérable, objet de désir, qui avait besoin d'être protégée, mais juste Len, un inoffensif orphelin adolescent qui cherchait sa voie dans une révolution en marche.

Arrivée à Ekaterinbourg, je trouvai refuge chez Léonova Sergueïevna qui se prit d'affection pour moi car je lui rappelais son jeune fils parti trop jeune à la guerre. Jamais je ne sus son nom de famille, ni ce qu'elle devint par la suite. Je ne me souviens plus non plus de son visage, car elle n'avait pour moi qu'une importance égoïste, *immédiate*... En effet, elle avait accès à des informations privilégiées sur la prison improvisée de la famille impériale. Son mari était l'un des ouvriers assignés à la garde des Romanov, et par son biais, j'avais quotidiennement des nouvelles.

L'évocation du luxe, des distractions, des libertés et de la chaleur des palais impériaux fondaient dans les nuits glacées de l'Oural. Léonova me rapporta, avec une satisfaction malsaine et revancharde, que le tsar s'était retranché dans une dimension impénétrable, se contentant de scruter le néant qui se profilait devant lui. Les grandes-duchesses et la tsarine avaient perdu toute joie de vivre. Anastasia Nicolaïevna, pourtant légendaire pour ses facéties et son entrain, s'éteignait de jour en jour. Le petit tsésarévitch faiblissait de jour en jour à cause de son infirmité. Je sentais que peu à peu, je les perdais tous, même étant dans la même ville qu'eux, si près d'eux, et sans aucun moyen de le leur faire savoir.

Avec quelle amertume je me souvenais du pacte qu'Anastasia et moi avions fait quelques années auparavant, étant des gamines encore, nous jurant que nous serions amies de cœur jusqu'à la fin de nos vies et par-delà la mort, un mot que nous ne comprenions pas et qui ne servait qu'à rajouter de la solennité à nos propos ! Léonova ne se doutait pas combien ses récits me bouleversaient, combien je la détestais pour son ignorante cruauté et l'enviais de pouvoir approcher ceux qui m'avaient donné ce qui ressemblait le plus à une famille. J'avais les mains liées, et ne pouvais qu'attendre un heureux dénouement qui ne venait jamais.

La nuit, je ne dormais pas. Je pensais à eux. Et le mélancolique visage de Pavel Mikhaïlovitch se superposait, me renvoyant à mon ingratitude. Non seulement j'avais trahi la parole donnée par mon père, mais aussi l'homme qui ne voulait que mon bien. En tournant le dos à Petrograd et à mon exil, je lui avais laissé une brève lettre qui laissait à peine sous-entendre ce que je m'étais proposé de faire. J'avais mis suffisamment de distance pour qu'il ne me cherche plus ; il trouverait un jour une autre femme qui serait digne de lui et saurait le rendre heureux. Car j'avais décidé que je n'étais pas celle-là.

Que restait-il de toute mon innocence d'antan bafouée sinon l'impuissance et une lancinante nostalgie ?

Alors que je pleurais secrètement sur les ruines de l'Empire, à Moscou, Vladimir Ilitch Oulianov, dit Lénine, chef des bolcheviques, donnait forme à une nouvelle nation et préparait la paix. A sa manière.

Le carillon de minuit va bientôt sonner. Suspendue dans le ciel, la lune sourit toute seule. A-t-elle perdu le souvenir de nos chagrins ? J'ai ouvert les voilages de la chambre pour laisser pénétrer l'aura de l'astre. Une brise tiède souffle et me rapporte les odeurs suaves et sauvages de l'été.

La vie est un espace parsemé d'instants. Lorsque les illusions et les rêves se sont écroulés, elle devient l'endroit le plus solitaire de la création. On ne compte plus le temps qui glisse, glisse et dévore tous ces instants que l'on voudrait pourtant uniques, éternels.

Il y a six ans, les derniers des Romanov périssaient en une nuit comme celle-ci dans une cave oubliée d'Ekaterinbourg...

Les évènements se précipitèrent et s'enchaînèrent dans un engrenage diabolique. Dans la nuit du 16 au 17 juillet 1918, entre minuit et une heure, Léonova me réveilla brusquement. Un commissaire nommé Yourov s'était rendu à la maison d'Ipatiev avec une troupe de soldats portant l'uniforme communiste. Je me levai vivement, une sourde appréhension chevillée au fond de moi, et suppliai Léonova de me laisser l'accompagner auprès d'eux. Sans deviner mes vrais motifs, elle accepta, elle-même poussée par une morbide curiosité.

Je ne sais plus exactement ce qui arriva par la suite. Les évènements s'embrouillent dans mon esprit et mon cœur et je ne sais plus si j'ai vraiment envie de retrouver la vérité. Je sais que la nuit était profonde et étouffante. Il y eut de sinistres coups de feu quelque part, beaucoup de cris et de gémissements. Des gestes précipités dans un bois. Une ombre gigantesque. La confusion. Puis plus rien.

Lorsque je revins à moi, ce fut pour constater que j'étais toujours vivante, et pourtant j'aurais juré que des coups de feu m'avaient atteinte, tellement la souffrance avait été physique, palpable. Je me trouvais dans une chambre d'hôpital au décor spartiate. J'examinai la pièce avec la curiosité d'un nourrisson qui découvre l'existence du monde. Je n'avais aucune souvenance de ce que je faisais là, ne ressentais aucune émotion.

Une jeune femme blonde au visage poupon était à mon chevet et m'observait avec inquiétude. Je compris qu'elle était infirmière.
- Où suis-je ? Qu'est-il arrivé ?
- Shhhh ! murmura-t-elle avec douceur. Tout va bien. Vous êtes à l'hôpital de Kiev et vous êtes en sécurité.

Que faisais-je en Ukraine ?
- Depuis combien de temps suis-je ici ? Comment suis-je arrivée ici ?
- Vous avez été amenée dans un état d'épuisement et de dénutrition profonds il y a deux mois. Vous avez frôlé la mort plusieurs fois.

Comment étais-je arrivée là ?
- Où est Anastasia ?...

Elle me fixa sans comprendre.
- Est-elle un membre de votre famille ? demanda-t-elle avec douceur. Je pense que Pavel Mikhaïlovitch vous en donnera des nouvelles quand il viendra vous rendre visite.

Je la dévisageai, incrédule. Elle ne savait visiblement pas de *qui* je parlais. Sur ces entrefaites, et comme s'il avait entendu l'infirmière prononcer son nom, le prince entra, l'air plus grave que jamais. Il avait quelque peu vieilli, mais n'avait pas perdu son charisme.

- Auriez-vous l'obligeance de nous laisser quelques instants seuls, je vous prie ? demanda-t-il à l'infirmière d'un ton neutre.

Celle-ci accepta et céda sa place sur la chaise à mes côtés. Le silence nous envahit, d'autant plus lourd qu'il trahissait mon embarras. Pavel Mikhaïlovitch s'approcha de moi et me scruta de ses yeux noirs.

- Je vous croyais parti rejoindre la baronne Buxhoevden.
- Vous ne comprendrez donc jamais rien, Vélénia ?
- Comprendre quoi ?

Un amour absolu et solitaire. Dévoué, fidèle, mais que dans mon égoïsme je me refusais de mesurer, d'accepter.

- C'est sans importance, finit-il par dire. Comment vous sentez-vous ?

Lorsqu'il vit mon bras droit, je me rendis compte que celui-ci était bandé, et eus conscience de la douleur constante qui me tiraillait.

- Je ne sais pas… je ne me rappelle de rien. Comment me suis-je blessée ?
- Vous ne vous souvenez réellement de rien ?
- Non.
- Dieu soit béni, murmura-t-il avec soulagement.

Ses pensées mélancoliques allèrent se confondre dans la clarté de juillet qui rentrait par la fenêtre grande ouverte. La présence du prince envahissait insupportablement le vide de mon âme. Alors je me levai avec faiblesse du lit et m'approchai du rebord de la lucarne pour humer l'été, sans penser qu'il était probablement indécent qu'il me vît dans une tenue si légère. Des mois d'errance et la torpeur avaient effacé de mes gestes le protocole de la cour.

- Après votre fuite de Petrograd, commença-t-il lentement, j'ai aidé votre gouvernante Lily à regagner Londres et lui ai juré de vous retrouver. Ce n'était pas bien difficile de lire entre les lignes dans la lettre que vous aviez laissée… J'ai tout de suite compris que vous étiez allée à Ekaterinbourg. Quant à la baronne Buxhoevden, je n'ai jamais eu rien d'autre qu'une relation épistolaire qui m'a permis de vous retrouver plus facilement. Vous oubliez que j'ai fait une promesse à votre père, Vélénia.

Troublée, je baissai la tête. Il devait à juste titre penser que je n'étais qu'une capricieuse gamine.
- Je suis profondément désolée pour tous les soucis que je vous ai causés...
- Je le sais, fit-il esquissant un faible sourire. Vous êtes incorrigible.
- Pourquoi êtes-vous venu me chercher à Ekaterinbourg ?
- Votre vie était en danger. Vous n'avez pas compris qu'il n'y avait plus rien à faire pour sauver les Romanov ? La monarchie a disparu.
- Où sont-ils maintenant ?

Pavel Mikhaïlovitch se recueillit un instant.
- Ils ont tous été exécutés. Je le regrette.

Un lourd silence tomba, à nouveau. Je ne pouvais assimiler ses paroles, m'en imprégner, le croire. Il devait y avoir une erreur.
- Anastasia, murmurai-je. Je n'ai rien pu faire...
- Personne n'a pu les sauver.
- Et moi, pourquoi m'avez-vous sauvé la vie ?

Il arpenta la pièce de long en large.
- Un jour peut-être que vous le comprendrez. Vous êtes si jeune, à peine seize ans, et moi j'en ai trente-trois. Tant de choses nous séparent, beaucoup de questions qui n'ont pas encore de réponse pour vous.
- Qu'essayez-vous de me dire ?
- Il serait injuste de vous imposer un engagement qui n'a plus aucune raison d'être. Vous pouvez refaire votre vie ailleurs, oublier tout ce qui est arrivé. Choisir.
- Choisir ?

Il se rapprocha de moi.
- Vélénia, je pars pour Londres. Venez avec moi... si vous le voulez.
- Pourquoi Londres ? Si Petrograd...
- Oubliez Petrograd, oubliez la Russie ! s'exaspéra-t-il. Votre nom et votre lignée sont bannis et vous devez fuir

pour survivre. La Révolution n'a aucune place pour vous ni moi. Plus rien ne nous retient en Russie …

Je le regardai droit dans les yeux, déchirée par l'amour que j'y devinais, enviant la force qui l'animait et que j'étais incapable de partager.

- Pavel, me laisseriez-vous réellement choisir ? chuchotai-je.

Pour toute réponse, il poussa un profond soupir, se détourna, et parla d'une voix lente, résignée.

- Vélénia Andréïevna Kemsky, si tel est votre désir le plus cher, je vous rends votre liberté.

Le train roulait à vive allure dans la nuit noire de novembre.

Autour de moi, il y avait des plaines désertes, des boqueteaux aux feuillages chétifs, et des marécages glauques, dans la neige et le froid d'Ukraine. J'apercevais au travers des fentes de bois pourri des wagons la plaine à perte de vue, baignée de quiétude. A certains endroits, la morne silhouette des squelettes d'arbres remplaçaient des forêts abattues. Puis se profilèrent les maussades sapins touffus et les bouleaux au tronc blanc, tels des spectres immobiles. Et dans les cieux, les étoiles mimaient des larmes.

Je voulais oublier la Russie disparue, et ceux qui avaient volé mon histoire et ma mémoire, laissé au fond de moi quelque chose qui faisait trop mal. Je laissais derrière moi le faste terni des miens. Ainsi que l'Esprit du Crépuscule qu'avait porté ma mère, longtemps perdu, et dont la teinte ressemblait non plus à une heure bénie, mais à une mort lente. Dans mon imagination, j'entrevoyais déjà d'autres vastes étendues, ailleurs. Des soleils et des lendemains radieux qui dissiperaient le drame qui avait engourdi ma vie. Mes pensées s'envolaient déjà vers les horizons qui avaient ensorcelé mon père. Mais avant cela, je devais traverser une Europe qui tentait retrouver le goût de la paix après la signature de l'armistice quelques jours auparavant. Je voulais faire une halte pour rendre un dernier hommage à ma mère…

Le reste de l'histoire, tu la connais, Mark, et je n'ai pas envie de l'écrire.

Tu te demanderas encore et encore pourquoi je m'en vais. Moi-même je ne suis pas certaine de le savoir. Tu saisiras enfin l'ampleur de tous mes silences et mes angoisses. Tu comprendras que c'était là le lent travail de ma reconstruction. Alors seulement, tu auras tes réponses, et moi les miennes ; je serai peut-être enfin libre…

Si le pardon est nécessaire, l'oubli n'aura jamais de place dans cette renaissance à laquelle j'aspire. *Eux* sont morts. Pas moi. Saint-Pétersbourg s'est évanouie dans le rêve impossible de Petrograd. Et depuis peu, les images des plus grands de ce monde et de ce qui fut un jour à Saint-Pétersbourg ont été supprimées pour devenir Leningrad.

Chaque lumière de l'allée du jardin scintille. Un appel morne se fait entendre au loin. Le lampion devant ma fenêtre crépite et bientôt il s'éteindra, lorsque s'achèvera la nuit. J'attendrai le lever du soleil pour emprunter un nouveau chemin. Cet instant deviendra un souvenir, le présent deviendra passé…

Vélénia Andréïevna Kemsky

Deuxième Partie
Fragments d'un mirage

Mars 1922 à décembre 1923

*« L'homme craint le temps.
Mais le temps craint les pyramides. »
Proverbe arabe*

Toute la féerie de l'Orient vibrait sous les yeux de Vélénia. Les mouvements cadencés et les couleurs vives de la foule dans les ruelles de La Victorieuse sous un ciel qui portait des traces d'orange foncé. Le brouhaha après l'appel du muezzin du haut de l'un des minarets du Caire. Un vendeur d'eau tentait de se frayer un passage sans verser une seule goutte du précieux liquide. Des gamins insouciants amusés par un charmeur de serpents.

En ce printemps qui aurait pu rappeler n'importe quel autre, un roi était intronisé. Depuis l'occupation de 1882, l'Egypte avait fait partie de l'Empire Britannique sans jamais avoir été officiellement déclarée colonie, car elle représentait un enjeu stratégique du fait du Canal de Suez et de la route des Indes. En 1914, alors qu'éclatait la Première Guerre Mondiale, l'Empire Britannique avait déclaré l'Egypte protectorat, la ravissant des griffes de l'Empire Ottoman. Cependant, les Egyptiens avaient soif d'indépendance, et la plupart ne voulait plus de l'influence européenne, ce qui avait engendré la Révolution de 1919 avec conflits, grèves, discordes... Le 28 février 1922, la Grande Bretagne déclarait unilatéralement l'indépendance de l'Egypte. Deux semaines plus tard, elle lui offrait un souverain et le sultan prit le nom de Fouad 1er.

Pour si étranger qu'il lui fût, le couronnement du roi Fouad, apporta une vague tristesse pour Vélénia, comme le silencieux rappel que cette vie était tissée d'avènements et de déchéances.

Ce jour-là, le *khamsin* s'épuisait enfin. Vent du dieu Seth, il avait soufflé de manière particulièrement forte pendant quelques jours, portant les sables brûlants du désert à des vitesses vertigineuses. Désormais, la poussière de l'air se dissipait et l'on respirait à nouveau.

Du haut de la terrasse au moucharabieh, confortablement installée sur un pouf, Vélénia observait attentivement la bruyante et vivante multitude au cœur de la vieille ville du Caire. L'extérieur contrastait avec la profonde quiétude de la maison, enclavée dans le secret d'épais murs et la fraîcheur d'un patio intérieur. De cet endroit qu'elle préférait, la vue dépassait la ruelle, s'étendait sur les habitations du Caire, pour se perdre au-delà des portes de la cité jusqu'à l'antique et noble silhouette des pyramides à l'ouest du Nil. Al Gizeh, merveille de l'archéologie, demeurait obstinément insensible aux heures historiques que vivait l'Egypte…

Une douce odeur de menthe enveloppa Vélénia, émanant de la théière fumante que Safia venait de poser sur une table basse. La jeune fille arracha ses pensées de l'Egypte, puis scruta Maryann plongée dans l'interprétation des derniers croquis rapportés par John de sa récente expédition à Deir-el-Bahari, sur la rive occidentale du fleuve. Proche de la trentaine, l'anglaise ressemblait à une délicate poupée de porcelaine aux magnifiques cheveux blonds ondulés. Sa ravissante pâleur n'avait jamais été entachée par le soleil le plus vieux de l'humanité, malgré des années vécues à l'air libre sur les pyramides et les tombeaux des pharaons disparus. D'un naturel calme et serein, Maryann possédait un don de minutieuse analyse qui la faisait exceller dans son métier d'archéologue, à l'opposé de la vivacité un peu excessive de son mari. En effet, John avait hérité de la carrure de ses ancêtres Irlandais, de leur caractère jovial et franc.

Charlie Kavanagh était quant à lui identique à son père. A trois ans, il faisait preuve d'une énergie et une vigueur propres aux enfants de son âge. Il bouillonnait de curiosité, ne se lassait jamais de poser des questions à longueur de journée. Maryann y répondait distraitement, trop absorbée par ses recherches pour centrer son attention sur l'éducation de son unique fils. Elle laissait le soin à Vélénia d'expliquer à Charlie le pourquoi des choses ou de lui lire quelque conte censé l'éduquer. Maryann considérait ouvertement la jeune fille comme une bénédiction, n'ayant jamais eu la fibre maternelle. Elle adorait son « petit monstre », mais le rôle de mère lui paraissait beaucoup trop prenant.

Maryann sentit l'attention de Vélénia rivée sur elle, leva la tête et lui sourit spontanément. La jeune fille était pour les Kavanagh une énigme depuis le premier jour où ils l'avaient accueillie. Plus que ce léger accent étranger qu'elle avait en parlant l'anglais, ou que sa réserve, sa façon d'être, de penser, sa nostalgie avaient un je-ne-sais-quoi qui intriguait.

Maryann songea à ce matin de mars 1920, lorsque Vélénia, au seuil d'une adolescence visiblement solitaire avait débarqué sur le port d'Alexandrie, quelque peu perdue, cherchant du regard les Kavanagh qu'elle ne connaissait pas. Edward Hughes, une de leurs relations à Londres avait écrit quelques mois plus tôt au couple d'archéologues en leur demandant s'ils pouvaient accueillir quelque temps chez eux Vélénia de Castellan, une orpheline française de dix-huit ans, élevée en Russie et que son tuteur souhaitait exiler loin des outrages de la Révolution, afin qu'elle puisse apprendre l'égyptologie. Charlie venait d'avoir un an et Maryann accepta volontiers la jeune recrue qui l'épaulerait dans ses recherches.

Les Kavanagh ne surent jamais exactement ce que devint le tuteur de Vélénia, car la jeune fille n'évoquait jamais son passé ni en France ni en Russie. Avide de s'instruire, elle s'avéra être une aide précieuse non seulement à la maison avec Charlie qu'elle adorait, mais aussi sur les chantiers. En effet, elle était douée pour le dessin, et élaborait les croquis des hiéroglyphes et des objets trouvés dans les différents sites avec une très grande diligence et précision. En plus de son goût prononcé pour le dessin et l'aquarelle, elle avait aussi le don des langues et domina très rapidement l'arabe égyptien, ce qui facilita la communication des Kavanagh avec la communauté locale.

Le printemps de 1922 se replia avec toute sa fraîcheur dans l'ombre, céda sa place à l'été caniculaire et vorace. Puis l'automne apparut au fil des mois… Le temps était cadencé par le rythme régulier et presque sans surprise des fouilles archéologiques. On était aux portes de novembre et rien ne laissait préconiser les bouleversements à venir.

La voix de John retentit dans le patio. On entendit des bruits de pas dans les escaliers, et il apparut avec sa bonne humeur coutumière, peut-être un peu plus exagérée, surtout depuis que son ami Howard Carter lui avait demandé de le

seconder dans ses fouilles. Chaque soir, l'arrivée de John sonnait l'heure du dîner.
- Devine qui j'ai rencontré ? demanda John à sa femme lorsque tous furent assis à table.
- Qui ? interrogea avec curiosité Charlie.

John considéra tendrement son fils. Sans répondre à l'interrogation de l'enfant, il se tourna vers Maryann et attendit une marque d'intérêt qui ne tarda pas à venir.
- Qui as-tu vu, *darling* ?
- Mark McKenna. Ce nom ne te dit peut-être rien, mais figure-toi qu'il est un homme d'affaires et mécène américain. Un type fort avenant, carré et sympa, intéressé par l'art Egyptien à ce qu'il paraît.
- Et en quel honneur t'a-t-il été présenté ? demanda Maryann.
- Il est venu me chercher au bureau de l'Egyptian Exploration Fund.
- Qu'est-ce qu'un américain peut bien faire ici, si loin de chez lui ? demanda Vélénia.

John lui adressa un affectueux sourire.
- C'est un passionné d'art. Et pour répondre à ta question, Maryann, il est venu ici sur les recommandations d'Edward Hughes. Il vient de divorcer et a décidé de faire un voyage de plusieurs mois pour tourner le dos aux scandales et remous que cela a provoqué dans la société bien-pensante d'Amérique si tu vois ce que je veux dire...

John eut un rire gras qui n'amusa que lui. Le cœur de Vélénia s'affola en entendant prononcer le nom de celui qui l'avait aidée à quitter l'Europe.
- Pourquoi ? demanda Vélénia.
- Pourquoi ? demanda en écho Charlie.
- Charlie doit aller au lit, coupa Maryann. Viens, mon chéri, Maman va t'accompagner. Dis bonsoir à Papa et à Vélénia.

Pour une fois l'enfant obéit sans faire d'histoires, fatigué par sa petite journée bien remplie. Maryann l'emporta dans ses bras vers le fond du patio qui conduisait aux chambres à coucher à l'étage.

John attrapa une orange dans la corbeille à fruits en face de lui et commença à la peler, se concentrant sur chaque morceau de peau qu'il découpait. Vélénia guetta ce visage sillonné de rides et de taches de rousseur, ces tempes argentées qui contrastaient avec une épaisse chevelure rousse.

- Où en étais-je ? fit John, toujours occupé à savourer son fruit.

Il y avait dans sa voix comme une gêne.

- Je pense que tu parlais de Monsieur McKenna.
- Ah oui ! Je disais que c'est un homme intéressant qui dispose d'une jolie fortune.
- Il vient pour les fouilles de Howard Carter ?
- Non, je ne crois pas. Howard a déjà suffisamment de fonds grâce au mécénat de Lord Carnarvon, bien que celui-ci l'ait menacé de ne plus le financer au-delà de cette saison.
- Pauvre Howard, soupira Vélénia. J'espère sincèrement qu'il trouvera ce qu'il cherche, après tout ce travail…

John considéra la jeune fille avec attention.

- Il serait flatté de savoir qu'il a une fervente admiratrice en toi, Vélénia… commenta-t-il goguenard.
- John ! se défendit-elle, pourquoi te moques-tu ? C'est vrai que je l'aime beaucoup. C'est quelqu'un de si sensible et terriblement solitaire !
- Vélénia, au lieu de rêvasser à un vieux loup de presque cinquante ans et qui de surcroît pourrait être ton père, tu ferais mieux de ne pas trop délaisser tes autres soupirants…
- John, tu es détestable !

Il adorait la taquiner, observer la spontanéité de ses réactions.

- Cet américain reste-t-il longtemps ? demanda Maryann qui revenait à la salle à manger.
- Deux semaines. Je voudrais l'inviter à dîner.

- Mais *darling* ! s'affola-t-elle. Comment veux-tu recevoir ici une personnalité de cette envergure ? Un milliardaire dans cette minable maison ?

Maryann était souvent trop dure envers son mari.

- C'est un homme très simple malgré tout et avec lequel tu ne dois pas faire de manières. J'ai pensé que tu serais contente de le rencontrer, et puis… tu ne m'as jamais dit que tu ne te plaisais pas dans cette maison. Je croyais que tu aimais notre foyer…

Vélénia se leva.

- Maryann, John, veuillez m'excuser. Je crois que je vais me coucher. Il se fait tard et je meurs de sommeil.
- Oui, tu fais bien, répondit Maryann avec douceur. Moi non plus je ne vais pas tarder. Safia est indisposée, et nous devons aller tôt au marché demain matin.
- Bonsoir ! lança Vélénia qui était déjà sur le pas de la porte.

En réalité, elle n'avait aucune envie d'entendre l'échange tendu entre les Kavanagh. Ces dernières semaines Maryann était d'un caractère irascible et souvent les querelles avec John surgissaient à propos de rien, ce qui attristait Vélénia car elle les aimait tous deux et ne pouvait pas supporter de les voir se blesser.

Le clair de la lune qui s'emplissait au fil des nuits, baignait le patio de sa lumière d'argent. Vélénia se rappela fugacement et malgré elle les soirées sur le Golfe de Finlande. C'était ailleurs, emprisonné dans une autre époque. Cependant, c'était si réconfortant de savoir que tout cela avait existé pour de vrai.

Au lieu de se glisser dans son lit, la jeune fille s'assit sur le pouf de sa chambre, et considéra songeusement ce qui se trouvait autour d'elle. Tout était bien différent de ce qu'elle avait connu autrefois. Les fastes du Palais Kemsky ne lui manquaient pas ainsi qu'elle l'avait redouté. Désormais, le superflu l'effrayait, les excès aussi, dans quelque domaine que ce fût. La simplicité était devenue sa devise. Peut-être était-ce une rébellion muette contre son éclatant passé, un désir inconscient de l'enterrer à jamais, d'être véritablement et totalement libre.

Vélénia admira à travers les jalousies de sa fenêtre le vertige noir de la voûte céleste et pensa à son père, comme tant de nuits avant. Où reposait-il ? Son âme voguait-elle dans des mondes inconnus ? Était-il enfin heureux ? Parfois, elle avait l'impression qu'elle pouvait sentir sa présence, lorsque la brise surgissait de nulle part portant le parfum des arbres en fleurs, ou alors quand elle découvrait seule le spectacle de l'aurore. Safia disait qu'évoquer le nom des défunts, c'était les faire revivre. C'est pourquoi, souvent, seule dans la nuit, Vélénia murmurait les noms des disparus. Elle pensait à son père, à sa mère, et à…

Non.

Eux étaient maudits. Elle ne devait plus y penser.

Quelques jours plus tard, dans la Vallée des Rois, non loin de Louxor, les premières marches d'une tombe apparaissaient, près de là où reposait Ramsès IV. Howard Carter envoya un message à Lord Carnarvon, présageant une merveilleuse découverte, celle d'un tombeau avec des sceaux intacts. La ferveur qui agitait le chantier finit par s'emparer de John, et il parlait déjà de se rendre à Louxor dès qu'il le pourrait. En attendant, il devait demeurer au Caire, poursuivre les fouilles d'Al Gizeh.

- Maryann, je ne vois pas pourquoi tu as tenu à me faire venir. J'avais promis à Charlie de jouer avec lui après sa sieste ! En plus je n'ai pas fini les croquis que John m'avait demandés pour aujourd'hui…
- Cesse de te plaindre, Vélénia *darling* ! répondit patiemment Maryann. Je sais que tu adores ces pyramides plus que quiconque.

Vélénia descendit de la cariole et leva le regard vers le rivage occidental du Nil, aux portes du désert, là où se trouvait Al Gizeh. La perfection poignante des trois pyramides s'élevait vers un éther azur qui n'en finissait pas d'engloutir le temps et l'espace. Maryann avait raison, cet endroit était celui qu'elle aimait par-dessus tout en Egypte, car c'était celui qui se tournait vers les étoiles. L'un des anciens noms du site n'était-il pas *Rostau*, la « Porte des Etoiles » ?

Malgré l'automne, il faisait une chaleur de fournaise sous un soleil de plus de sept mille ans, exacerbée par le vent âpre du désert. Vélénia foulait péniblement le sable du désert aux côtés de Maryann, épuisée.

- Tu me préviens si tu parviens à voir John, s'il te plaît ? Il ne doit pas être bien loin…
- Tu penses bien qu'avec tous ceux qui travaillent sur le chantier, ce ne sera pas une mince affaire ! grommela Vélénia.

En effet, près d'une centaine d'égyptiens s'affairaient aux pieds de la grande pyramide, sur un chantier étendu, creusant de leurs propres mains, espérant trouver le trésor millénaire de leurs ancêtres, les pharaons bâtisseurs de ces monuments démesurés.

Portant sa main en visière afin de mieux se protéger des réverbérations du soleil, Vélénia aperçut au loin deux silhouettes à l'écart des travailleurs, dont l'une était celle de John. La jeune fille ne put distinguer qui était à ses côtés, mais elle devina à sa haute taille qu'il s'agissait d'un étranger, peut-être venu en curieux. Elle se laissa tomber lourdement sur un pavé et adressa à Maryann une moue pitoyable.

- Désolée, mais je crains que tu ne doives continuer sans moi. Je suis trop fatiguée, aujourd'hui.
- Qu'as-tu fait de ton inébranlable courage, Vélénia ? Allons ! Viens, John est là-bas et nous fait signe. Plus que quelques mètres à parcourir… Et je te promets que nous rentrerons à la maison en automobile !

Vélénia se gaussa de sa propre faiblesse et tendit sa main à son amie pour se relever. Elles poursuivirent leur chemin, jusqu'à ce qu'il devienne rocailleux, parsemé de débris de la titanesque pyramide de Kheops que le temps avait tenté en vain d'aplanir. John vint à leur rencontre, talonné par l'étranger. Attirée par un mouvement au sommet du monument, Vélénia oublia de regarder où elle posait ses pieds, de sorte que lorsque les deux hommes furent à quelques pas, elle se tordit la cheville et perdit l'équilibre.

Deux bras vigoureux la retinrent, l'empêchant de tomber. Reconnaissante, Vélénia adressa un sourire amical à l'homme.
- Eh bien, Vélénia ! s'exclama John avec amusement. Tu ne pouvais pas mieux tomber pour faire la connaissance de Monsieur McKenna ! Mark, permettez-moi de vous présenter Vélénia de Castellan que vous venez de sauver, et voici mon épouse, Maryann.

Après avoir adressé un « enchanté » distant à la jeune fille, Mark se tourna vers Maryann et lui serra la main tout en échangeant les politesses de rigueur entre deux personnes qui font connaissance.
- Mon mari m'a beaucoup parlé de vous, Monsieur McKenna. Il m'a appris que vous étiez ici pour quelques semaines…

Voilà que Maryann devenait bavarde comme elle seule lorsqu'elle rencontrait quelqu'un de nouveau. Un vrai moulin à paroles. Vélénia ne put s'empêcher de rire intérieurement car elle n'avait pas eu l'occasion d'adresser une seule parole à Mark McKenna, vu que Maryann monopolisait la conversation. Alors, elle se mit à étudier le nouveau venu minutieusement, comme elle l'aurait fait avec une pièce d'art. C'était un homme d'une trentaine d'années, grand et bien de sa personne, aux cheveux châtains. L'expression profonde de ses yeux verts éveilla la curiosité de Vélénia. *L'expression de ceux qui ont une histoire*, pensa-t-elle. Quand il se déridait, son visage s'illuminait et il devenait… irrésistible. Jamais un inconnu lui avait paru aussi charmant au premier abord.

Se sentant observé, McKenna se tourna vers Vélénia, qui, à la fois intimidée et furieuse d'avoir été surprise, rougit jusqu'aux oreilles. Sans sembler s'en soucier, il lui adressa un sourire enveloppé d'un air indéchiffrable.
- John m'a dit que vous travaillez avec lui et Maryann depuis presque trois ans, commença-t-il.
- L'Egyptian Exploration Fund m'a permis d'incorporer leur équipe pour apprendre le métier.

- Qu'y a-t-il donc à savoir de ces ruines que l'on ne sache déjà ? demanda-t-il avec quelque peu de sarcasme.

Vélénia sentit son sang se glacer et le charme se dissiper. Ainsi Mark McKenna était de ces sceptiques qui savaient apprécier superficiellement la beauté de l'histoire mais pas son essence.

- Sous les sables d'Egypte, existent des centaines de passages secrets et les témoignages d'anciennes civilisations, riposta froidement Vélénia. Cette terre est un réceptacle de savoir que ni vous ni moi ne pourrons jamais atteindre au cours de nos vies, Monsieur McKenna.

Un moment déconcerté, l'américain finit par rire, débonnaire, alors que Maryann et John lançaient à la jeune fille des regards lourds de reproches.

- Vélénia, je crois que tu t'es inutilement emportée, commença John avec embarras…
- Laissez, John… Vélénia m'a simplement rappelé, avec l'aplomb de sa jeunesse, que je peux être par moments arrogant.
- Je vous prie de l'excuser, intervint Maryann. Je ne sais pas ce qui l'a prise…

Avant qu'aucun d'entre eux n'eût pu réagir d'avantage, ils furent interrompus par le maître de chantier qui les pria de le suivre pour se rendre à la face nord, vers l'entrée des galeries de la Grande Pyramide. Alors que John et Mark McKenna lui emboîtèrent le pas, Maryann en profita pour prendre Vélénia à part.

- Je n'arrive pas à croire que tu aies osé t'en prendre à Monsieur McKenna ainsi, Vélénia.
- Je suis désolée, répliqua-t-elle.
- Tu devrais l'être.
- Non, tu ne comprends pas. Je suis désolée qu'il y ait des personnes comme lui qui croient tout savoir !
- Je t'en prie, cesse ces enfantillages… tu ne le connais pas, et en plus tu sais que c'est quelqu'un de très important.

- C'est lui que John décrivait comme un type fort simple et sympa ?
- Vélénia ! s'exaspéra Maryann.

La jeune fille haussa les épaules.

- D'accord, je lui présenterai mes excuses, bougonna-t-elle. Mais je ne retire pas ce que je lui ai dit.

Elles rejoignirent les hommes qui écoutaient les explications du maître de chantier. Mark McKenna n'adressa plus la parole à Vélénia, mais elle sentait son regard railleur s'attarder souvent sur elle, par défi. Capricieuse, elle décida de l'ignorer, trouvant beaucoup plus intéressant d'écouter pour la centième fois les annales devinées d'Al Gizeh.

On estimait que les pyramides dataient de deux mille six cent ans avant Jésus-Christ. Celle de Khéops était de loin la plus vaste, imposante et ancienne, l'unique des merveilles du monde ayant survécu au passage des dynasties et des conquérants. Baptisées *Les greniers de Joseph* ou souvent appelées *Les Montagnes du Pharaon*, les trois pyramides avaient à elles seules enflammé l'imagination humaine. Napoléon Bonaparte lui-même s'était écrié en 1789 : « Soldats ! Du haut de ces pyramides, quarante siècles nous contemplent ! ». C'était peu dire l'exaltation qu'elles suscitaient chez le profane qui tentait de percer leurs mystères.

John avait convaincu le maître de chantier de les laisser entrer dans la Grande Galerie de Khéops et le couloir ascendant qui menait jusqu'à la chambre funéraire du monarque de la quatrième dynastie. Là, reposait le sarcophage de granit rouge, reflet de la couleur des parois intérieures. Le plus impressionnant, expliquait John, était le fait que les pierres de la pièce étaient tellement bien imbriquées les unes dans les autres, qu'une feuille de papier pourrait difficilement se glisser entre deux pierres. De surcroît, on ignorait de quelle manière les blocs pesant plusieurs tonnes avaient pu être hissés les uns sur les autres pour former la Grande Pyramide, cela en à peine vingt années…

Ce que Vélénia aimait par-dessus-tout au milieu de ces ruines antiques, c'était cette impression que la vie s'écrivait en pointillés. Puis l'histoire se chargeait d'encapsuler des énigmes inépuisables qui dépassaient l'homme tout en le poussant à continuellement chercher plus loin, plus haut.

Howard Carter annonça qu'il viendrait au Caire le premier jour de novembre, ce qui réjouit la maisonnée des Kavanagh, d'autant plus que Vélénia fêtait son vingtième et unième anniversaire ce jour-là. John en profita pour convier Mark McKenna, ayant totalement oublié l'incident de la pyramide, ou plutôt prétendant ne pas remarquer l'antipathie que Vélénia nourrissait envers l'Américain. De plus, John pensait que ce serait une excellente occasion pour que le mécène puisse faire la connaissance du protégé de Lord Carnarvon, vu qu'il désirait agrandir sa collection d'art privée.

Ce soir-là fut fête chez les Kavanagh. En cette heure bénie du crépuscule, aussi éternelle que l'Egypte, l'air était plus frais et respirable. S'y entremêlaient les senteurs des victuailles préparés par Safia dans la cuisine tout en chantonnant des airs arabes qui arrachaient des soupirs d'exaspération à Maryann parce qu'elle ne comprenait pas cette musique.

La soirée fut des plus agréables contrairement à ce qu'avait redouté Vélénia en apprenant la venue de Monsieur McKenna. Les Kavanagh et Howard lui posaient beaucoup de questions sur l'Amérique qui possédait pour eux l'attrait du nouveau monde. Mark répondait volontiers, leur fournissant mille détails. Seule Vélénia demeurait muette, écoutant poliment, parlant occasionnellement avec Charlie qui s'accrochait à son cou, exigeait son attention.

Mark observait à la dérobée Vélénia. Yeux d'ambre, longue chevelure auburn dans les bouclés de laquelle le soleil d'Egypte avait coloré des mèches blondes. Quelques taches de rousseur lui donnaient l'air d'être la sœur aînée de Charlie. A cause de son teint halé en dépit des canons de beauté en vigueur, elle paraissait plus jeune que son âge. Elle avait une manière particulière de se tenir, de s'asseoir, de bouger sa silhouette élancée et de sourire. Un charme éthéré venu d'ailleurs. L'homme remarqua l'attachement que Charlie lui manifestait et que Vélénia lui rendait bien volontiers.

- De quelle partie de France êtes-vous exactement ? demanda tout à coup Mark, s'adressant à la jeune fille.

Cette question la prit au dépourvu, et son mince bras s'immobilisa au milieu de la table, sur le plateau de dattes. Son clair regard s'affola.
- Vélénia n'est pas seulement française, intervint John. Tout du moins, elle n'a vécu que peu de temps à Paris avant de venir en Egypte.

Le discret soupir de la jeune fille n'échappa point à Mark. John et Maryann la surprotégeaient.
- Ma mère était française, mais j'ai été élevée à Saint-Pétersbourg, murmura-t-elle.
- Saint-Pétersbourg, répéta-t-il. Fastueuse ville.
- Connaissez-vous ? interrogea John.
- J'y suis allé pour la dernière fois en 1917. Je me souviens parfaitement d'un bal au Palais, en présence de la famille impériale. Splendide. C'est là que ma sœur a rencontré son mari.
- Sont-ils restés en Russie ? s'enquit Howard.

L'Américain remarqua que Vélénia ne posait aucune question.
- Non. Après la révolution, Paul a émigré en Amérique et a réussi à rapatrier la plupart de ses biens, fort heureusement. En fait, c'est n'est que lorsqu'il est arrivé à Boston qu'il a commencé à courtiser ma sœur et qu'ils se sont mariés.
- La vie d'avant la révolution devait être opulente pour l'aristocratie russe, déclara Maryann en guettant la réaction de Vélénia.
- Sans doute, répliqua cette dernière évasivement. Ma famille étant majoritairement française nous… nous avions une autre manière de vivre.

Oublier. Oublier qui elle avait été. Renier les siens.

Vélénia se leva avec la grâce d'une gazelle, les joues en feu et la tristesse sur les lèvres, prétextant qu'elle allait aider Safia à porter le mouton à table.

L'Américain comprit qu'elle ne souhaitait pas parler d'elle. Quelle insurmontable douleur portait-elle ? Il avait conscience qu'elle n'avait pas eu une excellente impression de lui lorsqu'ils avaient fait connaissance. Elle se dérobait à lui, ses interrogations avec une discrétion et une détermination déconcertantes.

Lorsqu'elle revint suivie de Safia, son expression était rassérénée, rayonnante. Le délicieux arôme du mouton fut reçu par des acclamations et dissipa les obscures réflexions de Mark McKenna.

- J'ai entendu dire que Lord Carnarvon et sa fille Lady Evelyn arrivent demain matin, déclara Vélénia à l'intention de Howard.

Son admiration pour l'archéologue était évidente.

- C'est vrai, et c'est bien pour cela que Howard est venu aujourd'hui au Caire, déclara Maryann.
- … en plus du fait que c'est l'anniversaire de Vélénia, rajouta celui-ci avec un clin d'œil.
- Howard, fondit Vélénia. Vous êtes réellement un *gentleman*.
- Félicitations, Vélénia, déclara Mark. John m'avait caché que nous fêtions cela…

Pour la première fois, elle lui adressa un sourire sincère qu'il ressentit comme un coup de poignard sans saisir pourquoi. Le vin redoublait sa sensibilité au charme naturel de la jeune fille.

- Demain, dès qu'ils seront installés, poursuivit Howard, je repars dans la matinée pour Louxor préparer leur arrivée là-bas. Cette fois-ci je crois que nous ferons la découverte qui convaincra finalement Lord Carnarvon…
- Vous êtes resté bien peu de temps au Caire, Howard.
- Je sais, Maryann, je n'ai même pas pu finir mes achats…
- Pouvons-nous vous aider avec quelque chose ? questionna John.

L'archéologue émit un petit rire gêné.

- En fait, c'est sans importance. Je voulais simplement acheter un canari pour meubler un peu le silence de ma chambre à Louxor…

- Moi aussi *ze* veux un *zoizeau* ! s'exclama intempestivement Charlie.
- Charlie, on dit un « oiseau », corrigea John. Et je t'ai déjà dit de ne pas parler la bouche pleine.
- Howard, si vous le souhaitez, j'irai au marché vous acheter un canari, et je le confierai à Lady Evelyn et Lord Carnarvon pour qu'ils vous l'amènent.
- Merci, Vélénia. Je préviendrai leur hôtesse que vous passerez. Je suis désolé de vous imposer cette tâche !
- Vous plaisantez ! Cela me donnera une excuse pour aller au souk. Et Charlie sera ravi de choisir le canari avec moi, n'est-ce pas mon petit bout ?
- Oh oui ! renchérit le gamin.

Mark McKenna se sentit inexplicablement agacé par la sollicitude de la jeune fille envers l'archéologue vieillissant. Comment Vélénia, aussi jeune et ravissante, pouvait-elle s'enticher d'un homme qui la doublait certainement en âge ? Elle osait le battre en froid, lui, Mark McKenna, que la société de Boston adulait, que les femmes s'empressaient de vouloir séduire… Habitué à lire dans les pensées de ses interlocuteurs, à manier et interpréter leurs paroles pour négocier, l'homme d'affaires se sentit quelque part frustré de savoir qu'il pourrait difficilement atteindre Vélénia de Castellan. Lorsqu'il quitta la maison des Kavanagh, à une heure avancée de la nuit, ce fut avec un vague sentiment d'inachevé qui le contrariait passablement.

Tenant sa promesse, Vélénia se rendit le lendemain matin de bonne heure au souk, emportant dans son sillage un Charlie aux anges, car il pourrait explorer les ruelles et les bastions au-delà de la maison.

Malgré l'interdiction de John, Vélénia adorait se rendre au Caire Islamique, l'ancien quartier médiéval de la ville. Y pénétrer, c'était revenir six ou sept siècles en arrière. Le district de Darb Al Ahmar était empli de passages secrets, de bâtisses de terre cuite plus humbles que les faubourgs, propices aux jeux de Vélénia et de Charlie. Accompagnés par Safia, qui toute en rondeurs, s'essoufflait à deux pas derrière eux, ils se mêlaient aux vendeurs ambulants de nourriture, de chèvres, de chameaux et d'ânes. L'air était empli des entêtants arômes du cumin et du curcuma. Ils se hasardèrent jusqu'à la mosquée d'Ibn Tulun qui, répéta fièrement Safia, datait du neuvième siècle et était l'une des plus grandes du monde... Vaste aussi le mausolée de l'Imam Ash-Shafi'i où reposait l'un des saints d'Egypte.

Safia dut rappeler à Vélénia qu'ils étaient venus acheter un canari, et ils se mirent alors en quête d'un oisier. Ce fut Charlie qui dénicha le premier le canari destiné à Howard. Minuscule dans sa cage en bambou, l'oisillon piaillait joyeusement. Safia se chargea de marchander son prix. L'Egyptienne savait bien que Vélénia dominait suffisamment l'arabe pour se faire comprendre, mais elle n'en demeurait pas moins une étrangère qui attirait beaucoup trop la curiosité des passants dans la rue. Maintes fois, lorsqu'elle se rendait en ville avec la jeune fille, les marchands offraient un prix d'or pour cette captivante jeune occidentale. Vélénia riait de bon cœur lorsqu'on voulait l'échanger contre tout un troupeau de chameaux ou de chèvres, ne se sentant jamais menacée malgré la couleur de sa peau.

Charlie insista pour porter lui-même la cage jusque chez Lady Mathilda où logeaient Lord Carnarvon et sa fille. Le chemin jusqu'au manoir fut des plus mélodieux grâce au minuscule canari.

Lady Mathilda était établie au Caire depuis les premières années du siècle, lorsque jeune mariée, elle avait quitté Londres pour suivre son flambant époux Lord Helmsley Armstrong. Celui-ci avait racheté une vaste exploitation de coton égyptien qu'il exporta avec succès vers la Grande Bretagne, jusqu'à sa mort inopinée et prématurée dans l'une des dernières batailles de la Grande Guerre. Dès lors, et malgré les conventions qui sévissaient à l'époque concernant le rôle des femmes dans le monde des affaires, Lady Mathilda avait repris les rênes de l'exploitation et gérait d'une main ferme la coquette fortune familiale. Elle était sans conteste l'une des femmes les plus admirées et respectées dans la communauté étrangère au Caire. Excellente hôtesse, elle recevait régulièrement les plus grands noms de l'aristocratie, des milieux intellectuels et de l'Egypte chez elle.

Vélénia avait eu l'intention de simplement déposer le canari auprès du valet sans s'attarder, mais celui-ci l'informa que Lady Mathilda avait laissé des instructions très précises la concernant. Elle désirait la voir et l'attendait dans le salon des visites auprès de Lady Evelyn. La jeune fille sentit sa gorge se nouer, redoutant ces civilités. La veuve de Lord Armstrong était adorable et faisait preuve d'une sincère amabilité envers elle, mais elle s'ingéniait toujours à lui trouver quelque prétendant, affligée par son désir d'indépendance.

- Vélénia chérie, s'exclama Lady Mathilda en venant l'accueillir personnellement dans le vestibule. Comme je suis ravie que vous soyez venue avec Charlie !

Le gamin laissa tomber la cage d'où volèrent quelques plumes et des piaillements agités pour se réfugier dans les jupes de Vélénia, intimidé par l'exubérante femme qui se tenait devant lui.

- Allons, Charlie, dis bonjour à Lady Mathilda et montre-lui comme tu es poli, demanda Vélénia gentiment.

Le garçonnet refusa, provoquant le rire de l'Anglaise.

- C'est touchant de voir combien cet enfant vous aime, Vélénia.

La jeune fille se contenta de ramasser la cage avec le canari et la tendit à son interlocutrice.

- Je vous laisse cette cage pour que Lady Evelyn puisse l'emmener à…
- … venez donc connaître Eve pour lui confier cette cage. Nous sommes en excellente compagnie, si vous saviez ! ajouta-t-elle d'un air conspirateur.

Vélénia voulut protester, mais se ravisa aussitôt, et préféra suivre docilement Lady Mathilda dans le salon. Celle-ci ne souffrait pas un seul refus, surtout lorsqu'il s'agissait de se montrer en société.

En pénétrant dans le salon, elle fut frappée par la rigidité de la femme qui se trouvait devant elle. Lady Evelyn devait avoir son âge, mais son élégance excessive lui rajoutait des années. De petite taille, elle possédait un visage rond aux traits réguliers et une peau diaphane qui lui conféraient une beauté classique. Ses yeux étaient aussi sombres que ses magnifiques cheveux ramassés en un délicat chignon.

- Lady Evelyn, je vous présente Vélénia de Castellan dont nous parlions à l'instant avec Monsieur McKenna.

Le sang de Vélénia ne fit qu'un tour. Elle sonda le petit salon et confirma la présence de l'Américain. Il se tenait lui aussi très droit, superbe, et elle l'aurait jugé distant, s'il n'avait pas cet éternel demi-sourire. Lorsqu'il capta son attention, il parut s'en réjouir.

- Ravi de vous rencontrer à nouveau, Vélénia, dit-il d'une voix profonde.
- Mark me racontait que vous alliez participer aux fouilles archéologiques de Howard Carter, intervint Lady Evelyn.
- Pas exactement... je travaille effectivement avec des archéologues, mais ce n'est malheureusement ni à Louxor ni avec Howard Carter.
- Vélénia est une excellente dessinatrice et elle vit chez les Kavanagh, des amis de Howard, expliqua Lady Mathilda.
- Vraiment ? fit Lady Evelyn, affectant l'intérêt.

Charlie tira Vélénia par la manche pour attirer son attention et lui chuchota quelque chose à l'oreille.

- Votre fils est adorable.
- Oh, non... Ce n'est pas mon fils, Lady Evelyn...
- Vélénia est un cœur à prendre, expliqua Lady Mathilda un peu navrée. Et pourtant ce ne sont pas les prétendants qui manquent !

Vélénia jura que Mark McKenna riait sous cape de la voir si mal à l'aise au milieu de cette conversation.

- Euh... Lady Mathilda, je ne voudrais pas être mal polie, mais je ne peux rester davantage. Maryann m'attend à la maison. J'ai justement des croquis à finir au plus vite. Je voulais simplement confier ce canari à Lady Evelyn, pour qu'elle puisse le porter à Howard Carter.
- Il s'appelle Pépi ! déclara Charlie avec fierté.

Les adultes se tournèrent vers lui, interloqués.
- Pépi, répéta Mark McKenna avec gaieté. Où donc es-tu allé chercher ce drôle de nom, Charlie ?
- Il a certainement entendu parler de Pépi, l'un des pharaons de l'Ancien Royaume d'Egypte sur lequel John est en train de faire des recherches.

Il lui accorda un air entendu.
- Bien sûr, j'aurais dû me douter qu'il s'agissait d'un pharaon, dit-il avec gaieté. Comme vous me l'avez justement rappelé lors de notre première rencontre, *cette terre est un réceptacle de savoir que ni vous ni moi ne pourrons jamais atteindre au cours de nos vies.* J'ai le grand désavantage de ne pas connaître l'histoire de l'Egypte aussi bien que vous, Vélénia…
- Mais vous aurez l'occasion de le faire, répliqua Lady Evelyn, mielleuse. Vous verrez que ce voyage à la Vallée des Rois vous enchantera, et je suis sûre qu'Engelbach et Howard vous mettront rapidement au courant.
- J'ai appris que John se joindrait au groupe qui part pour Louxor, commenta Lady Mathilda. Serez-vous des leurs aussi, Vélénia ?
- Non, je crains que ce ne soit pas le cas… bredouilla celle-ci.

Elle prit Charlie dans ses bras avant de poursuivre.
- Maryann préfère rester au Caire pour Charlie, et moi-même j'ai des croquis en retard. Je vous souhaite un excellent voyage, Lady Evelyn, Monsieur McKenna. J'espère que Howard Carter appréciera son canari… Lady Mathilda, je vous remercie pour cet agréable moment.
- Vélénia chérie, Pauline et Philip seront désolés de vous avoir manquée, mais vous reviendrez bientôt rendre visite à mes enfants, n'est-ce pas ? Ils apprécient tant votre compagnie…

Le 3 novembre, comme prévu, Lady Evelyn se rendit à Louxor en compagnie de son père, de Mark McKenna, de l'Inspecteur en Chef du Département des Antiquités Engelbach, de l'ingénieur Arthur Callender, de John Kavanagh... et du canari.

Howard Carter reçut avec une joie presque enfantine l'oiseau jaune, persuadé que son chant égayerait la solitude de sa chambre. En apercevant le menu occupant dans sa cage, l'un des serviteurs poussa une exclamation.

- C'est un oiseau d'or qui nous portera bonne chance ! Cette année, nous trouverons, *Inch'Allah*, un tombeau empli d'or et de richesses !

Pendant que les archéologues et les experts fouillaient avec ferveur le sol de la Vallée des Rois sous les diligentes indications de Howard, John accompagna Mark McKenna visiter en aparté Louxor bâtie sur l'ancienne Thèbes, à l'architecture monumentale, et dont le temple construit par Aménophis III révélait peu à peu ses vestiges depuis 1885.

Mark venait de poser une question, et John scruta pensivement l'horizon de fournaise, puis s'épongea le front avec son mouchoir. L'Américain attendait patiemment sa réponse, grave et attentif, indifférent à la chaleur qui se dégageait des pierres du sol.

- Ce que vous me demandez là est plus compliqué qu'il n'y paraît...
- John, reprit-il de sa chaleureuse voix. Vous devriez penser sérieusement à venir aux Etats-Unis. Avec tout ce que vous et Maryann avez appris sur le terrain ici, vous n'auriez aucun mal à devenir des égyptologues réputés, au lieu de rester à l'ombre. Vous ne pensez tout de même pas rester ici le restant de votre vie ? Avez-vous pensé un seul instant à Maryann qui se languit de retourner à un pays plus... occidental, à votre fils qui est élevé loin de sa culture ?
- Nous avons encore tant à faire aux fouilles.
- Les excavations prendront des siècles avant de livrer leurs secrets. Vous n'êtes pas dans votre pays, John. Ces vestiges ne vous appartiennent pas, et j'ai bien peur qu'un jour ou l'autre vous n'ayez plus de fonds, sans parler des ennuis.

- Quels ennuis ?
- Que faites-vous des menaces que vous avez reçues ainsi que vous l'avez mentionné à Howard l'autre jour sur le chantier ?
- Ce n'est qu'un plaisantin que cherche à me faire peur, répondit John en haussant les épaules.
- Croyez-vous que si ces menaces étaient vraiment un jeu, vous les auriez cachées à Maryann ?
- Oubliez ce que vous avez entendu à ce sujet. Je connais le pays et les égyptiens.
- John, je n'ai pas à me mêler de ce qui ne me regarde pas, mais je vous en prie, faites attention. Vous avez une femme et un fils en bas âge.

L'archéologue se dérida et donna une tape amicale à Mark.

- Essayez-vous de me dire que vous tenez vraiment à ce que j'émigre aux Etats-Unis ?
- Je vous l'ai déjà dit. J'ai des relations dans plusieurs universités de l'Ivy League et qui seraient ravis de vous compter parmi leur professorat, surtout avec votre expérience et connaissances en égyptologie. Les Rockefeller sont des amis de longue date et eux aussi s'intéressent à l'Egypte.
- Merci, j'apprécie sincèrement, mais pour l'instant je reste ici. Nous en reparlerons peut-être d'ici deux ou trois ans. Surtout, ne vous faites pas de souci pour moi. Je serai prudent.

Mark fixa le cadran de sa montre de gousset pour consulter l'heure.

- Qu'en est-il de Vélénia ? demanda-t-il.
- Vélénia ? répéta John.
- Comment est-elle arrivée jusque chez vous ? La plupart des émigrés de Russie fuient vers l'Amérique, pas l'Afrique.
- Pourquoi cette question ?
- Je ne sais pas... L'autre soir en l'observant, je me suis dit que d'une certaine façon, elle appartenait ailleurs.

Mark fronça ses sourcils. Il ne savait comment expliquer la sensation de la reconnaître sans jamais l'avoir rencontrée auparavant.
- C'est sans doute à cause de ses manières délicates et de sa beauté qui n'ont pas de place sur un chantier, suggéra John. Bien qu'elle s'entête à ne pas se protéger du soleil et qu'elle ait la peau qui brunisse, je me dis qu'elle ressemble à ces femmes de l'aristocratie que vous avez certainement rencontrées lors de vos voyages. Je me suis mille fois demandé quelle avait été sa vraie vie en Russie et en France. Vélénia a cependant un côté sauvage qui l'empêche de se dévoiler. Maryann et moi avons tenté de lui faire rencontrer des jeunes gens de son âge, bien qu'il y en ait peu qui lui conviennent vraiment ici. Mais chaque fois elle les a gentiment éconduits. On dirait qu'elle veut être seule. Et ce n'est pas les admirateurs qui lui manquent…
- J'ai remarqué que Howard Carter est l'un d'eux.
- Howard ? Non… je la taquine beaucoup à ce sujet, mais elle ne ressent rien d'autre que de l'admiration pour ce qu'il fait, et lui, n'est qu'un vieux loup solitaire qui lui rend son amitié. Je me demande souvent ce que Vélénia cherche, ce qu'elle attend des autres. Elle s'emmure dans une farouche indépendance. Je suppose qu'à sa façon, elle est heureuse ainsi.

Mark perçut la peine de John.
- Vous êtes très attaché à Vélénia, remarqua-t-il.
- Elle fait partie de notre famille depuis presque trois ans.

Mais quelle était exactement la place de Vélénia chez les Kavanagh ? Il n'y avait aucun doute que Charlie avait trouvé en elle une seconde mère. Maryann la considérait certainement comme une sœur cadette sur laquelle veiller. Quant à John…

… Mark fut agacé par ces pensées. Que lui importaient après tout les liens entre Vélénia et les Kavanagh ? Que lui importait que John la surprotège, ou qu'elle eût le béguin pour Howard Carter ? L'Américain la trouvait très jolie mais inaccessible. C'était certainement la raison pour laquelle il avait pensé à elle à plusieurs reprises depuis qu'il l'avait rencontrée. Mark McKenna aimait s'entourer de belles femmes, c'était bien connu. Et cela lui avait valu son divorce.

Le lendemain, samedi 4 novembre 1922, fut une journée de délicieuse anxiété pour Howard Carter, son mécène, et toute l'équipe présente, car dans la Vallée des Rois un pharaon méconnu sortit de l'immobilité trois fois millénaire de ses ténèbres.
- Voyez-vous quelque chose, ma chère ? demanda Lord Carnarvon depuis l'extérieur.

Tous retinrent leur souffle.
- Oui, c'est merveilleux, répliqua la voix de Lady Evelyn jaillie d'entre les entrailles de la terre.

Howard Carter ne peut réprimer un cri de satisfaction et donna une accolade à Mark et à John pendant que l'artistocrate illumina de sa torche l'obscurité de la salle. Grâce à sa petite taille, elle avait été désignée pour rentrer la première dans la tombe désormais profanée.

Un trésor fabuleux au-delà des limites de l'imagination se dévoila. Deux étranges effigies d'ébène noir représentant un roi, cerclées d'or, sortirent de l'ombre. Des statuettes mi-animales, mi-humaines. Des casquettes ornementales délicatement peintes. Des fleurs séchées. Des vases d'albâtre, certains en forme de papyrus ou de lotus. D'obscurs temples avec un monstrueux serpent sorti du néant. Des coffres blancs, des chaises finement sculptées dans le bois, et des tabourets de toutes les formes et matériaux. Un trône serti d'or, des boîtes d'une curieuse forme ovale. Et finalement, la confusion des fragments de chariots d'or entremêlés…

Lorsque Mark put pénétrer à son tour dans le tombeau à la suite de Howard et de John, il eut l'impression que la pièce était une mise en scène pétrifiée d'une civilisation perdue sous les sables. Au dehors, les témoins se questionnaient les uns les autres, bouleversés. Etranger aux arcanes de l'archéologie, mais amateur d'art, l'Américain fut ébloui par la richesse qui se déploya devant ses yeux écarquillés. Plus qu'une richesse mesurable, tel un compte en banque, des bijoux ou des propriétés, cette trouvaille le dépassait, au-delà de sa temporalité et de ses repères.

Howard Carter ne se doutait pas qu'il venait de découvrir l'antichambre de la tombe que les ouvriers avaient baptisée celle de l'Oiseau Doré en honneur à son gracieux canari, pas plus qu'il ne soupçonnait encore que la momie endormie portait le nom de Toutânkhamon, un nom voué à briller au fil des générations futures.

Empli d'une joie nostalgique parce que la somptueuse trouvaille de son ami ternissait ses propres rêves, John revint au Caire en compagnie de Mark McKenna et de Lady Evelyn. Ses brumeux regrets furent dissipés par l'enthousiasme de Vélénia et Charlie lorsqu'il chatouilla leur imagination avec la mythique découverte. Maryann était en proie à une migraine naissante et n'eut qu'une réaction modérée.

- Tu aurais dû voir comme même Mark était épaté par la découverte !

Ils étaient tous les quatre assis sur la terrasse aux jalousies, confortablement assis sur d'amples coussins à même le sol pour déguster un odorant thé à la menthe. La fraîcheur du soir apportait la senteur des plants de jasmin mêlée au sable qui venait du désert, enveloppant sensuellement l'air.

- Mark McKenna n'est-il pas reparti en Amérique ? demanda Maryann d'une voix fébrile.
- Non, pas encore. Je pense qu'il prendra le bateau à la mi-décembre. Il a promis qu'il viendrait nous rendre visite après-demain dans la soirée.
- Lady Mathilda raconte qu'il a fait plutôt bonne impression sur la fille de Lord Carnarvon.

Vélénia renversa involontairement son verre et pesta contre sa maladresse.

- Tu sais bien que Lady Mathilda veut marier tout le monde, objecta John avec un soupir. Tu ne devrais pas écouter ce qu'elle dit. Elle est très mondaine, mais c'est aussi une vieille pie.

- Comment va Pépi ? intervint Vélénia pour changer de sujet.
- Il piaille joyeusement ! Howard m'a demandé de te remercier vivement. Sais-tu ce qu'ont dit ses hommes lorsqu'ils ont vu le canari ?...

Le surlendemain, Vélénia décida d'aller contempler le coucher du soleil depuis Al Gizeh, et pria Safia d'en faire part aux Kavanagh dès qu'ils rentreraient. Si John avait été présent, il lui aurait formellement interdit de s'y rendre seule. Il avait trop peur qu'il ne lui arrive quoi que ce soit, la trouvant beaucoup trop indépendante dans un pays conservateur qui ne tolérait pas tout à fait la liberté des femmes, même étrangères.

Vélénia vouait une passion aux étoiles qu'elle ne se lassait jamais de contempler et les pyramides étaient pour elle le meilleur des endroits pour les contempler. Elle avait usé bien des vœux sur les étoiles filantes qui avaient traversé le firmament d'Egypte, admiré la rondeur de la lune dont elle désirait connaître la face cachée. Equipée d'un rudimentaire télescope ou à l'œil nu, elle sondait le manteau des nuits de l'univers à la recherche d'un absolu inaccessible, enveloppée d'une incommensurable solitude que tempérait un étrange sentiment d'appartenance... Il lui arrivait de s'échapper à la tombée de la nuit pour venir s'allonger, comme ce soir, sur l'un des blocs de Kheops, sa pyramide préférée et rêver, penser, chercher.

Ici, elle éprouvait la plénitude, une envie de *nulle part ailleurs*...

Allongée sur son bloc de granit depuis près d'une heure, elle devina une présence dans l'ombre, et se releva vivement, aux aguets. Une silhouette se tenait sur le bloc voisin, dans la pénombre, à quelques mètres de distance. Même si elle ne voyait pas son visage, elle reconnut tout de suite l'allure de Mark McKenna.

- John m'a dit que je vous trouverais ici, commenta-t-il. Et j'ai pour mission de vous ramener saine et sauve chez les Kavanagh.

Comme elle ne répondait rien, il s'approcha davantage.
- Puis-je venir m'asseoir auprès de vous ?
- Comme vous voudrez.

Il n'y avait personne d'autre aux alentours. Vélénia regrettait l'intrusion qui perturbait sa contemplation confidentielle des cieux.
- Vous savez, vous êtes quand même une étrange fille. Pourquoi venir dans un endroit aussi isolé à cette heure-ci ? John dit qu'il n'arrive pas à vous en empêcher.

Vélénia devina dans la nuit son sourire désabusé, et ce profil qu'elle avait la faiblesse de trouver séduisant.
- Avez-vous levé votre regard, Monsieur McKenna ?
- S'il vous plaît, appelez-moi Mark.
- Avez-vous levé votre regard, *Mark* ?

Il aima la façon dont elle prononça son prénom…admira le visage angélique tourné vers lui. Comment pouvait-elle demeurer si entière, si mystérieuse ? Lentement, il leva la tête et s'aperçut que pas une seule fois depuis son arrivée en Egypte il n'avait pris le temps d'observer le ciel de la nuit.
- John et Maryann ne partagent pas ma passion pour les astres, préférant sonder la terre plutôt que les cieux. C'est pour cela que je viens seule. Les Anciens croyaient qu'Al Gizeh était la porte des étoiles.

Ils ne parlèrent plus pendant quelques éternelles secondes.
- Pourquoi êtes-vous venu jusqu'ici ? finit-elle par demander.
- Je suis arrivé chez les Kavanagh pour faire mes adieux lorsque Safia leur a fait part de votre message. J'ai proposé à John de venir vous chercher avec mon cabriolet. Ainsi, j'en profiterai pour vous dire au revoir.
- C'est gentil de votre part. Surtout vis-à-vis de quelqu'un qui n'a pas été très aimable avec vous en toute occasion.
- Etes-vous en train de me présenter vos excuses ?
- Non…
- C'est bien ce qu'il me semblait.

Vélénia se détendit et s'allongea sur le bloc. Mark l'observa avec circonspection.
- Que faites-vous ?
- Lorsque j'étais petite, je m'allongeais la nuit sur la pelouse des jardins, et je restais ainsi longtemps. Au bout d'un moment, j'avais l'impression de tomber dans les étoiles…

Une très légère brise se leva, caressant doucement le visage de Mark, et lui amenant les effluves du parfum de Vélénia qu'il identifia au jasmin. Comme elle se retranchait dans ses souvenirs, il l'imita et s'allongea lui aussi sur le dos, à ses côtés, se demandant qu'est-ce qui le poussait à être là en ce moment précis dans une situation aussi incongrue.

Quelque chose le troublait, et il ne savait pas s'il s'agissait du silence des étoiles, ou de celui de la jeune fille à ses côtés.
- Vous voyez les trois étoiles là-haut ?

Mark suivit du regard le bras qui s'étendait avec grâce vers la voûte céleste.
- Oui…
- C'est la ceinture d'Orion. Savez-vous que les trois pyramides d'Al Gizeh sont elles aussi alignées de la même façon ?
- Non, je l'ignorais.
- Les Anciens Egyptiens appelaient la région du paradis dont Orion fait partie, le *Duat*. C'est l'endroit où part l'âme après la mort. D'après eux, ce n'était pas seulement une région du ciel, mais un univers parallèle où l'âme ne peut échapper au jugement et doit se mesurer à la vérité. Le *Duat* était un couloir étroit qui menait à une galerie, certainement à l'image des couloirs qui existent dans les pyramides. Les anciens textes hermétiques prétendent que *là-haut* est le reflet *d'ici-bas*…

Mark comprenait mal la fascination qu'elle exerçait sur lui, avec ses propos teintés de féerie, alors que lui se déclarait rationnel. Au cours de leur bref mariage, Patricia l'avait maintes fois accusé d'être froid, calculateur et superficiel.
- A quoi pensez-vous ?

- A mon ex-femme. Si elle me voyait ici avec vous, écoutant votre théorie sur les étoiles, elle se moquerait sûrement de moi, connaissant *mes* théories assez éloignées des étoiles.
- Vous êtes matérialiste ?
- Décidément, les femmes… murmura-t-il.
- Pardon ?
- Rien.

Au bout d'un moment, il ne tint plus en place. L'immensité de l'univers l'exaspérait.

- Vélénia, commença-t-il énergiquement. Je voulais aussi vous voir parce que j'ai longuement parlé avec John. Je crois qu'il est quasiment convaincu de venir s'établir aux Etats-Unis dans un futur proche.
- Pardon ?!

Sa vive réaction le surprit.

- Disons que je lui ai proposé de l'aider.
- John ne partirait jamais d'ici ! Il aime beaucoup trop l'Egypte ! Et qu'irait-il faire dans un pays inconnu et lointain ?
- L'Amérique est le pays des opportunités. Vous devriez vous aussi songer à y émigrer.

Cette remarque l'amusa.

- Et que pensez-vous que je pourrais faire là-bas ? demanda-t-elle. Je ne suis qu'une orpheline.
- N'est-il pas mieux de l'être là-bas, qu'ici ? L'Amérique est après tout plus proche culturellement parlant de la Russie où vous avez grandi que ne l'est l'Egypte. Et puis, n'importe qui y a l'égalité de chances.

Elle redevint sérieuse, peut-être mélancolique.

- Je pourrais vous aider, Vélénia, si vous me le permettiez.
- Pourquoi voudriez-vous m'aider ? Vous ne savez rien de moi.

Lui aussi se posait la même question.

- Je sais peu de vous, c'est vrai, mais…

Il s'interrompit.

- Je dois tout à ce pays, Mark. Il m'a redonné une seconde chance.
- Votre passé est-il si compliqué ?
- Cela est sans importance, répliqua-t-elle vaguement.

Elle se dérobait à nouveau, lui échappait. Cette sensation de perdre quelqu'un qui ne lui appartenait pas le perturbait.

- Assez parlé ! J'ai promis à John que je vous ramènerais à la maison ce soir. Le chauffeur nous attend un peu plus loin. Venez, vous ne voudrez pas que John se fasse encore plus de soucis pour vous, n'est-ce pas ?

John la surprotégeait, et par moments son affection l'étouffait. Pourquoi ne pouvait-il pas s'occuper plus de Maryann ? Vélénia acquiesça d'un signe de tête et emboita le pas de Mark jusqu'au véhicule.

- Vous êtes très jeune, dit Mark sur le chemin du retour. Vous avez toute une vie à vivre, tout à apprendre. Un jour vous voudrez vous marier, avoir des enfants... ce pays-ci n'est peut-être pas le plus indiqué pour trouver un mari convenable.

Elle le toisa avec tant de véhémence, qu'il douta un moment.

- D'accord... je sais que vous n'avez que l'embarras du choix. Lady Mathilda m'a presque énuméré tous vos admirateurs. Mais apparemment, vous n'avez d'yeux que pour Howard Carter...

Elle éclata de rire.

- Howard ? Mon Dieu, mais Howard est...

Sa gorge se noua soudain. Une ombre refaisait surface.

- Howard me rappelle mon père, dit-elle au bout d'un interminable silence. Je l'admire beaucoup.

Mark la contempla sous la faible lueur de la nuit. Jamais il n'avait rencontré de personne plus avide de s'effacer, d'être totalement libre, à l'abri du regard des autres. A Boston, l'entourage des McKenna ne se souciait que d'argent, de fortune, de créer et maintenir des relations avantageuses... Quelle place une fille comme Vélénia aurait-elle dans la société huppée de la Côte Est ? Une âme sauvage et désintéressée comme la sienne attiserait sans doute les curiosités. Mais sauraient-ils l'apprécier à sa juste valeur, aller au-delà de son captivant minois ? Qui perdrait le temps de l'atteindre, alors qu'il y avait des conquêtes plus faciles ?

Pensif, Mark ne s'était pas rendu compte qu'ils étaient arrivés devant chez les Kavanagh. Il descendit de la voiture, un rien contrarié, pour raccompagner Vélénia sur le pas de la porte.

- Rappelez-vous, Vélénia, de ce que je vous ai dit à propos de l'Amérique.

La physionomie sibylline de la jeune fille l'enchanta.

- Je vous souhaite un bon voyage de retour, Mark McKenna.

Elle lui tendit la main. Leurs doigts s'effleurèrent à peine et Mark lui fit un baise-main, réprimant son envie de la serrer dans ses bras, de respirer une fois de plus son parfum de jasmin. Il ne la reverrait plus jamais. A quoi bon la blesser par un geste qui la compromettrait et ne pouvait engendrer aucun lendemain ?

- Vélénia ! appela-t-il avant qu'elle ne disparaisse à l'intérieur de la maison.

Elle se retourna lentement.

- Oui ?
- J'aurais été ravi de vous rencontrer lorsque vous étiez à Petrograd, dans d'autres circonstances. Tout aurait pu être différent.

La jeune fille réfléchit un instant avant de répondre par une boutade.

- Peut-être m'avez-vous déjà rencontrée sans le savoir. Mais c'était autrefois, ailleurs.

Après le départ de Mark McKenna, le quotidien reprit ses droits. Les Kavanagh n'évoquèrent que rarement l'Américain, mais Vélénia soupçonnait que John envisageait sérieusement la possibilité de s'expatrier à nouveau, d'autant plus qu'il devenait d'une humeur morose et commençait à se lasser des entraves du Gouvernement Egyptien dans ses recherches. Il lui arrivait de décréter à Maryann qu'en Amérique, ils auraient certainement moins de mal à faire reconnaître l'importance de leur labeur.

Vélénia redoutait lorsque John se plongeait dans cet état d'esprit car, pour légères qu'elles fussent, ces paroles avaient le goût de l'abandon. Elle ne se sentait pas capable d'endurer une nouvelle et aussi cruelle séparation.

L'hiver s'installait. Il avait tout coloré avec la générosité de ses pluies. Un vert timide était revenu dans les campagnes, mais si Alexandrie était exposée aux vents et aux pluies fortes, le ciel était bas et gris au Caire. Seule la Haute-Egypte retenait le soleil bienveillant. Les journées douces précédaient les nuits fraîches, parfois glaciales, inlassablement.

La mi-décembre fut d'autant plus mélancolique lorsque Howard Carter revint au Caire qu'il annonça que Pépi était mort. Ce fut un drame pour Charlie qui pleura, inconsolable, dans les bras de Vélénia. Le plus étrange de cette mort furent les circonstances, selon les déclarations faites par l'Inspecteur Général en charge des Antiquités. Il racontait à qui voulait l'entendre qu'au moment où la tombe du pharaon découvert par Howard Carter – dont on savait maintenant avec certitude qu'il s'agissait de Toutânkhamon – avait été revisitée pour l'élaboration de son inventaire, un cobra était entré dans la chambre de l'Anglais et avait dévoré le canari. Or les cobras étaient plutôt rares en Egypte en cette période hivernale. Dans les temples anciens, le reptile était considéré comme le symbole-même de la royauté, et chaque pharaon portait son effigie sur le front, comme pour signifier son pouvoir, celui de foudroyer l'ennemi. Les Egyptiens, fort superstitieux, considéraient cette mort comme un mauvais présage.

Pour égayer les esprits, John proposa de visiter le chantier du tombeau de Toutânkhamon sur lequel Howard travaillait d'arrache-pied nuit et jour. Comme d'habitude, Vélénia et Charlie s'enthousiasmèrent à cette idée, mais Maryann se montra plus réservée et retardait la visite. Cela prit quasiment deux mois pour la convaincre d'y aller, et en février 1923, peu après l'ouverture officielle de la tombe, elle finit par céder.

En fin de compte, cette semaine passée en dehors du Caire fut des plus joyeuses et même Maryann se détendit. Les Kavanagh avaient emmené leur tente pour camper derrière Deir-el-Bahari, dans l'ample vallée de Biban-el-Moulok, « Les Portes des Rois », bordée de falaises abruptes.

Alors que les Kavanagh allaient prêter main forte aux fouilles, Vélénia passa le plus clair de son temps à peindre des aquarelles sur les paysages de la nécropole royale, flanquée du petit Charlie qui s'efforçait de son côté de gribouiller tant bien que mal. Le paysage était surplombé de monticules et dominé par une sorte de pyramide naturelle, emblème indéniable. Beaucoup de sépulcres, à l'image de celui de Toutânkhamon, étaient ensevelis et dissimulés derrière les remblais. D'autres, autrefois majestueux, érigeaient leurs portails en ruines vers l'azur. La cache de Deir-el-Bahari avait été découverte quarante ans auparavant, et les siècles à venir livreraient incontestablement ses maints secrets.

En vérité, la jeune fille prit Charlie et ses esquisses comme excuse pour éviter autant que possible la compagnie de Lady Evelyn Herbert. En effet, celle-ci était un boute-en-train omniprésent, portant son aide précieuse aux archéologues lors de leurs fouilles, appuyant tendrement son père qu'elle affublait du surnom « Pugs », s'activant même à improviser un *tea time* en plein désert pour maintenir le moral des troupes.

Pourtant, Vélénia avait accepté avec soulagement le changement de décor de Louxor. Elle traversait une phase de confusion totale, de doute, d'une inavouable et lancinante douleur qui ne lui permettaient pas de vibrer au même diapason que Lady Evelyn et l'emmuraient dans une discrétion qui la laissait en marge de toute la frénésie autour de Toutânkhamon. Elle se sentait éclipsée par l'éclatante énergie de la fille de Lord Carnarvon, de quelques mois son aînée. En somme, Evelyn Herbert était celle que Vélénia aurait dû être et incarnait le décalage qu'elle ressentait par rapport à sa propre destinée. Vélénia avait le désagréable sentiment qu'elle s'était fourvoyée, car elle était arrivée à une impasse, sans pouvoir déterminer dans quelles parties de sa vie.

Elle cherchait, cherchait, cherchait... et avait conscience que la réponse était forcément en elle. Personne ne pouvait l'aider, pas même l'analytique et pragmatique Maryann.

Et John encore moins.

Ce dernier ne faisait que compliquer la vie de la jeune fille. Il la voyait tellement parfaite, opposée à la façon dont elle-même se jugeait. Il l'emprisonnait dans une affection qui demandait trop, une amitié qui exigeait ce qu'elle ne pouvait donner. Comment lui expliquer qu'elle était loin d'arriver sur la voie qui lui était destinée, qu'elle ne pouvait rien partager avec quiconque si elle ignorait ce qui se trouvait en elle ? Il lui manquait ouvrir une porte. Mais quelle était cette porte, et où se trouvait la clef ?

Un sinistre événement aviva les tourments de Vélénia lors du retour au Caire. En effet, le mardi 20 mars 1923, Lord Carnarvon tomba gravement malade, prétendument à la suite d'une piqûre d'insecte sur la joue. Une semaine plus tard, les docteurs avaient diagnostiqué une pneumonie et un empoisonnement du sang. Lady Evelyn qui avait veillé sur son Pugs adoré en démontrant ses talents d'infirmière (une raison de plus pour briller davantage en société), fit venir sa mère au chevet du lord.

Howard Carter regagna le Caire quelques jours plus tard, espérant que le mécène se rétablisse. Il se rendit chez les Kavanagh avec fréquence pour meubler l'insupportable attente.

De leur côté, Maryann et Vélénia firent une visite de courtoisie à Lady Mathilda qui s'efforçait d'égayer les esprits tant bien que mal. Comme de coutume, ce qui au départ ne devait être qu'un thé *entre amies*, devint un événement social, et les deux femmes y rencontrèrent la moitié de la communauté européenne qui ne faisait que commenter l'état de santé de Lord Carnarvon.

Vélénia y retrouva bien malgré elle Lady Evelyn. La fille de Lord Carnarvon lui était viscéralement antipathique, mais vu les circonstances qui l'affligeaient, elle partageait son inquiétude quant à la santé du mécène.

- Je suis navrée que votre mère ait dû venir en catastrophe depuis Londres, compatit Maryann. C'est affreux…
- Vous ne pensez pas si bien dire, répondit Lady Evelyn avec cet accent qui hérissait Vélénia. Je m'apprêtais à voyager en Amérique, et ai dû annuler tous mes plans pour accueillir Mère au Caire. Je ne pouvais la laisser seule.
- Vraiment, *darling* ? rajouta Lady Mathilda. C'est si dommage ! Et si vous nous racontiez un peu ce qui vous amenait en Amérique ?
- Oh, ce n'est que partie remise. Je projetais de m'y rendre un mois avec ma belle-sœur, entre Boston et New York pour ne point abuser de notre hôte.
- Y avez-vous donc des amis ou des connaissances ?
- Lady Mathilda, vous souvenez-vous de Mark McKenna ?

Vélénia sentit son cœur bondir. Elle était certaine que Lady Evelyn l'examinait avec insistance, mais elle plongea résolument ses yeux dans sa tasse de thé qu'elle convertissait en un tourbillon miniature à force d'y tourner sa cuiller.

- Le charmant américain, se rappela Lady Mathilda. Mon Dieu ! Mais qu'est-il devenu ? Cela fait longtemps que nous n'avons plus de ses nouvelles !
- Je sais… Eh bien Anne Catherine et moi-même avons été invitées à séjourner chez lui. Vous n'ignorez pas que mon amie est de New York et connaît les

McKenna. Vous ne pouvez savoir combien il a insisté que nous lui rendions visite ! C'est quelqu'un d'exquis, fort admiré dans la société de Boston. Il possède de multiples propriétés dans les états de New York et du Massachussetts…

Allons donc, que la vente aux enchères commence ! pensa Vélénia, alors qu'elle luttait pour se tenir aussi droite que possible dans son siège.

- Il est vrai que Mark McKenna est un gentleman, renchérit Lady Mathilda. Mais… n'est-il pas divorcé ? Je ne sais s'il ferait un parti convenable…
- Allons, ne soyez pas vieux-jeux ! répliqua la jeune lady d'un ton badin. Vous n'avez aucune idée comme il est brillant ! Il est charmant, intelligent, fortuné, que peut demander de plus une femme sensée ?
- Mark McKenna a-t-il l'intention de revenir en Egypte, Milady ? demanda Maryann avec intérêt.
- A vrai dire je n'en sais rien. Il m'a promis qu'il viendrait me rendre visite à Londres cet été, vers le mois d'août.
- *Darling* ! Doit-on en conclure qu'il y aurait quelque chose entre vous deux ?
- Lady Mathilda ! fit-elle semblant de s'offusquer. Vous savez bien que jamais je n'oserais m'engager sans le consentement de *Pugs* ! Nous verrons bien ce qu'il en sera lorsque je rentrerai à Londres.

Les invitées commencèrent à s'extasier sur la vie hypothétique de « Madame Mark McKenna », avec toutes les mondanités, le bruit des divertissements, la folie et l'insouciance des *Roaring Twenties*. Alors qu'elles tissaient une vie chimérique autour d'une femme qui n'existait que dans leurs racontars, Vélénia les écoutait avec réserve, dissimulant le vertige que lui inspiraient ces images. Tous ces tourbillons de fêtes, elle les avait vécus dans la splendeur de la cour de Russie, elle s'en était imprégné l'âme jusqu'à en mourir. A quoi ces déchaînements, ces fastes et ces plaisirs évanouis avaient-ils servi si elle, Vélénia Andréïevna Kemsky, comtesse adulée de la cour impériale de la Sainte Russie, amie intime d'une des dernières grandes-duchesses de la prestigieuse lignée des Romanov, en avait été réduite à devenir une simple inconnue dans un pays qui ignorait tout de son rang et de son passé ?

Lady Evelyn se répandait en détails sur une vie que Vélénia fuyait désespérément, s'étendit longuement sur les biens des McKenna, parla avec maints détails de la sœur de Mark et de son richissime époux russe qu'elle avait connus à Londres… Parallèlement à ces récits, Vélénia se rappelait Saint-Pétersbourg malgré elle, et les souvenirs affluèrent violemment, s'emmêlèrent de rires, de bribes de conversations, d'affliction.

- Vélénia, te sens-tu bien ? demanda Maryann à ses côtés. Je te trouve très pâle…

Chaque mot qui se prononçait dans le salon de thé de Lady Mathilda martelait dans ses tempes, et les images devinrent une souffrance physique, une migraine térébrante, tant et si bien que Vélénia fut obligée de se retirer, fébrile et tremblante.

Elle ne se rappellerait jamais avec précision des jours qui suivirent, assaillie d'un mal de tête que les rayons du soleil amplifiaient, alitée dans un délire auquel elle ne pouvait échapper. Maryann et John craignirent qu'elle n'eût attrapé le même mal que Lord Carnarvon, et Howard Carter lui rendit visite sans qu'elle eût la force de lui répondre. Elle avait envie de rester prostrée, de revenir à la source de son existence, avant la naissance de sa mémoire et de son corps, pour tout réécrire, pour renaître ailleurs.

La jeune fille se réveilla trois jours plus tard, rassérénée et placide. Sa souffrance avait inexplicablement disparu, et elle se sentait libérée, bénie sous le ciel azur de ce début d'avril… Elle se souvenait vaguement qu'elle avait ressenti une diffuse chaleur au milieu de la nuit, au cœur de son sommeil. Certainement les gages de son délire.

Howard vint prendre de ses nouvelles, et elle l'accueillit avec joie dans le patio, aux côtés des Kavanagh, mais fut sensible à l'évidente tristesse de l'archéologue. En cet instant il lui parut vieux et usé, si solitaire…

- Vélénia chérie, dit John, alors que la jeune fille s'installait auprès de lui. Howard a une terrible nouvelle…
- Qu'est-ce ? demanda-t-elle, la gorge nouée.
- Lord Carnarvon est mort cette nuit, annonça-t-il, lugubre.

Elle fut paralysée par le choc.
- Je suis désolée, Howard… réussit-elle à bredouiller.
- Pauvre enfant… J'avais peur que vous ne couriez le même sort, et je suis venu ce matin prendre de vos nouvelles, lorsque John m'a dit que vous étiez complètement rétablie.
- Howard, c'est terrible ! Qu'allez-vous faire maintenant ?
- Je ne sais pas. Je dois me rendre à Londres, mais je ne pense pas partir avant le mois prochain. Nous devons malgré tout continuer les fouilles.

La mort de Lord Carnarvon déclencha un vent de panique et de superstition. Safia raconta qu'à l'instant de sa mort, vers deux heures du matin, les lumières du Caire s'étaient éteintes, et qu'au château anglais de l'artistocrate, son chien avait hululé jusqu'à la mort. Vélénia se garda bien de demander à la servante comment elle avait obtenu une telle information. De toute façon, l'Egyptienne clamait à qui voulait l'entendre que la disparition du canari Pépi n'avait été que le signe avant-coureur de la redoutable malédiction du pharaon.

Pendant les semaines qui suivirent, Vélénia percevait que quelque irrémédiable changement était survenu, mais elle ne pouvait expliquer exactement quoi ni comment…
- Tu sais, Maryann, je me suis longuement entretenu avec Mark avant son départ en décembre dernier.

Encore et toujours Mark McKenna, pensa avec lassitude Vélénia. Elle fixa John, ne saisissant pas pourquoi il parlait tout à coup de l'Américain alors que celui-ci était parti depuis plusieurs mois.
- Ah bon ? fit Maryann. Et de quoi ?

Elle venait de poser sa question distraitement et se leva pour aller à la bibliothèque en marmonnant quelque chose

d'incompréhensible. John soupira et considéra Vélénia qui lui adressa un sourire de consolation.
- De quoi avez-vous parlé ? l'encouragea la jeune fille.
- Visiblement Maryann ne s'y intéresse pas.
- Tu sais comment parfois elle se perd dans ses idées…
- Je sais, et c'est bien ce qui me désespère chez elle. Mais cela n'a aucune importance. Je lui en ferai part plus tard. En tous cas, je dois te féliciter, car tu sembles avoir attiré l'attention de Mark.

Vélénia retint son souffle. John avait la manie de changer de sujet dans une même phrase, la prenant souvent au dépourvu.
- Pourquoi dis-tu cela ? interrogea Vélénia, mal à l'aise. Tu sais bien que c'est Lady Evelyn qui aurait ses faveurs. Ce n'est un secret pour personne.
- Je me demande si ce n'est pas le contraire… Lorsque nous étions à la Vallée des Rois, il m'a demandé d'où tu venais.
- Pourquoi te l'a-t-il demandé si je le lui ai moi-même dit ?
- Il a peut-être l'impression de t'avoir rencontrée auparavant.
- Je ne suis jamais allée en Amérique.
- Il a voyagé plusieurs fois en Russie, jusqu'en 1917.
- Je doute que nous y ayons eu les mêmes fréquentations.
- Ce n'est pourtant pas à la campagne que tu as été élevée, Vélénia. Tu es bien trop cultivée pour cela. Tu parles plusieurs langues, tes manières sont trop délicates, tes mains n'ont jamais travaillé la terre…
- Je n'ai jamais dit que j'avais été élevée à la campagne.
- C'est vrai, fit John. Mais…
- *Darling*, laisse-la, interrompit Maryann qui était revenue. Tu n'as pas le droit de lui exiger quoi que ce soit si elle n'a pas envie d'en parler.

Vélénia prit une profonde inspiration. Arriverait-elle un jour à concilier le sang des Kemsky qui coulait dans ses veines et la vie sans complications ni souvenirs à laquelle elle aspirait ?

- D'accord, finit-elle par dire en haussant les épaules.
- D'accord quoi ? s'inquiéta Maryann.
- J'ai toujours supposé qu'un jour ou l'autre John et toi voudriez savoir l'entière vérité... Alors, voici mon histoire... J'ai vécu toute ma vie à Saint-Pétersbourg, sous tutelle, puisque j'ai perdu ma mère à l'âge de cinq ans, et que mon père n'a pas pu s'occuper de moi. Mon éducation, je la dois à ceux qui ont bien voulu m'élever en l'absence de mes parents. J'ai eu une enfance simple et heureuse, peut-être bourgeoise, mais jamais je n'ai fait partie des grands de ce monde. Lorsque la révolution a éclaté, mon tuteur m'a aidée à quitter le pays.

John et Maryann demeurèrent silencieux quelques instants.

- Vélénia, observa Maryann... c'est la version que tu nous as déjà racontée.
- Exactement. Car c'est *mon* histoire. Qu'avez-vous imaginé d'autre ?
- Vélénia...
- Non, John, ne rajoute rien, s'il te plaît. Je ne sais pas pourquoi Mark McKenna pose des questions sur moi, mais je ne l'ai jamais vu de ma vie, et je ne fréquentais pas assidûment la cour impériale !

Que la vie me pardonne ces demi-mensonges.

Vélénia perdit son assurance, assaillie en l'espace d'une seconde par la vision foudroyante de cette époque-là. Sa physionomie tourmentée livrait sa lutte intérieure. Comme ses yeux étaient clairs, son émotion poignante ! pensa obscurément John pour la millième fois.

- Ce Monsieur McKenna ferait mieux de ravaler son arrogance et de se mêler de ce qui le regarde ! conclut la jeune femme.
- Vélénia, intervint Maryann, je ne crois pas qu'il l'ait demandé avec de mauvaises intentions. Tu es si jolie que c'est normal que tu éveilles la curiosité chez les hommes. Je suis désolée que nous ayons parlé de tout

cela ; je sais combien tu détestes évoquer ce terrible passé.

John se leva sans un mot, soudain frappé par une douloureuse évidence.
- Où vas-tu, *darling* ?
- J'ai besoin de prendre l'air. Je m'en vais faire un tour.
- Mais John ! La nuit est avancée, protesta-t-elle.
- Veux-tu m'accompagner, Maryann ?
- Tu sais bien que je ne supporte pas la fraîcheur de la nuit.
- Je le sais. Bonsoir alors.

Le cœur serré, Vélénia suivit mentalement le sillage invisible que John avait laissé derrière lui et comprit brusquement l'attachement qu'elle lui portait. Elle l'aimait comme le père absent qui lui manquait, le héros qu'elle avait cherché au cours de son enfance. John était si attentionné envers elle, que parfois elle en éprouvait une joie coupable vis-à-vis de Maryann. L'éloignement du couple devenait évident de jour en jour. Il était injuste de bafouer ainsi le sacrement d'un mariage, la promesse d'amour qu'ils s'étaient échangée un jour devant Dieu. Maryann lui avait, dans un moment de faiblesse passagère, admis que la seule chose qui la retenait auprès de son mari était Charlie. Était-ce ainsi que s'écoulaient fatalement les mariages lorsque les deux parties n'étaient pas encore séparées par la mort ?

Le visage de John s'était fermé lorsqu'elle leur avait raconté une nouvelle fois le récit de sa vie. Il ne l'avait pas crue. Peut-être devinait-il qu'un secret existait au-delà des mots. Elle n'avait pas révélé qu'elle avait été très proche des premiers d'entre les grands de Russie. Comment le faire, si elle n'avait rien pu faire pour les sauver de leur fin fatidique que sa propre mémoire avait éclipsée ?

Trop de questions. Trop de doutes, et si peu de sérénité pour tout apaiser.

La lune brillait paisiblement. Pourquoi fallait-il que l'astre reluise lors des moments les plus tristes ? Était-il un signe funeste, un mauvais augure ? Sa géométrie trop parfaite et sa clarté franche étaient inquiétantes, donnant des ombres à la nuit.

Les rues de la ville étaient désertes, il se faisait tard. Seul un misérable chien abandonné hululait et son appel retentissait dans tous les coins de la cité endormie, morne et déchirant. Ombre fugace, Vélénia se dirigea vers la sortie de la ville, enveloppée d'un voile qui la dissimulait au clair de lune. Le cousin de Safia avait accédé à l'emmener en carriole aux pieds des pyramides. Mehmet était souvent son complice lorsqu'elle s'éclipsait de la maison à la faveur de la nuit.

John s'y trouvait. Où d'autre pouvait-il apaiser sa colère ? Aux aguets, sa silhouette dévala l'énorme bloc de pierre.

- Qui va là ?
- John, ce n'est que moi… Mehmet m'a amenée et nous attend pour que nous rentrions au plus tôt.

L'archéologue se retourna furtivement vers le haut de la pyramide comme pour guetter quelque chose que ni se produisait pas.

- Tu es folle de m'avoir suivie jusqu'ici ! Repars vite !
- John, il faut que je te parle !
- Pas ce soir.
- Pourquoi pas ?

Il tendit l'oreille, puis entraîna la jeune fille vers un endroit isolé du chantier, et là, il prit un air effaré.

- John, que se passe-t-il ? Tu as l'air contrarié.
- Que fais-tu ici ? Je sais que tu viens souvent en secret, mais je te le répète, c'est très dangereux pour une femme de sortir seule la nuit !
- Je sais, répondit-elle coupablement.

John réfléchit un instant.

- Pourquoi m'as-tu suivi ?
- Je ne t'ai pas suivi. J'ai pensé que peut-être tu viendrais ici, comme tous les autres soirs quand tu disparais de la maison.
- Comment le sais-tu ?
- Tu laisses tes traces, John. En général, le lendemain matin, lorsque nous venons au chantier avec Maryann,

je retrouve les cendres de ta pipe, ou alors ta gourde. Une fois tu as laissé ton cardigan.

Il bougonna.
- Tu es bien trop futée…

Elle voulut se défendre, mais se ravisa.
- Pourquoi es-tu venue ? insista-t-il.
- J'avais besoin de te parler.
- Et Maryann ? Tu aurais très bien pu rester avec elle.
- Non.

Silence.
- Bien… bougonna-t-il, je t'écoute.
- Tu as l'air fâché. Ai-je dit quelque chose qui ne va pas ? C'est à cause de ce que je vous ai raconté sur ma vie en Russie ?
- Vélénia… n'en parlons plus. Je suis terriblement désolé de t'avoir exigé la vérité…
- Mon père n'a pas pu s'occuper de moi car il n'était jamais à Saint-Pétersbourg, coupa-t-elle.
- Ecoute, je ne voudrais pas…
- Mais moi je veux te raconter, interrompit-elle à nouveau. Jamais je n'ai parlé de lui à personne après… après mon départ de Russie. Mon père m'aimait, mais il ne savait simplement pas s'occuper de quelqu'un d'autre que lui. Il avait une âme aventurière et parcourait le globe autant que possible. Il avait un puissant désir d'Orient… Il racontait que les vieilles pierres des vestiges lui parlaient. Malgré mes suppliques, jamais il n'a accepté de m'emmener avec lui, souhaitant que je fasse partie d'un monde où il croyait me préserver. Ironiquement, son monde a survécu sans lui et le mien s'est éteint sans moi… Lors de son dernier voyage, il est venu en Egypte dont il est tombé amoureux. Il parlait de venir s'installer ici une fois qu'il aurait réussi à assurer mon avenir, mais il est mort en Turquie sur le chemin du retour et avant d'avoir accompli son vœu. En venant ici, je voulais quelque part réaliser son rêve, trouver une réponse à son abandon, quelque trace de lui…

Le vent se leva et fit glisser avec douceur le voile de sa chevelure.
- Ma quête est illusoire, John. Elle est trop déchirante pour que je puisse la partager avec quiconque, tu comprends ?
- Vélénia…

Les mots lui manquaient.
- Alors, maintenant que tu sais, tu es toujours fâché avec moi ?
- Fâché avec toi ? répéta-t-il.

Ce n'est qu'une enfant qui n'a pas tout compris de la vie.
- Non, Vélénia… Jamais je ne pourrais me fâcher contre toi, jamais, tu m'entends ?
- Tu es différent depuis quelque temps… Maryann en souffre. Que s'est-il passé depuis que Mark McKenna est venu ? De quoi avez-vous réellement parlé ? Ce n'était tout de même pas de moi, comme tu le prétends ?

Il se passa la main dans les cheveux comme pour réfléchir à ce qu'il lui dirait.
- Si.
- Je ne comprends pas…
- Vélénia chérie, reprit-il doucement. Nous avons parlé de toi, parce qu'il avait la curiosité d'en savoir plus, et cela m'a rendu fou de jalousie.
- De jalousie ? Mais pourquoi ?
- Je suis un homme marié. Je devrais avoir honte des sentiments que j'éprouve pour toi et que je ne voulais pas affronter jusqu'à ce que Mark McKenna te remarque. Tu comprends, tous les autres prétendants que tu as ne t'arrivent pas à la cheville, mais lui…

Vélénia eut un frisson involontaire.
- John, de quoi parles-tu ?
- Ma pauvre Vélénia, je te parle de sentiments interdits. Comment ne vois-tu pas que je t'aime plus que ma propre femme si Mark McKenna, un parfait étranger, s'en est rendu compte au premier coup d'œil ?

La jeune fille se redressa vivement.

- Tu ne sais pas ce que tu dis ! s'indigna-t-elle.
- J'aimerais que ce fût le cas. Je t'aime trop, Vélénia, plus que je ne le devrais.
- Tais-toi ! Tu n'as pas le droit de faire ça à Maryann !

Elle voulait s'enfuir mais une force la retenait en cet endroit pour écouter ce qui lui faisait mal. Elle était engourdie de désespoir.

- Tu as raison, je n'ai pas le droit de tomber amoureux d'une autre femme. Mais aimer n'est pas un crime. Je t'ai respectée ainsi que Maryann. Tu m'accuses ? De quel droit juges-tu ce que je vis ? J'ai assez enduré de tourments en m'en voulant parce que je délaissais Maryann alors que c'est elle que j'ai choisie pour partager ma vie ! Seulement, j'ai réalisé qu'elle regrettait de m'avoir épousé, de m'avoir suivi jusqu'ici. Tu t'es glissée dans nos vies si doucement que j'aurais eu beaucoup de mal à m'avouer mes vrais sentiments, si Mark ne m'avait pas ouvert les yeux.

Vélénia étudia mélancoliquement le firmament étoilé, tant de fois scruté par les Anciens pour deviner les lendemains.

- Nul ne reste insensible à ton mystère et à ta jeunesse, Vélénia. Tu es si vivante et Maryann n'est que la pâle version de la femme que j'ai aimée ! Tu es faite pour aimer, et cela ne m'étonne pas que Mark McKenna t'ait remarquée.
- Encore lui ! John, arrête, tu es injuste !
- Pourquoi ? N'est-ce pas ce que tu voulais m'entendre dire ?

Elle ne put contenir son humiliation, et sa main gifla sèchement John, retentissant dans la quiétude de la nuit. Il ne broncha pas, les yeux exorbités. Regrettant son geste, Vélénia eut un élan vers lui, mais il s'esquiva et lui emprisonna le poignet droit avec force.

- J'ai bien mérité cette gifle. Peu importe. Tu dois partir, Vélénia. Émigre en Amérique, et ce sera mieux pour nous tous. Pars et marie-toi. Il est grand temps que tu trouves ton bonheur, qu'un homme honorable te protège et que tu aies des enfants, une nouvelle vie.

Il scruta le fragile poignet qu'il tenait entre ses mains, et caressa tendrement la cicatrice qui traversait les veines et la chair de son bras.
- Je sais que celle-ci est la marque de ce que tu as traversé, là-bas, en Russie, avant de venir ici. Cela a dû être terrible, mais tout est fini. Je me suis souvent demandé quelle était ta vie avant l'Egypte, qui tu avais aimé. Mais cela n'appartient qu'à toi. Laisse ton passé là où il est…

Il déposa un baiser sur la cicatrice de la jeune fille, puis la lâcha.
- Pars maintenant, il se fait tard.

Silence.
- Vas-tu rester ici toute la nuit, John ?
- J'ai quelques questions auxquelles je dois trouver une réponse avant de rentrer à la maison et affronter Maryann.

La brise se levait à nouveau. La faible lueur de la nuit dessinait la longue chevelure ondulée de Vélénia, baignait sa présence d'une lueur fantasmagorique.
- Vélénia…
- Oui ?
- Avant de partir, me confieras-tu le nom de ton père ? Peut-être l'ai-je connu lorsqu'il est venu ici ? Je te promets que je garderai le secret jusqu'à ma mort…

Il avait l'air sincèrement malheureux.
- Je suis Vélénia Andréïevna, chuchota-t-elle… fille du comte Andreï Sergueïevitch Kemsky de la Sainte-Russie, et de Sophie de Castellan…

Murmurer le nom de ses parents entre les étoiles et les vestiges fit affleurer une profonde émotion. Elle adressa un triste sourire à John et se retourna vivement pour retourner vers la ville, sans un mot. L'Irlandais suivit longuement du regard la frêle silhouette qui monta sur la carriole, devint de plus en plus floue, telle un mirage nocturne. Dans son esprit dansait désormais le secret de Vélénia, et un nom trop longtemps réprimé.

Ce soir-là, une métamorphose s'opéra en Vélénia, car elle avait enfin assumé son identité. John l'avait trouvée extraordinairement belle, comme un ange de la mort.

Vélénia s'endormit avec beaucoup de chagrin. Elle appréhendait clairement ce à quoi se résumait sa vie : un échec. Deux hommes l'avaient aimée sans qu'elle puisse correspondre à leurs sentiments. D'abord Pavel Mikhaïlovitch, puis John. Pourquoi ne pouvait-elle pas leur donner ce qu'ils avaient cherché en elle ? Était-elle incapable d'aimer en retour ? Personne n'avait embrasé son cœur comme ce jeune inconnu dont le père avait acquis l'Esprit du Crépuscule il y avait si longtemps de cela. Était-elle prisonnière d'une absurde lubie de petite fille ?

Sa dernière pensée éveillée fut pour l'Amérique, peut-être sa seule chance de tourner une nouvelle fois la page, de réécrire les mauvais passages et de recommencer. Elle n'entendit pas dans la nuit sombre les trois coups de fusil lointains mais foudroyants qui déchirèrent le silence de la ville endormie, car l'écho des détonations se dissipa dans la tendre indifférence des songes.

Le lendemain matin, Vélénia se réveilla avec le désagréable pressentiment que quelque chose était arrivé. Elle se sentait gagnée par un malaise confus à cause des aveux de John la veille. Pourtant, autour d'elle, rien ne lui parut anormal. Les rayons du soleil s'infiltraient au travers des fentes de la fenêtre, la rue grouillait, comme chaque matin depuis des temps immémoriaux. L'air était léger, caressé par la fraîcheur de l'aube.

La jeune fille tendit l'oreille pour mieux écouter la rumeur qui provenait de l'intérieur de la maison. Il y eut des pas précipités, une chaise heurtée, des voix, le bruit d'une porte qui claquait. Vélénia sortit de sa chambre sur la pointe des pieds. La maison était déserte. Machinalement, elle emprunta le couloir qui menait au patio central, descendit, traversa la cour au bassin. La fontaine déversait son eau limpide dans un

cycle sans fin. Cet endroit de la maison était le préféré de John.
- Maryann ? Charlie ? John ? Où êtes-vous ?

Aucune réponse.
- John ? insista-t-elle d'une voix défaillante.

Pourquoi appelait-elle celui dont elle devinait qu'il n'était pas là ?
- Maryann ? Réponds-moi, s'il te plaît... Où es-tu ?

Des pleurs étouffés s'échappèrent du salon et Vélénia s'y précipita, le cœur battant. Allongée sur le divan en cuir obscur, Maryann fixait Vélénia. Son visage était bouffi, ses yeux gonflés, sa blonde chevelure éparse. Elle serrait contre sa poitrine un verre à thé vide. Vélénia s'agenouilla auprès d'elle, inquiète.
- Maryann, que se passe-t-il ?

Maryann enfouit son visage dans ses mains et sanglota. Son amie ne savait que faire.
- John est mort, murmura-t-elle d'une voix brisée.
- Allons, de quoi parles-tu ?
- Il n'est pas rentré hier soir !

La jeune fille soupira de soulagement. Si ce n'était que cela, alors tout allait bien.
- Que tu es sotte Maryann ! Tu sais bien qu'il reviendra. Ce n'est pas la première fois qu'il dort dehors. Il a certainement à nouveau passé la nuit au chantier.
- Tu ne comprends pas, Vélénia ! Il ne reviendra plus ! Ils ont retrouvé son corps abattu près du chantier ! Il est mort ! Le consul de Grande Bretagne est dans le vestibule avec Safia...

Glacée, Vélénia observait Maryann sans comprendre clairement le sens de ses mots.
- Vélénia, aide-moi... réussit à dire Maryann entre deux sanglots. Le consul... je... je ne peux pas... il doit... le consul.
- Ne t'inquiète pas, Maryann. Je m'occupe de faire passer le consul et nous allons tenter d'expédier sa visite.

Grand et svelte, le consul pénétra dans le salon, arborant une arrogance qui allait parfaitement avec l'austérité de son visage. Vélénia remarqua très vite qu'il avait une manie, celle de terminer ses phrases avec un « n'est-ce pas » pincé, ce qui le rendait d'autant plus agaçant. Il était venu pour instruire son dossier et interroger Maryann au sujet de John pour déterminer qui il avait été, ses fréquentations et autres détails injurieux en une si funeste occasion… Au fur et à mesure que l'on plongeait dans le souvenir encore tiède de John, l'ambiance devenait de plus en plus pesante.

- Madame Kavanagh, votre mari vous a-t-il dit où il allait ?
- Il m'a juste dit qu'il allait prendre l'air, répondit Maryann avec apathie.
- Je vois. Vous avez donc été la dernière personne à le voir vivant.

Vélénia se pétrifia, détournant son attention vers la porte qui donnait sur le patio lumineux, incapable de se centrer sur la conversation. Elle pensa aux paroles de John, et se demanda si elle devait mentionner leur confidentielle rencontre. Qu'en penserait Maryann ? Elle interpréterait certainement mal la situation, s'imaginant quelque chose qui n'existait pas.

Ou qui n'a pas eu l'opportunité d'être.

Un frisson parcourut la jeune femme. La dernière phrase de John lui revint en mémoire. Ainsi que son comportement agité qui n'avait rien à voir avec son aveu. Ou si peu. Il était aux aguets, là-bas, aux pieds des pyramides.

Que serait-il arrivé si…

Non. Elle ne pouvait pas commencer à conjecturer sur un impossible retour en arrière. La vie venait de lui supprimer une fois de plus un être cher. C'était un fait accompli.

Vélénia s'assit fébrilement aux côtés de son amie, souhaitant lui apporter du soutien, mais elle se sentait misérable. Elle pouvait à peine prêter attention au Consul qui continuait de poser ses questions, imperturbable.

- Je vous répète que je ne crois pas qu'il ait vu quelqu'un d'autre après avoir franchi le seuil de cette maison, répondit Maryann, excédée.
- Vous nous avez dit que votre mari s'absentait souvent le soir, n'est-ce pas ? Ne penseriez-vous pas qu'il soit allé voir quelqu'un ? J'ai cru comprendre que vous aviez quelques problèmes de… de couple, n'est-ce pas ?
- Cela ne vous concerne pas, coupa sèchement Vélénia. Votre devoir est, je crois, d'enquêter sur la mort de John, pas sur sa vie privée.

Le Consul parut surpris par l'intervention de la jeune fille, laquelle il choisit d'ignorer.

- L'affaire est simple, Madame Kavanagh. Votre mari n'avait aucun ennemi, n'est-ce pas ? Cependant nous nous sommes renseignés sur ses habitudes, car malgré tout nous devons savoir quelques détails sur sa vie privée, quoi qu'en pense Mademoiselle de Castellan. Il est clair que vous aviez des désaccords conjugaux, cumulé aux difficultés de financement des fouilles depuis le décès de Lord Carnarvon…
- John ne travaillait pas pour Lord Carnarvon mais pour l'Egyptian Exploration Fund, corrigea Vélénia.
- Ce qui ne change rien à la situation et aux soucis financiers ! Bref, Madame Kavanagh, toutes ces raisons sont suffisantes pour qu'il ait eu recours à un acte désespéré.
- Que voulez-vous dire ? interrogea Maryann.
- Je parle du suicide, Madame.

La stupeur s'installa.

On entendit le bourdonnement d'une mouche qui s'était égarée dans la pièce. Vélénia se tourna vers Maryann, révoltée par la conclusion du Consul, mais celle-ci demeurait interdite. John ne pouvait s'être tué, il aimait trop la vie ! Il avait mille projets ! Il était l'enthousiasme même !

Maryann se leva promptement, énervée par la chaleur étouffante de la pièce et la mouche, marmonna quelque excuse et regagna sa chambre sans autre préambule, suivie de son fils qui trottinait derrière elle pour essayer de comprendre ce qui se passait.

Le Consul s'apprêtait à repartir.
- Je demande à voir le corps de John Kavanagh, déclara Vélénia.
- C'est inutile. Il a déjà été identifié.
- Par quelqu'un qui lui était proche ?

Il la toisa longuement, cherchant à percer ce regard franc.
- Vous savez, cela n'a rien de plaisant de voir un cadavre.
- J'ai survécu à une révolution. Croyez-moi, je connais l'aspect des cadavres.
- ... Madame Kavanagh sera-t-elle d'accord ?
- Pourquoi ne pas le lui demander tout de suite ?

John était mort la veille. Le vendredi 25 mai 1923. Une date que Vélénia n'était pas prête à oublier. Howard Carter était parti ce jour-là pour Vienne puis Londres. Un bouleversement se préparait, mais lequel ?

Le visage inerte de John gardait encore une expression animée ; ses yeux grands ouverts scrutaient curieusement ce vide que les vivants ne voyaient pas. Sa bouche était déformée en un léger rictus de douleur et de surprise.
- Comment pouvez-vous prétendre qu'il s'est donné la mort ? demanda Vélénia au Consul. Voyez sa grimace : elle exprime l'étonnement, comme s'il avait été surpris !
- Inutile de vous attendrir, Mademoiselle de Castellan. Le visage des disparus ne dit rien. Il est aussi vide que la mort.

La mort.

Vélénia prit doucement la main glacée, qui, la veille, si chaleureuse, avait emprisonné son poignet. Puis elle ferma pudiquement ces paupières sur un regard qui l'avait contemplée d'un amour impossible.

Les visages de son père et d'Anastasia Nicolaïevna la submergèrent dans un éclair blessant... On lui avait maintes fois expliqué qu'eux aussi étaient morts. Mais elle n'avait jamais vu leurs dépouilles, jamais pu les pleurer sur une tombe. La mort devait être une autre dimension, un endroit temporel entre deux éternités dont ils reviendraient pour l'emmener avec eux, d'où ils pourraient lui concéder un dernier adieu avant l'abandon…

Dors du sommeil des justes, John Kavanagh, envole-toi vers ceux qui t'ont précédé. La vie est parfois bien cruelle, et la mort, une délivrance.

- Où sont les plaies des balles ?
- Euh, dans le dos, répondit malaisément le Consul.
- Dans le dos ?

Le Consul acquiesça avec un bref signe de tête.

- Croyez-vous que si John Kavanagh s'était vraiment suicidé, il aurait pu se tirer trois coups de fusil tout seul ?
- C'est probable. Dans son désespoir il a peut-être eu la volonté de le faire.

Vélénia ne comprenait pas d'où elle tirait son calme olympien, alors qu'à l'intérieur, elle se sentait ravagée par l'infortune de son ami.

- Soit… mais je suis certaine que vous conviendrez avec moi qu'il n'est pas très pratique de se suicider de trois coups de fusil *dans le dos*. Je dirais même que c'est impossible, *n'est-ce pas* ?

Son interlocuteur se tut, gêné par l'évidence. Après quelques secondes de réflexion, il congédia le subalterne qui se trouvait dans la pièce, puis se rapprocha de Vélénia.

- Mademoiselle de Castellan, je serai franc avec vous. Nous savons que John Kavanagh a probablement été assassiné, mais il n'y a rien que nous puissions faire. Il est malheureusement de plus en plus commun qu'un étranger soit tué en Egypte. Cependant, nous n'avons ni les moyens ni le temps de trouver le criminel. Nous sommes déjà assez occupés à calmer les tensions qui menacent les sujets de Sa Majesté. L'Egyptien n'aime pas l'Européen.
- Vous voulez dire le Britannique, son colonisateur, corrigea froidement Vélénia.

Le Consul se redressa sans relever la remarque.

- Je vous accorde cinq minutes, seule avec la dépouille de Monsieur Kavanagh. Après cela, j'espère que vous ne vous mêlerez plus des affaires de Sa Majesté, n'est-ce pas ?

Il tourna les talons et quitta la pièce.

Vélénia examina péniblement John, non sans ressentir un haut-le-cœur. Ses sens anesthésiés par l'adrénaline s'éveillaient à nouveau et elle réprima sa répugnance pour cette odeur de mort qui planait dans la morgue.

Comment croire que celle-ci était la vérité ? Comment continuer sans l'enthousiasme exubérant de John ? Vélénia se recueillit dans la solitude morbide de la pièce. La croix d'or que John portait à son cou attira son attention, et elle la lui enleva délicatement. Peut-être était-ce le prétexte qui lui permettrait d'atteindre Maryann, et lui expliquer leur dernière rencontre. Elle lui devait la vérité. Sans sous-entendus ni malentendus.

- Maryann, tu n'as presque pas mangé, constata Vélénia en reprenant le plateau quasiment intact qui se trouvait sur la table de nuit.

Il faisait frais dans la chambre et une brise légère jouait avec les voilages de la fenêtre. L'Anglaise accorda à peine un regard à Vélénia assise sur le lit auprès d'elle. L'enterrement avait été éprouvant.

- Je n'ai pas faim, répondit-elle mélancoliquement.
- Bien sûr, je comprends.

Un silence embarrassant les enveloppa.

- Tu dois être fatiguée. Je vais te laisser dormir un peu.
- Non, Vélénia, *darling*, reste s'il te plaît…
- Bien…

Encore le silence.

- Je ne savais pas que je l'aimais autant, tu sais.

Ne me parle pas d'amour. Pas à moi…

- J'endure un supplice à chaque fois que Charlie me demande où est son père ! L'innocence d'un enfant peut être insupportable ! Comment serais-je capable de dire à mon fils que John s'est donné la mort parce qu'il n'était pas heureux avec moi !

Il y avait énormément de tumulte en-bas, dans la ruelle. Vélénia se demanda comment Maryann pouvait méconnaître son mari au point de croire qu'il s'était volontairement tué.

- Maryann, John ne s'est pas suicidé.

Elle l'avait clamé avec tant d'assurance, que son amie en fut bouleversée.

- Que dis-tu ? Qu'est-ce qui te fait le croire ? Le rapport du Consul est formel !

Les mots de la veuve se bousculaient.

- Le Consul a clos l'enquête car il est trop débordé par les agitations contre les Britanniques. Il ne pouvait donner une autre conclusion pour ne pas compliquer les démarches administratives… Souviens-toi de qui était John, Maryann. Crois-tu qu'il se serait stupidement tué à cause de vos problèmes ? Aurait-il eu l'égoïsme de laisser Charlie orphelin ?
- La preuve, c'est qu'il l'a fait !
- Non. Je peux te jurer qu'il ne s'est pas donné la mort volontairement.
- Je ne veux plus en parler…

Maryann tourna le dos à Vélénia et se rallongea, recroquevillée.

- Tu dois faire face à la vérité, poursuivit la jeune fille avec douceur.
- Qu'est-ce que tu en sais s'il s'est tué ou pas ? protesta Maryann. Tu n'y étais pas ! Et puis qu'importe tout cela, si maintenant il est parti et que plus rien ne le ramènera !
- Je n'y étais pas au moment du meurtre… mais je l'ai vu peu avant…

Maryann se redressa brusquement sur son lit et la dévisagea d'un air effaré.

- Tu… tu l'as vu ?
- Oui. Nous avons parlé.

Il y eut une hésitation. Vélénia se leva et alla se placer sous l'encadrement de la porte ouverte qui donnait sur le

patio. Prendre ses distances l'aiderait à traverser cette épreuve.
- Tu te souviens que juste après le départ de John, ce soir-là, je t'ai dit que je montais me coucher ? Eh bien, ce n'était pas vrai. Quelque chose me disait qu'il fallait que je suive John, et c'est ce que j'ai fait.
- Je me doutais qu'un jour ou l'autre cela arriverait, admit amèrement Maryann.

Au lieu de se défendre, Vélénia laissa transparaître sa nostalgie.
- Tu te trompes. Je vous respecte tous les deux beaucoup trop pour vous trahir. J'aimais John comme un père. Quoi que tu puisses penser, il ne s'est rien passé cette nuit-là. Nous avons simplement parlé. John m'a demandé de partir… en Amérique. Il voulait revenir vers toi, mais ne savait pas comment le faire. Il a souvent eu l'impression que tu regrettais de l'avoir épousé, d'avoir quitté l'Angleterre et ta famille pour lui.
- Pourquoi sais-tu cela et pas moi ? murmura Maryann, décomposée.
- Parfois nous sommes tellement impliqués dans nos sentiments et tourments qu'ils nous aveuglent et nous ne savons comment les exprimer…

Maryann éclata en sanglots… Sa jeune amie aurait voulu la réconforter, mais elle savait que rien ne pouvait compenser la disparition d'un être cher, ni effacer le goût amer des regrets. Elle aurait voulu partager les larmes de Maryann, faire plus que simplement la prendre dans ses bras, mais au fond d'elle, elle sentait que ce deuil ne lui appartenait pas. Elle avait déjà privé Maryann de la meilleure part de John : son amour.

Expliquer à Charlie la mort de son père fut une épreuve supplémentaire. Les enfants ont du mal à concevoir que leur héros puisse disparaître, sans prévenir. Parce que Maryann se sentait incapable de le faire, Vélénia parvint à faire comprendre au gamin que John ne reviendrait jamais, qu'il fallait continuer à vivre sans lui. L'enfant plissa son front, vive image de son père lorsque celui-ci réfléchissait sérieusement.

Mais Charlie n'intégra pas pour autant le sens de la mort dans sa vision d'enfant. Tous les soirs, il guettait la porte d'entrée comme si John allait en franchir le seuil et le prendre dans ses bras en s'exclamant joyeusement : « Alors, comment va mon petit bonhomme aujourd'hui ? ».

Maryann glissa dans l'apathie au fil des jours. La chaleur estivale exacerbait son désir de néant. A la longue, elle se laissa aller à une vie végétative et démunie de sens, malgré les efforts inconcevables de Vélénia pour la sortir de cette impasse. L'Egyptian Exploration Fund fit savoir à Maryann sans aucun ménagement que le contrat pour les chantiers était indéfiniment ajourné.

Vélénia constata que tout semblait annoncer des séries de départs, que ce fut dans ce monde ou dans l'autre. La disparition de Lord Carnarvon, celle de John… Howard Carter était parti en Europe, et Maryann ne supportait plus de rester en Egypte où tout lui évoquait son mari. Même au sein de cette terre d'Egypte, un voyage se profilait… Les pèlerins se préparaient pour célébrer *l'Eid al-Adhah*, le voyage vers La Mecque. Les rues se parèrent de lumières et de couleurs. Les enfants jouaient dans leurs plus beaux vêtements. Et suivant le rituel du *Mahmal*, dans chaque village, les pèlerins recevaient leurs tapis pour le long voyage vers la ville sainte.

Tout un chacun avait quelque part où se rendre, contrairement à Vélénia. Ces départs la partageaient, la déchiraient, mettant à nu sa vulnérabilité, son manque de foi, sa phobie des changements.

En juin 1923, Maryann se décida à quitter définitivement l'Egypte. Cependant, ce n'était pas pour son Angleterre natale.
- Jamais je ne pourrai rentrer à Londres et avouer à ma famille l'échec de ma vie.
- Mais Maryann, essayait de la raisonner Vélénia. Si tu as la chance d'avoir une famille, pourquoi ne reviens-tu

pas vers eux ? Pense à Charlie, à ses grands-parents, ses cousins, ses racines !
- Vélénia, ce n'est pas la peine.
- Où pars-tu ?
- Tu veux dire où partons-*nous* ?
- Nous ?
- Vélénia, *darling*... j'ai écrit à Mark McKenna en lui expliquant notre situation. Il avait proposé à John de l'aider à émigrer puis intégrer un musée ou une université. C'est merveilleux, Vélénia ! Nous partons pour les Etats-Unis ! Je suis sûre que tu aimeras Boston !

Vélénia tenta de reprendre son souffle, de se défaire du sentiment de panique qui l'étouffait. Maryann prenait une décision à sa place.
- Attends une minute. Que t'a exactement proposé, Mark McKenna ?
- Nous verrons bien lorsque nous arriverons là-bas... Je lui ai annoncé que nous arriverions vers la fin du mois de juillet ou début août.
- Et que t'a-t-il répondu ? insista la jeune fille.
- Je... je n'ai pas encore reçu de ses nouvelles, mais le courrier prend tellement de temps, et je ne veux plus rester ici... J'ai acheté les billets pour samedi prochain. Vélénia, je dois annoncer la bonne nouvelle à Charlie. Où est Safia ? Mon Dieu ! J'ai tellement de choses auxquelles je dois penser et si peu de temps !

La jeune fille remarqua avec chagrin l'agitation incontrôlable de son amie.
- Maryann, tu ne peux pas demander à Mark McKenna de te recevoir, si tu n'es même pas sûre qu'il ait reçu ta missive ! Ne peux-tu pas au moins attendre qu'il te réponde ? N'est-ce pas un peu précipité ?
- Tu as entendu ce que disait la fille de Lord Carnarvon la dernière fois ? Il est très accueillant et je suis certaine qu'il n'aura aucun inconvénient pour nous aider.
- Je ne crois pas que ce soit une bonne idée...

- Allons, pense à tout ce que tu pourras faire là-bas, aux jeunes gens que tu rencontreras !
- Mais je suis heureuse ici !
- Dis-moi donc quel parti convenable rencontreras-tu ici ?

Vélénia se mordit les lèvres, évitant de lui répéter qu'elle n'avait aucune intention de se fiancer ou se marier. Comment pourrait-elle s'engager dans une relation, alors qu'elle ne savait pas tout à fait ce qu'elle voulait faire de sa vie ? Le mariage n'était pas une solution à toutes ses interrogations, mais cela, personne ne paraissait s'en soucier. Pour toutes les femmes qu'elle connaissait, le mariage représentait un prestige social, un accomplissement… Pourquoi elle, pensait-elle autrement ?

Alexandre le Grand avait fondé Alexandrie sur le Delta du Nil au quatrième siècle avant Jésus-Christ. La ville avait possédé une légendaire bibliothèque de plus de cinq cents mille volumes, devenant à son apogée le centre scientifique, philosophique et intellectuel de ce qui était alors le seul monde connu. Vélénia se rappela combien son père avait admiré le brave conquérant, souvent incompris, cet aventurier de deux visions inconciliables, l'Orient et l'Occident.

Son regard s'attarda sur les scènes de la place Midan Saad Zaghoul qui menait jusque vers le rivage de la Grande Bleue. Charlie s'était endormi sur ses genoux, sa petite main potelée dans la sienne, accablé par la chaleur caniculaire et humide de la côte méditerranéenne. Comment réagirait-il dans quelques instants lorsqu'elle ne partirait pas avec eux en Amérique ? Comprendrait-il que cet adieu serait définitif ?

Maryann bavarda allègrement pendant le trajet qui les menait au port, et Vélénia sombrait dans un désespoir mutique. Elle avait promis qu'elle les rejoindrait dès qu'ils seraient installés en Amérique, mais elle avait le pressentiment que la Terre était tellement vaste que jamais ils ne se retrouveraient. La solitude était chez Vélénia une seconde nature, une malédiction qu'elle n'arrivait jamais à conjurer. Si sa propre mère l'avait abandonnée dès sa première enfance, puis son père, comment les autres, qui n'avaient aucun lien avec elle, ne le feraient-ils pas ? Certes, Sophie de Castellan n'avait rien pu faire pour éviter son accident, mais allez expliquer à une enfant de cinq ans ce qu'est la fatalité… Pourvu que Charlie ne ressente jamais ce vide qui l'avait habitée ! Peut-être était-il trop petit pour avoir conscience du sevrage, de l'absence de John.

Charlie, petit chérubin de sa joie… lui aussi l'abandonnerait à sa manière en grandissant loin d'elle. Il l'oublierait. Sa mémoire était trop tendre et malléable pour que Vélénia puisse y demeurer durablement…

La grisaille se noyait dans les eaux calmes de la Méditerranée. Des envols irréguliers de mouettes déchiraient çà et là la monotonie de l'horizon. Leur cri un peu trop aigu était déplacé dans des circonstances aussi austères.

- Te souviens-tu, Vélénia, c'est ici même sur ce port d'Alexandrie que nous t'avons accueillie avec John. Je revois l'adolescente timide et égarée que tu étais !
- C'était il y a longtemps…
- Es-tu sûre que tu ne veux pas venir avec nous dès maintenant ? Tu sais, il en est encore temps. Je suis certaine que Mark McKenna serait ravi de te revoir.

Vélénia se garda bien de rappeler à son amie que l'Américain n'avait pas répondu à sa requête. Maryann était si déterminée qu'il était inutile de la raisonner.

- Je serai très à l'aise chez Lady Mathilda. Pauline et Philip sont des enfants adorables. Ce sera un plaisir de pouvoir m'occuper d'eux. C'est aussi très gentil de la part de Milady d'avoir consenti à prendre Safia.
- Je suis désolée que tu doives abandonner les fouilles… mais tu sais que dès que Howard le pourra, il reviendra, et je suis certaine qu'il aura besoin de toi pour dessiner et répertorier tout ce qu'il trouvera dans la nouvelle tombe. Lorsque je verrai Mark McKenna, je lui en parlerai, d'ailleurs, car il sera très certainement intéressé à remplacer Lord Carnarvon pour les financements…

Vélénia eut à nouveau un mauvais pressentiment au sujet de Mark McKenna, brusquement dissipé par le cri

indifférent de la sirène qui annonçait l'embarquement immédiat sur le paquebot des Messageries Maritimes en partance pour Marseille. De là, les Kavanagh regagneraient la côte Atlantique, avec pour horizon le Nouveau Monde. Charlie s'accrocha instinctivement à la jupe de Vélénia, épouvanté par l'effroyable appel. Elle se pencha sur la délicieuse petite frimousse qui se levait vers elle, avec les yeux de John qui la scrutaient d'outre-tombe.
- Allons, mon petit Charlie, fit Vélénia en le prenant dans ses bras… c'est le moment de partir.
- Pourquoi ? dit l'enfant.
- Parce que nous allons vivre dans un merveilleux pays, répliqua Maryann.

Dire que j'ai presque vu naître cet enfant que j'aurais voulu voir grandir et devenir un homme de bien.
- Allons, montre-moi combien tu m'aimes, veux-tu ? demanda-t-elle à l'enfant dans une langue étrangère que Maryann ne comprit pas.

Le gamin s'accrocha à son cou très fort et gloussa.
- Dommage que Charlie ne comprenne pas le français, déclara Maryann attendrie.
- Ce n'est pas du français, mais du russe.
- Oh, tu sais, les langues étrangères et moi…
- Charlie sait parler quelques mots de russe que je lui ai appris, n'est-ce pas ? fit-elle en fixant l'enfant qui acquiesça d'un signe de tête. Voyons, comment dit-on « je t'aime » en russe ?

Charlie bafouilla quelques paroles que seule Vélénia comprit. A nouveau le paquebot annonça son départ, arrachant un soupir à Vélénia. Elle lui tendit une aquarelle qu'elle avait peinte pour lui la veille, afin qu'il n'oublie jamais le Nil, la rivière noire, ni ses rivages généreux.
- Tiens, je l'ai peint spécialement pour toi. Quand tu te demanderas où je suis, tu n'auras qu'à le regarder.
- Ze veux pas partir !
- Allons, mon petit bonhomme, il le faut, lui chuchota avec tendresse Vélénia. Je sais que ces paroles n'ont

aucune importance pour toi aujourd'hui, mais je serai toujours avec toi, où que tu sois, quoi que tu fasses...
- Non ! *Ze* veux pas partir ! *Ze* veux rester avec toi Vélénia !

Malgré les supplications de l'enfant, la jeune fille s'arracha à son étreinte en revivant les plaies de tous les adieux dans sa vie. Il fallut que Maryann retienne fermement son fils pour que Vélénia se détache de lui.

Vint l'adieu des deux amies, où aucune ne fut capable de proférer une seule parole. Rien ne pouvait résumer ces trois années partagées. Les rires, les fouilles archéologiques, les promenades, mais aussi les épreuves, la mort de John. Sa disparition avait brisé quelque chose dans leurs liens...

La coque du paquebot fendit les eaux de la Méditerranée, emportant une partie du cœur de Vélénia. Le ciel morne épousait parfaitement la tristesse de cet événement en ce 26 juin 1923. Jamais elle n'oublierait cette date.

La maison des Kavanagh était vide.

Plus de cris joyeux, ni de musique émanant du gramophone de John avec la chanson *Yes! We have no bananas!* de Frank Silver et Irving Cohn qui avait fait fureur cette année-là et qu'il jouait en boucle, se déhanchant au rythme des *Roaring Twenties* au grand dam de Maryann. Safia ne protesterait plus contre Charlie qui avait chapardé une sucrerie dans la cuisine. Maryann n'inonderait plus les pièces du flot interminable de paroles qu'elle proférait lorsqu'elle était d'humeur gaie. La bibliothèque s'était vidée de tout le savoir des Kavanagh, et les meubles avaient été vendus.

Finies les douces soirées dans le confort de la terrasse de laquelle l'on entendait le peuple égyptien bruisser dans les rues du Caire. L'arôme du thé à la menthe s'était évaporé de la maison dans l'air du temps au travers des jalousies...

Seul, dans le patio, le bassin gardait un semblant de vie, recouvert de lotus et de papyrus, pour symboliser respectivement la Haute et la Basse Egypte... L'esprit de John errait-il entre ces plantes qu'il admirait en rentrant du chantier, *autrefois* ?

Les caprices du destin. Un jour l'on possédait tout, et le lendemain tout devenait absurde parce que le rêve s'était écroulé en l'espace d'une nuit, insidieusement. Comment se pouvait-il que malgré les bouleversements, l'être subsiste, accumulant souffrances et souvenances, faisant face à la marche cruelle de l'Histoire ? Existait-il donc quelque chose de plus fort que les vicissitudes de la vie ?

Vélénia ne pouvait supporter la désolation de la maison désertée dont les murs épais et frais se rappelaient les rires qu'ils avaient abrités. Elle vagabonda rêveusement dans les pièces isolées du monde extérieur, pour se rappeler les bruits d'hier et d'avant-hier et se fit le serment de ne plus y revenir.

Que les souvenirs dorment dans l'abandon de cette demeure…

A la disparition de Lord Helmsley, sa veuve avait décidé d'emménager un manoir au Caire, et de quitter le domaine qu'ils avaient habité jusque-là sur les rivages du Nil. Bien plus vaste que la demeure du Caire, planté au milieu d'un verger d'agrumes et de dattiers, le Domaine de Nur ramenait à Lady Mathilda bien trop de réminiscences. Si elle ne souhaitait plus y vivre, elle le conservait et l'entretenait cependant, refusant les offres alléchantes qui pleuvaient pour le racheter. Elle déclarait qu'elle le cèderait uniquement le jour où elle en trouverait le digne propriétaire, ce qui paraissait un leurre.

Bâti à la fin du 19ième siècle dans le plus pur style colonial, le cossu manoir du Caire régnait au milieu d'un jardin amoureusement entretenu. Son intérieur était une enfilade de pièces et de chambres construites autour d'un patio central, décorées de meubles victoriens et d'objets glanés aux confins de l'Empire Britannique par plusieurs générations de lords et ladies de la lignée des Armstrong.

Vélénia se plaisait énormément au manoir du Caire. Elle dédiait ses journées à s'occuper des enfants de Lady Mathilda. Pauline, était douce et docile malgré ses huit ans, et elle adorait sa nouvelle gouvernante. Ensemble, elles étudiaient le piano, le dessin et la géographie, matières que le précepteur des enfants Armstrong n'enseignait pas. L'aîné, Philip, ne manquait jamais de leur tenir compagnie dès qu'il trouvait un prétexte, non qu'il fût un élève studieux, mais à seize ans, c'était un poète en herbe qui se perdait dans la contemplation de Vélénia. Chevelure blonde, port altier et un air rêveur, il semblait sorti droit d'un tableau de maître et passait son temps à soupirer plus ou moins secrètement après la jeune fille.

Les nombreuses visites mondaines que recevait Lady Mathilda apportaient un air de fête permanent au manoir. Les jardins s'animaient soudain de l'élite, au milieu de fleurs épanouies à profusion grâce aux soins d'une légion de jardiniers. Le parfum capiteux des roses se mettait à vibrer.

Les hibiscus orange et rouge, les jacarandas à la féerie mauve, les bougainvillées de sang regardaient le monde de si haut ! Le gazon d'un vert tendre et les palmiers peuplaient tous les recoins des jardins, offrant un festival de fraîcheur.

L'euphorie des grands dîners replongeait Vélénia dans l'univers de son adolescence. Même si elle ne participait que de très loin à ces conversations superficielles, à ces rires parfois indifférents, à ces danses folles, elle avait l'impression que tout cela lui appartenait, mais qu'elle n'appartenait plus à ces divertissements, car elle avait grandi hors de cette ambiance gaie, légère et superficielle.

Vélénia s'installait dans un recoin dissimulé de la vaste terrasse, abritée par le sommeil nocturne et parfumé des fleurs, tendant une oreille distraite à la musique, s'imprégnait du tourbillon des couples enlacés.

C'est à cette époque-là que commença à sourdre le remords. Et il portait un prénom : Pavel Mikhaïlovitch.

Le prince lui était resté fidèle jusqu'au bout. Sans lui, elle ne serait jamais arrivée en Egypte. D'un maillon à l'autre, il l'avait menée jusqu'aux Kavanagh et lui avait offert la vie qu'elle désirait, la libérant de leur engagement. Elle n'avait rien fait pour le remercier de tant de patience, de dévotion. Il lui avait demandé de lui donner de ses nouvelles, car il se sentait responsable d'elle. Mais même cela, elle n'avait pu le faire, préférant effacer tout lien avec la Russie. Et maintenant qu'il ne restait plus aucune trace des Kavanagh en Egypte, elle deviendrait désormais introuvable. Pavel Mikhaïlovitch n'avait jamais tenté de briser le silence qu'elle avait imposé entre eux depuis son départ de Petrograd. Était-ce le sens de l'honneur qui avait permis au prince de ne pas fléchir devant son ingratitude ? Ou était-ce un autre sentiment ?

Vélénia se remémora avec un étrange sentiment d'aliénation le jour où il avait demandé sa main à son père. Elle portait alors ses quinze ans avec l'insolence propre à sa jeunesse. Désabusée par l'absence répétée du comte, tout lui avait été permis, tout lui avait été accordé sans restriction. Pourtant, au moment de conclure l'avantageuse alliance, nul ne lui avait demandé son avis et Andreï Sergueïevitch n'avait admis aucune objection. Pour tempérer sa réaction outrée, Lily lui avait fait voir combien elle était privilégiée d'avoir pour fiancé un homme aussi droit et noble dans tous les sens du terme.

Pavel Mikhaïlovitch lui avait offert un rang de perles d'orient et des boucles d'oreille assorties pour leurs fiançailles, d'une finesse sans égal, étincelant d'un rose si suave comme devaient l'être les couleurs de l'aurore dans l'Empire du Soleil levant, d'où le prince l'avait fait ramener. Elle avait porté la parure un seul soir, celui de ses fiançailles, et avait fait l'admiration d'Anastasia Nicolaïevna qui s'était exclamée qu'elle ressemblait à une reine. Puis elle n'avait plus jamais voulu les ressortir de leur écrin, par caprice. Combien elle avait dû blesser la sensibilité de Pavel Mikhaïlovitch ! Mais il n'avait laissé transparaître aucune colère, aucune rancune, égal à lui-même.

Ironie du sort, ces perles du Japon l'avaient accompagnée dans les déchirures de la révolution. Lily les avait cousues dans son corset lors de sa fuite de Petrograd et la jeune fille les avait conservées à travers les évènements et le temps comme un dernier recours plus qu'un précieux fétiche. Elle avait dû vendre son rang de perles à son arrivée en France et n'avait gardé que ses boucles d'oreille qu'elle ne portait plus depuis ses quinze ans, pour ne point attirer la curiosité, les admirant souvent dans la solitude de ses nuits. Symbole d'une promesse résiliée, ces bijoux lui rappelaient injurieusement son ingratitude. La jeune femme aurait voulu faire disparaître la culpabilité, pour ne garder que les plus beaux clichés de la mémoire. Mais elle ne pouvait pas changer ce qui avait été dit et fait. Elle devait vivre avec son passé et surtout ne pas se mentir à elle-même pour sauvegarder l'intégrité de son être et ne pas perdre la raison.

Qu'était devenu Pavel Mikhaïlovitch ? S'était-il exilé en Amérique, comme il le projetait ? Se souvenait-il d'elle, assez en tous cas pour la pardonner ? Cette incertitude lui était insoutenable, mais elle n'avait aucun choix.

Les boucles d'oreille en perles de ses fiançailles n'étaient pas le seul bien de l'Empire qui lui restait. En effet, dans son porte-rouleau de dessin, parmi toutes ses esquisses, se trouvait la toile représentant Sophie de Castellan, parée de l'Esprit du Crépuscule. Ce trésor-là, elle ne pouvait se résoudre à le dérouler pour le contempler depuis qu'elle était arrivée au Caire, car c'était celui qu'elle chérissait le plus et qui la blessait le plus profondément.

Début août les chaleurs s'intensifièrent. L'été et le vent chaud avaient déjà entamé les couleurs de la nature, uniformisant tout d'un brun pâle sous un soleil ardent. En cette période de langueur, les gestes s'imprégnaient de lenteur ; même les idées semblaient s'égarer.

Vélénia était en train de déchiffrer la Sonate au Clair de Lune de Beethoven sur laquelle Pauline peinait, un après-midi dans le salon de thé, là où les températures étaient à peine plus fraîches. Lady Mathilda était partie rendre visite à une amie et ne reviendrait pas avant le souper. Philip luttait contre le sommeil, avachi dans le canapé, un livre ouvert entre les mains.

- Vélénia, s'il te plaît, joue cette pièce toi d'abord, et puis après, je te promets, que je la jouerai toute seule.
- Allons, Pauline, si tu ne fais aucun effort, tu n'y arriveras jamais.
- S'il te plaît... supplia l'enfant.

Vélénia ne sentait pas le courage de lui refuser quoi que ce fût, alors elle entama la sonate avec tant de concentration, qu'elle entendit à peine le carillon du vestibule annoncer de la visite.

Le majordome n'ayant pas répondu à l'appel, Safia se précipita en bougonnant vers la porte d'entrée. Décidément cet énergumène de Ben ne supportait pas les chaleurs ! Allez savoir pourquoi les Britanniques s'entêtaient à emmener le service de chez eux, alors que les égyptiens étaient beaucoup plus habitués à travailler malgré la chaleur !

Elle ouvrit de mauvaise grâce, lorsque tout à coup la vision devant elle la laissa stupéfiée et mutique.

Là, dans l'encadrement, se trouvait l'américain qui était venu chez les Kavanagh quelques mois auparavant. Grand et

fort élégant, il arborait un sourire encadré de deux fossettes. Il ne reconnut pas Safia.
- Bonjour, dit-il poliment. Je suis Mark McKenna, et je voulais savoir si Lady Mathilda pouvait me recevoir.

Safia restait figée sur place, ne comprenant pas ce qu'il faisait là, alors qu'il devait se trouver en Amérique en ce moment précis, aidant Maryann et Charlie à s'installer.
- Bonjour, répéta l'étranger…
- Il est arrivé quelque chose à *Missus* Maryann ? coupa Safia.

Il fronça les sourcils.
- Vous parlez de Maryann Kavanagh ?
- Oui, *Missus* Maryann !
- Quelle coïncidence ! Je venais justement de chez les Kavanagh, mais j'ai trouvé la maison fermée et abandonnée, et je venais voir milady pour savoir si elle savait où les trouver.

Avec la spontanéité qui la caractérisait, Safia éleva les bras vers le ciel et proféra d'incompréhensibles paroles en arabe, prenant à témoin quelque invisible créature des airs.
- Un grand malheur ! répétait-elle avec désespoir. Un grand malheur !

Alertée par le tapage dans le vestibule, Vélénia arrêta instantanément sa leçon de piano et accourut voir ce qui se tramait.
- Safia, qu'y a-t-il ? demanda-t-elle pressentant déjà le pire.

C'est alors qu'elle le vit, là, identique à l'image qu'elle avait gardée de lui. Et elle lut dans ses yeux une surprise aussi grande que la sienne.
- Vélénia…
- Est-il arrivé malheur à Maryann ?

Ils avaient parlé en même temps. Mark soupira et leva la main pour pouvoir parler le premier.
- Vélénia, si je m'attendais à vous voir ici ! dit-il enjoué. Ecoutez, je ne sais pas ce qui se passe, mais je suis allé chez John et Maryann, avant de venir ici, et j'ai

trouvé porte de bois. Personne n'a pu me renseigner où ils se trouvaient…
- Vous… vous n'avez pas reçu la lettre de Maryann ? conclut Vélénia, la gorge nouée.
- Quelle lettre ? Qu'est-il arrivé ?
- La malédiction du pharaon ! intervint Safia.

Cette remarque rendit ses esprits à Vélénia.
- Safia, faisons passer Monsieur McKenna dans le salon des visites et prépare-nous un thé à la menthe, s'il te plaît. Mark, veuillez me suivre.

En pénétrant à l'intérieur du manoir derrière la jeune fille, Mark McKenna fut envahi par les effluves de jasmin, et il se souvint que c'était le parfum qu'elle portait. Il se remémora leur conversation aux pieds des pyramides, l'année précédente. Depuis son départ d'Egypte en décembre, il avait relégué le souvenir de la jeune fille aux oubliettes. Tant de personnes exubérantes et bruyantes avaient traversé sa vie entre temps. Des visages croisés dans une frénésie perpétuelle. Comment ne s'était-il pas souvenu de cet angélique visage, de ce regard qui vous traversait, de son port à la fois léger et altier ? Puis il pensa que la chaleur lui faisait beaucoup trop d'effet, et décida de chasser ces pensées. Il était surtout intéressé de savoir comment contacter John Kavanagh.

Vélénia lui relata par le menu la mort de Lord Carnarvon, puis celle de John, et le départ précipité de Maryann. Il sentait bien que derrière son calme, Vélénia tentait de dissimuler ses émotions et sa déception. Il observait comment d'un geste gracieux ses fines mains illustraient ses propos, comment elle prenait une mèche de ses longs cheveux blonds tirant sur le cuivre, et jouait avec distraitement. Il remarqua la façon qu'elle avait de s'asseoir en se balançant doucement d'un côté vers l'autre, plutôt que de rester rigide comme la bienséance le dictait. Et cette voix mélodieuse qu'elle possédait. Pourquoi était-il si sensible à cette jeune fille qu'il avait pourtant oubliée sans difficulté ? Pourquoi se sentait-il tout à coup touché par elle et ce qu'elle lui racontait ?

Lady Mathilda arriva juste au moment où Vélénia achevait son récit et fut heureuse de retrouver Mark McKenna.
- Mark, mais je ne vous attendais pas avant septembre, suivant ce que m'avait dit Lady Evelyn ! Je pensais que vous lui rendriez visite ce mois-ci à Londres ! Pensez donc comme la petite est chagrinée après la mort de son père !

La grimace de l'Américain n'échappa pas à Vélénia, et elle rit intérieurement en se souvenant que John traitait Lady Mathilda de vieille pie et marieuse.
- Effectivement je devais lui rendre visite, mais cela n'a pu se faire, répondit-il quelque peu évasivement.
- Je suis certaine que ce n'est que partie remise, mon cher Mark. Combien de temps pensez-vous rester parmi nous cette fois-ci ?
- Je ne sais pas précisément... En fait j'étais venu voir John Kavanagh pour parcourir les différents sites archéologiques avec lui. La dernière fois que j'étais ici, nous en avions parlé.
- La disparition de John a été un grand malheur, ainsi que le départ inopiné de Maryann. Oh, mais je suis certaine qu'on pourra faire quelque chose si vous êtes réellement intéressé par l'égyptologie ! Je suis certaine que pour Vélénia ce serait un plaisir de vous faire découvrir les parcours qu'elle faisait avec Maryann et John !
- Lady Mathilda ! protesta Vélénia. Vous n'y songez pas !
- Taratata ! répartit l'Anglaise. Mark, depuis que Vélénia est entrée dans cette maison, mes enfants sont devenus d'authentiques apprentis en égyptologie. Aucun étranger n'aime plus ce pays et son histoire que Vélénia. Même Howard Carter me disait l'autre jour combien il aurait voulu qu'elle l'épaule dans ses recherches, mais voyez-vous, elle lui résiste ! Alors, Mark, que diriez-vous d'une petite promenade de quelques semaines en Egypte ? Pensez-y !

Mark McKenna considéra Vélénia avec beaucoup d'intérêt et certainement de l'amusement devant l'embarras de la jeune fille, devenue écarlate. Le destin venait de lui présenter une opportunité sur un plateau d'argent. Et il n'était pas homme à refuser une compagnie aussi charmante.

Ce qui au départ ne se profilait que comme une simple promenade en Egypte, prit au fil des jours la forme d'une véritable expédition dont les proportions effrayèrent Vélénia. Tout d'abord, Luca Borromeo, dont la famille était établie au Caire depuis deux générations grâce à la fabrication de marbre, eut vent de l'évènement lors d'un dîner mondain. Grand amateur de promenades et de belles choses, il supplia Lady Mathilda de l'inclure et alla même jusqu'à suggérer qu'ils pourraient débuter leur excursion aux sources du Nil, pour bien comprendre le passé du pays. Le projet initial de promenade se rallongea ainsi de deux semaines supplémentaires. Puis, lorsqu'un ancien collègue des Kavanagh, Ahmed Mourad, membre de l'Egyptian Exploration Fund, eut vent de cette expédition grâce aux commérages de Lady Mathilda, il proposa de mettre à leur disposition les moyens de locomotion à condition qu'il puisse lui aussi participer avec son assistant.
Philip et Pauline mirent en œuvre tous les stratagèmes possibles pour convaincre leur mère de les laisser se joindre au petit groupe d'explorateurs, exaltés par l'idée de vivre des aventures dignes de celles que leur racontait Vélénia, mais fort heureusement l'aristocrate ne céda pas. Cette folle aventure prit une importance telle qu'elle fut le sujet à la mode dans les réunions sociales, et Vélénia voulut déclarer forfait plusieurs fois, expliquant qu'elle n'était absolument pas qualifiée pour être guide d'un si prestigieux groupe, mais ni Lady Mathilda, ni Mark McKenna n'acceptèrent ses excuses.
Howard Carter sauva de justesse la jeune fille. Revenu de Londres, il prit connaissance du projet, et proposa de les accompagner, ce que tous acceptèrent avec empressement. On approchait la fin août, mais avec un tel engouement, évidemment nul ne se souciait de la chaleur encore insupportable qui régnait dans le pays des pharaons. Lorsque

Vélénia essayait de les raisonner, ils l'accusaient de ne pas avoir le goût de l'aventure.

Comme ils étaient en tout et pour tout huit y compris un porteur de bagages et un cuisinier, Luca Borromeo et Mark McKenna, qui sympathisèrent tout de suite, décidèrent qu'ils partiraient à la source du Nil, aux confins de la Basse Egypte, et redescendraient vers le Caire en faisant des arrêts successifs sur l'Ile de Philae, dans l'Ancienne Thèbes, puis la Vallée des Rois, et regagneraient la Haute Egypte sur les flots du Nil en felouque. Le périple aurait une durée de quatre semaines. Même s'ils partaient tous ensemble, trois équipes seraient désignées, chacune ayant la charge de ramener autant de croquis que possible de tout ce qu'ils verraient. Ahmed décida que ceux qui ramèneraient les croquis les plus intéressants, contribution au patrimoine national, seraient déclarés vainqueurs. La communauté étrangère du Caire s'intéressa jour après jour à cet étrange concours, et Lady Mathilda décida d'ouvrir les paris sur l'équipe gagnante.

Vélénia étant la seule femme de l'expédition, les hommes se disputèrent sa compagnie. En bon musulman, Ahmed Mourad se retint d'attacher une quelconque importance à une femme, même s'il appréciait à sa manière Vélénia pour l'avoir croisée plusieurs fois chez les Kavanagh. On tira à la courte paille, et ce fut Mark qui l'emporta, ce qui rendit maussade la jeune fille. Elle était persuadée que l'Américain avait monté cette expédition par pur caprice, qu'il ne s'intéressait nullement à la culture qu'ils allaient jalonner. Il se montrait extrêmement imposant et superficiel, et par moments, elle ne l'aimait pas. Mais alors pas du tout.

Le départ fut fixé à la première semaine de septembre.

- Reste un détail important, annonça Howard Carter avec une moue énigmatique.

Ils étaient dans le salon de thé de Lady Mathilda, discutant avec enthousiasme les derniers détails. Tous les regards se tournèrent vers lui.

- Lequel, Howard ? demanda Luca avec curiosité.
- Chaque équipe devra porter un nom.

- Vrai ! accorda Ahmed Mourad. Quelle bonne idée ! Moi, je dis que mon équipe s'appellera le Faucon du Nil !
- Moi, je pense que Pépi serait un joli nom pour notre équipe, hein Luca ?

En réalité, l'archéologue adressa un clin d'œil complice à Vélénia. Elle comprit qu'en reprenant le nom de son canari, Howard cherchait en quelque sorte à conjurer les malheurs qui s'étaient abattus sur les fouilles depuis la découverte de Toutânkhamon.

- *Ma certo* ! Pourvu que cela nous porte autant de chance que celle que vous avez eue en découvrant la tombe de Toutânkhamon !
- Et vous, Mark, quel nom choisirez-vous ? demanda Ahmed avec enthousiasme.
- Je laisserai ma co-équipière décider, puisqu'elle connaît l'Egypte bien mieux que moi.

Sur ces paroles, il adressa un clin d'œil charmeur à Vélénia qui se rembrunit. Elle n'avait aucune envie de participer à cette expédition, et voilà qu'en plus Mark McKenna lui faisait la *faveur* de lui laisser choisir le nom. Quelle condescendance ! Décidément, s'il continuait ainsi, elle finirait par lui arracher les yeux avant qu'ils ne reviennent au Caire !

Elle fit semblant de réfléchir.

- Hmmm… Notre équipe s'appellera… le Cinquième Elément.
- Voyons, l'eau, le feu, la terre, l'air… quel est le cinquième élément ?
- Il n'y a que quatre éléments, *Signor* Borromeo, répondit Lady Mathilda. Vélénia a beaucoup d'imagination, vous savez.
- Quel est donc ce cinquième élément, Vélénia ? insista Mark McKenna avec une pointe d'intérêt.

Elle se contenta de lui adresser une moue badine.

- Vous découvrirez que nul pays comme l'Egypte ne mélange si bien les quatre éléments, Mark. Je vous laisserai cependant le loisir de découvrir par vous-même quel est ce cinquième élément.

L'Américain eut un pressentiment étrange. Comme si ce voyage allait au-delà de ce qu'il s'était imaginé. A quoi faisait-elle référence exactement ?

Ces derniers jours il avait observé Vélénia. Ses silences, ses regards, les mots qu'elle taisait et ceux qu'elle choisissait. La retenue dont elle faisait preuve en parlant, et ses charmants éclats de rire lorsqu'elle se laissait aller. Parfois, sa sagesse ternissait presque l'éclat de sa jeunesse. Un mystère tourmenté l'habitait, il en était persuadé. Sinon, pourquoi serait-elle continuellement sur la défensive, surtout avec lui ? Il avait bien remarqué qu'elle maintenait une distance prudente entre eux. Et cela remontait à leur première rencontre. Jamais il n'avait été confronté à une telle attitude. Bien au contraire, il était habitué à captiver son auditoire, à charmer sans exception. Cette jeune fille qui ne se laissait pas apprivoiser facilement avait le don de l'exaspérer, mais il se promit qu'avant la fin de leur expédition il réussirait à la subjuguer complètement. Il savait qu'il parviendrait à ses fins encore une fois.

Dès le jour du départ, Vélénia sut que le voyage était voué aux pires présages. Mark McKenna avait omis de lui spécifier que le voyage débuterait par un survol du désert. Trois ans plus tôt, en 1920, sept avions avaient accompli la première traversée aérienne du Sahara, d'Alger à Dakar. Et voici qu'à la dernière minute, Mark McKenna avait réussi à convaincre les membres de l'expédition de reprendre la même aventure dans sa version égyptienne. Lors de l'un de ses voyages en Europe l'année précédente, il avait eu l'occasion d'assister à l'inauguration du port aérien du Bourget en France, et dès lors il s'était pris de passion pour les avions. Il s'était arrangé pour trouver, par l'entremise d'un cousin d'Ahmed Mourad six avions Blériot-Spad S.XX, des chasseurs biplaces français qui avaient été développés vers la fin de la Grande Guerre, et donc étaient arrivés trop tardivement pour participer aux combats. Nul ne sut expliquer comment ils étaient arrivés en Egypte « par miracle ». Le plus difficile fut cependant de trouver des pilotes qui seraient capables de les amener jusqu'à la source du Nil, puisque telle était leur première étape. Pour le restant du voyage, ils se serviraient de moyens plus adaptés au pays tels que chameaux et felouques.

Après d'intenses recherches, Mark trouva cinq pilotes qui emmèneraient chacun Luca Borromeo, Howard Carter, Ahmed Mourad puis le cuisinier et le porteur. L'Américain décréta qu'il piloterait lui-même l'avion dont Vélénia serait passagère, ce qui exaspéra la jeune fille. Était-il toujours ainsi, tête-brûlée et aventurier ? Elle voulut protester, mais Mark fit preuve de tellement d'assurance, et Philip était tellement extasié par cette chance qu'il vivait par procuration, qu'elle se laissa convaincre.

Le matin du départ, lorsque Vélénia s'approcha de l'appareil, le regard de Mark glissa sur elle avec un air goguenard. Elle avait décidé de revêtir des pantalons et des accoutrements masculins tout au long de l'expédition, ne s'embarrassant pas de coquetterie.
- Vous ne pensiez tout de même pas que j'allais faire cette expédition avec des toilettes féminines inadaptées ! lança-t-elle piquée par le sourire en coin de son co-équipier. Et si cela ne vous convient pas, vous ne pouvez que vous en prendre à vous-même de m'avoir embarquée dans cette aventure !

Sa colère ne fit qu'accentuer l'amusement de Mark. En réalité, elle était bien loin de se douter que même habillée en homme, elle ne perdait pas de sa grâce.
- J'allais vous faire un compliment, Vélénia, mais je crois que je suis la dernière personne de qui vous l'accepteriez.

Elle haussa les épaules d'un geste enfantin et se retourna vers Lady Mathilda, Pauline et Philip, venus leur souhaiter bon vent. Entourés de toute une foule de badauds, ils leur faisaient un signe d'adieu.

Comment avait-elle jamais pu accepter de céder à pareille lubie ? Si seulement Mark McKenna n'était pas revenu quelques semaines plus tôt... sa vie aurait continué d'être paisible et sans surprise ! S'il n'était pas réapparu, elle se serait imaginé que Maryann et Charlie étaient en Amérique, heureux, qu'il avait aidé l'Anglaise à reconstruire une nouvelle vie là-bas. Elle aurait continué d'espérer semaine après semaine une lettre qui ne venait jamais. La présence de Mark McKenna en Egypte apportait la cruelle réalité… Maryann et son petit monstre avaient changé d'avis et disparu dans quelque obscur horizon. C'était peut-être pour cela qu'elle en voulait tant à Mark…

Le vrombissement assourdissant des moteurs du biplan ramena brusquement Vélénia à la réalité, et elle sentit son estomac se nouer. Jamais de sa vie elle n'était montée sur un avion, et elle avait une peur inavouable. Elle détestait l'idée que sa vie puisse être entre les mains de Mark.

Comme s'il avait deviné ses pensées, il se retourna vers elle avec son éternel aplomb.

- Ne vous inquiétez pas, Vélénia ! cria-t-il par-dessus le bruit assourdissant des moteurs. Tout ira très bien, vous verrez qu'une fois que vous aurez volé, vous ne pourrez plus vous en passer !

Elle acquiesça d'un bref signe de la tête pour ne pas engager de conversation. De toute façon cela ne servait à rien de le contredire. Elle observa les autres avions décoller l'un après l'autre, et se cramponna instinctivement aux croisillons de la carlingue, fit le signe de la croix, puis ferma les yeux et tenta de se souvenir des prières apprises dans son enfance.

Elle aurait été incapable d'expliquer par quel miracle l'avion se retrouva propulsé dans les airs, quelques minutes plus tard, au-dessus d'une foule qui se faisait de plus en plus minuscule. Au loin, la silhouette dépurée des pyramides devenait étrangement petite, elle aussi.

A l'adrénaline et la crispation des premiers instants succéda un ineffable sentiment de… plénitude. Une émotion assouvie depuis fort longtemps dans les méandres de son être s'éveilla, une rageuse envie de vivre intensément tout, partout et en même temps. Le désert lui apparaissait dans toute sa splendeur, insoupçonnée, jamais imaginée, éclatante étendue qui renvoyait la réverbération millénaire du soleil. Le sable était l'envers de l'autre désert, celui de l'éther, luminescente étendue bleue…

Dans quelques heures, le soleil mourrait aux confins du désert pour renaître à l'aube.

Soudain, elle comprit.

La dérive vers les étoiles.

Était-ce ce même sentiment qu'avait ressenti le comte Andreï Kemsky lors de son passage en Egypte alors qu'il tentait d'oublier son grand amour ? Il avait tenté de tout lui expliquer lorsqu'elle n'était qu'une adolescente irréfléchie et égocentrique, attrapée dans les tourbillons de la cour, là-bas, dans une lointaine et froide Russie. Elle n'avait pas saisi de quoi parlait son père, effrayée par son regard exalté.

Dépassant le temps et l'absence, elle ressentait la présence de sa mère et de son père, ici et maintenant. Jamais elle ne s'était sentie aussi proche de leur mémoire. Jamais elle n'avait été aussi dépouillée, aussi… heureuse ? Car quel autre sentiment aurait pu faire couler des larmes d'émotion à la vue de ce spectacle ?

Mark l'arracha à sa contemplation, ce qui la rembrunit à nouveau. Il lui signalait d'autres pyramides, en bas. Le Nil qui coulait paisiblement, n'était qu'un ruisseau d'ici haut. Sur ses rives, se détachait une large bande verte qui contrastait avec l'aridité du désert. Oubliant sa contrariété, Vélénia dévorait des yeux les étendues de terre où poussaient des palmeraies, des plantations de coton, d'agrumes et de karkadé dont les décoctions de fleurs étaient un régal. Les dieux de l'Egypte Antique avaient-ils éprouvé le même plaisir à voir la terre des hommes si minuscule, si industrieuse et colorée ?

Hélas, le vol s'acheva plus vite que Vélénia ne le souhaitait, car la nuit s'annonçait, et il fallait réapprovisionner les avions. Ils avaient parcouru quelques deux cents kilomètres, et demain ils poursuivraient leur route vers le sud.

Mark et Vélénia furent les derniers à atterrir, et déjà Howard ainsi que les autres membres de l'expédition les attendaient avec impatience. L'Américain sauta prestement à terre et tendit vers Vélénia ses bras pour l'aider à descendre, mais elle refusa poliment. Par mégarde, elle s'y prit très mal

pour descendre de l'appareil et glissa maladroitement de la carlingue... pour tomber dans les bras de l'Américain. Sous le poids de Vélénia, tous deux basculèrent dans le sable. Vélénia se retrouva étendue sur l'Américain, leurs visages proches l'un de l'autre. C'était la première fois qu'elle se rendait compte de la profondeur des yeux de Mark. Elle sentait son souffle tiède sur elle. Il était captivant, il fallait l'avouer.
- Décidément, vous avez la fâcheuse habitude de tomber dans mes bras, Vélénia ! dit-il railleur.

En l'espace d'une seconde, elle se remémora leur rencontre, aux pieds de la pyramide, en novembre de l'année précédente.
- Je... je suis désolée, bredouilla-t-elle alors qu'elle se détachait de lui pour se relever péniblement.

Il se redressa. Une ombre traversa ses prunelles.
Ce parfum de jasmin.
- Ce n'est rien, finit-il par répondre... vous devriez cependant vous laisser aider de temps à autres.

Il lui décocha un regard qu'elle ne sut interpréter.
- Vous vous êtes fait mal ? s'enquit Howard qui était accouru avec Luca.

Pour toute réponse, Vélénia partit d'un fou rire qui les gagna tous. Cela faisait bien longtemps qu'elle ne s'était pas sentie aussi insouciante et légère.

Le soleil incandescent s'était enfoncé depuis longtemps dans les dunes et l'équipe se réfugia autour d'un feu de bois devant la tente pour dissiper la fraîcheur nocturne, alors que les servants s'affairaient à ranger les restes du repas.

L'Italien et Vélénia jouaient aux dames, mais ils ne pouvaient jamais sérieusement se concentrer, car la jeune fille s'esclaffait pour un rien. Sa gaieté était contagieuse.

Alors que Mark conversait avec Howard, ses regards se posaient par moments, pleins d'une lente et vigilante attention, sur le joli minois de Vélénia. Il admirait secrètement cette longue et soyeuse chevelure où étincelait le reflet des flammes, ces mains qui dansaient dans les ombres de la nuit.

Les deux premiers boutons de son chemisier étaient déboutonnés et laissaient entrevoir sa peau et…
- Une fille très spéciale, n'est-ce pas ? déclara Howard, faisant irruption dans sa rêverie.

Mark sursauta et dévisagea son voisin. Celui-ci avait la moustache sympathique et un faciès bienveillant.
- Pardon ?
- Je comprends que vous la trouviez charmante, poursuivit Howard.
- Non, je ne…
- Allons, mon ami, dit-il en lui donnant une tape amicale sur l'épaule. Vous ne seriez pas normal si vous n'étiez pas sensible à une si jolie fille ! Prenez le compère Luca, lui-même est aux anges parce qu'elle lui accorde ce jeu de dames. Si vous saviez comme il vous envie d'être le co-équipier de Vélénia !

Une légère brise apporta un courant d'air frais des recoins du désert.
- Si j'avais vingt ans de moins, poursuivit l'Anglais, peut-être que j'aurais eu une chance. Mais Vélénia m'a accordé une affection si chaleureuse et innocente que je ne peux que lui rendre la pureté de ses sentiments. Pour moi elle est la fille que je n'aurai jamais… et peut-être que quelque part je peux remplacer un peu son père.
- Vous le connaissiez ?
- Hélas, voilà tout le mystère de Vélénia, cher ami. Il est difficile de savoir précisément d'où elle vient. Pour nous qui l'aimons, son histoire a commencé le jour où elle est arrivée en Egypte, il y a trois ou quatre ans. C'était encore une enfant.
- Les Kavanagh l'aimaient beaucoup…
- Oui, elle faisait partie pour ainsi dire de leur famille. Mais vous savez, je me demande si l'avoir accueillie chez eux était vraiment une bonne chose.
- Pourquoi ?
- Maryann venait juste d'avoir Charlie, et trop absorbée par ses recherches d'égyptologue, c'est Vélénia qui a

pratiquement élevé le petit Kavanagh. John s'est pris d'une vive affection pour Vélénia, mais je le soupçonne de l'avoir fait excessivement.

Mark se remémora avec quelle fierté John lui avait parlé de Vélénia. Ses paroles prenaient un sens nouveau à la lumière des confidences de Howard.

- Croyez-vous qu'il y ait eu quelque chose entre Vélénia et John ?
- Vous savez, Vélénia a gardé une parcelle d'enfance et reste inconsciente des sentiments et des passions qu'elle peut éveiller. Elle a la tête dans ses étoiles et ses pyramides. Et puis, je pense qu'elle a un sens du respect beaucoup trop fort pour vouloir s'approprier ce qui ne lui appartient pas.

Mark ne put trouver le sommeil cette nuit-là. Il pensa aux Kavanagh. A la fuite de Maryann. A la disparition subite de John. Quel souvenir emporta-t-il en mourant ? Sa dernière pensée avait-elle été pour sa femme… ou pour Vélénia ?

Depuis sa descente de l'avion, il avait trouvé Vélénia métamorphosée, comme si dans les cieux un miracle s'était produit, révélant une autre facette d'elle. Quelque chose d'elle l'exaspérait, sans doute cette partie de son passé qu'elle lui interdisait. Il se sentit absurdement jaloux de John et des années où s'épanouissait sous sa protection la délicieuse Vélénia.

Soudain, il se moqua intérieurement de sa propre faiblesse. Comment pouvait-il en vouloir à un mort sans défense ? A l'autre bout de l'océan, de l'autre côté du monde, son beau-frère, Paul, n'avait aucune idée dans quelle situation il l'avait mis en le pressant vivement de recontacter les Kavanagh. Au moins, Vélénia aurait le mérite de l'avoir momentanément distrait de Patricia, de leur divorce, et de toutes les femmes de Boston qui n'attendaient qu'un mot de lui. Dans quatre semaines, il repartirait en Amérique retrouver sa vie de célibataire adulé, et il aurait vite fait d'oublier cette capricieuse gamine.

La nuit agonisa, puis rendit au monde le soleil qui surgissait du rêve des dunes fauves.

Vélénia marchait pieds-nus dans le sable tiède, ignorant les remontrances de Howard qui craignait qu'elle ne marche par inadvertance sur un scorpion. Elle avait décidé que rien ne pourrait perturber cet instant magique aussi éternel que l'Egypte. Pour la première fois depuis fort longtemps, elle avait dormi si profondément, qu'elle ne se souvenait d'aucun de ses songes clairement. Enveloppée de leur confuse réminiscence, elle se sentait en parfaite harmonie avec le jour naissant, étira langoureusement les bras comme pour embrasser le soleil, lorsqu'elle sentit une présence près d'elle.

Derrière elle, Mark émergeait, ensommeillé, de sa tente et il faisait pitié à voir. Cependant, dans la lumière naissante du soleil, il émanait une force tranquille.

- Matin de lumière, dit Vélénia avec légèreté. Que la paix soit sur vous.

Il eut du mal à comprendre sa bonne humeur et fronça les sourcils. Vraiment, le changement était radical. Où était l'insupportable créature qu'il avait traînée à la force hors du Caire ?

Elle ressemble à un mirage né de l'aube.

D'où sortait-il cette pensée incongrue ?

- Ainsi, vous semblez avoir oublié tous vos griefs contre moi, dit-il, en s'approchant d'elle prudemment.
- Vous ne devriez pas vous donner tant d'importance, Mark McKenna.
- Vous ne voulez donc pas faire la paix avant qu'il ne soit trop tard ? Il nous reste quatre semaines et je ne sais si nous arriverons à nous supporter jusqu'à la fin.

Il avait sûrement rompu l'enchantement dans lequel elle s'était trouvée jusque-là, car elle s'assombrit soudainement et lui lança un regard glacial.

- Je dois aider Luca et Howard à finir de ranger les vivres. Prévenez-moi lorsque vous serez prêt à repartir.

Elle tourna les talons, telle une furie.

- Matin de lumière, grommela Mark entre ses dents. Et quel matin de lumière !

Les autres biplans prenaient un sérieux avantage sur eux, et la distance s'accentuait imperceptiblement, mais ni Mark ni Vélénia ne s'en soucièrent, chacun contemplant en silence le mouvement ondoyant des dunes. Ils ne s'étaient pas adressé la parole depuis leur départ du campement.

Il devait être midi, et l'on sentait l'incandescente chaleur qui s'abattait sur le désert du Sahara. Vues du ciel, les dunes prenaient des proportions titanesques et des formes à la fois tortueuses et langoureuses. Océan de sable, leurs vagues figées laissaient glisser le vent sur elles comme l'écume.

Mark voulut survoler de plus près les dunes, et amorça une légère descente pour suivre leur ondoiement. Ils étaient à une cinquantaine de mètres au-dessus du sable, lorsque l'appareil remonta subitement dans les airs. Le moteur commença à râler.

- Que se passe-t-il ? s'écria Vélénia.
- Le moteur ! Il ne répond pas !

L'appareil commença à toussoter sérieusement, à fumer, et Mark à jurer, surtout qu'il n'y avait aucune chance que les autres membres de l'expédition, fort éloignés, s'aperçoivent qu'ils étaient en difficulté.

- Mark, qu'allez-vous faire ?! s'affola Vélénia.
- Nous devons atterrir d'urgence !
- Mais il faut prévenir les autres !
- Et comment comptez-vous le faire, s'ils sont trop loin !

Ils perdirent de l'altitude. Mark tenta de redresser l'appareil, dans un effort surhumain, alors qu'il voyait face à lui l'imposante silhouette de la dune contre laquelle ils fonçaient vertigineusement.

Tout arriva très vite. Il y eut un moment de stupeur, puis le temps ralentit et les images se succédèrent les unes aux autres, lentement décortiquées. La dune se rapprochait. Vélénia parlait dans une langue incompréhensible. Le soleil les aveuglait. Dix mètres. Personne ne les retrouverait jamais. Deux mètres…

Puis le choc.

Lorsque Mark revint à lui, il n'aurait su dire précisément combien de temps s'était écoulé. Tout son corps était endolori. En ouvrant péniblement les paupières, il discerna une silhouette penchée sur lui. Un visage anxieux qui éclipsa momentanément le soleil, lui apportant une ombre salvatrice. Était-il mort ? Il s'imagina confusément être au paradis et un ange noir aux cheveux d'or l'observait. Il n'avait jamais vu autant de désarroi dans un regard ni trouvé autant de beauté que dans cette vision céleste.

Balivernes !

La mort supprimait la douleur, prétendait-on, et lui, il sentait chaque muscle de son corps. Petit à petit il recouvra ses sens et se rappela l'accident. Il réussit à se redresser avec l'aide de Vélénia.

- Et dire que je vous avais pris pour un ange ! grommela-t-il.
- J'ai cru que vous ne reviendriez jamais à vous ! s'exclama-t-elle ignorant sa remarque. Cela fait presque une heure que j'essaye de vous ranimer... Vous m'avez fait terriblement peur, Mark !

La jeune fille avait les cheveux en bataille et le visage noirci par la fumée. Toute animosité avait disparu d'elle. Peut-être à cause de l'instinct de survie.

Mark examina la carcasse de l'avion qui avait brûlé, et le sillon dans le sable qui arrivait jusqu'à eux. Il comprit rapidement.

- Vous m'avez traîné hors de l'avion lorsque nous sommes tombés, déduisit-il.
- Il commençait à brûler. J'avais peur qu'il n'explose.
- Vous m'avez traîné hors de l'avion... répéta-t-il incrédule.

Elle acquiesça de la tête.

- Vous m'avez sauvé la vie, Vélénia.

Sa voix prit une intonation profonde qui troubla la jeune fille.

- L'avion commençait à brûler... dit-elle tout bas. J'ai aussi voulu sortir les provisions. Votre gourde est percée et n'a plus d'eau. Il ne reste que la moitié de la mienne. Tenez, buvez, ça vous redonnera des forces.

S'apparentant plus à une petite fille qu'à un ange gardien, elle lui tendit timidement sa gourde.

- Peut-être que vous ne me détestez pas autant, répondit Mark.

Comme elle allait protester, il lui fit un signe de la main pour l'arrêter.

- Je sais, ne dites rien, Vélénia. Il ne faut pas que je me donne autant d'importance. Vous me l'avez déjà assez répété… Je voudrais juste vous remercier de m'avoir sauvé la vie. C'est sincère.

Pour toute réponse, ses traits s'illuminèrent d'une bienveillance qu'il aurait voulu moins réservée…. et qui se dissipa lorsqu'ils furent tout à coup entourés d'une vingtaine d'hommes sortis de nulle part, enturbannés et vêtus de tuniques claires, leurs faciès impénétrables.

- Et vous parliez d'un matin de lumière, Vélénia, maugréa Mark. Je crois que nous avons de la visite…
- Ce sont des bédouins, répondit-elle.
- Des bédouins ?
- Les habitants du désert.
- Selon mes calculs, nous sommes dans le désert Libyque, or les bédouins ne vivent que dans le désert du Sinaï, ou je me trompe ? En tous les cas, leur calme apparent ne me dit rien qui vaille.

Vélénia se redressa lentement, et s'adressa à ses interlocuteurs dans un langage étranger que Mark identifia à l'arabe. Pourquoi pressentait-il qu'il n'était pas au bout de ses surprises avec elle ?...

Si au début, les nomades ne réagirent pas, au bout d'un instant, l'un d'eux s'avança méfiant vers Vélénia et ils engagèrent une discussion animée. Après quelques palabres, la jeune fille se retourna vers Mark.

- Ils ont vu notre avion tomber et sont venus voir s'il y avait des survivants. Ils vont nous emmener à leur campement et nous montreront demain le chemin de retour vers le Nil.

- Vous êtes sûre que nous pouvons les suivre ?
- Allons, Mark, ce ne sont que des nomades pacifiques qui nous offrent l'hospitalité. Quel mal peuvent-ils nous faire ? Les gens du désert sont extrêmement hospitaliers. Et en effet, ils proviennent bien du Sinaï mais ont décidé de voyager désormais près de la grande mer de sable, à l'ouest des oasis.

Celui qui avait parlé avec Vélénia leur désigna des chameaux. Ils montèrent en selle et se mirent en route vers le nadir. Peu habitué à la démarche des camélidés, Mark fit semblant de ne pas remarquer que tout près de lui, Vélénia réprimait son rire en voyant de quelle façon il essayait tant bien que mal de rester digne sur sa monture. Cavalier émérite d'étalons racés à Boston, jamais de sa vie il n'était monté sur une de ces bêtes à bosses et il sentait comme un désagréable mal de mer l'envahir. Par contre, du coin de l'œil il observait avec quelle grâce la jeune fille s'asseyait sur sa monture et conversait avec leurs hôtes, radieuse et détendue. Elle paraissait née de ces sables, et rien, en ce moment, ne la liait à qui elle était vraiment, une émigrée venue des terres de neige…

Le campement auquel ils arrivèrent était constitué d'une dizaine de tentes noires en poils de chèvres tissés, de quelques moutons et brebis dans un enclos provisoire, de femmes voilées aux gestes furtifs et d'enfants braillards qui accoururent accueillir les étrangers avec une curiosité manifeste.

Le chef des nomades, un homme petit et sec à l'air jovial se tenait posté devant sa tente, écoutant attentivement ce que lui rapportait l'un de ses hommes. A la fin du récit, il ouvrit les bras et s'avança vers Mark et Vélénia.

- La paix du Magnanime soit sur vous ! dit-il dans un anglais plutôt correct, mais chargé d'un fort accent arabe.
- Et sur vous, la paix du Magnanime, répondit Vélénia avec une assurance que ne lui connaissait pas Mark.
- Asar ben Chedid est heureux de vous accueillir !

- Je suis Mark McKenna, et voici Vélénia de Castellan. Nous nous sommes perdus...
- ... votre oiseau mécanique, pas très fiable ! interrompit Asar avec un rire gras. Demain vous partez vers le Nil. Mais ce soir, nous fêtons les invités tombés du ciel !

Entourés de dizaines d'enfants surexcités qui les approchaient, touchaient et saisissaient leurs mains, ils furent conduits sous la tente, divisée par plusieurs cloisons appelées *gatas* derrière lesquelles on entendait les murmures discrets de femmes. Asar vociféra des ordres pour que l'on apportât du thé et du café à la cardamome. Il convia ses invités à s'asseoir sur des coussins brodés et s'adressa exclusivement à Mark, lui demandant de lui exposer par le menu leur mésaventure. Le chef des bédouins écouta attentivement le récit, battit des mains, rit aux éclats, imité par les enfants. Il posa beaucoup de questions (dans un anglais approximatif) sur les Etats-Unis, lorsqu'il apprit l'origine de Mark, et les deux hommes se mirent à converser comme s'ils avaient été les plus vieux amis, aux côtés d'une Vélénia stoïquement muette.

Les heures se succédant les unes aux autres dans cette ambiance presque anachronique cadencée par le déclin du soleil, le repas du soir fut annoncé. Les femmes avaient disposé dans des plats des pains ronds sans levain, du riz, des dattes et plusieurs bols de lait de chèvre, produits qui constituaient leur ordinaire. L'on avait sacrifié un mouton en l'honneur des étrangers.

Le dîner fut des plus animés. Assise en tailleur auprès de son compagnon d'infortune, Vélénia savait qu'elle devait se maintenir très discrète dans un pays où l'Islam réduisait la femme à une simple figurante. Docile, elle ne perdait pas une miette de la conversation entre Mark et Asar. A la fin du repas, celui-ci la désigna du doigt.

- Quel âge, la gazelle ?

Interloqué par l'indiscrète question, Mark rigola.

- Elle est encore très jeune.

Il ignora le regard noir que l'intéressée lui lança.

- Mais déjà nubile, *alays kadhalika* ?

Embarrassée, Vélénia se sentit furieusement rougir et fit appel à toute sa force de volonté pour ne pas hurler. Elle était d'autant plus désemparée que Mark prenait la conversation à la légère.
- Pardon ? réussit-il tout de même à dire, décontenancé.
- Je te l'échange contre vingt chameaux.

Croyant à une plaisanterie, Mark considéra la jeune femme, cramoisie de colère.
- Vingt chameaux ? répéta-t-il méditatif.
- D'accord je te la prends pour vingt-cinq, mais pas un de plus !
- Seigneur Asar, vous ne pouvez m'acheter, déclara Vélénia avec aplomb.
- Comment ? Une femme vaut pas plus de vingt-cinq chameaux ! J'ai acheté les miennes pour quinze ! En plus, la gazelle a sur le visage les traces de l'incendie de l'oiseau mécanique et parle trop !

Asar oubliait qu'il ne leur avait pas proposé de se changer ou de prendre ne serait-ce qu'un bain depuis leur arrivée, ce qui contrariait passablement Vélénia. Elle se sentait comme un laideron, une vulgaire monnaie d'échange. Et l'Américain trouvait cette situation très drôle…
- Ne faites pas attention. Parfois, elle se donne trop d'importance. Vous savez comment sont les femmes…

Vélénia lui adressa un regard de fiel.
- Seigneur Asar, je ne suis plus disponible, insista Vélénia.
- Comment ? demanda avec intérêt leur hôte.
- Oui, j'appartiens déjà à cet homme, répondit-elle en désignant Mark d'un geste vague de la tête.

Une fois passée la stupeur, Asar partit d'un nouvel éclat de rire, et gratifia Mark d'une forte tape amicale qui faillit faire basculer son invité.
- Allons *sidi Marko*, tu m'as pas dit que c'est ta femme ! Quel blagueur ! Et quel chanceux ! Une femme aux cheveux et aux yeux d'or ! Mille *mabrouks* !

Celui-ci s'était tourné vers Vélénia.

- Vous ne m'aviez jamais dit que vous rêviez d'être ma femme, chuchota-t-il ironiquement.
- Vous ne vouliez tout de même pas qu'il m'achète pour vingt-cinq chameaux ! riposta-t-elle tout bas. Les hommes ne rigolent pas avec ces choses-là et c'est monnaie courante que d'échanger les femmes contre des chameaux…
- Intéressant… Vous auriez dû m'en parler plus tôt.
- Ce n'est pas une plaisanterie ! La seule manière que j'aie de ressortir d'ici libre, c'est en me faisant passer pour votre femme. Au moins, cela, ils le respectent !

Des tambours et des flûtes jouèrent fort, faisant irruption dans leur aparté. Au bord des larmes et sous l'emprise de la frustration, Vélénia comprit combien ces insolites circonstances amusaient son compagnon, et seraient reléguées au rang d'anecdotes qu'il raconterait à ses amis de retour en Amérique. Elle se moquait pas mal de ce qu'il devait penser d'elle et de son stratagème désespéré pour échapper à la convoitise du bédouin.

Bientôt, alors que le feu de bois perdait de son intensité et que le sommeil eut raison des convives, Asar aboya d'une voix tonitruante un ordre qui figea sur place Vélénia.

- Que l'on mène les jeunes tourtereaux sous leur tente ! répéta-t-il en Anglais. Et que la nuit vous soit propice !

Il avait prononcé cette dernière phrase en lançant un clin d'œil entendu à Mark.

- Non, ce n'est pas possible ! murmura Vélénia.
- Et qu'attendiez-vous d'autre ? demanda Mark. Vous ne pensez pas que cela ferait louche que des époux demandent des tentes séparées ?

A cet instant précis, elle détestait Mark, son assurance et la légèreté avec laquelle il prenait cet imbroglio. Il se leva et lui tendit son bras, qu'elle fut obligée de prendre. La confusion qu'elle ressentait au contact de sa peau devait certainement lui échapper. En tous cas, elle priait les cieux pour que tel fût le cas. Il ne se déparait pas de son agaçant demi-sourire, alors qu'il l'enlaçait.

- Que faites-vous ? s'inquiéta-t-elle alors qu'il l'entraînait.

- Je tente de jouer le rôle que vous m'avez assigné, Vélénia, murmura-t-il dans ses oreilles. Pour vous sauver d'un destin burlesque et ne pas m'encombrer d'un troupeau de chameaux.

Asar prit les devants et saisit Vélénia par le poignet.
- Les femmes aideront la gazelle à se rendre plus désirable, déclara-t-il. Que ce soir soit pour vous comme le premier …

Avant que Vélénia n'eût pu protester, elle fut entourée des femmes du campement qui l'entraînèrent avec enthousiasme et force youyous, sans que Mark puisse intervenir. Résignée, elle se laissa conduire à un puits d'eau à l'écart du campement. Là, on la déshabilla, on la lava, la peigna, la parfuma et la rhabilla d'une ample tunique couleur de sable. Une vieille femme traça sur ses mains des arabesques au henné. Les appréhensions de la jeune fille fondirent dans la nuit de cendre sous l'effet de l'eau. Dépouillée de toute souillure, apparition féerique tombée d'une autre galaxie, elle fit l'admiration des femmes qui s'extasiaient devant ses longs cheveux semblables à la couleur cuivrée du sable au crépuscule.

Les femmes nomades la ramenèrent vers une tente aux abords du campement autour de laquelle s'était fait le vide, et s'en allèrent retrouver leurs hommes. Vélénia hésita un moment, puis pénétra dans la tente délicatement, espérant que Mark soit déjà endormi.

Contre toute attente, elle le trouva allongé sur une couverture de laine rêche, illuminé par la faible lueur d'une lampe à huile. Il était éveillé, la mine railleuse.
- Je vous interdis…
- Vous n'auriez pas dû leur dire que vous m'apparteniez, interrompit-il avec un petit rire. Lady Mathilda avait raison. Vous avez une imagination débordante ! Mais je suis peut-être un moindre mal à moins que vous ne préfériez être réduite à devenir l'esclave d'un bédouin au milieu du désert !

Comme elle restait à l'entrée, il se releva et soupira.

- Allons, Vélénia, trêve de plaisanterie, rentrez. Je vous promets que je ne vous ferai rien. Vous pouvez dormir tranquille. Après tout, personne ne se doutera que nous ne sommes pas réellement mariés. Et puis je suis crevé. Une rude journée nous attend demain.

Il se rallongea et lui tourna le dos, ce qui encouragea Vélénia à rentrer et s'allonger à ses côtés. Elle souffla sur la lampe à huile et l'obscurité engendra le silence. Mark sentit les effluves de jasmin l'envahir délicieusement, se figura dans le noir l'éclat des iris ambrés de Vélénia.

- Je ne savais pas que vous parliez l'arabe, murmura-t-il au bout d'un moment dans l'obscurité. Avez-vous d'autres dons cachés ?
- … Il y a beaucoup de choses que vous ne savez pas à mon sujet, répondit-elle d'une voix endormie.
- Je me demande bien pourquoi vous êtes si secrète, Vélénia.

Un soupir d'exaspération s'éleva.
- Je croyais que vous étiez crevé, Mark.
- … Oui, c'est vrai, vous avez raison ... A demain.
- A demain.
- Que la nuit vous soit propice, dit-il dans un murmure.
- A vous aussi, Mark.

Quelques heures plus tard, il fut réveillé par un faisceau et mit quelques secondes avant de réaliser où il se trouvait. Une fente de la tente laissait entrevoir les premières couleurs du levant. L'obscurité fut graduellement baignée de lumière, et un rayon illumina la silhouette allongée de Vélénia.

Profondément endormie, elle murmura quelques incompréhensibles paroles, se retourna, étendit inconsciemment son bras droit tout près de Mark. Il contempla avec volupté l'inconsciente vulnérabilité de la jeune femme. Cascades de cheveux dont on devinait les boucles soyeuses, nez fin, bouche pleine. *Farouche beauté…* Elle portait à l'intérieur du poignet une large cicatrice. Intrigué, il l'examina de plus près, se demanda de quel fait était née cette marque.

Vélénia l'aurait sans doute détesté si elle savait qu'il restait là à l'étudier dans son sommeil ! Il ne pouvait nier qu'elle lui apparaissait angélique, fragile.
Authentique.
La veille, elle lui avait sauvé la vie. D'où avait-elle sorti l'énergie pour le traîner hors de la carlingue de l'avion, pour se préoccuper de lui et lui offrir ce qu'il restait d'eau dans sa gourde, alors que rien ne laissait présager qu'ils trouveraient du secours au milieu de nulle part ?
Chassant ces futiles questions, il sortit précipitamment de la tente. Il souhaitait prendre congé d'Asar ben Chedid car la journée serait longue, et il ne voulait surtout pas que Howard, Luca et Ahmed Mourad ne s'inquiètent trop de leur disparition.

Ils se trouvaient dans le désert Al Wahat Al Dakhla, à plus de deux cents kilomètres au nord-ouest de leur destination originale, et le seul moyen pour eux de retrouver les rivages du Nil était le chameau, ce qui n'arrangea pas l'humeur de Mark. Voyant la contrariété de son hôte, Asar ben Chedid proposa de les faire accompagner par l'un de ses hommes qui devait se rendre à l'Oasis de Kharga faire du troc, et de là ils trouveraient certainement une caravane en partance pour Assouan. D'après le nomade, il suffisait de quatre à cinq jours de marche…
- Cinq jours ! s'exaspéra Mark, en prenant Vélénia à part. Dans cinq jours Howard et les autres seront déjà redescendus de la seconde cataracte du Nil, ils auront vu Abou Simbel et ils nous auront battus avec tous les croquis qu'ils auront faits ! Et le pire c'est qu'ils croiront que nous aurons fait exprès de nous perdre !
- Ahmed a dit que c'est celui qui ferait le croquis le plus intéressant qui gagnerait, pas celui qui en rapporterait le plus…
- Ah oui ? Et combien de croquis avez-vous fait jusqu'à présent ?
- Aucun…
- Et où est votre matériel ? raisonna-t-il, sévère.
Vélénia fut gagnée par la mauvaise humeur de Mark.

- Eh bien lorsque l'avion est tombé, j'avais le choix de sauver ce que je voulais des décombres. J'ai pensé que vous vivant me seriez plus utile que des pinceaux, des crayons et du papier ! Mais j'ai eu peut-être tort !
- Ah, les tourtereaux ! intervint Asar. Je ne sais pourquoi vous vous disputez, mais Mustapha est prêt à partir avec vous...

Vélénia s'éloigna de son co-équipier et du nomade en haussant les épaules et en bougonnant, puis enfourcha sa monture, avec superbe.

- Dis-donc, la gazelle, elle a du tempérament... mais c'est une femme qui sait ce qu'elle veut. Moi, lorsqu'une de mes femmes devient trop insupportable, j'en prends une nouvelle et ça les calme toutes.

Le quiproquo divertit instantanément Mark.

- Merci, fils de Chedid, j'y songerai.
- Oui, mais tout de même si tu la répudies, tu penseras à m'en avertir. Mon offre des vingt chameaux, ça tient toujours.
- Vingt ? Nous avions convenu vingt-cinq je crois...
- Tu marchandes ! fit semblant de s'offusquer le nomade. D'accord, tu sais ce que vaut ta femme. Nous en reparlerons le moment venu !

La traversée du désert se fit dans un calme absolu. Le soleil était à son point culminant et Mark, visiblement épuisé, écrasé sur sa selle. Il étouffait sous la chaleur du désert, la réverbération de chaque grain de sable.

A ses côtés, Vélénia, le regard fixe, perdu dans l'infini des dunes, en deçà du présent, offrait un visage d'une puissance sereine. Son corps se mouvait avec grâce, rythmé par le lent va-et-vient de sa monture. Mark enviait l'aisance avec laquelle elle faisait face au désert, alors que lui se sentait complètement dérouté. Ses pensées s'envolaient vers Boston, et vers la maison familiale de Rhode Island où Paul et Christine auraient souhaité qu'il passe l'été avec eux. Newport, bastion des plus riches familles anglo-saxonnes protestantes de l'Amérique était le territoire des McKenna depuis des générations, avec leur demeure fastueuse, leurs ouvrages en marbre, leurs tableaux de maîtres... Il avait décliné, prétextant qu'il voulait voyager en Europe, et que certainement il se rendrait en Egypte, puisqu'apparemment son beau-frère était intéressé à ce qu'il reprenne contact avec John Kavanagh pour enrichir leurs inestimables collections d'art.

En réalité, il avait voulu fuir cette image de famille trop unie qu'offraient sa sœur Christine, son mari et leurs enfants... Leur vie parfaitement heureuse et trop rangée étouffait Mark qui préférait s'amuser avec ses nombreux amis, se vanter de ses conquêtes féminines, vivre la vie dorée de l'Amérique des années vingt. Christine lui reprochait souvent qu'il aimait trop séduire et lui attribuait en grande partie l'échec de son mariage avec Patricia.

Le dénuement du désert contrastait injurieusement avec le monde qu'il avait à l'esprit. Ici, il n'était pas lui-même. Quelque chose lui manquait. Mais était-ce réellement Boston et Newport ?

- Mustapha dit que nous arriverons demain à l'Oasis, annonça Vélénia d'une voix neutre.

Pour toute réponse, il la gratifia d'une expression indéchiffrable.

- Je suis désolée que vous n'aimiez pas le désert, dit-elle d'un ton un peu plus amical.
- Le désert ? Qu'y a-t-il à aimer ici ? Tout y est extrême. Le soleil écrasant, les nuits trop fraîches. Même les dunes ont une part d'ombre ou de lumière. Pas de demi-teintes. C'est tout ou rien. Sans parler de cette tranquillité. Rien ne s'y passe.

Elle réfléchit un moment à ses paroles.

- Comment est votre vie en Amérique ?

Il haussa ses sourcils, surpris par cette question d'un ton un peu plus personnel.

- Non, ne me dites rien. Laissez-moi deviner. Certainement vous y vivez dans une succession de fêtes. Le champagne coule à flots au son d'un charleston endiablé. Les femmes y sont belles à

damner, élégantes. Les hommes parlent d'art ou de voitures.
- C'est ainsi que vous imaginez l'Amérique ?
- C'est ainsi que Lady Evelyn a décrit l'atmosphère qu'elle pensait trouver en vous rendant visite.
- Lady Evelyn, répéta-t-il tout bas. Que vous a-t-elle dit d'autre ? A en croire Lady Mathilda…
- Laissez dire Lady Mathilda. Vous savez bien combien elle aime les ragots. C'est une seconde nature chez elle, mais elle le fait sans mesquinerie.

Quelques minutes s'écoulèrent, éternelles.
- Est-ce si condamnable d'aimer la vie que je mène ? demanda Mark.
- C'est une bénédiction d'aimer la vie que l'on a, quelle qu'elle soit.

Pourquoi sentait-il qu'elle le jugeait ?
- Vous savez, vous aimeriez certainement l'Amérique. Si vous connaissiez le milieu dans lequel j'évolue, je suis certain que vous vous y plairiez. Vous seriez adulée, vous auriez mille prétendants, des robes et des bijoux.

Enfin, elle le fixa ouvertement.
- Qu'est-ce qui vous fait croire que je n'ai pas déjà connu tout cela ?

Son sourire sibyllin ne réussissait pas à dissiper l'immense tristesse de ses claires prunelles. Avant que Mark n'ait eu le loisir de lui répondre, elle donna un coup de pied à sa monture, et repartit galoper aux côtés de Mustapha, laissant l'Américain à ses obscures tergiversations.

L'astre de feu s'enfonçait lentement dans les sables. L'horizon tira au mauve, puis graduellement tout devint sombre. La nouvelle lune éclipsait sa lumière pour laisser les étoiles briller avec plus d'intensité. Autour du feu de bois, Mustapha, Vélénia et Mark s'engourdissaient en silence. Le guide s'endormit le premier.

La jeune fille leva le regard vers l'espace, bientôt imitée par Mark.

- J'oubliais que vous aimez réellement les étoiles. C'est presque une obsession chez vous…
- Je ne m'attends pas à ce que vous compreniez, Mark.
- Vous avez tort.

Elle ne répondit rien.
- Je me souviens fort bien de notre conversation l'an dernier, sur la pyramide d'Al Gizeh. Je crois que vous m'aviez parlé d'une constellation d'Orient.
- D'Orion, corrigea-t-elle.
- Peut-être, oui. Je vous avoue que je serais incapable de la retrouver. Je me souviens cependant qu'il y avait trois étoiles.

Il marqua une pause avant de continuer.
- Alors, penserez-vous que je suis moins superficiel en me souvenant de ces détails ?
- Pourquoi mon opinion sur vous aurait-elle une quelconque importance ?
- Je n'en sais rien, avoua-t-il. Certainement cette traversée du désert me joue des tours. Vous savez, à force de n'avoir rien en face de moi, je me mets à divaguer sur mille choses.
- Le désert est tissé de mirages qui habillent l'imagination de sortilèges, dit-elle d'un ton moqueur.
- C'est injuste. Vous êtes ici dans votre élément, Vélénia. Vous me mesurez à des valeurs dans lesquelles je n'évolue pas, mais cela ne fait pas forcément de moi une mauvaise personne, ne l'oubliez pas… Si nous nous étions rencontrés à Boston, vous seriez sur mon territoire, pas le vôtre.

Elle abandonna un moment la contemplation des étoiles pour lui faire face.
- Et que serait-il arrivé, sur *votre* territoire ?

Pour la première fois, il trouva dans l'éclair malicieux de ses yeux la femme qui se cachait presque toujours derrière sa candeur enfantine. Quelque part, elle *devait* savoir qu'il la trouvait extrêmement jolie, qu'elle lui plaisait. Mais était-ce parce qu'il n'y avait qu'elle dans cet immense désert ? Ou était-ce parce que c'était elle ?

- Comment le savoir ? répliqua-t-il, troublé. Vous êtes si insaisissable qu'il m'est parfois difficile de vous deviner, même sur votre territoire…

Son profil se tourna à nouveau vers les étoiles.
- Alors, ne me cherchez pas, Mark… Vous savez parfaitement que si nous nous étions rencontrés en Amérique, vous ne m'auriez même pas remarquée… Maintenant, essayez de dormir. Nous avons une longue journée demain… Bonne nuit.

Alors qu'il cherchait le sommeil, il ne pouvait détacher son attention de la belle dormeuse et ruminait ses propos. Pourquoi se sentait-il attiré par elle alors qu'elle faisait tout pour l'éloigner ? Pourquoi pensait-il que jamais de sa vie il n'avait rencontré personne comme elle ?

Elle avait certainement raison. S'ils s'étaient rencontrés ailleurs, dans d'autres circonstances, il l'aurait peut-être admirée et voulue en l'espace d'une soirée, puis il l'aurait vite oubliée. Mais, par un étrange hasard, leurs chemins s'étaient croisés ici et s'acharnaient à les unir depuis plusieurs jours.

Ils atteignirent l'Oasis de Kharga dans la matinée.

Mark vit avec soulagement se profiler la palmeraie et les caravansérails devant eux, grouillant de chameliers qui préparaient leur voyage. Les femmes s'affairaient autour d'un puits. Les marchands tentaient de vendre au meilleur prix leurs produits. L'Américain ne serait plus obligé de se retrouver seul face à lui-même et ses insoutenables interrogations.

Avant de prendre congé d'eux, Mustapha les aida à se procurer une partie du matériel qu'ils avaient perdu dans l'accident, et à trouver un guide pour Assouan, mais ils ne partiraient que le lendemain à l'aube. Encore une journée de perdue, mais au fond, Mark n'était pas fâché d'avoir un répit : les périples à dos de chameau lui provoquaient des courbatures et pour rien au monde il ne l'aurait avoué à Vélénia… Ils trouvèrent au nord du souk de l'oasis les ruines d'Hibis que le Musée Métropolitain d'Art de New York avait entrepris de fouiller entre 1909 et 1911. Le reste de l'antique cité gisait sous les champs de culture.

La jeune fille avait trouvé du matériel pour dessiner ; elle se perdit dans une dimension inaccessible, entre ses crayons et les vestiges des dieux Amon, Seth et Osiris, investie d'une soudaine fièvre d'archéologie. Mark se contentait d'observer et suivre passivement depuis l'ombre la vaillante et gracile silhouette, si féminine malgré ses vêtements d'homme. Il admirait secrètement l'engouement de Vélénia, le sens qu'elle trouvait à tout cela, loin de ses repères et un environnement familier. Le soir venu, ils furent chaleureusement accueillis par un cousin sédentaire du bédouin Asar et purent se reposer chez lui pour reprendre des forces.

Contrairement aux attentes de l'Américain, le chemin vers Assouan ne fut pas moins long et pénible que le précédent… à la seule différence qu'ils eurent la chance de rencontrer un britannique qui se joignit à leur petit groupe. William Riley parcourait l'Egypte, décidant de sa suivante destination au gré du hasard. Arborant avec un panache sympathique la cinquantaine, il s'était aventuré dans une bonne partie d'Afrique et était d'une agréable compagnie.

Comme Vélénia s'emmurait dans sa traversée en solitaire, Mark eut tout le loisir de bavarder avec l'Européen des heures durant. Il lui raconta leurs péripéties depuis le départ du Caire, l'expédition organisée par Howard Carter, l'accident, la rencontre avec les bédouins. Au fil de son récit, il se rendit compte en son for intérieur qu'il avait énormément apprécié ces jours, que quelque part il s'en sentait enrichi. Il fit part de ses impressions à son compagnon.

- C'est l'effet du désert, expliqua William. Au départ il angoisse totalement, mais il finit par vous absorber et vous lénifier… A voir votre femme, on dirait qu'elle y est plus à l'aise que vous.
- Ma femme ?
- Oui, répliqua-t-il en désignant Vélénia. Le guide m'a expliqué que vous étiez en lune de miel.

Mark s'esclaffa et expliqua le quiproquo qui avait débuté par l'entremise d'Asar ben Chedid. L'anecdote amusa passablement son interlocuteur.
- Je suis divorcé et certainement la dernière personne que Vélénia voudrait pour mari. C'est tout juste si elle a accepté d'être ma co-équipière. Cette histoire de lune de miel est un malentendu des nomades...
- Pardonnez-moi, j'étais vraiment persuadé que vous formiez un joli couple.
- Vous n'êtes pas le premier à le dire, mais je vous rassure, ce n'est pas du tout le cas. Nous sommes diamétralement opposés. Voyez-vous, alors que je jouis d'une vie dorée de célibataire en Amérique, et que Vélénia est persuadée que je suis le plus superficiel des hommes, elle vit une vie très... je dirais trop sage pour une fille de son âge.

Décidément il se sentait bavard... il lui parla de la passion de Vélénia pour les étoiles et pour les monuments d'Egypte, de la façon dont ils s'étaient rencontrés, de sa discrétion et sa réserve, de la façon qu'elle avait de parler par énigmes, de leurs nombreuses disputes et accrochages.
- Je vois que vous la connaissez bien, pour quelqu'un avec qui vous ne vous entendez pas bien, commenta le Britannique d'un ton indéchiffrable.
- Que voulez-vous dire ?
- La vie que Vélénia mène ne vous attire pas forcément, mais c'est elle qui vous a fait découvrir en Egypte tout ce que vous m'avez raconté jusqu'à présent. Sans elle, vous n'auriez certainement pas vécu autant d'expériences.
- Voulez-vous dire que je me serais ennuyé sans elle ?
- Commençons par le fait qu'elle vous a sauvé la vie d'après ce que vous m'avez dit... Savez-vous que dans certaines cultures, votre vie lui appartiendrait par ce seul fait ?
- C'était un accident.

- C'était peut-être aussi écrit. *Mektoub*, dit-on en Egypte. Tout est marqué. Le mal, le bien. La vie, la mort. L'amour.

Mark rit malgré lui.
- Vous faites erreur... Je comprends ce à quoi vous faites allusion. Mais ce n'est pas le genre de choses auxquelles je crois. Par contre Vélénia, elle, serait certainement d'accord avec vous.
- Vous tenez à elle, n'est-ce pas ?

L'Américain haussa les épaules.
- Je vous l'ai déjà dit. Je ne suis pas un ermite. Je n'appartiens pas ici. Je ne fais que traverser l'Egypte par hasard. Je viens d'Amérique ; j'ai une vie là-bas qui m'attend et personne que je connaisse ici n'en fait partie.

En définitive, ils ne purent jamais atteindre Assouan. Le *semoum* s'était levé dès le quatrième matin, soufflant du sud avec violence. De mémoire de nomade, jamais on n'avait vu le désert se déchaîner ainsi en cette saison sous les effets du vent excessivement chaud et sec. Les voyageurs improvisèrent en toute hâte une tente qui résista tant bien que mal à la violente valse des grains de sables. L'horizon devint trouble, et pendant plusieurs heures du jour et de la nuit, on ne distingua ni le soleil ni les étoiles. Les dunes dématérialisées se fondaient dans le ciel dans un puissant mugissement.

A l'intérieur de leur abri de fortune, tous se serraient les uns contre les autres, silencieux et hagards. Les myriades de grains de sable rentraient dans les oreilles, dans la bouche, rendant tout mouvement et toute parole pénible. Blottie malgré elle contre Mark, Vélénia compta mentalement depuis combien de temps ils étaient partis du Caire. Cela faisait presque deux semaines, suivant ses calculs. Il lui semblait être partie depuis toute une éternité, et au fond, ce changement de décor l'avait aidée en quelque sorte à s'échapper d'elle-même, de ses sempiternels regrets et du vide laissé par les absents.

Jamais, de sa vie d'adulte et avant l'irruption de Mark, elle n'avait partagé de vicissitudes aussi durablement avec quelqu'un à ses côtés. En Russie, elle avait égoïstement et inconsciemment ignoré les sentiments de Pavel Mikhaïlovitch, lui préférant la compagnie d'Anastasia, et se languissait d'un père qu'elle ne voyait jamais. En Egypte, chez les Kavanagh, elle avait jalousement cultivé son jardin secret et son indépendance, ne s'ouvrant qu'à un enfant qui ne pouvait comprendre les aléas de la vie. Depuis qu'elle était chez Lady Mathilda, elle vivait aussi dans son propre univers, se contentant de montrer une façade imperturbable et de donner le change.

Mais depuis que Mark et elle s'étaient retrouvés seuls dans les griffes du désert, elle dépensait beaucoup trop de son énergie à se chamailler avec lui. Il se rapprochait d'elle, comme pour percer sa réserve et la faire voler en éclats. Il était perspicace et voulait trop savoir, alors elle s'esquivait, car il lui renvoyait le miroir de ses propres incertitudes. Pourquoi cet acharnement à vouloir l'atteindre, alors qu'il pouvait avoir n'importe qui d'autre ?

De toute façon, il avait déclaré forfait, depuis que William Riley les avait rejoints. De quoi s'entretenaient-ils des heures durant ? Elle avait remarqué que Mark avait le don de se faire des amis rapidement. Il avait apprivoisé en un rien de temps le ténébreux Howard Carter, Luca Borromeo, un bédouin du désert. Il rencontrait cet anglais dans une oasis au cœur des dunes, et voilà qu'ils se mettaient à parler comme s'ils se connaissaient depuis toujours.

Alors pourquoi avec elle était-ce différent ?

La tempête se calma aussi subitement qu'elle était venue. Comme la petite caravane avait perdu énormément de temps et consommé presque tous ses vivres, ils durent bifurquer vers Louxor qui se trouvait plus près qu'Assouan. Mark décida en arrivant à Louxor, qu'ils y attendraient Howard et les autres équipes, ne sachant plus à quel stade de leur périple ils en étaient.

Devant eux s'étendait Louxor, jadis nommée Thèbes, magnifique dans son architecture monumentale. Sur le rivage ouest, le chemin qui rentrait du désert vers les terres cultivées était bordé de deux gigantesques silhouettes assises, taillées dans un seul bloc de grès cristallin, d'environ vingt mètres. Pour Mark, elles symbolisaient un retour bienvenu à un semblant de civilisation.
- Quelles sont ces statues ? s'enquit Mark.
- Ce sont les Colosses de Memnon, répondit Vélénia. Les seuls vestiges d'un temple construit pour des millions d'années.

Comme il manifesta de l'intérêt, Vélénia poursuivit.
- Elles représentent Amenhotep III qui mourut vers 1353 avant Jésus-Christ. Elles se trouvaient à l'entrée du temple mortuaire du pharaon dont il ne reste aujourd'hui plus rien à cause des pilleurs.
- Pourquoi s'appellent-elles Memnon ? s'enquit William. On dirait un nom grec.
- C'en est un, en effet. En fait, c'est uniquement la statue située au nord qui porte ce nom. Elle fut endommagée dans un tremblement de terre il y a quelques siècles, et depuis, au lever du soleil, elle produisait un son musical. Les visiteurs Grecs associaient cette mélodie à l'appel que le mythique Memnon faisait à sa mère l'Aurore, déesse du soleil matinal. Si le son ne se produisait pas, on pensait que le dieu était en colère. Malheureusement, au second siècle de cette ère, l'empereur Septimus Severius fit réparer la statue, et le son ne s'est plus jamais reproduit.
- Et depuis, les dieux sont en colère, conclut Mark.

Au début, elle crut déceler en lui de la raillerie, mais il avait l'air tellement sérieux, qu'elle ne songea pas à le contredire. Leur voyage touchait à sa fin, et ils devaient prendre congé de leur guide et du Britannique.

Mark et Vélénia se rendirent directement au Winter Palace Hotel, où Lord Carnarvon avait aimé à séjourner lorsqu'il se rendait à Louxor. L'imposant établissement construit en 1905 possédait une architecture sur trois étages aux airs de Riviera Française et l'Américain fut visiblement soulagé de retrouver un certain confort après l'épreuve du désert. On les informa à la réception du palace que Howard et Luca Borromeo étaient arrivés l'avant-veille au soir et avaient demandé après eux. Ils étaient partis en excursion pour la journée et reviendraient en fin d'après-midi. On les conduisit à leurs chambres respectives.

En début de soirée, Vélénia s'éveilla en sursaut, tenaillée par un étrange pressentiment. Le bain chaud, grand luxe, l'avait complètement délassée et relaxé chacun de ses membres engourdis par des jours à dos de chameau. Elle s'arracha à son irrésistible et profond sommeil. A moitié endormie, elle s'habilla et se peigna longuement, voyant passivement son reflet dans le miroir. Le soleil du désert avait décoloré davantage ses cheveux et tanné sa peau, faisant ressortir la clarté de ses yeux... et beaucoup trop de taches de rousseur. Elle s'amusa à l'idée qu'aucun prétendant ne voudrait d'elle avant qu'elle ne retrouve la blancheur laiteuse de sa peau. Lady Mathilda serait horrifiée de la voir aussi hâlée… Mais, peu lui importait ce que penseraient les autres. Elle ne cherchait de toute façon pas à plaire. Néanmoins, avant de quitter sa chambre, elle s'assura que ses longs cheveux étaient impeccablement peignés, retombant en lourdes cascades sur ses reins.

Quelle ne fut sa surprise lorsqu'elle retrouva au bar de l'hôtel Mark en grande conversation avec Howard et Luca. Son cœur ne fit qu'un bond à la vue de ses amis, et elle accourut les embrasser. Mark avait déjà entrepris le récit de leurs péripéties.

- Ma chère Vélénia, nous avons mis du temps à réaliser qu'il vous était peut-être arrivé malheur, dit Howard.
- En vérité nous avons cru que *Marco* vous avait enlevée, rajouta Luca avec espièglerie. Je dois avouer que nous ne nous sommes pas fait trop de soucis jusqu'à la semaine dernière.
- Oui, nous avons appris que des bédouins avaient trouvé un avion écrasé et recueilli ses occupants, alors

nous avons pensé que si c'était vous, forcément vous étiez vivants, mais nous ne savions pas où vous trouver. La seule solution était de vous attendre quelque part. Ahmed Mourad est resté à Assouan et Luca et moi-même avons décidé de vous attendre ici.
- *Marco* était en train de nous raconter vos aventures… Ma parole, je vous trouve resplendissante ! Ce séjour dans le désert vous a fait du bien, à ce que je vois, et j'espère que le *Signor* McKenna a été un *gentleman* avec vous et a su vous protéger comme il se doit !

Le voilà qui s'embarquait dans un soliloque avec force détails et gestes des mains, sous l'air attendri de Vélénia. Le petit groupe s'installa au bar pour célébrer les retrouvailles. Howard expliqua – quand Luca lui en laissait le loisir – leur périple près des Montagnes du Soudan. Il leur décrivit l'Ile de Philae qui sortait des eaux d'Assouan d'août à décembre uniquement. On commanda du champagne et les récits s'enjolivèrent peut-être à partir de là. Vélénia riait aux éclats, se rembrunit quelques instants lorsque Mark évoqua leur aventure avec les nomades et son subterfuge pour échapper à l'échange de chameaux. Mais les bulles reprirent joyeusement dessus. Elle qui ne buvait jamais d'alcool devint volubile, trouva le champagne délicieux, en redemanda…
- Je crois que vous devriez vous modérer, chère Vélénia, intervint Howard. Vous n'êtes pas habituée au champagne.
- Mais voyez comme elle pétille, la petite ! s'exclama Luca.
- Je vous raccompagne à votre chambre, rajouta Mark.

Amusée, étonnée, émue par tant de sollicitude, Vélénia se laissa docilement entraîner par son compagnon et balbutia quelques mots à l'égard de Howard, mais elle ne savait plus ce qu'elle disait. La saveur âpre du champagne lui picotait agréablement les narines et les idées.

Ils traversèrent la vaste terrasse pour regagner le couloir des chambres. Vélénia exécuta quelques pas de danse, respirant à pleins poumons l'air frais de la nuit. C'était l'endroit et le moment le plus merveilleux du monde. Elle leva les bras

en s'étirant et scruta les étoiles qui avaient décuplé grâce au champagne, puis se retourna vers Mark. Il la contemplait d'un air amusé.
- Je ne suis pas ivre, dit-elle dans un éclat de rire.
- Qui a dit que vous l'étiez ?
- Vous vous moquez de moi ! dit-elle sur un ton de reproche.
- Non, Vélénia. J'ai passé une soirée très agréable. Et la traversée du désert m'a été très agréable en votre compagnie, mais je ne l'avais pas réalisé jusqu'à maintenant.

Vélénia pivota sur elle-même et faillit trébucher si Mark ne l'avait pas rattrapée par le bras. Leurs regards s'accrochèrent.
- Attention, Vélénia, dit-il avec douceur. Je sais bien que vous êtes sobre, mais vous avez bu pas mal de champagne et ce n'est tout de même pas de la citronnade.
- C'est absurde ! J'ai envie de rire et de pleurer à la fois. J'ai mal au cœur…

Mark la tenait fermement. Encore ce délicieux parfum de jasmin… Il sentait qu'il en deviendrait fou.
- Restez immobile un moment. Nous repartirons lorsque vous vous en sentirez capable.

Elle éclata d'un rire cristallin, se défit de l'étreinte et rentra dans le bâtiment pour dévaler le couloir en trottant, s'arrêtant devant sa chambre. Mark la rattrapa.
- Le champagne m'a tourné la tête, avoua-t-elle gaiement. Je n'en ai pas l'habitude. Je ne sais pas si vous vous en êtes rendu compte.
- Non, pas vraiment…
- Mais je sais parfaitement que celle-ci est ma chambre, n'est-ce pas ?
- Jusqu'à preuve du contraire, oui.

La terre se mit à tournoyer très vite. Vélénia s'agrippa à Mark et lui tendit sa clé.
- Vous voulez bien m'ouvrir la porte ? demanda-t-elle d'une toute petite voix. La serrure n'est pas à sa place…

Il prit la clé et obtempéra. Elle leva sa tête vers lui, sans défense, perdue dans un tourbillon d'ivresse. Le visage de Mark était éclairé par les lampes du couloir. Ses yeux profonds, insondables, la contemplaient gravement.
- Mark ?
- Oui ?
- Vous ne m'auriez tout de même pas échangée contre tout un troupeau de chameaux, n'est-ce pas ?

Il sourit.
- Vous pouvez dormir sans crainte. Cela n'a jamais été mon intention.

Instinctivement, presque sans le vouloir, elle se dressa sur la pointe des pieds et l'embrassa sur la joue.
- Oh, merci, merci... souffla-t-elle soulagée. Bonsoir, *Marco* McKenna.

Sans ajouter un mot de plus, elle referma sa porte, laissant Mark interdit sur le pas de la porte. Une fois de plus, Vélénia s'était conduite comme une gamine. Elle s'était jetée à son cou parce que le champagne lui avait fait croire que tout était merveilleux. L'ivresse excusait tout. Et le lendemain matin, il en était persuadé, Vélénia serait honteuse de sa conduite, elle l'éviterait, se détournerait, incapable de lui faire face ou trouverait un prétexte pour se disputer avec lui.

Mais pour rien au monde il n'aurait voulu rater ces rares instants de totale spontanéité qu'elle venait de lui livrer. Il y avait eu quelque chose de magique et, en l'espace de quelques secondes, comme une mystérieuse alchimie entre eux. Il en était certain.

Le matin était calme à Deir-el-Bahari, le « Monastère du Nord ». Personne ne viendrait encore perturber le silence dont Howard Carter aimait s'entourer. Matinale, Vélénia serait assurément la première à venir le retrouver pour bavarder avant que les autres ne les rejoignent.

Il venait de relire pour la dixième fois les admonitions d'Ipouer, se demandant si elles avaient un rapport avec la découverte du tombeau, la mort de Lord Carnarvon et la suite des évènements.

Celui qui était enseveli comme le Faucon Divin est sorti de son cercueil. Le secret des pyramides est vidé. Ceux-là mêmes qui étaient les Maîtres des Lieux Purs restent exposés sur les sables du désert.

Des dieux, des hommes, des archéologues. Voilà ce qu'était l'Egypte. Rien que des secrets éventrés où l'irréel se mélangeait au réel, où la légende rencontrait la vérité.

Las, il repensa à l'expédition qu'ils avaient entreprise et qui s'achèverait bientôt. L'épopée avait apporté une touche de fantaisie à un quotidien devenu incertain depuis la disparition de Lord Carnarvon. Et il avait été ravi de permettre à Vélénia aussi d'échapper aux souvenirs trop frais de la disparition de John et le départ inopiné de Maryann.

La jeune fille paraissait faire bonne équipe avec Mark, malgré leurs péripéties et leurs différends qui, à son avis, découlaient plus des étincelles qui jaillissaient de la confrontation entre deux caractères affirmés que d'une réelle mésentente. Les femmes n'étaient-elles pas parfois insaisissables et capricieuses, d'une humeur changeante qui rendait les hommes fous ? Howard avait remarqué que depuis leur arrivée à Louxor, Vélénia évitait l'Américain, rougissant au moindre regard qu'il osait poser sur elle. Elle faisait semblant de l'ignorer en se plongeant dans la reproduction de quelque aquarelle, mais Mark n'était pas dupe. Quand ces deux-là finiraient-ils par s'entendre ?

Vélénia renvoyait à Howard le reflet de sa propre jeunesse enfuie, et peut-être était-ce pour cela qu'il lui était-il aussi attaché. Elle était arrivée en Egypte à peu près au même âge que lui, avec la même illusion de participer à un mystère qui dépassait sa propre existence et qui s'appelait Histoire...

En effet, né à Swaffam dans le Norfolk d'Angleterre, Howard était arrivé à Alexandrie à dix-sept ans, en 1891, pour travailler comme dessinateur à l'Egyptien Exploration Fund. Son premier projet avait été Bani Hassan, tombeau des princes souverains de l'Egypte Moyenne. Sa passion le poussait à oublier le temps, à travailler toute la journée et dormir avec les chauves-souris dans les caves.

Il avait rejoint l'équipe de William Flinders Petrie, éminent chef de chantier et l'un des meilleurs archéologues de son temps. Celui-ci pensait que Howard ne serait jamais un excellent excavateur, mais plusieurs découvertes du jeune homme sur le site d'El Amama, capitale de l'Egypte durant le règne d'Akhenaton, le détrompèrent. La suite de sa vie était tissée de lieux sacrés, de reines et de pharaons légendaires. Deir-el-Bahari, Hatsheput, Tanta, Thèbes, Karnak...

Certes, il y avait aussi eu des moments difficiles, comme le malencontreux incident qui l'avait fait démissionner de son poste d'Inspecteur Général de Monuments de la Haute Egypte, en 1905. Des touristes français, ivres morts s'en étaient pris à des gardiens égyptiens, que Howard avait défendus. Le scandale était arrivé jusqu'au Consul Général Lord Cromer. Mais le jeune archéologue n'avait pas fléchi, estimant qu'il avait fait son devoir. Crawford Maspero n'avait pas pu sauver sa peau.

1908 avait marqué le tournant de sa vie, lorsque le Directeur du Service des Antiquités Egyptiennes lui avait présenté Lord Carnarvon, cinquième du nom, qui souhaitait enrichir sa collection privée d'art. Le reste faisait partie de l'histoire.

Quel avenir pour demain après avoir découvert l'éclatant tombeau de Toutânkhamon ? Lorsqu'elle le retrouva un peu plus tard, Vélénia se fit écho de ses propres interrogations sur ses aspirations et projets. Que fait-on une fois que l'on a accompli ses rêves ?

- Je prendrai ma retraite, lui répondit-il avec quelque peu de fatalité. Je collectionnerai des antiquités et je viendrai hanter le Winter Palace Hotel de Louxor pour me rappeler mon passé. Et un jour, je rentrerai en Angleterre pour écrire mes mémoires et y mourir paisiblement…

Cette perspective la morfondit ; elle poussa un profond soupir. Ses prunelles allèrent se perdre par-delà l'horizon

désolé de la Vallée des Rois où ne poussait aucune végétation et que seul le Qurn, « la corne », égayait.
- A quoi se doit cet immense soupir, Vélénia ? On dirait que toute la détresse du monde vous accable...
- Oh, rien... Je pensais au départ de demain. Je n'ai pas particulièrement envie de retourner au Caire.
- C'est vrai qu'il est dommage que Mark doive repartir en Amérique aussitôt que nous rentrerons au Caire. Moi aussi j'apprécie sa compagnie.

Elle le dévisagea avec un air soucieux.
- Non, Howard, ce n'est pas à lui que je pensais. Et je ne peux pas dire que sa compagnie soit des plus agréables.

Howard éclata de rire.
- Mon Dieu, chère enfant, vous êtes bien candide !
- Pourquoi dites-vous cela, Howard ?
- Ecoutez, tout ce que je vous dirai, c'est que Lady Evelyn est arrivée cette semaine au Caire et qu'elle attend avec impatience de revoir Mark, puisqu'il n'est pas allé à Londres la voir comme prévu... Mais je ne suis pas certain qu'après avoir connu avec vous les différents visages de l'Egypte, il puisse être sensible à une autre compagnie que la vôtre.

Vélénia mit ses mains sur ses hanches en signe de mécontentement et fronça ses sourcils.
- Ah non, Howard ! Vous n'allez pas vous y mettre vous aussi !
- Pourquoi vous mettez-vous dans ces états lorsqu'il s'agit de Mark ? fit Howard en riant de bon cœur.
- Et moi qui pensais que vous étiez de mon côté !

Howard se leva. Il apercevait au loin Luca qui s'approchait avec Ahmed Mourad et l'objet de leur conversation.
- C'est justement parce que je suis de votre côté que je vous demande de bien réfléchir, Vélénia. Vous pourriez être ma fille et je ne veux pas vous voir commettre les mêmes erreurs que moi. Ne laissez pas échapper le bonheur comme moi je l'ai stupidement fait. Pour recevoir, il faut d'abord donner. Beaucoup donner de

soi… Mais si vous le voulez bien, nous en reparlerons une autre fois. Voilà donc nos amis qui arrivent. Cette dernière journée en Basse Egypte va être splendide…

Vélénia avait traversé plutôt que vécu la dernière journée dans la Vallée des Rois, hantée par les paroles de Howard. Une autre prit sa place, répondant distraitement à ses compagnons, peignant des aquarelles comme un automate. Ils étaient redescendus dans la tombe de Toutânkhamon que Howard s'ingéniait à leur expliquer de fond en comble, et elle n'avait retenu aucune des explications, observant d'un air absent ce gisement de légendes, demeure de fantômes.

De même, le lendemain matin, Vélénia s'embarqua dans une sorte de torpeur sur la felouque qui les emportait vers le Caire et la Basse-Egypte. Ils longèrent les rives poudreuses du Nil, où se profilaient des maisons de boue et des palmiers disséminés entre des taches de tamaris, où s'abreuvaient des saules pleureurs. Le Nil était paresseux, dans un mouvant décor de papyrus et de jacinthes aquatiques, gardien du sommeil des crocodiles et de la langueur des hippopotames, tandis que s'envolaient des myriades d'insectes et d'oiseaux aux couleurs de l'arc-en-ciel.

Au milieu de l'après-midi, Vélénia émergea de ses rêveries, comme par enchantement. Ahmed et Luca étaient descendus à terre pour trouver un endroit où camper ; Howard et Mark discutaient à l'autre bout de la felouque le parcours qu'ils feraient le lendemain.

Lorsque tout fut décidé et le campement installé, Luca proposa à tous de prendre un bain pour se délasser et son idée fut reçue par des acclamations. Seule, Vélénia demeurait à l'écart, songeuse à bord de la felouque.

L'horizon se teinta d'une langoureuse luminosité rose. C'était la teinte qu'elle redoutait, celle des souvenirs douloureux, car ils la ramenaient inéluctablement vers l'Esprit du Crépuscule. Plus que du diamant en soi, c'était de sa mère qu'elle se languissait. Lorsqu'Andreï Kemsky l'avait vendu, aux yeux de la petite fille qu'elle était, il avait renoncé pour toujours à Sophie de Castellan, avait commencé à abdiquer de la vie de sa fille.

Un envol de hérons traversa la perfection du firmament. La brise décrivait des ondulations sur les eaux du Nil, et elle ne vit pas que quelqu'un approchait prudemment.

- A quoi donc rêvez-vous tout le temps ?

Se retournant doucement vers Mark, elle lui fit face, mutique. L'eau du Nil ruisselait sur son torse nu, et elle pensa à la perfection harmonieuse des statues sculptées par les Anciens Egyptiens. Mark paraissait si jeune, irréel et parfait. Sa chevelure luisait, sa bouche pleine entourée de deux fossettes, fendue en un sourire. Son regard franc posé sur elle la ramena à une impression confuse de déjà-vu. Une étrange sensation s'éveilla en elle, ineffable, lointaine. A la fois amère et délicieuse.

Inconscient de son trouble, Mark interpréta qu'elle n'avait aucune envie de parler. Était-ce lui ou en voulait-elle à nouveau à la Terre entière ?

- Il fait encore très chaud, poursuivit-il. Pourquoi ne viendriez-vous pas nager ?

Elle adopta un air embarrassé, tenta de se détacher de lui.

- Ecoutez, poursuivit-il... l'eau est délicieuse. Vraiment...

Comme une enfant capricieuse, elle secoua la tête. A bout de patience, Mark haussa les épaules. Il ne la comprenait vraiment pas et se demanda pourquoi il avait pris la peine de venir la chercher alors qu'elle préférait clairement la solitude.

- Comme vous voudrez ! bougonna-t-il en repartant.

Alors qu'il s'apprêtait à replonger de la felouque, une toute petite voix lui parvint.

- Je ne sais plus nager, se plaignait-elle.

L'Américain se retourna vers elle, surpris.

- Vous ne savez *plus* ou *pas* nager ? demanda-t-il.

Un coup de vent souleva sa longue chevelure, et elle grimaça piteusement.

- Lorsque j'étais adolescente, j'adorais nager dans le Golfe de Finlande. Je n'ai plus osé nager depuis...

Il remarqua que pour la première fois, elle évoquait avec lui son passé. L'expression de son visage venait de changer. Elle était détendue, réelle. Presque vulnérable.
- Je ne pense pas que l'on puisse oublier de nager, Vélénia, dit-il attendri. Ce serait peut-être le moment de recommencer. Les eaux du Nil sont certainement plus agréables que celles du Golfe de Finlande…

Comme elle ne répondait rien, il lui tendit la main.
- Venez, donnez-moi votre main pour que je vous guide… Luca, Howard et moi vous réapprendrons à nager… si vous le voulez bien… et nous serons tous là pour vous secourir si jamais il vous venait à l'esprit de vous noyer... Aucune femme n'aura autant de maîtres-nageurs disposés à la secourir au moindre trouble. Vélénia, vous feriez des centaines d'envieuses !

Alors qu'il lui tendait sa main, elle eut un élan de gaieté et sans comprendre pourquoi, la saisit en riant. Soudain son cœur devint léger, ses idées sombres venaient d'être balayées. Sans prendre la peine d'enlever la légère tunique qu'elle avait revêtue, elle plongea. Ses amis l'entourèrent de toute leur attention, improvisèrent une bouée, pour s'assurer qu'elle flotterait. Puis, prenant confiance, et réapprenant les gestes de son enfance, elle fut capable de nager toute seule. Elle avait l'impression délicieuse de flotter au-dessus du monde et des soucis… elle ressentit la même plénitude que lorsqu'elle était montée pour la première fois en avion, avec Mark.

Jamais, jamais elle n'oublierait ce crépuscule sur le Nil. Et jamais elle n'oublierait que Mark lui avait redonné confiance.

- Ces bains de minuit dans le Golfe de Finlande devaient être drôlement romantiques, observa Mark venu la rejoindre près du feu de bois à la tombée de la nuit.

Le ciel s'était imprégné d'une teinte pastel avant de faire paraître les étoiles, suivies d'un délicat croissant de lune. Affairée à préparer le repas aux côtés de Howard, Vélénia sursauta à nouveau. Mark avait le don d'apparaître au moment où elle s'y attendait le moins.

- Vous vous égarez. Je n'ai jamais dit que c'étaient des bains de minuit. Je n'étais qu'une adolescente, rappelez-vous.
- Et que faites-vous des amours adolescentes ? intervint Howard.

Une ombre pesa sur Vélénia.
- J'étais trop jeune pour savoir vraiment ce qu'était l'amour, à cette époque-là, répliqua-t-elle.
- Mmmm... quelque chose me dit quand même qu'il y a une anecdote derrière tout cela, dit Luca qui n'avait pas perdu une miette de leur échange.

Vélénia secoua la tête. Ses trois chaperons commençaient à s'intéresser à elle de trop près. Depuis l'après-midi, ils n'avaient cessé de plaisanter, dans un esprit de camaraderie qu'elle appréciait.
- Ce n'est pas possible qu'une si charmante *signorina* n'ait pas eu d'histoires de cœur ! Je parie que vous avez déjà brisé le cœur à bien des soupirants ! *Mammia mia*, l'adolescence est le bourgeonnement de l'amour ! *Marco*, n'avez-vous pas vous-même eu des amours adolescentes ?

Pour toute réponse, Mark émit un rire amusé et sibyllin, ce qui agaça Vélénia malgré elle. Comment pouvait-elle être jalouse d'un passé qui ne la concernait pas ?

A la fin du dîner, Howard se mit à consigner des notes dans son sempiternel journal, Luca gratta sur sa guitare quelque romance italienne, certainement tout entier au souvenir d'un amour perdu. Ahmed Mourad quant à lui révisait minutieusement l'itinéraire du retour au Caire.
- Si vous voulez bien m'excuser, je remonte à bord consulter les étoiles, déclara Mark d'une voix grave avant de disparaître.

Vélénia et Howard se dévisagèrent, interloqués.
- A mon avis, Vélénia, je crois qu'il a envie de vous parler.
- Howard, je vous en prie...
- Vélénia, rappelez-vous notre conversation à Louxor.
- Oui, mais...

- Vous avez peur, hein ?
- Peur ? Et de quoi ?

L'archéologue leva les yeux au ciel.

- Mon Dieu, mais que risquez-vous ? Allons, je crois que vous devez l'y rejoindre.
- Il a dit qu'il allait consulter les étoiles.
- Justement. Depuis quand est-ce que Mark McKenna consulte les étoiles, Vélénia ? Vous avez bien vu ce soir qu'il a avalé des litres de décoction de *karkadé*. Et vous connaissez l'effet que cela a sur ceux qui n'y sont pas habitués.

Elle ne le savait que trop. L'on disait que l'excès de *karkadé* exaltait les esprits. Elle haussa les épaules.

- Bon… finit-elle par dire de mauvaise grâce. Je vais voir de quoi il a besoin.

Elle ne voulait surtout pas admettre que son cœur battait la chamade, qu'elle était stupidement intimidée. Mark était nonchalamment allongé sur le pont, les bras sous la nuque, sifflotant, perdu dans la contemplation de l'espace.

- Est-ce que je vous dérange ? demanda-t-elle d'une toute petite voix.

Mark considéra avec une expression indéchiffrable la jeune fille dont les longs cheveux dansaient dans la nuit noire. Elle se tenait immobile, aussi altière que les statuettes de ces déesses Egyptiennes qu'ils avaient aperçues dans les temples.

- Que me vaut ce miracle ? demanda-t-il.
- Howard se fait du souci pour vous. Il vous trouve un peu bizarre ce soir.
- Bien sûr… J'aurais dû me douter que vous ne viendriez pas de vous-même, grommela-t-il…
- Pardon ?

Mark l'invita d'un geste de main à s'approcher. Elle s'allongea à côté de lui, sans dire un mot. Mark fut brusquement ramené à leurs adieux, l'année précédente. Ils s'étaient allongés ainsi sur un bloc de calcaire de la Grande Pyramide.

- Vous savez, Vélénia, je me demandais quel était le fameux cinquième élément dont vous avez affublé notre malheureux avion.
- N'y pensez plus. Ce n'était qu'une boutade...
- Vous étiez fâchée contre moi. Pourquoi ?

La question resta suspendue dans les airs.

- Ce n'est pas grave, reprit-il. Finalement, cela n'a plus aucune importance.

Evidemment. Il n'était touché par rien qui vint d'elle. Ils étaient de parfaits étrangers l'un pour l'autre.

- D'accord, j'ai été l'innocente victime de votre boutade, Vélénia. Mais tout de même, je me suis dit qu'il existait peut-être un cinquième élément...
- Avez-vous une théorie à ce sujet ? fit-elle d'un ton railleur.

Mark se redressa. Il commençait à faire frais et la brise s'impatientait, apportant les effluves du parfum de Vélénia.

- Fleurs de jasmin, murmura-t-il...
- Comment ?
- Rien. Un jour peut-être je vous le dirai, dit-il d'une voix énigmatique.
- Quoi ? Votre théorie sur le cinquième élément ?
- Non...

Il se passa la main dans les cheveux, cherchant des mots qui ne sortaient pas.

- ...mais puisque vous voulez le savoir, ma théorie sur le cinquième élément est celle-ci. Vous avez certainement jeté un sort sur moi pour que je parcoure avec vous l'Egypte. Vous saviez que je ne crois pas en ces choses et vous m'avez envoûté.
- Comment ?!...
- Oui... écoutez-moi avant de me dire quelque chose que vous regretteriez... Le premier élément est la terre. Nous avons vu des villages de briques de terre cuite où les *fellahs* labourent la terre. Nous avons traversé le Sahara et ses sables, et rencontré les bédouins. Vous me suivez ?
- Oui...

- Le feu est représenté par le soleil. Inutile de vous l'expliquer, puisque vous le connaissez mieux que moi... Il s'appelle... Râ... et... Je ne me souviens plus de la légende. Allons, Vélénia, donnez-moi un petit coup de main.
- La divinité Râ est fils de la déesse Nout qui, toutes les nuits, le recueille pour le rendre au monde le lendemain. Il gouverne l'univers du haut du ciel, et sert de source au *Ba*, âme du monde et de tous les êtres.
- Oui, c'est cela ! s'exclama Mark. Il faudra que je me rappelle cette légende...
- Et le troisième élément ? demanda Vélénia, soudain gagnée par l'étrange gaieté de Mark.
- L'air... Je l'ai vu dans l'érosion des monuments et dans le semoum que nous avons essuyé.
- Je suppose alors que le quatrième élément serait le Nil.
- Oui... l'eau, répliqua-t-il songeur. Et le jus de *karkadé*.

Il avait rajouté ceci en brandissant un verre rempli du breuvage. Elle ne s'était pas rendu compte qu'il avait emporté avec lui une bouteille.

- Mark... vous ne devriez pas abuser du jus de *karkadé*...
- Quel est le danger ?

Elle eut un rire involontaire.

- Est-ce pour cela que je suis bizarre ? demanda-t-il.
- C'est probablement l'effet du *karkadé*... mais, vous n'êtes pas si... bizarre, Mark.
- Si, puisque je suis l'objet de vos moqueries...
- Et si vous me parliez du cinquième élément ?

Il ouvrit la bouche comme pour dire quelque chose, mais se ravisa. Certes ce breuvage l'avait un peu dérouté, mais il ne voulait en aucun cas perdre ses moyens. Il avait l'habitude de tout contrôler. Il repensa brusquement à son proche départ et son retour aux Etats-Unis.

- C'est sans importance, Vélénia. Vous avez raison, ce n'était qu'une boutade...

Elle ne sut comprendre ce qui la décevait. Si le fait qu'il n'ait pas voulu suivre le fil de sa pensée ou le fait qu'il soit redevenu taciturne.
- Pour vous dire l'entière vérité, j'étais en train de penser que je repars d'Egypte sans la réponse que j'étais venu chercher.
- Et quelle était la question ?
- Ce n'était pas une question précise. J'étais plutôt revenu pour parler affaires avec John Kavanagh.

La présence de Mark à ses côtés, si près, effaçait John. Pourquoi ?
- Vous saviez qu'il avait été menacé de mort ? poursuivit Mark.
- Oui, le consul me l'a dit… Mais apparemment il est impossible d'ouvrir une enquête. John n'était pas assez important pour qu'on le fasse…

Il fut touché par la tristesse de la jeune fille.
- Vous l'aimiez, n'est-ce pas ?

Elle le toisa avec véhémence.
- Pourquoi dites-vous cela ?

Il tendit la main vers le cou de Vélénia et saisit la croix d'or qu'elle portait. Ses doigts effleurèrent involontairement sa gorge et Vélénia frissonna.
- Vous portez sa croix d'or…

Elle baissa pudiquement les yeux.
- Je voulais la rendre à Maryann. Et j'oubliais de le faire chaque jour, quand elle était encore ici… Je voulais qu'elle la garde pour Charlie. Puis elle est partie. Je me suis promis que dès qu'elle m'écrirait, je lui dirais que j'avais la croix. J'ai attendu qu'elle écrive, patiemment. Au début, je me suis dit qu'il lui fallait du temps pour s'installer, s'habituer aux Etats-Unis, qu'elle finirait forcément par m'écrire. Mais les semaines ont passé et il n'y a jamais eu de nouvelles.
- Peut-être qu'elle a changé d'avis et est restée en Europe après tout. Peut-être qu'elle est arrivée aux Etats-Unis et qu'elle me contactera à mon retour là-bas.

Il y a trop de peut-être, et vous ne devriez pas vous torturer avec.
- Peut-être m'a-t-elle simplement oubliée. Faire partie de leur famille n'était qu'une illusion…

Elle enchaîna sur le récit de son arrivée en Egypte, l'accueil des Kavanagh et la place qu'elle s'était tracée parmi eux. Tout au long de son récit, Mark l'écoutait attentivement et Vélénia sentit quelques fois son regard s'attarder sur elle, sur sa chevelure, sur son visage. Lorsqu'elle eut fini, il s'écoula un assez long moment avant que le silence ne soit rompu.
- Il n'y a jamais rien eu entre John et moi, dit-elle tout bas, malgré ce que pensent les gens…

Mark la considéra avec attention. Pourquoi lui faisait-elle cet aveu ? Il se sentit quelque part soulagé, sans s'expliquer pourquoi.
- Je ne sais pas vraiment ce que pensent les gens à ce sujet… Par contre, j'ai entendu de tout au sujet de sa mort. On dit qu'il a subi la malédiction de Toutânkhamon, tout comme Lord Carnarvon…
- Croire en une malédiction du pharaon est contraire à l'Egypte même, puisque les Anciens croyaient en la vie au-delà de la vie…
- Etant plutôt rationnel, je ne crois pas à la malédiction ni au surnaturel. Sauf, bien sûr quand il s'agit du sortilège dont je faisais mention et par lequel vous me rendez fou concernant le cinquième élément…

Désarmée, Vélénia partit d'un éclat de rire que Mark partagea. Il adorait sa spontanéité. Lorsqu'elle se dépouillait de sa tristesse et de sa réserve, elle devenait resplendissante, auréolée d'une grâce et une présence qui lui coupaient le souffle et le touchaient profondément.
- A quoi pensez-vous lorsque vous voyez les étoiles de ce soir ? demanda-t-il soudain.

Ils considérèrent l'immobilité du ciel habité de constellations, de soleils et d'astres.
- Je me disais que c'est bien agréable de goûter au silence en votre compagnie, répondit-elle avec simplicité.

Ces paroles proférées en toute innocence eurent sur Mark un effet dévastateur. Il sentait le danger venir, et pourtant il ne pouvait se résoudre à laisser se perdre dans l'air du temps les mots qu'elle avait choisis.

Mu par une impulsion obscure, il se retourna lentement vers Vélénia, la contempla ouvertement. Ce soir, sous l'albédo de la lune, elle était surprenante, magicienne de cet instant unique. Il rapprocha son visage doucement du sien, attiré, intrigué, captivé. Vélénia lui rendait son regard, tel un miroir, mais ne fit aucun geste pour se dérober. Elle le laissa caresser ses cheveux, sa joue, ses lèvres... Mark sentait l'émotion de Vélénia vibrer sous sa main quand il rapprocha son visage d'elle, prêt à l'embrasser.

- Vélénia ! appela une voix à l'autre bout de la felouque.

Luca la cherchait. Dans un soubresaut, elle revint à la réalité et s'éloigna vivement de Mark, sans comprendre ce qui venait d'arriver. Alors qu'elle lança un « J'arrive ! », elle observait Mark sous un angle différent. Elle se sentait un peu perdue, comme si on lui avait volé son meilleur ami. Puis elle s'éloigna pour retrouver l'Italien à terre.

Mark demeura interdit longtemps. Il était furieux contre les étoiles, la lune, le Nil et l'Egypte. Non pas parce qu'il s'était laissé aller à ses élans, mais parce qu'il n'avait pas réussi à cueillir le baiser que Vélénia de Castellan lui avait miraculeusement offert. Après toutes ces semaines de différends elle était finalement tombée sous son charme. Il avait gagné.

La quatrième semaine de l'expédition se concluait, et avant de regagner Le Caire, la felouque dépassa une dernière fois les rivages proches d'Al Gizeh. Elevée sur le plateau de la nécropole de l'ancienne Memphis, la majesté des pyramides de calcaire amoindrissait l'azur et le désert. Kheops était la plus grande d'elles et ses quatre côtés correspondaient d'une manière quasi parfaite aux quatre points cardinaux. Celle de Khafre avait encore sur son sommet les vestiges d'un enduit qui lissait la surface des pyramides, dans l'Antiquité.

A la demande de Howard, Vélénia expliqua aux membres de l'expédition l'histoire du Sphinx.
- Vraisemblablement une distorsion grecque du mot *seshep-ankh*, son nom signifiait l'image vivante, disait-elle de sa voix mélodieuse. Orienté vers l'est, il a été édifié par le pharaon Khafre, de la troisième dynastie, en 2.500 avant Jésus-Christ.
- Comment se fait-il, que les Egyptiens qui ont sculpté des normes de beauté parfaite, aient fait un Sphinx disproportionné, avec une tête plus petite que le corps ? observa Mark.

Vélénia le considéra, méditative. Depuis *l'incident* de la veille, elle s'était retranchée dans ses aquarelles, et ne lui avait pratiquement pas adressé la parole, si cela n'avait été pour lui souhaiter un *matin de lumière*.
- Le Sphinx porte une énigme qui mettra sans doute des siècles à être découverte, répliqua la jeune fille. Personne ne sait vraiment pourquoi il a été construit.
- John Kavanagh avait une théorie, poursuivit Howard. Il a toujours été étonné par le phénomène de l'érosion du Sphinx, qui est celui causé par la pluie… or il ne pleut quasiment jamais ici.

Mark interrogea mentalement le Sphinx, au loin, sans écouter vraiment les théories d'archéologue. Il était amateur d'art, pas d'explications. La face camarde de « l'image vivante » contemplait Le Caire, le fleuve, le mystère du désert et de l'éternité. Il y avait quelque chose dans cette attitude figée défiant le temps qui mettait mal à l'aise l'Américain. Il était grand temps qu'il rentre chez lui.

Au port du Caire, l'exaltation était au paroxysme. Lady Mathilda avait réuni un comité de bienvenue pour accueillir triomphalement l'expédition. Ils débarquèrent dans les *hourras* des européens, superposés aux youyous des égyptiens. Les enfants criaient de joie, les adultes s'approchaient pour les embrasser et les toucher, leur parler, exiger le récit de leur fantastique épopée.

A la vue de ses amis, Vélénia fut soudainement submergée par un vague à l'âme, comme si les évènements perdaient de leur vitesse, devenaient pesants. Une lancinante mélancolie l'accabla et cependant elle était emplie de ces quatre semaines vécues hors du temps et du quotidien. Pauline lui sauta au cou, heureuse. Lady Mathilda vint l'étreindre avec effusion.

- Ma chère Vélénia, comme je suis ravie que vous soyez revenue saine et sauve ! s'exclama-t-elle. Nous avons su pour votre accident d'avion, et sommes soulagés que rien ne vous soit arrivé ! Vous avez eu de la chance d'avoir Mark comme pilote. Un autre que lui n'aurait pas pu vous sauver la vie... Seigneur ! Quand j'y pense, j'en ai des frissons ! J'espère que vous nous aurez peint de superbes aquarelles...

La jeune fille écoutait à peine le flot de paroles, et répondait tantôt par une phrase polie, tantôt par un hochement de tête. Elle chercha distraitement Mark du regard, et le vit en grande conversation avec un attroupement de dames et le Consul de Grande Bretagne. Comment eut-il conscience de son regard ? Sans interrompre sa conversation, il leva lentement la tête en sa direction, et la vit aussi. Au lieu de se dérober, elle lui adressa un sourire franc et détendu avant de disparaître dans la voiture de Lady Mathilda.

Le jardin baignait dans le clair de lune. Seul, le constant murmure du Nil au loin venait agrémenter le silence qu'interromprait bientôt le bruit de la fête. Depuis la fenêtre de sa chambre, Vélénia considéra la silhouette de trois palmiers, qui de loin, parvenaient à donner l'illusion d'ombres solitaires cherchant à atteindre la lune décroissante de leurs panaches médusés.

Safia était affairée à coiffer son épaisse chevelure pour le bal donné par Lady Mathilda en honneur de leur retour d'expédition. Vélénia soupçonnait que c'était surtout pour souhaiter un bon voyage au séduisant Mark McKenna. Depuis leur retour, la veille, il n'avait cessé d'être entouré, admiré et interrogé sur leur détour involontaire dans le désert du Sahara. Demain, il levait l'ancre pour Alexandrie, et de là, il quitterait l'Egypte…

… et ses pensées.

Vélénia avait été contrariée en apprenant que la fille de Lord Carnarvon était venue au Caire tel que l'avait prédit Howard, et serait présente ce soir au bal. Évidemment, elle avait accouru en apprenant la présence de Mark McKenna. Quel lien les unissait ? se demanda encore la jeune fille. Mark lui-même avait plusieurs fois refusé d'aborder le sujet de Lady Evelyn avec elle. Si vraiment il était attaché à l'aristocrate anglaise, alors pourquoi avait-il connu un moment d'égarement l'autre soir sur la felouque ? S'était-il imaginé que Vélénia succomberait facilement ? L'avait-il prise pour une autre ?

- Il est grand temps qu'il reparte, murmura Vélénia pour elle-même.
- Quoi ? demanda Safia.

L'Egyptienne ne comprenait pas l'humeur morose de sa maîtresse, alors qu'elle était divine ce soir, dans la robe de tulle rose pâle que Lady Mathilda avait insisté de lui offrir. Le soleil du désert avait magnifiquement décoloré ses cheveux, réhaussé son teint et ses yeux couleur noisette n'en étaient que plus magnifiques.

- C'est le *Sidi MacKina* ? insista Safia avec son accent aux effluves Méditerranéens.
- De quoi parles-tu ?
- C'est le *Sidi MacKina* qui te rend triste ? poursuivit Safia en arabe.
- McKenna, corrigea Vélénia.
- *MacKina*.

Vélénia eut un rire involontaire. Il y avait des mots que Safia était incapable de prononcer en anglais.

- Allah est grand et pourvoira…
- Pourquoi dis-tu cela ?
- Il faut laisser la luciole s'envoler pour l'attraper…
- Quelle luciole ?

- Laisse-la voler. Si elle revient à toi, alors elle t'illuminera. Mais si elle ne revient pas, c'est qu'elle ne t'a jamais appartenu. Les hommes sont des lucioles.
- D'où as-tu sorti ces sornettes ?
- ... *Sidi MacKina* est une belle luciole. Mais pas pour Lady Evelyn. Ne la laisse pas l'attraper.

La jeune fille se leva d'un coup de sa chaise et considéra Safia qu'elle dépassait d'une tête au moins, l'air amusé.
- Suffit ! gronda-t-elle gentiment. Il est libre de faire ce qu'il veut avec qui il veut. Et de toute façon, il repart demain.
- Si tu t'en moques, alors pourquoi as-tu passé toute la journée à attendre qu'il vienne ? Toi aussi tu meurs de curiosité de savoir où il est parti toute la journée avec Lady Mathilda et Lady Evelyn.

Safia avait raison. Mais Vélénia avait perdu suffisamment de *lucioles* pour savoir que rien ni personne ne lui appartenait. Ce soir, elle avait envie de s'amuser. Cet état d'esprit était le prolongement naturel de quatre semaines merveilleuses mais si éphémères. Quelque chose avait changé. L'été agonisait en douceur, mais elle ne ressentait plus d'angoisse face à cette métamorphose, alors qu'elle avait toujours redouté les changements.

Une fois que Safia eut quitté la chambre, Vélénia saisit son porte-rouleau à la tête de lit et vida son contenu sur le matelas.

Il est grand temps...

D'une main hésitante, elle saisit la toile enroulée, emportée à la hâte de la demeure de son père à Petrograd et qu'elle s'était interdite d'admirer depuis des années, trop effrayée par les émotions qui en découleraient. Elle s'était contentée de savoir qu'il était toujours près d'elle. Elle trembla lorsqu'elle découvrit la peinture de Sophie de Castellan, légèrement craquelée par le climat aride du Caire. Un visage pur, diaphane, si semblable au sien, la contemplait d'outre-tombe avec douceur et elle en caressa les contours, émue. Le cou gracile arborait l'Esprit du Crépuscule, perdu à jamais. Vélénia tenait entre ses mains l'objet qui perpétuait la présence de ses parents, prouvant que tout cela, elle ne l'avait pas rêvé. Le portrait délicat de sa mère portait le diamant qui symbolisait son père et leur amour perdu.

Oui, il était grand temps de laisser derrière tout cela et d'avoir la force, non plus de survivre aux siens, mais de commencer à vivre. La jeune fille enroula délicatement la toile de maître dans son écrin, sécha ses larmes, puis ouvrit le tiroir de sa table de nuit pour y saisir les perles montées en boucles d'oreille de Pavel Mikhaïlovitch. Peut-être qu'un jour, bientôt, elle pourrait y associer d'autres bijoux. Lorsqu'elle aurait totalement guéri d'*eux* en s'affranchissant du sentiment de culpabilité qui lui avait collé à la peau depuis la révolution.

L'orchestre entonna une valse romantique qui fit frémir Vélénia. Elle n'avait pu détacher son regard du couple formé par Mark et Lady Evelyn. Ils étaient arrivés en retard au bal, accompagnés d'un homme grand et svelte au front large, et l'air affable. Il s'agissait de Sir Brograve Campbell Beauchamp, fils d'un député libéral que Vélénia avait déjà croisé lors d'une réception du Haut Commissionné à laquelle Lady Mathilda l'avait suppliée de l'accompagner. A voir les airs triomphants que lançait Lady Evelyn, quelque chose de remarquable était arrivé cet après-midi. Brograve Beauchamp balayait du regard l'assemblée, alors que Mark arborait son air détaché, l'esprit ailleurs… Vélénia le voyait bien. Elle avait appris à interpréter les moindres expressions de Mark.

La jeune fille recentra son attention sur Luca et Howard qui lui tenaient compagnie, tels deux fiers chaperons. Plusieurs jeunes hommes s'étaient approchés de Vélénia pour converser avec elle, la complimenter, faire sa connaissance et poser quelque question sur l'expédition qui l'avait rendue célèbre malgré elle dans la communauté européenne. Elle fut si charmante que peu résistèrent à son rire éclatant, à ses iris clairs, à l'expression qui se dessinait sur son visage en évoquant la traversée du désert. Mais dès qu'un admirateur tournait les talons, Howard et Luca fronçaient les sourcils et lui trouvaient quelque défaut impardonnable, ce qui déclenchait

un accès d'hilarité chez Vélénia. *Trop dandy, trop timide, pas assez beau, trop guindé...*
- Tous ces jeunes gens qui volettent autour de vous, *cara* Vélénia ! s'extasiait Luca. Ah ! La jeunesse ! Et dire qu'il y en a d'autres trop aveugles pour voir combien vous êtes *bellissima* ce soir !

Mark, qui jusque-là était en grande conversation avec la fille de Lord Carnarvon et Brograve Beauchamp, ne leur avait pas adressé la parole bien qu'il fut à quelques mètres d'eux. Il considéra le joyeux trio avec étonnement. Peut-être avec envie.
- Vous m'écoutez Mark ? demanda Lady Evelyn.
- Oui, bien sûr, bredouilla-t-il.

Ce n'était pas vrai. Depuis le début de la soirée il n'avait fait que penser à Vélénia, surpris par son attitude inhabituelle, l'envie folle qu'elle avait de s'amuser et de plaire. Elle d'habitude si sage et mesurée, que lui arrivait-il ? Il devait lui parler à tout prix, savoir. Mais quoi exactement ? Pourquoi ? S'excuserait-il pour son moment d'égarement sur la felouque ? A quoi bon revenir sur des instants qu'elle avait visiblement oubliés et dont elle ne lui tenait aucune rigueur ? La voilà qui sortait justement dans le jardin...

Mark se heurta à Howard et Luca postés en face de lui. Ils devinaient certainement ses hésitations... L'Italien arqua les sourcils et lui désigna d'un léger mouvement de tête le jardin.

Au diable tout le monde ! pensa Mark. Il murmura quelque chose à l'oreille de Lady Evelyn, qui en parut étonnée, puis la laissa en compagnie de Brograve Beauchamp. D'un pas décidé il se dirigea vers le bar pour prendre deux coupes de champagnes, et sortit sur la terrasse.

Vélénia était adossée contre la rampe en pierre que bordaient les rosiers. La faible lueur d'un réverbère baignait son visage angélique et elle voyait Mark se diriger vers elle, auréolé d'assurance.
- Encore les étoiles ? demanda-t-il.

Il ne savait comment l'aborder et se demandait qu'est-ce qu'il faisait là, se sentant maladroit avec ses coupes de champagne.

- J'avais besoin de prendre un peu d'air. Tous ces gens qui tourbillonnent, parfois ça devient étouffant...

La jeune fille fixa les coupes de champagne.

- Vous attendez quelqu'un ? demanda-t-elle en les désignant du doigt.

Il lui en tendit une.

- J'avais envie de porter un toast avec vous une dernière fois... avant mon départ.
- Vous savez que le champagne me fait faire des bêtises...

Il se dérida.

- Si vous parlez de ce qui est arrivé à Louxor, je pense que le champagne a eu le mérite de vous détendre et vous faire oublier que vous me détestez.

La coupe de Mark toucha délicatement la sienne, puis il en but une gorgée. Il espérait ainsi ne plus respirer l'irrésistible parfum de Vélénia qui l'assaillait.

- Je ne vous déteste pas du tout, Mark McKenna. C'est simplement que...
- Que ?

Silence, silence de la nuit, de deux êtres qui se fuient et qui oublient le bruit de la fête.

- Cela ne vous est jamais arrivé de rencontrer quelqu'un, répondit-elle, qui ne fait que compliquer votre vie malgré le fait que vous l'appréciez ?

A l'intérieur, l'orchestre marca une pause. Mark remarqua pour la première fois le chant des grillons, dans le jardin. A nouveau il sentit en Vélénia une blessure profonde. Pour se donner une contenance elle but une gorgée de champagne, grimaça à cause du pétillement des bulles.

- Est-ce si compliqué de laisser les autres entrer dans votre vie ? demanda-t-il.
- Je n'arrive pas à croire que j'ai cette conversation avec vous...

A nouveau elle maintenait une distance entre eux. Avait-il compris ce qu'elle ressentait ?

- Vélénia, la vie est écrite très simplement. Il suffit de naître, vivre, puis mourir. Rien de plus catégorique et clair. Mais entre les deux, il faut faire face aux sentiments et aux émotions. C'est pour cela que tout se complique.

A l'intérieur du manoir, une nouvelle valse reprit de plus belle.
- Quand partez-vous ? demanda-t-elle pour changer de sujet.
- Demain matin.
- Reviendrez-vous en Egypte un jour ?
- Peut-être. Je n'en sais rien…

Derrière les mots, ils vivaient tous deux cette confrontation désespérée entre leurs interrogations secrètes et l'indifférence humaine.
- Viendrez-vous un jour aux Etats-Unis, Vélénia ?

Malgré l'obscurité, elle devinait son regard interrogateur, et se demanda quelle était la portée réelle de sa question.
- En Egypte, j'ai le Nil, les étoiles et les pyramides, Mark. Que pourrais-je demander de plus à la vie ?

Il laissa volontairement la question en suspens quelques interminables secondes, puis rapprocha lentement son visage du sien, et déposa un léger baiser sur ses lèvres avec une tendresse infinie.
- Ça, Vélénia, murmura-t-il d'une voix très profonde. Vous pourriez demander cela à la vie, simplement.

La jeune fille se sentit défaillir et bénit l'épais manteau de la nuit qui masquait son embarras. Pourtant, elle était presque sûre que Mark entendait les martèlements de son cœur contre ses tempes.

Qu'attendait-il d'elle ? Durant tous ces jours partagés, n'avait-il pas compris qu'elle était incapable de partager, de s'abandonner ? Ne saisissait-il pas qu'elle avait terriblement peur et froid en elle ? Quand bien même elle avait une folle envie de répondre à cette sensuelle invitation, au trouble qu'elle ressentait lorsqu'il était près d'elle, elle savait que ce baiser n'était qu'un mirage qui lui brûlerait l'âme, elle en était certaine.

Elle se détestait pour ce qu'elle allait faire, mais elle ne savait pas comment réagir autrement. Elle avait conscience qu'en refusant Mark, elle se privait de toutes les émotions partagées lors de leur traversée du désert. Mais elle n'avait pas le choix. La vie n'était pas faite de désirs. Uniquement d'actes et de leurs conséquences.

Elle remit sa coupe de champagne vide entre les mains de l'Américain.

- Je vous souhaite un bon voyage de retour, Mark McKenna, finit-elle par répondre d'une voix qui vacilla plus qu'elle ne l'aurait souhaité.

Il ne fit aucun geste pour la rattraper, et elle ne voulut surtout pas se retourner.

Choisir, c'était aussi d'une certaine façon laisser. Et elle avait choisi de ne plus revoir l'Américain, car elle ne voulait plus de complications dans sa vie, dût-elle se contenter d'être née pour simplement mourir.

Mark se retourna maintes fois dans son lit. Depuis qu'il était arrivé en Egypte, il était sujet aux insomnies à cause de la canicule et maudissait les nuits blanches qui le fatiguaient. Il repassa mentalement les derniers articles qu'il emporterait dans ses malles avant de les boucler, demain matin. Il détestait s'en occuper, et à Boston, son majordome M. Crawford s'en chargeait. Mais ici, il n'était pas en Amérique et aucun domestique ne s'occupait des menus désagréments de son quotidien.

Il fixa le ventilateur perché sur son lit, repensa à sa journée. Lady Evelyn avait absolument tenu à l'accompagner visiter le domaine de Nur, legs de Lord Helmsley. Pourquoi la fille de Lord Carnarvon s'acharnait-elle à le suivre partout, à vouloir tout être pour lui alors qu'elle était déjà promise à un autre ? D'ailleurs, se répondit-il intérieurement, la plupart des femmes qu'il côtoyait étaient ainsi avec lui. Seulement, jamais cela ne l'avait irrité, et il en était flatté. Jusqu'à ce soir.

Le moment était venu de partir, de quitter cette Egypte dans laquelle il n'avait espéré trouver que des œuvres d'art d'une valeur inestimable. A la place, il s'était confronté à quelque chose d'ineffable, qui venait des vestiges, des sables, du ciel et du fleuve.

Agacé, Mark alluma sa lampe de chevet et fixa le bureau en bois de tamaris à côté du lit. Un cafard apeuré déguerpit pour retrouver l'obscurité. Le chant des grillons n'était en cette heure qu'un ronronnement ténu.

Quel serait le sens de sa vie lorsqu'il serait loin d'ici ?

Il n'avait pas envie de partir.

Cet après-midi, en revenant du domaine de Nur, il était allé faire ses adieux à Ahmed Mourad, aux bureaux de l'Egyptian Exploration Fund. Là, il avait vu les croquis peints par tous les membres de leur folle expédition et s'était attardé sur les aquarelles de Vélénia. Elles représentaient avec justesse et luminosité le désert, les Bédouins, le Nil, les colosses de Memnon, le Sphinx et les pyramides, ainsi que des objets de la tombe de Toutânkhamon, dans la Vallée des Rois. Ahmed continuait à répertorier les dessins pour désigner le vainqueur de l'expédition.

Sur une de ses aquarelles, Vélénia avait peint une silhouette de dos, assise près d'un feu de bois sur un fond de désert en teintes pastel, et dans laquelle il s'était reconnu. Il se souvenait très précisément de ce coucher de soleil où il avait cru qu'elle s'était éloignée de lui par caprice, mais où en réalité, elle avait rendez-vous avec ses pinceaux. La jeune femme se racontait dans la peinture, délivrait ce qu'elle était incapable de dire avec des mots. Elle chantait son amour pour l'Egypte, pour les vestiges qui la peuplaient. Son âme s'exprimait, rêvant de liberté, pleurant sa solitude, à l'heure où tombait la nuit. Ce qui l'avait troublé plus que tout, était le curieux titre qu'elle avait donné à son œuvre. *L'Esprit du Crépuscule*.

Aux confins de l'aube, Mark était incapable de détacher ses pensées de Vélénia. Il revivait mentalement la façon dont elle se confondait lorsqu'il l'approchait, dont elle l'avait laissé l'embrasser ce soir. Il savait qu'il l'avait séduite. Il pensait avoir gagné. Après tout, n'avait-il pas toujours estimé que l'amour n'était qu'un jeu, un rapport de forces ? Pourtant, il eut l'étrange certitude qu'en réalité c'était lui qui avait perdu. Il n'avait pas voulu s'attacher à Vélénia, mais c'était déjà fait. Depuis longtemps.

Le Caire s'éveillait sous la grisaille en ce premier jour d'octobre 1923.

Vélénia contempla les toits et minarets du Caire Islamique, enveloppés dans la lascivité de la brume. De loin, ils lui rappelaient les dômes de la Sainte Russie. Elle grimaça à l'évocation de ces temps enfuis. Depuis l'avant-veille, elle n'avait cessé de réfléchir sans savoir à quoi. Il y avait en elle des sentiments contradictoires qui n'avaient aucun mot pour sortir.

Deux jours. Une éternité. Deux jours s'étaient écoulés depuis que Mark était reparti. Quelque part, l'homme simple et direct, parfois vulnérable, au joyeux engouement pour les défis qu'elle avait connu lors de leur expédition lui manquait. Elle s'était habituée à sa présence.

La jeune fille se rendit à contre-cœur dans le salon de thé où Lady Mathilda recevait ses amies et connaissances. Depuis son retour de l'expédition, Vélénia suscitait l'intérêt autour d'elle, surtout lorsqu'on écoutait le récit de l'accident d'avion et son détour par l'Oasis de Kharga. La jeune fille n'aimait pas du tout être le centre d'attention, mais ne pouvait refuser la gentillesse de Lady Mathilda. Ce qui la rebutait aujourd'hui en particulier était la présence de Lady Evelyn. Vélénia n'avait aucune envie de connaître les détails de sa relation avec Mark McKenna. Il était incontestable que depuis la fête de départ, elle était plus que cordiale, et pourtant, il avait essayé de la séduire, elle. C'était le côté inconstant de Mark McKenna qu'elle redoutait…

Lady Evelyn était aussi élégante que d'habitude. Ses cheveux de jais encadraient un visage d'une finesse délicate qu'illuminaient des yeux noirs, superbes mais froids. Elle était auréolée de l'affectation de ceux qui se savent grands dans ce monde. De plus, sur sa main gauche étincelait un solitaire. Sans aucun doute, pensa Vélénia, elle cadrait dans la vie mondaine et superficielle de Mark. Lady Evelyn la salua du bout des lèvres, se contentant de l'étudier de haut en bas, et Vélénia se sentit reléguée au rang de vilain petit canard.

La conversation commença par une manie bien britannique, l'évocation du temps, et de cette grisaille sur Le Caire qui rappelait étrangement celle de Londres. Vélénia s'ennuyait à en mourir et réprima plusieurs fois un bâillement. On en vint inévitablement au sujet à la mode.
- Savez-vous qu'Ahmed Mourad va nous annoncer à la fin de la semaine le gagnant de l'expédition ? informa Lady Mathilda. C'est dommage que Mark McKenna soit reparti si vite !
- Peut-être reviendra-t-il ? suggéra une des amies françaises de Lady Mathilda.
- J'en doute fort, Chantal, intervint Lady Evelyn. Mark m'a dit qu'il devait se rendre à Londres quelques semaines pour ses affaires avant de reprendre le bateau pour Boston.

Les doigts de Vélénia se crispèrent sensiblement sur sa tasse.
- Sera-t-il présent à votre mariage ? s'enquit Chantal.

La question eut le mérite de ramener Vélénia à la réalité.
- Il est invité, bien entendu, mais ne m'a pas confirmé sa présence, informa l'intéressée d'un air détaché.

Vélénia sentit la confusion monter en elle. De quoi parlaient-elles ? Comment un fiancé ne pourrait-il être présent à son propre mariage ? Vélénia bouillait en son for intérieur en songeant au comportement déplacé de Mark vis-à-vis d'elle la soirée du bal, alors qu'il était sur le point de convoler en justes noces. Mille émotions la déchiraient simultanément, la colère et la déception en premier, alors qu'elle se composait un visage de marbre. Tout comme la tsarine le lui avait appris lors de ses premiers pas à la cour. Ne jamais laisser transparaître, ne jamais expliquer.
- C'était évident, ma chère, au bal de samedi soir que Sir Brograve Beauchamp et vous formez un couple très bien assorti, renchérit Lady Mathilda, et votre union est indubitablement la meilleure des nouvelles pour votre mère après la tragédie de Lord Carnarvon.

A la colère qui bouillonnait en Vélénia succéda la stupeur, et une confusion d'autant plus profonde. Soudain, toutes ses certitudes et les clichés dans sa tête volèrent en éclats. Alors que la discussion dévia sur les couples potentiels qui s'étaient formés lors de ce bal, Vélénia se posa simultanément plusieurs questions, à savoir d'où ces pipelettes tiraient l'imagination et l'envie de broder sur des faits entremêlés de spéculations ; de plus, et plus important, avait-elle méconnu à ce point Mark et totalement mal interprété ses intentions depuis le début ? Son aveuglement avait-il provoqué l'irréparable ?

- Mesdames, je vous souhaite le bonjour, déclara une voix chaleureuse sur le pas de la porte.

Son cœur fit un bond dans sa poitrine avant même qu'elle ne reconnaisse consciemment la voix. Assises en face d'elle, Lady Evelyn, Lady Mathilda et toutes les autres femmes avaient levé leur regard vers le nouveau venu, surprises, béates. Vélénia ne se retourna pas. Elle n'en avait pas besoin pour reconnaître le ton de Mark McKenna.

- Mark, finit par dire Lady Mathilda… Nous venions juste de parler de vous… n'étiez-vous pas censé prendre le bateau pour Londres ce matin ?

Vélénia, refusant de se retourner, voyait comment Lady Evelyn se pavanait sur sa chaise, par coquetterie. Même fiancée à un autre.

- Le départ a été repoussé à demain matin pour cause de mauvais temps au port d'Alexandrie, ce qui est finalement une aubaine, et peut-être le signe que j'espérais…

On sentait dans le timbre de sa voix qu'il n'avait pas particulièrement envie de s'éterniser là ou de donner des explications supplémentaires.

- Lady Mathilda, je ne voudrais pas interrompre d'avantage votre réunion, ni vous paraître malpoli, mais je suis juste venu vous enlever pour quelques heures Vélénia, si vous n'y voyez aucun inconvénient…
- Faites, faites, Mark… accéda Lady Mathilda d'un ton avenant.

En entendant mentionner son nom, la jeune fille ne sut laquelle de Lady Evelyn ou d'elle-même était la plus surprise.

Elle se leva et se retourna, machinalement. Mark la fixait, impénétrable. Sur son visage, la lassitude avait creusé des sillons, et il avait l'air d'avoir perdu momentanément son assurance. Comme elle ne faisait aucun geste, il s'approcha, saisit vivement son bras et l'entraîna sans ménagements hors de la pièce sous les expressions médusées des invitées de Lady Mathilda.

Vélénia se laissa guider à travers les couloirs, dans le vestibule, jusqu'au perron, ne comprenant rien à ce qui était en train de se produire. Une Buick flambant neuve attendait, le moteur en marche.

- Pouvez-vous me dire où vous m'emmenez, Mark ? Je ne comprends pas…

D'un geste autoritaire, il la fit monter sur le siège du copilote.

- De grâce, Vélénia, ne dites rien surtout, jusqu'à ce que nous arrivions. Vous pourriez me faire renoncer, et autant vous que moi le regretterions, croyez-moi.

Joignant le geste à la parole, il referma la portière et s'installa au volant, l'ignorant pour se concentrer sur la route. Vélénia haussa les épaules, et se cala au fond du siège, ruminant ses idées, pestant intérieurement contre Mark et son attitude cavalière. Pour qui se prenait-il ? Elle s'était résolue à garder une bonne impression de lui après avoir démêlé l'imbroglio qui l'entourait au sujet de Lady Evelyn, et maintenant il gâchait tout.

La voiture sortit de la ville, emprunta la berge orientale et bientôt, de l'autre côté du Nil surgirent les trois pyramides aux teintes pastel contre un ciel qui se confondait avec le désert. Mark s'engagea sur une allée de poussière bordée de dattiers et qui traversait une orangeraie et un verger. Vélénia reconnut le chemin de Nur, le domaine que Lord Helmsley avait fait édifier. Pourquoi venaient-ils ici ? La voiture arriva jusqu'au pavillon, et là, Mark coupa le contact puis aida Vélénia à descendre du véhicule.

Saisissant à nouveau son bras, il la conduisit sur l'esplanade septentrionale qui bordait l'imposante villa à l'architecture mauresque du domaine. Etincelante de chaux immaculée, sa vue allait toucher les eaux du Nil, et au-delà, le plateau de Gizeh à l'occident puis le Caire, *don du Nil*, à l'orient. Le soleil couchant avait déchiré la grisaille de toute la journée, et l'horizon s'enflammait lentement.

Mark lâcha le bras de Vélénia et s'adossa à la balustrade en pierre, tournant le dos au fastueux décor, lui faisant face.

- Mon bateau part pour Marseille puis New York demain matin, commença-t-il. Mais il partira sans moi.

Cette résolution laissa Vélénia perplexe.

- Je me suis renseigné, et le prochain départ prévu sera en janvier. Cela me laisse presque deux mois pour remettre en état ce domaine.
- Lady Mathilda vous a demandé de le faire ?
- Samedi dernier, si je suis arrivé en retard à la fête c'est parce que je suis venu ici avec l'homme d'affaires de Lady Mathilda…

Elle fit un geste de la main pour l'interrompre.

- Et avec Lady Evelyn aussi, je le sais. Ecoutez, Mark, vous ne me devez aucune explication.
- Brograve Beauchamp était là aussi. Brograve, le *fiancé* de Lady Evelyn. Qu'elle épouse dans une semaine.

Elle s'accouda à la balustrade et fixa résolument la sagesse millénaire des pyramides.

- Il est très important pour moi que vous sachiez, Vélénia, à ce sujet. Vous plus que quiconque.
- Pourquoi ?
- Parce que je connais les conclusions que tous ont tirées depuis la première fois que je suis venu. Je sais quels ragots colportent les femmes désœuvrées qui fréquentent les thés de Lady Mathilda…

L'Américain marqua une pause.

- Les idées que l'on s'est faites sur la fille de Lord Carnarvon et moi sont aussi inexactes et injustes que celles que l'on s'est faites sur vous et John. D'autant plus qu'Eve n'est qu'une amie que j'apprécie et je détesterais que sa réputation soit ternie par ma faute.

Mark se passa la main dans les cheveux, comme pour réfléchir.

- Vos silences ne m'aident pas beaucoup, Vélénia…
- Je suis désolée, murmura-t-elle.

Elle offrait son visage à la lumière du soleil couchant, et il la trouva radieuse. Elle ressemblait à une gamine qui se serait retrouvée du jour au lendemain dans un corps de femme sans pouvoir assimiler la métamorphose. Sa soyeuse chevelure ondulait dans la brise, et ses yeux étaient colorés d'ambre par les rayons du soleil qui s'en allait.

- Je suis venu ici avant-hier pour racheter le domaine de Nur.

Elle détacha son attention des pyramides pour le considérer avec candeur, à l'expectative.

- Mais… Lady Mathilda ne voulait pas le vendre. Elle disait qu'elle ne le ferait que…
- … que pour une bonne cause, je sais. Il semblerait que ma cause l'ait émue.
- Votre cause ?

Cette fois-ci ce fut Mark qui détourna son regard.

- Ce matin j'ai écrit à ma sœur Christine et à son mari Paul pour leur dire que je ne rentrerais pas tout de suite en Amérique, qu'il me fallait plus de temps. Je leur ai expliqué que j'avais acheté ce domaine et que je voulais m'assurer qu'il revive comme par le passé. Il y a beaucoup à faire avec les orangeraies et les plantations de coton.

Une pause se glissa entre eux.

- Au fait, vous saviez que Nur signifie « lumière » en arabe ?
- Oui…
- Bien sûr, j'oubliais que vous parliez aussi l'arabe, murmura-t-il.

Il ne savait comment aborder le sujet qui le tenait à cœur et priait le Ciel que l'inspiration lui fut envoyée.

- Quelle est votre cause ? demanda doucement Vélénia.

Elle était détendue, accoudée sur la balustrade et contemplait les berges du Nil où des enfants au loin s'amusaient. Leurs cris joyeux leur parvenaient, saccadés, entrecoupés par la fraîcheur de la brise.

- Viendriez-vous en Amérique ? demanda-t-il.
- Décidément, vous avez de la suite dans les idées, fit-elle avec une moue badine.
- Je suis sérieux. Viendriez-vous en Amérique en janvier si je vous le proposais ?

Elle fronça ses sourcils. Un doute traversa ses prunelles.
- Quelle est votre cause ? insista-t-elle, tout bas.
- Vous.

La jeune fille se redressa, aux aguets.
- Moi ?
- Oui.

Son sourire s'était évanoui, mais elle ne se dérobait pas. Elle se sentait assez femme pour l'affronter, et quelque part il en fut soulagé.
- Je ne suis pas une cause, Mark... je suis plutôt une complication.
- Je sais, vous me l'avez fait comprendre avec pas mal de conviction je dois dire... Et je vous ai répondu que les sentiments impliquent souvent des complications. Mais n'est-ce pas ce qui fait que la vie vaille la peine d'être vécue ?

A cette question, elle opposa son soudain muet désarroi. Dans son esprit, plus rien n'était clair.
- De quoi exactement parlez-vous, Mark ? osa-t-elle demander. Pourquoi m'avez-vous amenée ici ?

Mark s'agita quelque peu.
- Je ne pensais pas vous emmener ici pour répondre à vos questions. Si je vous ai amenée ici, c'était plutôt pour vous en poser une, mais rien ne s'est déroulé comme je l'avais prévu. J'aurais dû me rappeler qu'avec vous, il faut toujours s'attendre à l'imprévu...

Il soupira puis se rapprocha d'elle, posément.
- Vélénia, je dois vous faire un aveu.
- Lequel ?
- Vous m'aviez parfaitement jugé en pensant que je prends tout à la légère parce que je possède tout ce que je veux... Cette expédition, ce n'était pour moi qu'un défi de plus à relever. Bien sûr, j'étais fort

intéressé par l'art Egyptien. Vous n'ignorez pas que je suis collectionneur... Mais je n'imaginais pas que l'Egypte deviendrait ce qu'elle fut pour moi, durant ces quatre semaines. Il y a eu cet accident et vous m'avez sauvé la vie. Je vous serai éternellement redevable.
- Mark, n'importe qui aurait fait la même chose dans de pareilles circonstances...
- Peut-être. Mais après, nous avons entrepris la traversée du désert que je trouvais assommante, et vous m'avez appris à voir le désert autrement. Ça aussi je vous le dois.
- Le désert a cet effet sur celui qui le traverse...
- Le sortilège des mirages, hein ?
- Peut-être...
- ... Ce n'est pas tout, Vélénia. Vous m'avez appris les étoiles et les grains de sable. Vous avez donné un sens aux vestiges que nous visitions. En partant, je me disais que j'avais vécu beaucoup de choses, et que je garderais certainement un souvenir impérissable. Mais je me suis rendu compte que c'était votre présence qui rendait toutes ces petites choses si belles, si importantes...

Elle écoutait attentivement, dans une indicible attente.
- Alors je me suis demandé comment je pourrais vous rendre cela, poursuivit-il d'une voix voilée. Le domaine de Nur est le seul moyen que j'ai trouvé pour le faire... j'ai pensé que si je vous demandais de me suivre en Amérique en janvier, il fallait que je vous offre la garantie que je ne cherche en aucun cas à vous déraciner ni à vous changer. Je vous aime telle que vous êtes... car c'est bien de cela qu'il s'agit, Vélénia, de l'amour... J'avoue aussi que je voulais vous conquérir coûte que coûte, par orgueil. Et parce que vous m'échappiez totalement, tout le temps. Mais j'ai fini par me prendre dans mon propre piège, et je suis tombé éperdument amoureux de vous sans le vouloir.

Vélénia demeura immobile devant lui, les yeux brillants.
- Vous ne me l'avez jamais dit...

- J'espérais que vous l'auriez compris bien avant moi, Vélénia.

Mark s'approcha encore d'elle avant de poursuivre.
- Je suis conscient que cette demande en mariage est totalement incongrue, mais je ne vois pas comment faire autrement. Je ne conçois pas repartir en Amérique sans vous... Je sais aussi que la tradition veut que l'on offre un bijou dans une situation pareille, et je le ferai sans aucun doute dans un futur, mais je pensais que ce domaine de Nur aurait beaucoup plus de valeur pour vous… .

Les mots lui parvenaient un à un, et elle ne les croyait pas, paralysée par ce qu'ils impliquaient. Se trouvait-elle dans la cruauté d'un mirage ? Se réveillerait-elle pour constater que quelque malin génie l'avait trompée, une fois de plus ?
- Vélénia ? s'inquiéta Mark. Avez-vous écouté tout ce que je viens de vous dire ?

Elle revécut en une fraction de seconde tous les moments heureux qu'ils avaient partagé, la façon dont il l'avait fait vibrer, la laissant libre… Totalement et réellement libre.
- Vous voulez vous marier avec moi ? réussit-elle à répondre au bout d'un moment.
- Oui, je crois que c'est ce que je viens de vous expliquer. En prenant beaucoup de détours certes…

Un coup de vent la ramena à la réalité. Elle le dévisageait d'un regard nouveau. Il avait l'air si tendre et différent du Mark qui voulait conquérir le monde. Si humain.
- J'ai remarqué que dernièrement vous avez perdu votre sens de la répartie, Vélénia, et cela m'inquiète… N'avez-vous donc rien à me répondre ? Ou à me reprocher, au pire des cas ?

Ses défenses fondirent et elle sourit gracieusement.
- Je suis désolée, Mark… Je pensais que…
- Que ? répéta-t-il inquiet.

Elle commença à rire doucement, toute seule, grisée, incapable d'articuler une seule phrase. Mark ne savait comment réagir…
- Ce n'était pas vraiment l'effet escompté… dit-il dépité.

- Oh, Mark !

La jeune fille s'élança vers lui, s'accrocha à son cou, cacha son visage au creux de son épaule et demeura ainsi, silencieuse, pleurant doucement. L'Américain la serra dans ses bras, caressa ses longs cheveux, l'embrassa sur le front, sans parler. Il comprenait que jamais elle ne lui répondrait, que cet abandon dans ses bras était beaucoup plus fort qu'un simple « oui ». Ils n'avaient besoin d'aucune parole en cet instant, de rien qui pût dissiper la fragile magie qui les entourait.

La chapelle du Domaine de Nur resplendissait d'une blancheur immaculée sous le ciel azur d'Egypte en ce 1er novembre 1923, pour le vingt-deuxième anniversaire de Vélénia. La délicieuse brise d'automne jouait avec les branches des palmiers sur lesquelles le soleil dardait ses rayons dorés.

Vélénia gravissait avec grâce les marches vers le portique sacré, au bras d'un Howard Carter ému. Lorsque Vélénia lui avait timidement demandé de l'accompagner à l'autel de son mariage, l'archéologue avait accepté avec joie.
- J'espère être à la hauteur de votre père, Vélénia...
- Croyez-moi, vous l'êtes, avait-elle répliqué les larmes aux yeux.

Comme les bonnes nouvelles coulaient à flots, il lui raconta ce jour-là qu'il avait décidé d'ouvrir le sarcophage de Toutânkhamon, découvert presque une année auparavant. Au premier abord, les contenus avaient semblé décevants, puisque le coffre avait été tapissé de bandelettes de lin... cependant, une fois celles-ci retirées, il avait découvert avec son équipe, émerveillé, trois sarcophages d'or massif qui contenaient la momie d'un jeune roi.
- Sur son front, avait-il raconté, se trouvaient deux symboles délicatement travaillés et incrustés : le Cobra et le Faucon, la Haute et la Basse Egypte... Cependant, le plus touchant dans sa simplicité humaine, était la minuscule couronne de fleurs séchées autour de ces symboles... Je me suis dit que cette

offrande était celle de l'adieu de la jeune reine veuve à son époux, une preuve d'amour qui a traversé la mort et les siècles pour nous parvenir, plus belle et touchante que tous les trésors que nous avons découverts. Ainsi, je vous souhaite, Vélénia, de vivre un amour aussi éternel...

Alors qu'ils glissaient le long de l'allée au son de violons qui entonnaient la marche nuptiale, Vélénia repensait aux paroles de Howard pourtant peu enclin aux épanchements romanesques. Au travers de son voile, les gens la guettaient, curieux, tentant de saisir par quel extraordinaire événement elle, l'anonyme étrangère, était devenue l'élue de Mark McKenna. Sentimentale, Lady Mathilda pleurait dans son fin mouchoir brodé, aux côtés de son fils Lord Philip, dépité que l'objet de son affection lui fût enlevé... Parmi les assistants se dressait fièrement Safia et les égyptiens que Vélénia avait côtoyés, dans leurs costumes et bijoux traditionnels, aux côtés de la pimpante aristocratie européenne du Caire.

Vélénia avait souhaité une cérémonie discrète et intime, mais dès qu'elle et Mark avaient annoncé leurs fiançailles, la nouvelle fit sensation au Caire, et le mariage était devenu le sujet de toutes les conversations durant tout le mois d'octobre – éclipsant même le mariage de Lady Evelyn et Brograve Beauchamp à Londres...

Au bout de l'allée, devant l'autel fleuri de mille roses blanches, Vélénia rencontra les yeux verts de Mark McKenna. Son cœur vacilla. Comprenait-t-il la portée du lien qui les unirait ? Ou n'était-ce pour lui qu'un caprice passager ? Elle aurait aimé déchiffrer ce qu'il ressentait, les émotions qui voilaient sa physionomie. Peut-être qu'avec le temps ils se rejoindraient quelque part...

Il lui montrait sa tendresse, ne lâcha pas sa main de toute la cérémonie. Pendant que l'officiant les unissait, une sourde inquiétude refaisait surface, un sentiment d'angoisse que Vélénia eut du mal à réprimer.

Que faisait-elle ici ?

Devinant peut-être son affolement, Mark resserra sa main, lui murmura à l'oreille des mots qu'elle entendit à peine.

Bientôt, elle deviendrait une autre, désirant au plus profond d'elle-même que par ce mariage meurent à jamais en elle les réminiscences des années *d'avant*.

Les youyous fusèrent de tous côtés, l'égayant. Des cris d'allégresse et des applaudissements les enveloppèrent... Des pétales de roses et des pièces d'or pleuvaient sur les mariés que l'on félicitait de mille *mabrouks*...

La lumière de l'aube pénétrait en douceur dans la chambre. Vélénia regarda autour d'elle pour graver dans sa mémoire et son cœur tous les détails de ce premier matin, l'esprit encore empli du somptueux banquet et des réjouissances au cœur de l'orangeraie la veille.

Mark, dans un demi-sommeil, lui passa lascivement un bras autour des épaules et l'attira vers lui.

- C'est plus confortable ainsi, déclara-t-il d'une voix mal éveillée.

Vélénia le contempla. Son cœur battait sourdement et elle s'émerveillait de tant de tendresse. Qu'avait-elle fait pour mériter être à ses côtés, partager sa vie ? Attendant qu'il se fut endormi à nouveau, elle desserra son étreinte, se glissa subtilement hors des voilages du lit à baldaquin, s'enveloppa d'une tunique de coton et alla ouvrir les tentures qui couvraient les portes fenêtres de la chambre. Elle sortit sur la terrasse, respira l'air frais du matin, descendit pieds-nus les marches qui menaient au fleuve.

Pas une ombre, pas un bruit, pas un souffle de vie ne pouvait lui faire oublier le sentiment irrévocable qui l'unissait à l'Egypte. Ici, elle avait appris l'oubli et la résilience.

Le ponton en bois du domaine unissait la plage de limon et les eaux du Nil, impassibles en cette heure où la création émergeait à peine. Au loin, les trois pyramides projetaient leurs sommets contre l'horizon que l'aube teintait de feu, protégées par l'immobile sphinx de Gizeh.

Dans un mois, elle suivrait Mark aux Etats-Unis. Mais le domaine de Nur était lié à la promesse qu'ils reviendraient en Egypte... Car pour elle, vivre ailleurs qu'ici changeait le sens même de la vie.

Vélénia faisait déjà ses adieux confidentiels au ciel, à la ville, et au pays qui l'avait dépouillée de son adolescence. Exil de ses cauchemars, cette terre avait pansé ses plaies et adouci la nostalgie de la patrie qu'elle ne reverrait plus jamais. Tout cela était toujours vivant et présent, autour d'elle. Mais Vélénia avait l'impression que tout devenait immatériel, perdait de sa logique, qu'elle était désormais une intruse dans ce mirifique décor. Parce que l'Egypte n'était plus à elle.

- Vélénia… appela une voix derrière elle.

Elle se retourna vers Mark. Il avait pressenti qu'elle viendrait ici. Dans ses traits, elle lisait l'inquiétude, et lui sourit pour le rassurer.

- Matin de lumière…
- … et que la paix soit sur toi, mon amour, répondit Mark.

Elle tendit sa main qu'il saisit.

- J'étais juste venue faire mes adieux, dit-elle doucement en désignant Gizeh du doigt.

Mark l'enlaça et contempla un moment les pyramides, touché.

- Je sais… murmura-t-il. Je sais… mais il y reste une chose que tu dois faire avant de partir.
- Quoi donc ?

Se détachant doucement d'elle, il ouvrit la tunique de Vélénia, souleva sa chevelure pour dégager son cou. Il ouvrit le fermoir de la croix en or qu'elle portait, et déposa la chaîne dans la main de sa femme.

- Laisse le passé derrière toi, implora-t-il avec douceur.

Vélénia demeura pensive, et ses yeux allaient de Mark à la croix de John. Quelque part en elle, la demande de Mark la révoltait, la déchirait. Mais la veille, n'avait-elle pas promis qu'elle le suivrait jusqu'à ce que la mort les sépare ? Elle l'avait choisi *lui*, et cela impliquait un don total de soi. Personne jamais ne lui avait exigé un sacrifice aussi complet, douloureux, chargé de symboles. Peut-être l'amour comportait-il aussi une part de souffrance ?

Le cœur lourd, elle resserra la croix dans son poing, et la lança dans les eaux du fleuve.

Le Nil. Roi des fleuves, seigneur de la vie aux fascinants pouvoirs. Les temples d'Egypte plongeaient dans ses eaux leur grandiose reflet. Les divinités étaient devenues d'incompréhensibles figures figées dans les obscurs silences des tombeaux éventrés sur ses rivages. Sept mille crues avaient fécondé la terre et vu passer des générations de dieux et d'hommes.

Dans les eaux du Nil qui séparaient l'Est de l'Ouest, la vie de la mort, désormais reposait le passé de Vélénia, le seul que Mark connaissait, symbolisé par une petite croix en or. Cela suffisait-il à absoudre celui d'avant ? Dans les eaux du Nil, l'Histoire et l'histoire se confondraient sans fin.

Troisième Partie
Horizons lointains

Janvier 1924 à février 1925

*« Je suis cet être qui se bat, se débat,
dont la liberté n'est ni facile ni totale… »*

La coque du paquebot fendait les eaux imperturbables de l'Atlantique, sous un ciel d'encre que nulle étoile n'osait éclairer. Sur le pont désert, aucun bruit, sinon celui étouffé des divertissements qui battaient leur plein à l'étage isolé des premières classes, et que seul le murmure de l'écume venait altérer. Sa main dans celle de Mark, Vélénia discernait les lumières qui jaillissaient des hublots pour éclairer l'insondable obscurité de l'océan.

Elle balaya du regard le pont sur lequel ils se trouvaient, déserté le soir, envahi le jour. Dès que le soleil se levait à l'horizon, il grouillait d'italiens, de polonais, de juifs, d'irlandais et peut-être même, qui sait, de lituaniens ou de russes, tous exilés de leur patrie, enfants d'une Babylone déchue et dont le seul espoir était l'Amérique. Ils y mélangeraient leur sang à celui d'autres peuples. De leurs mains, de leurs larmes et de leurs différences naîtrait une nation jeune et forte…

Le voyage océanique durait près d'un mois. De l'autre côté de l'Atlantique, Ellis Island ouvrait les portes de la liberté.

- Vous êtes bien rêveuse, ce soir, Madame McKenna… lui lança Mark.

Vélénia lui sourit affectueusement, lui caressa la joue.

- Je me disais simplement que j'ai beaucoup de chance car je suis heureuse… et parfois cela m'effraye.

Un frisson involontaire la parcourut. Avait-elle vraiment plus de chance que les autres ? Les choses ne seraient-elles pas plus simples si tous les hommes naissaient égaux et avaient les mêmes privilèges, évitant aux nantis les sentiments de culpabilité ? Non. Il fallait des hommes de tout genre pour bâtir un monde. Des mauvais pour faire reluire les bons. Des gens heureux, pour que les malheureux aspirent à lutter. L'antagonisme. A chacun de choisir un chemin entre les deux extrêmes.

- Mmm… voyons voir ce qui peut t'effrayer… répondit avec tendresse Mark. Tous t'adoreront à Boston, tu verras. Je sais que tout est nouveau pour toi, mais tu

t'adapteras vite. Christine et Paul sont impatients de t'accueillir.
- Comment sont-ils ?
- Heureux, comme moi.

Elle rit. Des bribes de conversations lui revinrent en mémoire.
- Finalement c'est toi qui as gagné, Mark.
- Moi ? Pourquoi ?
- Tu m'amènes sur ton terrain... je serai adulée, j'aurai mille prétendants, des robes et des bijoux... C'est bien ce que tu m'avais prédit en Egypte, alors que nous traversions le désert...
- Je ne sais pas trop si je suis d'accord pour les prétendants... mais pour le reste... C'est toi qui m'as ensorcelé, ne l'oublie pas.
- Moi ? Comment t'aurais-je ensorcelé si tu étais incapable de me voir autrement que comme une gamine hautaine !
- C'était ton indifférence que je ne supportais pas, Vélénia...

Il l'embrassa.
- Je me demande ce que j'ai fait de bien pour t'avoir dans ma vie, poursuivit-il.

Ils furent gagnés par la quiétude de l'océan, juste avant l'orage que l'on devinait à l'horizon. Vélénia n'avait jamais perçu le souffle de la sérénité sur elle, comme maintenant, et c'était un sentiment terrifiant, nouveau. *Adulation, robes et bijoux...* se répétait-elle mentalement. Elle espérait que Mark comprendrait que ce n'était plus cela qu'elle attendait de leur vie commune.

Des éclairs labouraient déjà la profondeur de la nuit épaisse lorsqu'ils étaient rentrés dans leur suite particulière après le dîner. Depuis plus d'une heure, le transatlantique tanguait sur les flots amoncelés dont l'ondulation régulière offrait un spectacle unique à travers le hublot. L'air était lourd de menaces et l'orage sévissait de toute sa puissance.

Mark noyait ses pensées dans le paysage de la mer en furie. Il réfléchissait à la lente métamorphose de Vélénia. Depuis qu'ils s'éloignaient de l'Egypte puis de l'Europe, elle s'épanouissait subtilement, comme si jusque-là, son adolescence sage n'avait été que le prélude à ce qu'ils partageaient aujourd'hui. Peut-être avait-elle cessé de réfléchir à la vie, et enfin décidé de la vivre. Sa gamine assurance devenait celle d'une femme, féline, séductrice. Et malgré cela, elle ne perdait pas sa capacité d'émerveillement. C'était ce qui le fascinait en elle.

Lors de leur escale à Marseille puis à Londres, elle avait été avide de tout découvrir, tout connaître. Il avait dévalisé bien des magasins pour la couvrir de cadeaux, mais ce qui lui arrachait des cris d'émerveillement c'était ce qu'elle appelait les « petits riens », comme le parfum du bouquet de roses qu'il lui avait spontanément acheté à un coin de rue, ou alors l'opéra qu'ils étaient allés voir et au cours duquel elle n'avait cessé de pleurer, inconsolable à cause de la tragédie qui frappait l'héroïne... Et elle avait insisté pour parcourir les endroits culturels en ville, en particulier le British Museum et sa pierre de Rosette.

Vélénia lui apparaissait unique, libre et insouciante. Il avait remarqué qu'elle attirait des regards étonnés avec ses longues boucles d'un blond vénitien qui s'agitaient au vent et son minois basané à une époque où la mode Charleston imposait d'autres canons de beauté. Depuis le début de la traversée, elle était devenue inexplicablement plus expansive qu'en Egypte, elle avait gagné la sympathie des autres passagers de première classe qui se la disputaient, et chaque soir Vélénia et Mark partageaient invariablement la table du Capitaine... Bien sûr, en plus de son charme inné, elle portait désormais le célèbre nom des McKenna, ce qui la rendait certainement plus intéressante aux autres passagers.

Paul et Christine avaient envoyé un télégramme quelques jours auparavant confirmant qu'ils les attendraient à leur débarquement à New York. Mark n'était cependant pas dupe et imaginait les arrière-pensées qui se dissimulaient entre les lignes... Christine n'avait jamais caché son désaccord quant au divorce de Patricia, prétendant qu'il avait été en grande partie fautif et qu'il n'était pas fait pour le mariage. Craignait-elle qu'il commette la même erreur avec Vélénia ?

Comment expliquer à sa sœur que Vélénia lui donnait des ailes alors que sa vie s'était enracinée, qu'elle lui provoquait l'envie d'être meilleur, différent ? Avant de la rencontrer, il n'avait plus aucun désir, plus de rêve, car il croyait posséder tout ce dont il avait besoin. Et un jour, il avait rencontré dans un pays ensoleillé une fille énigmatique et émancipée... il en était tombé amoureux au-delà de tout ce qu'il avait éprouvé jusque-là. Leur histoire recommençait sans cesse, car avec Vélénia, il pressentait que rien n'était jamais écrit d'avance. Comme si chaque matin il devait la séduire à nouveau avant qu'elle ne lui échappe. A cause de ce mystère qu'elle portait en elle et qu'il n'arrivait pas à percer.

Quant à Paul... il était toujours difficile de savoir ce qu'il pensait réellement en dehors de ce qu'il accédait à exprimer. Le Russe était un exemple de discrétion et ne se permettait jamais de dire un mot plus haut que l'autre. Son beau-frère était son bras droit, son conseiller, le pilier sur lequel il se reposait pour gérer la fortune et le patrimoine des McKenna... Que penserait Paul de Vélénia ? Au fond, il était indirectement responsable de leur rencontre. Car Paul l'avait poussé à frapper à la porte des Kavanagh au Caire par l'entremise d'Edward Hughes, un de ses proches amis à Londres...

Le 20 janvier 1924, sur le pont du paquebot, une bouffée de vent glacial saisit Vélénia. Aux côtés de Mark, elle frémit, permit à des images fanées et contrastées de revivre...

... le sommeil d'un jardin sous le manteau et la quiétude de l'hiver. Les longues nuits de la Sainte Russie, les tornades de neige et le gel. La valse effrénée des flocons contre les carreaux de sa chambre d'enfant, dans l'immense palais des Kemsky... La fraîcheur du sol sous son corps frêle lorsqu'elle voulait imprimer des anges dans l'épaisse neige, en compagnie d'Anastasia Nicolaïevna...

La béatitude ensoleillée de l'Egypte et son adolescence enfuie l'avaient emporté sur le souvenir des froides caresses de la bise hivernale. Elle eut la crainte de retrouver dans l'Amérique dont les côtes se découpaient au loin, un bout de sa Russie natale, quelque écho des solitudes glacées du Grand Nord dont elle était pourtant la fille.

Les mouettes du Nouveau Monde volèrent à la rencontre du paquebot, exécutaient une ronde frénétique et bruyante autour de lui. La Statue de la Liberté, érigée sur l'île de Bedloe brandissait fièrement son flambeau depuis plus de vingt ans, avec pour toile de fond les édifices en brique rouge de Manhattan. Sur les quais d'Ellis Island, les gens du service d'aide aux émigrants faisaient diligence. Vélénia scruta les caisses et malles qui descendaient à terre, écouta les voix du monde entier qui se mêlaient dans un brouhaha incessant. Ici, les grands-parents Irlandais de Mark étaient venus chercher de meilleurs lendemains. Des rires éclataient, des discussions ou des exclamations s'élevaient en yiddish, en polonais, en russe, en hongrois, en allemand. Tous exilés, comme elle...

Comme dans un songe, elle se laissa entraîner par Mark. Elle avait un désagréable sentiment de dédoublement. Comme si elle était dans cette scène tout en étant absente, ailleurs.

Sur le quai, une femme grande et à l'allure très soignée les attendait. Brune, son visage serein lui conférait beaucoup de douceur malgré la curiosité manifeste dans son regard, identique à celui de Mark. Celui-ci lâcha la main de Vélénia pour accourir à sa sœur et l'embrasser chaleureusement.

- Christine ! Comme je suis heureux de te revoir !

Puis il reprit la main de Vélénia.

- Christine, je voudrais te présenter Vélénia, dit-il fièrement.

Instinctivement, les deux femmes se dévisagèrent, se mesurant en l'espace d'une seconde. Christine baissa la garde la première, étonnée par la jeunesse de sa belle-sœur, et prit Vélénia dans ses bras.

- Vélénia, je suis enchantée de faire votre connaissance... Mark n'a pas cessé de nous écrire des louanges à votre sujet. Je suis certaine que pour une fois il n'a pas exagéré...

A court de paroles, Vélénia sentit son cœur gonfler de joie, et se contenta de sourire timidement.
- Je suis désolée que Paul n'ait pu venir vous accueillir, mais il a dû partir pour Washington s'occuper de quelques affaires pressantes dont il te parlera, Mark. Vous le verrez cependant demain à son retour... J'espère que vous resterez à New York quelques jours avant de repartir sur Boston. Ce soir, il y a une réception pour vous. Une myriade de personnes souhaite te revoir, Mark, et faire la connaissance de Vélénia...

Sous la chaleur des draps, Vélénia s'étira longuement. La journée avait été lourde et sa vie entière bouleversée. Mark dormait profondément à ses côtés. A quoi rêvait-il ? Que ressentait-il ?

Le peu qu'elle avait vu de New York l'avait étonnée et ravie en même temps. Les immeubles de plusieurs étages lui donnaient le vertige et elle se sentait engloutie dans une ville de géants. Rien cependant n'avait réussi à dissiper le malaise qui l'avait habitée tout au long de la journée. Pour la première fois depuis son mariage, elle s'était demandé si elle serait à la hauteur de son rôle d'épouse de Mark McKenna.

Christine était adorable et faisait tout pour la mettre à l'aise dans un environnement qui lui était complètement étranger. Vélénia avait remarqué la façon dont les amis et connaissances de son mari le respectaient et l'estimaient. Au cours du dîner que Christine avait organisé en leur honneur, tous ces gens dont elle n'avait retenu ni les noms ni la position sociale lui avaient manifesté ouvertement leur amitié et leurs félicitations. Mark avait été d'excellente humeur, et quand il leur présentait Vélénia, les gens étaient visiblement étonnés. Ils la comparaient sans doute et inévitablement à la première femme de Mark.

Jusqu'à aujourd'hui, elle n'avait jamais vraiment pensé à Patricia... Mark avait maintes fois tenté d'aborder le sujet pour lui expliquer son passé, mais Vélénia lui répondait qu'il était inutile de vivre aujourd'hui avec les circonstances d'hier.

Quelque part elle sentait qu'éviter ce sujet lui donnait le droit de ne pas parler de son propre passé. Mark méconnaissait son passé avant l'Egypte. Il ne savait pas vraiment d'où elle venait et ne connaissait pas son vrai nom. Lorsqu'elle sentait la culpabilité la gagner à ce sujet, elle se disait qu'au fond cela n'avait aucune importance, puisqu'il avait choisi la Vélénia rencontrée en Egypte. La comtesse Vélénia Andréïevna Kemsky était morte depuis longtemps, dans un pays qui n'existait même plus. Car depuis le 31 décembre 1922, la Russie avait douloureusement disparu face au triomphe de l'Union des Républiques Socialistes Soviétiques…

… Dieu, que ces atermoiements la fatiguaient et que l'Egypte lui manquait cruellement ! Elle se roula près de Mark, qui maugréa quelque chose dans son sommeil et la prit dans ses bras, instinctivement. Ses doutes fondirent ; elle était à l'abri dans ses bras, invulnérable.

Le lendemain matin, Christine proposa à Vélénia de lui faire visiter la célèbre presqu'île de Manhattan, achetée quelques siècles plus tôt à un Indien par un commerçant hollandais pour à peine vingt-quatre dollars... Mark lui-même avait décidé de se rendre à son bureau du centre-ville pour rencontrer ses associés et faire le point sur tous les changements survenus pendant son absence prolongée.

Il était tôt, et Vélénia finissait de prendre son petit-déjeuner lorsqu'elle vit apparaître derrière Christine une petite fille gracieuse et pétillante, à la longue natte brune, yeux noirs, et qui devait avoir au plus quatre ans. Elle se cachait timidement derrière sa mère.

- Chloé, ne fais pas la timide et viens dire bonjour à Tante Vélénia…

L'enfant se rembrunit, puis gloussa, ce qui attendrit la jeune femme.

- Tu es bien jolie, Chloé, tu sais…

La fillette gloussa, mais enfouit aussitôt son minois dans les jupes de Christine.

- Chloé piétinait d'impatience que vous arriviez d'Egypte, surtout lorsqu'elle a su que son oncle adoré venait avec une *jolie dame* ... Elle n'a pas cessé de raconter mille histoires de son cru à son frère, bien que celui-ci ne comprenne pas vraiment ce qu'elle disait !

Une nurse descendit avec bébé Théodore qui venait à peine de se réveiller et réclamait sa maman. Christine accourut prendre son fils dans ses bras et l'embrassa avec tant d'amour, que Vélénia en sentit un pincement au cœur et se rappela le petit Charlie. Cela devait être merveilleux d'avoir un enfant... un petit être qui ne croyait qu'en vous... Elle ne se rendait pas compte que le désir de maternité faisait confusément son chemin en elle.

Il neigea sur New York ; les flocons tombaient par milliers devant Vélénia ébahie. Chloé lui avait assuré que les flocons étaient des plumes légères et duveteuses qui tombaient des ailes des anges... Les rues de la ville étaient remplies de citadins indifférents et pressés. Des femmes pimpantes emmitouflées dans de coûteux manteaux de fourrure, s'accrochaient indolemment au bras de leur compagnon aux cheveux gominés et rictus arrogant. C'était cela, la fièvre et la folie du début de ces années vingt, les *Roaring Twenties*. La passion et l'insouciance. Vivre tout et tout de suite.

Christine emmena Vélénia de magasin en magasin, et ensemble elles choisirent une nouvelle garde-robe. Le matin elle avait protesté, expliquant que Mark l'avait déjà gâtée lors de leur passage à Londres, mais ni Christine ni Mark n'avaient rien voulu savoir... et la coquetterie féminine de Vélénia avait cédé devant les robes et les tenues que lui présentaient les vendeuses sous l'œil approbateur de Christine. A l'euphorie succéda bien vite l'apaisement, dans la voiture qui les ramenait.

- Je suis heureuse que Mark ait choisi une femme comme toi, soupira Christine.

Vélénia considéra sa belle-sœur avec étonnement.

- Heureuse... ou soulagée ?

Christine sourit. Vélénia devinait au-delà des mots.

- En vérité, lorsque Mark nous a envoyé le télégramme pour nous annoncer votre mariage, j'ai été très

partagée. Mon frère a vécu un divorce scandaleux avec Patricia et je ne pensais pas qu'il retrouverait un équilibre sentimental après cela... La société à Boston est bien différente de celle que tu as pu connaître en Egypte... ou ailleurs.
- Je suppose que les femmes savent ce qu'elles veulent et que Mark était le parti idéal : beau, attentionné, fortuné, intelligent...
- La société peut être cruellement intéressée, Vélénia.

L'évocation des pyramides lointaines refit surface.
- Lorsque j'ai rencontré Mark, je fuyais qui il était et ce qu'il représentait. Une existence dorée, l'argent qui peut tout posséder. Ma vie était simple, sans rien d'exceptionnel, parce que je n'avais pas envie de la vivre vraiment, de peur de souffrir, surtout après avoir fui l'Europe. Mark m'a appris à m'ouvrir. Il m'a rendu ma jeunesse... L'Egypte a été pour moi un heureux exil, depuis l'âge de dix-sept ans. Jamais je n'ai envisagé ni désiré quitter ce pays... mais laisser partir Mark était au-dessus de mes forces...

Christine fut touchée par la sincérité de Vélénia. Pourvu que Mark sache la préserver...
- Tu es très différente de ce que j'imaginais, Vélénia. Mark a énormément de chance de t'avoir rencontrée... J'ai eu plusieurs fois peur de ses fréquentations féminines, mais j'ai vite compris que Mark n'était pas du tout intéressé par elles au-delà d'une simple fréquentation... Si Paul m'écoutait, il me gronderait. Il m'a toujours dit que je me mêle trop de la vie de Mark. Mais c'est mon petit frère, et je veille sur lui sans cesse...

Les deux femmes gloussèrent en cœur.
- Tu n'as aucune idée de la commotion qui a secoué la haute société de la Côte Est, lorsque toutes les femmes en âge de se marier ont appris que le célibataire le plus convoité s'était remarié dans un pays exotique...

Christine considéra sa belle-sœur. Vingt-deux ans, soit douze de moins qu'elle et onze de moins que Mark... Ses traits fins et slaves, ses iris couleur noisette ou ambre suivant la lumière, sa grâce innée lui conféraient une élégance et une aura charmante. Sans parler de ce naturel qui ne la quittait jamais. Tout en elle était authentique… Elle ferait jaser d'envie les plus bavardes et les hommes seraient à ses pieds. Se perdrait-elle dans l'adulation ?

Il était plus de six heures sur l'horloge du salon, et Vélénia entendit des voix d'hommes dans le vestibule. Mark était certainement arrivé avec son beau-frère, comme prévu. Elle avait hâte de lui raconter par le menu sa journée et les mille impressions que New York avait laissées en elle… Demain, ils prendraient le train pour Boston et se retrouveraient enfin chez eux…

- Jolie tatie ! s'exclama Chloé à ses côtés.

L'enfant avait abandonné sa timidité du matin et tournoyait autour d'elle comme un petit soleil en pouffant de plaisir, sautillant et tapant dans les mains à la façon des enfants heureux. Vélénia la prit dans ses bras et fixa le miroir devant elle. Alors que Chloé commençait à babiller une histoire de son cru, la porte du salon s'ouvrit. Le reflet d'une silhouette dans la glace attira l'attention de Vélénia et elle porta son attention sur l'homme qui accompagnait Mark.

De grande taille et mince, son visage sévère mais extrêmement fin n'avait pas changé d'un iota. Seules ses tempes argentées avaient adouci la sévérité de son expression ; l'éclat de ses yeux noirs ressurgissaient du passé.

Pavel Mikhaïlovitch.

Plusieurs pensées confuses s'entremêlèrent dans l'esprit de Vélénia. Mille explications à sa présence, là, de l'autre côté du miroir. Des détails dont elle aurait dû se rappeler et qui lui auraient permis de faire le rapprochement. Comme le fait que *Paul* était la version américanisée de Pavel. Ou alors le fait que le prince l'avait aidée à fuir la Russie grâce à son ami Edward Hughes dont Mark lui avait aussi parlé…

Après toutes ces années. Après le mal et les difficultés ensevelis à grande peine. Pourquoi ici ? Pourquoi lui ? Ainsi, contre toute attente, jamais il n'avait perdu sa trace...

Vélénia surmonta son trouble avec une facilité qui la déconcerta, et se composa un visage avenant. Elle déposa Chloé qui courut à son père, et se rapprocha des nouveaux venus, comme un automate. Mark l'enlaça avec tendresse et déposa un baiser sur son front.

- Vélénia chérie, je te présente Paul...
- Mark nous a énormément parlé de vous, Vélénia. Je suis sincèrement heureux de vous accueillir dans cette famille.

Sa voix était claire et détachée. Impersonnelle. Vélénia en fut surprise. Des années d'éducation à la cour impériale avaient appris à Pavel Mikhaïlovitch à modérer ses élans et à brimer sa spontanéité. Jamais elle ne l'avait remarqué au temps de Saint-Pétersbourg...

... mais là-bas, c'était hier, ailleurs.

Christine arriva sur ces entrefaites avec Théodore dans ses bras. Savait-elle la vérité ? Il y avait quelque chose de déplacé à voir les enfants de Pavel Mikhaïlovitch. *Ces enfants qui auraient pu être les nôtres*. La jeune femme eut un frisson involontaire à cette seule pensée et tenta de balayer dans son esprit ses vieux démons. Elle fut anormalement silencieuse au début du dîner, répondant distraitement lorsqu'on lui adressait la parole, sirotant le vin qu'on lui servait, sous l'emprise d'un léger mal de tête qui débutait et qu'elle mit sur le compte de la fatigue.

Le lendemain matin, Vélénia avait la tête encore lourde et le cœur gros. Des bribes du dialogue de la veille lui harcelaient l'esprit, et l'évocation de la présence du prince sous le même toit la blessait comme une épine empoisonnée. Il avait dû la trouver très froide et distante...

Allongée sur son lit, elle se sentait dans un état tout à fait pitoyable. Elle se souvenait à peine ce qui était arrivé après le dîner, tout était confus. Mark l'avait prise dans ses bras et elle se rappelait de ses fous rires, de leurs étreintes. Ou n'était-ce

qu'un rêve ? Elle ouvrit les paupières. Elles étaient lourdes sous la lumière qui envahissait la chambre.
- Vélénia ?

La porte de la chambre s'ouvrit lentement et Mark apparut, détendu.
- Comment te sens-tu ? demanda-t-il en s'approchant.

Vélénia s'engouffra sous les draps.
- Mal…

Mark s'assit sur le rebord du lit et tira doucement le drap.
- Il est près de onze heures. Tu devrais te lever…

Elle remarqua le regard amusé qu'il portait sur elle.
- Pourquoi ai-je comme l'impression que j'ai fait une bêtise hier soir ?

Il l'embrassa tendrement.
- Une bêtise ? Je dirais que c'était l'effet du vin.
- Le vin ?
- Nous n'avons pas vu que tu avais vidé presque la moitié du Bordeaux de Paul jusqu'à ce que tu commences à t'égayer et à être très bavarde…

Vélénia fit une moue boudeuse.
- Bavarde ? Je croyais plutôt avoir été muette comme une carpe ! Que s'est-il passé après ? Je… je… je ne sais pas si j'ai rêvé ou si…

Mark eut un rire goguenard et elle se sentit embarrassée.
- Tu veux dire que je… que je n'ai pas rêvé…
- Vélénia, mon cher amour… je crois que nous allons devoir te priver de vin et de champagne à cause des effets qu'ils ont sur toi.
- Mon Dieu ! Christine et Pavel…ils ont dû penser que…

Mark se leva et finit d'ouvrir les rideaux.
- Allons, n'y pense plus ! dit-il de bonne humeur. Tu as été relativement sage et il ne s'est rien passé d'inavouable avant que je ne t'aie ramenée dans cette chambre… après, je n'ai plus pu répondre de toi ou de moi. … Habille-toi, car d'ici une heure nous déjeunons. Nous partons pour Boston en fin de soirée, mais avant, je dois aller arranger quelques détails en ville.

Il s'apprêtait à sortir de la pièce et s'arrêta sur le pas de la porte.
- Au fait, Vélénia…t'ai-je déjà dit combien je t'aime ?
- Pas aujourd'hui, non…

Un peu plus tard, Vélénia se trouvait dans la bibliothèque, parcourant avec admiration un atlas illustré pour retrouver le chemin parcouru d'Egypte à New York. Christine était montée coucher les enfants pour leur sieste, et Mark n'était pas encore rentré.

Il régnait dans la pièce une quiétude que seul interrompait le tic-tac méthodique de la pendule. Au-dehors, la neige tombait en douceur. Des pas sourds résonnèrent sur le dallage du couloir, et Vélénia n'y prêta aucune attention, croyant que c'était peut-être un domestique qui venait demander si elle désirait quelque chose. La jeune femme ne leva pas la tête, plongée dans son livre, mais au bout de quelque temps, sentant une présence devant elle, elle leva ses yeux et rencontra ceux de Paul.

Il souriait mélancoliquement. Il avait toujours été ainsi. Digne et calme.

Il s'accommoda avec un soupir de lassitude sur le canapé en face de Vélénia, porta son attention sur les flocons de neige qui se collaient à la vitre.
- Il y a des années de cela, commença-t-il en russe, lorsque je vous ai laissée partir de Kiev, je n'aurais jamais cru vous revoir un jour, surtout ici et dans ces circonstances…

C'était la première fois qu'il osait braver le silence entre eux depuis la veille. La première fois depuis six ans que quelqu'un lui parlait en russe.
- Je savais parfaitement où vous étiez et ce que vous faisiez au Caire. Je le savais par Edward Hughes qui vous avait fait rencontrer les Kavanagh. C'est lui qui m'a dit que vous aviez trouvé une famille auprès d'eux, et j'en étais sincèrement heureux pour vous… J'ai tenté de vous écrire plusieurs fois, Vélénia, mais j'ai

abandonné, pensant que jamais vous ne me répondriez.

Il grimaça comme pour effacer la morsure de ce souvenir.
- Je suis désolée, Pavel…
- Par contre, je sais si peu de votre passage en France, avant votre exil en Egypte.
- La France m'a menée vers Londres puis vers l'Egypte. Je voudrais juste oublier ces années-là, car il n'y a plus rien à dire…
- Je comprends, bien mieux que vous ne le croyez. Vous avez désiré être libre et sans attaches… En quittant la Russie, vous ne vouliez rien qui puisse vous rappeler le passé, ni qui vous aviez été. Et moi, j'étais le dernier lien qui restait avec tout cela… C'est pourquoi je n'ai pas insisté…

Il avait fallu à Vélénia traverser des années d'exil et d'éloignement en Egypte, arriver à cet instant précis pour comprendre soudain les sacrifices que le prince avait accomplis pour elle.
- J'ai mis quelque temps à vous oublier, Vélénia, à accepter de vous laisser grandir loin et hors de mon emprise. Mais j'y suis parvenu, grâce à Christine…
- Sait-elle que… ?
- Christine sait que j'ai été fiancé à la fille du comte Kemsky, mais elle ne fait pas vraiment la relation avec Vélénia de Castellan. Cela n'a plus d'importance. J'ai vieilli et je ne suis plus le même, peut-être parce que j'ai trouvé avec elle le bonheur et l'équilibre. Je suis attaché à vous, Vélénia, mais plus de la même façon qu'autrefois. Je vous aimerai désormais comme une sœur, comme une amie et je voudrais que vous appreniez à me faire confiance.

Il s'interrompit un instant, comme pour chercher des mots, mais l'émotion qu'il lut sur le visage de Vélénia lui dévoila qu'elle n'était plus l'adolescente capricieuse qui lui avait griffé le cœur. Une femme était née en elle, celle que Mark avait révélée.

- Lorsque Mark a décidé de partir en Egypte il y a deux ans, j'ai tout fait pour le convaincre de rencontrer les Kavanagh, car je savais qu'il finirait forcément par vous trouver vous aussi et me donnerait de vos nouvelles. Je voulais simplement m'assurer que vous ne manquiez de rien... A son retour, il m'a à peine parlé de vous. Je pense qu'après son divorce, il ne voyait les femmes que comme un amusement passager... Et l'an dernier, lors de son deuxième voyage en Egypte, ses lettres et ses télégrammes ont commencé à prendre une autre tournure. Votre nom commençait à surgir régulièrement ; ses réflexions étaient moins superficielles. J'ai compris qu'il tombait inévitablement amoureux de vous... Votre mariage a été peut-être un peu précipité, mais je pense qu'autant lui que vous avez suffisamment perdu d'êtres chers pour savoir dans quoi vous vous êtes engagés...
- Pavel, je regrette profondément mon ingratitude envers vous... Je ne pensais pas mériter l'amour de quiconque après ce que je vous avais fait endurer. J'ai longtemps lutté contre ceux qui s'approchaient trop de moi par peur de les détruire... Et si cela peut servir à quelque chose, je voudrais vous demander sincèrement pardon pour le mal que je vous ai fait et que je ne vous voulais pas...
- Cela fait longtemps que je vous ai pardonnée, répliqua-t-il affablement. Notre différence d'âge me permettait de comprendre que vous agissiez par inexpérience.

Il se leva et alla vers la fenêtre afin de contempler le jardin enneigé.

- Avez-vous parlé à Mark de Saint-Pétersbourg ?
- Saint-Pétersbourg n'existe plus, ni celle que j'étais là-bas. A quoi cela rime-t-il de lui en parler si tout cela lui est totalement étranger ?
- Vous avez tort, Vélénia.

L'incertitude agrandissait les yeux de la jeune femme et elle attendit la suite.

- Vous souvenez-vous de notre dernière soirée au Théâtre Impérial ? C'était juste avant le dernier bal donné par la princesse Radziwill à Saint-Pétersbourg...
- Le dernier bal auquel vous m'avez amenée...
- Oui... A la fin de la représentation, je vous ai laissée quelques minutes.
- Je me souviens... vous m'aviez dit que vous veniez de rencontrer quelqu'un dont je n'ai pas retenu le nom...
- Son nom était Mark McKenna.

Vélénia sentit son cœur se glacer.

- Vous ne l'avez pas rencontré ce soir-là, Vélénia, rassurez-vous. Il vous a à peine aperçue de loin. Mark était à Saint-Pétersbourg en voyage avec sa première femme, Patricia, et avec Christine, et cela depuis plusieurs semaines. Grâce à ses relations avec l'Ambassadeur des Etats-Unis, il a rencontré beaucoup de gens à la cour. Il a côtoyé les nobles, et à travers eux, il entendait inévitablement parler du comte Andreï Kemsky. Votre père a été un grand sujet de conversation pendant de longues années, en bien ou en mal, vous le savez. Mark sait parfaitement qui étaient les Kemsky, ces favoris des tsars, l'une des plus grosses fortunes qui ait jamais existé au fil des siècles dans la Sainte Russie, à l'ombre protectrice des Romanov...
- Les Kemsky n'ont plus de fortune ni de terres. Ils ne sont plus rien depuis la disparition des Romanov...

Sa sérénité vacilla, et elle sentit le monde s'ébranler autour d'elle.

- Mark a quand même le droit de savoir, Vélénia...

L'envie de pleurer la submergeait ; les larmes brouillaient sa vue.

- Pavel, je ne peux pas réveiller ces cauchemars ! Je ne veux plus penser à la Russie, ni aux Romanov, ni à Anastasia Nicolaïevna ! Mille fois j'ai désiré la mort, car de bien des façons, la vie est plus cruelle ! Mais j'ai survécu, et lorsque je tente de penser à ce qui s'est passé en cette fatidique nuit de juillet à Ekaterinbourg, j'ai l'impression que je deviendrai folle, car je n'ai aucun souvenir, et pourtant je sais que j'y étais !

Il s'approcha d'elle, touché par sa vulnérabilité, appuya sa main sur son bras, avec une patience et tendresse infinie.
- Vélénia, personne n'a rien pu pour eux. C'était leur destin. Vous ne pouvez pas vivre avec des regrets qui ne vous appartiennent pas... acceptez ce qui est arrivé et faites-en le deuil.
- Je ne peux pas en parler avec Mark... dit-elle entre deux sanglots.
- Vélénia, je vous en conjure, réconciliez-vous avec le passé avant qu'il ne ressurgisse entre vous et Mark. Ce mariage est, j'en suis certain, ce qui vous est arrivé de plus précieux... mais ce n'est pas un contrat qui garantit d'avoir quelqu'un à vos côtés pour le restant de votre vie. Au contraire, il est l'engagement de lutter ensemble face aux difficultés...

La résidence McKenna de Boston était une demeure somptueuse de style victorien parfaitement rectangulaire, toute en briques rouges et au toit à faible pente, érigée au milieu d'un vaste parc auquel la neige de cette saison donnait une ampleur froide et immaculée. Derrière un imposant portail en fer forgé, une allée droite bordée de platanes chenus menait vers une porte cochère qui avait accueilli trois générations d'illustres propriétaires. Les corbeaux et imposantes corniches de la façade lui donnaient un air sévère que même le galbe des consoles ne dissipait pas. Les nombreuses fenêtres étroites jumelées à fronton laissaient deviner un grand nombre de pièces ; celles du premier étage étaient hautes, suggérant un étage noble. Les balcons possédaient des balustrades d'inspiration Renaissance qui s'alternaient avec des loggias. Point culminant, un belvédère dominait la demeure, promettant des vues splendides sur les environs.

L'intérieur s'ouvrait sur un vestibule où trônait un double escalier circulaire menant vers les appartements privés. A partir des deux arcades latérales de l'entrée, tout n'était que succession de couloirs pavés de marbre qui desservaient de larges pièces et des salons aux plafonds hauts. La décoration regorgeait de chef-d'œuvres contemporains et anciens, les meubles d'époque venaient d'Europe. Des lustres de cristaux aux reflets d'arc-en-ciel projetaient des lumières irréelles sur les toiles originales qu'avaient acquises le père et le grand-père de Mark, et sur des Gobelins aux teintes sombres.

Vélénia éprouva l'écrasante sensation de pénétrer dans un musée gardé par toute une légion de domestiques, à la tête desquels se trouvait le raide et digne majordome Mr. Crawford, lui aussi importé d'Angleterre. Sous l'effet d'un mélange de stupeur et d'admiration, elle découvrait le nouveau cadre de sa vie. Elle devrait s'y habituer, se dire que ces murs diamétralement opposés à la simplicité toute orientale de la villa de Nur lui seraient un jour familiers. Si en

Egypte tout était un sensuel jeu d'ombres et de lumière, ici l'élégance et la tenue régnaient sans partage.

Une diffuse appréhension s'empara d'elle dès le premier pas qu'elle fit dans la Résidence McKenna, car elle lui rappelait singulièrement le Palais Kemsky dans une version moins patinée et plus ostentatoire. Comme si les années en France et en Egypte n'avaient été qu'une brève parenthèse entre la Russie et l'Amérique. Les évènements qui l'avaient menée jusqu'ici semblaient s'être déroulés trop vite, brûlant des étapes. Mark revenait dans le milieu qui l'avait bercé depuis sa naissance, dans lequel il évoluait avec aisance, celui que les autres lui enviaient, et faisait de lui un homme admiré. L'héritier de la prestigieuse famille McKenna vivait dans une dimension sociale où le paraître et les possessions étaient primordiales, donnaient un sens à qui il était, à ses aïeux ; il appartenait à la *génération dorée.* Vélénia quant à elle, avait dépassé cela depuis qu'elle avait égaré les siens et leur legs.

Ce n'était pourtant pas l'homme mondain que Vélénia avait rencontré en Egypte. Elle était tombée amoureuse de celui qu'elle avait su atteindre quelque part sous les étoiles, naviguant dans un désert tout en contrastes où le luxe était absurde. Se souvenait-il de celui qu'il avait été pour elle là-bas ou n'avait-elle vécu qu'un mirage, une projection de ses propres désirs ?

Mark était extrêmement attentionné et affectueux envers elle, merveilleux. Pourtant, dans son besoin de tout mesurer pour quelque part se rassurer, Vélénia ne pouvait être certaine de quelle valeur accorder à cette tendresse, aux sentiments profonds de Mark. L'amour avait-il un envers et des limites ?

Souvent, elle repensait aux paroles de Paul, à ce passé qu'elle taisait à Mark, pas parce qu'elle en eût honte, mais parce qu'il n'appartenait qu'à une dimension obsolète d'elle et au royaume des disparus…

De même, elle ne pouvait oublier qu'avant elle, il y avait eu une autre femme dans la vie de Mark, et cela l'effrayait depuis son arrivée à Boston. Il y avait un fantôme entre eux, quelque chose de diffus mais présent. Le lendemain de leur arrivée, elle avait remarqué un parfum de femme dans le salon au piano, si poignant et capiteux qu'elle en avait senti une nausée et avait dû ouvrir les fenêtres pour faire entrer de l'air frais malgré le froid hivernal. Elle avait été incapable de jouer quoi que ce soit et avait pris en horreur cette pièce. Maints détails rappelaient le passage de Patricia dont il serait difficile d'effacer les traces. Les domestiques faisaient maladroitement allusion aux goûts de « la première Madame McKenna » qui demeurait l'incontestable maîtresse des lieux, même si elle en était partie depuis longtemps.

Ces incertitudes confidentielles, sans doute exacerbées par une imagination débordante et aggravées par une réserve maladive l'épuisaient, tout en la remplissant d'une sorte d'exaltation douloureuse : elle *aimait*. Le soir, quand elle s'endormait dans les bras de Mark, elle se laissait entraîner par le tourbillon vertigineux de son bonheur, essayait de taire son malaise. Elle avait l'impression de s'envoler par-delà ce monde, loin, très loin.

La jeune mariée voulait demeurer à l'ombre de Mark et simplement l'aimer, admirer en paix son éclat. Nul ne devait se soucier d'elle, la remarquer. *Ne rien dire pour ne rien briser...* Mais dans la société vaniteuse et insouciante des Années Folles, Vélénia pressentait qu'elle s'abîmerait irrémédiablement.

Dès son arrivée, Vélénia éveilla malgré elle la curiosité de la société de Boston et de New York réunies. De cette jeune femme arrivée d'un pays exotique, on ne savait presque rien, sinon qu'elle avait gagné le cœur de Mark McKenna, exploit qui la singularisait. Elle était le sujet des conversations mondaines et les rumeurs sur sa provenance allaient bon train. On confondait ses origines, on la devinait noble par son allure et ses manières ; d'autres assuraient que son père n'avait été qu'un modeste commerçant français qui avait fait faillite en Egypte. Cependant, quelle que fût l'opinion que l'on se formait d'elle, tous s'accordaient à dire que Vélénia était unique, car elle possédait cet attrait d'un indéfinissable *ailleurs*. Elle enchantait par sa fraîcheur ou irritait par sa discrétion, mais surtout, elle attirait et devint rapidement la coqueluche de son entourage.

Vélénia eut le loisir de s'échapper souvent à New York pour retrouver sa belle-sœur pour qui elle éprouvait beaucoup d'affection. Elle pouvait ainsi passer des journées avec ses neveux qu'elle adorait. Chloé accaparait alors sa *jolie tatie* pour apprendre à peindre, alors que Théodore, plus calme que sa sœur, gazouillait de plaisir lorsque Vélénia le prenait dans ses bras, lui chantait une berceuse ou le promenait en poussette.

Christine avait ouvert début 1924 une boutique à New York où elle exposait les modèles d'une amie parisienne appelée Gabrielle Chanel. Les nouvelles collections du printemps étaient arrivées, et les salons du magasin étaient bondés de new-yorkaises qui considéraient indispensable d'acheter leurs toilettes chez Christine. Elle y recevait amies et connaissances avec un art savamment calculé, les invitant à prendre le thé, et dans un froufrou de chiffons et croustillants commérages, ces dames faisaient leur choix.

Un après-midi d'avril, Vélénia secondait Christine dans sa boutique et s'efforçait de satisfaire les exigences d'une cliente peu agréable. Celle-ci s'offusquait de ce que sa robe n'avait pas été bien montée, et s'en prenait aux couturières. Vélénia rencontra de grandes difficultés pour lui expliquer diplomatiquement que c'était sa taille de matrone qui n'allait pas, et se retenait de rigoler ouvertement de l'impatience et vanité de la cliente.

Christine vint la délivrer du flot de doléances.
- Vélénia, on te demande au téléphone… c'est Clayton.
- Encore lui ? dit-elle en roulant des yeux. Je lui ai dit que je serais très occupée…

Elle alla quand même prendre la communication, car il s'agissait de l'un des proches amis d'enfance de Mark, et s'isola dans un coin de la boutique afin de mieux entendre.
- Allô ?
- Vélénia ! ici Clayton... Voilà, j'appelais pour savoir si nous pouvions dîner ensemble ce soir.

- Je suis désolée Clayton, Mark arrive ce soir à New York.
- Tant mieux ! Qu'il se joigne à nous. J'ai mis la main sur des antiquités Perses et je voudrais avoir votre avis avant de les acheter.
- Je ne connais pas les antiquités Perses. J'ai habité l'Egypte, pas l'Iran, c'est différent, vous savez.
- Pardonnez ma grossière ignorance, Vélénia... Allons, vous pourrez tout de même me donner votre avis ? Mark dit que vous êtes incollable sur les antiquités.
- Que dites-vous de demain ou un autre jour ?

En entendant les bribes de conversation, Christine s'approcha, l'air soucieux et sollicita son attention.

- Vélénia, j'ai oublié de te dire que Mark a téléphoné quand tu n'étais pas là. Il ne pense pas arriver ce soir, mais plutôt après-demain.
- Tu es sûre ? fit Vélénia en mettant la main sur le combiné du téléphone.
- Allô ? s'exclama une voix à l'autre bout de la ligne.

Christine acquiesça, navrée. Vélénia haussa les épaules en soupirant, puis elle revint à sa conversation téléphonique.

- Clayton, à quelle heure viendriez-vous me chercher ce soir ?

C'était toujours pareil. Depuis quatre mois qu'ils étaient arrivés, Mark et Vélénia passaient trop peu de temps seul à seule. Il existait toujours une fête, une célébration, un concert pour s'entourer d'une foule, mais il y avait peu de place pour la quiétude et l'intimité. Sans parler de ces constants déplacements de Mark pour superviser personnellement « les affaires de famille » dans les quatre coins du pays.

Avant de rencontrer Vélénia, Mark ne s'était jamais intéressé qu'à mener une vie oisive malgré un esprit et des études brillantes, menant d'un œil distrait et ennuyé les affaires des McKenna. Il avait laissé à son beau-frère Paul le soin de s'occuper de la gestion des multiples compagnies fondées par son grand-père, puis développées par son père. Son ami d'enfance Clayton Roberts avait pour responsabilité de mener l'aspect légal des affaires. Cependant, depuis qu'il s'était remarié, Mark clamait qu'il se sentait un homme nouveau et s'investissait avec beaucoup de diligence et sérieux dans les affaires familiales…

Seulement, son engouement était tel pour ses projets et ses ambitions retrouvées, qu'il délaissait Vélénia sans s'en rendre compte. Elle pensait souvent à ce qu'elle serait devenue sans ce mariage, et ne parvenait pas à concevoir sa vie sans Mark. Elle souffrait de l'attachement profond qu'elle avait pour lui, parce que cela la rendait émotionnellement dépendante de lui.

La jeune femme s'arracha de force à ses tergiversations pour revenir à la réalité, à l'instant présent. Assis en face d'elle, Clayton étudiait minutieusement la carte de vins, fronçait ses sourcils, ce qui n'entamait en rien la bonhomie de son visage rond.
- Clayton, vous m'aviez dit qu'il y aurait d'autres personnes à dîner ce soir. Où sont-elles ? fit Vélénia soupçonneuse.
- Oh ! j'ai oublié de vous dire qu'elles se sont toutes décommandées à la dernière minute, répliqua-t-il sans lever le nez du menu.

Il commanda un vin de Bourgogne en écorchant passablement son français, ce qui suscita chez Vélénia une expression moqueuse.
- Ah oui ? Et moi je crois que ces autres invités n'ont jamais existé.

Elle lui adressa le regard lourd de reproches que l'on adresse à l'espiègle enfant qui a encore fait des siennes mais que l'on pardonne tendrement.
- Ma chère Vélénia, vous avez raison. Je vous voulais toute à moi. Vous êtes une femme trop prise : œuvres de charité, thés, cocktails. Il est impossible d'attirer votre attention si ce n'est par des demi vérités, comme je l'ai fait…
- Clayton, en plus de tout ce que vous venez d'énoncer, je suis une femme mariée.

Il toisa piteusement l'alliance que portait Vélénia à sa main gauche.
- Mais ce sont vos connaissances en archéologie qui m'intéressent surtout ! se défendit-il. Sans vous, je me serais fait plumer sans pitié par le charlatan que nous avons vu avant de venir dîner. Pourquoi ne mettez-vous pas à profit tout ce que vous avez appris en Egypte ? Vous avez un grand potentiel qui pourrait être mis à profit dans le domaine culturel. C'est à croire que Mark ne vous veut que pour lui !

Vélénia se dérida. Mark soutenait que son ami était un comédien né, ce qui en faisait certainement un avocat sans rival.
- Clayton, allons… je vais finir par croire que vous êtes jaloux de Mark…
- Et le pire, c'est que je le suis, admit Clayton. Mais je le lui pardonne, car il est mon meilleur ami. Tous les hommes ne rêvent que d'une femme comme vous, et d'ailleurs vous vous en faites des ennemies. Ils se damneraient pour vous, et vous, toujours aussi vertueuse, vous ne voyez qu'un seul homme : Mark et rien que Mark. Comment pouvez-vous rester charmante et fidèle jusqu'au bout ? La moitié des femmes prennent des amants, mais pas vous. Pourtant, vous pourriez avoir qui vous voulez et tout ce que vous désirez.
- Clayton, essayez-vous de me dépraver ? dit-elle amusée.

Il adorait la taquiner.
- Vous ne changerez donc jamais d'avis sur… commença Clayton.

Il s'interrompit abruptement, et adopta un air chagrin, fixant l'entrée du restaurant.
- Qu'y a-t-il, Clayton ? On dirait que vous venez de voir un fantôme.
- Non, non… ce n'est rien, soupira-t-il. Simplement quelqu'un qui ne m'a jamais pardonné d'avoir gagné un procès contre elle.

Submergée par la curiosité, Vélénia se retourna et aperçut une belle femme blonde et élancée, d'une délicatesse extrême, aux iris d'un bleu glacial, pendue au bras d'un homme distingué qui la triplait certainement en âge. Nombreuses furent les têtes qui se retournèrent sur l'inconnue avec admiration.
- Qui est-ce ? demanda Vélénia.
- Personne…

Elle conclut qu'il s'agissait d'un des nombreux amours déçus de Clayton et n'insista pas plus, mais remarqua que sa mine se décomposait seconde après seconde.
- Clayton ? Qu'y a-t-il ? Vous ne vous sentez pas bien ?

Elle venait à peine de poser sa question que les effluves d'un parfum capiteux l'assaillirent violemment. Un parfum qu'elle associa instinctivement à celui du salon au piano, à Boston. La femme blonde s'était arrêtée à leur table avec une exclamation.
- Mais c'est ce cher Clayton !

L'inconnue salua avec effusion un Clayton couleur pivoine, et Vélénia resta clouée sur place, figée par une sourde panique.
- Bonjour, Mademoiselle, dit la blonde avec un sourire trop poli. Clayton est aussi maladroit que d'habitude et ne nous a pas présentées. Je suis…
- … Vous devez être Patricia Lowell, s'entendit dire Vélénia.

La femme fut à la fois surprise et flattée.
- Quelle délicieuse jeune femme, ne trouvez-vous pas, Henry ? dit-elle à son compagnon... Comment savez-vous mon nom ? Nous sommes-nous déjà rencontrées quelque part ?

Clayton décida prendre les choses en main.
- Patricia, je te présente Vélénia… Vélénia McKenna.

La femme sembla hésiter un instant où Vélénia crut déceler en elle un mélange de chagrin et de stupeur.
- C'est donc vous, dit-elle calmement.

Bizarrement, sa voix ne portait aucune trace d'animosité.

- Henry, il s'agit de la nouvelle épouse de Mark, commenta Patricia à son compagnon comme s'il s'agissait d'une anodine anecdote. Nous ne voudrions pas être malpolis et allons vous laisser continuer votre dîner. Clayton, appelle-moi un de ces jours pour que nous prenions le thé. Tes visites se sont trop espacées ces derniers temps. Je serai sur la Côte Est jusqu'à l'automne, après quoi je retournerai passer l'hiver en Californie. Tu sais où me trouver.

Sans rajouter un mot de plus, elle entraîna son chevalier servant à la suite du maître d'hôtel qui les conduisit au fond du restaurant, dans un recoin isolé.

- Je ne l'imaginais pas ainsi, dit Vélénia au bout d'un interminable silence.
- Patricia est au-delà de tout ce que l'on peut imaginer…
- Quel est donc le procès que vous lui avez fait perdre, Clayton ?

Il perdit son assurance.

- Mark m'a demandé de le représenter lors de leur divorce… C'est elle qui a perdu. C'est la pire chose que Mark ait pu me demander. Nous étions tous les trois de très bons amis à Princeton… Bien sûr, Patricia prétend qu'elle ne m'en veut plus, et nous nous voyons occasionnellement, mais je sais qu'au fond je lui ai causé beaucoup de tort… et c'est vraiment la dernière personne au monde que j'aurais voulu blesser.

Avant de poursuivre, il eut une drôle de grimace.

- Vélénia, je préférerais ne pas aborder le sujet de Patricia. Tout cela est dans le passé, et pour beaucoup de raisons c'est un sujet épineux pour moi... Je voudrais plutôt porter un toast pour vous et Mark.

La conversation se poursuivit sur un registre plus léger. Cependant Vélénia avait ressenti cette rencontre inopinée comme une fatalité incontournable et évidente. Il avait suffi de cela pour qu'elle se sente mal à l'aise le restant de la soirée, tenaillée par un pressentiment.

Elle arriva vers onze heures du soir à la suite que Mark et elle occupaient sur Madison Avenue lorsqu'ils venaient à New York, dans le même immeuble que Paul et Christine. Le majordome vint ouvrir la porte avec célérité, sans renoncer toutefois à son flegme tout britannique.
- Bonsoir, Mr. Crawford.
- Bonsoir, Madame, répliqua-t-il avec courtoisie.

Il l'aida à se débarrasser de sa pelisse.
- Madame a-t-elle bien dîné ce soir ?
- Oui, Mr. Crawford, merci. Y a-t-il des messages ?
- Non, Madame. Par contre Monsieur est arrivé ce soir, il y a une heure.
- Comment ? Je croyais qu'il ne venait qu'après-demain...
- Monsieur a pris le dernier train de Boston. Il a voulu attendre Madame pour le dîner, mais je lui ai dit que vous ne seriez pas là.
- Où est-il ?
- A présent Monsieur est dans la bibliothèque.

Vélénia se précipita vers la pièce qui faisait office de bureau. Ses pas résonnaient sourdement dans la pénombre du couloir. De la lumière s'échappait au-dessous de la porte. La jeune femme l'entrouvrit avec précaution. Mark était installé dans une bergère directoire en velours sombre, son attention perdue dans un dossier sur lequel il faisait des annotations.
- Je suis désolée d'arriver aussi tard... dit Vélénia doucement.

Mark leva sa tête, découvrant sa présence, bien qu'il ne parût pas particulièrement surpris. Vélénia s'assit sur ses genoux, l'entoura de ses bras, l'embrassa et cala sa tête sur son épaule.
- Christine m'a dit que tu as dîné avec Clayton. Comment va-t-il ?
- Bien... je croyais que tu rentrerais après-demain, sinon...
- Moi aussi je le pensais, mais je me languissais de toi... Dernièrement je ne t'ai pas accordé toute l'attention que tu mérites.

Elle eut un sourire embarrassé, adorable, divin.
- Je sais que tu as beaucoup de travail. Et que cela te rend heureux. Alors moi aussi je le suis…

Ses doigts saisirent ceux de Vélénia, à la façon distraite qu'il avait toujours lorsqu'il voulait l'atteindre, sentir sa présence à ses côtés. Il lui énuméra toutes ses activités depuis qu'ils s'étaient quittés, et elle l'écoutait, buvait chaque mot sur ses lèvres, le laissait jouer avec ses doigts ou avec des mèches de sa chevelure.
- Un jour j'aimerais venir avec toi et connaître les affaires de ta famille…
- C'est vrai ? Tu sais, ce ne sont pas tous des endroits si charmants…
- Oui, bien sûr… mais je voudrais aussi connaître d'autres villes que Boston.

C'était donc cela. Elle s'ennuyait, et lui, ne l'avait pas compris.
- Tu n'aimes pas Boston ? Tu veux que l'on déménage ici à New York ? Ou ailleurs ? Tu sais, quand arrivera l'été, nous aurons l'occasion d'aller à Rhode Island et je suis certain que tu adoreras la maison de Newport…
- Non, Mark… j'aime bien Boston, mais…

Comment lui dire qu'en plus de son propre passé, celui de Mark la poursuivait nuit et jour dans les murs de la Résidence McKenna ? Comment pouvait-il comprendre qu'il y avait quelque chose d'empoisonné en ces lieux ? Ce tableau accroché au mur de leur chambre, ce vase de Chine à droite de la cheminée de marbre rose à Boston, c'était sûrement Patricia qui les avait placés. Mais peut-être qu'il était habitué au parfum capiteux, à la présence invisible de celle qu'il avait aimée avant elle.
- … mais la maison de Boston est parfois trop grande, poursuivit-elle.
- Veux-tu rajouter des meubles ?
- Non, Mark, non… ce n'est pas cela.

Il l'étudiait d'un œil interrogateur.
- Vélénia, y a-t-il quelque chose que tu veuilles me dire ?

Elle se leva vivement, s'arrachant au confort que sa présence lui procurait, et se dirigea vers la fenêtre.
- Ce soir, au restaurant j'ai fait par hasard la connaissance de Patricia, lâcha-t-elle au bout d'un moment… Je dînais avec Clayton et elle est rentrée dans le restaurant avec un ami. Clayton nous a présentées.

Mark ne répondit rien, alors elle se retourna, épiant le moindre tressaillement de son visage.
- Mark, je sais que j'ai souvent refusé de parler d'elle, mais je voudrais savoir…
- Vélénia, mon amour…

Il la rejoignit d'un pas tranquille, auréolé de son charisme ravageur, l'enlaça, avec une pointe de grisaille au fond de lui.
- Si mon mariage avec Patricia s'est brisé, c'est parce que nous allions dans deux directions opposées… Je voulais des enfants, Patricia n'en voulait pas. Elle repoussait continuellement l'échéance jusqu'au jour où elle m'a avoué qu'elle ne désirait pas être mère. La suite était inévitable. Le gouffre s'est creusé, j'ai commencé à me détacher, à lui être infidèle, nous avons divorcé au milieu d'un scandale. Je ne suis pas très fier de moi, car je lui ai rendu le mal qu'elle m'avait fait.
- La raison était donc celle-là, qu'elle ne voulait pas d'enfant ?
- Celle-là et bien d'autres…
- Et toi et moi ? Allons-nous dans la même direction ?

Il devinait son sentiment d'insécurité face à la maternité.
- Vélénia chérie, tu es jeune, et nous avons bien du temps pour penser à cela, pour construire notre futur et fonder un foyer.
- Mais Mark, ne l'aimais-tu pas ? Ton amour pour elle n'était-il pas plus important que le fait d'avoir ou pas des enfants ?

Mark poussa un profond soupir comme pour éloigner de lui son passé.

- Quelle importance cela peut-il avoir aujourd'hui ? Patricia est sortie de ma vie, définitivement. Maintenant je t'ai, toi.
- Elle a été ton premier amour...
- Et toi, tu es mon dernier et grand amour, répliqua-t-il en l'enlaçant.

Ils contemplèrent ensemble la nuit noire à travers la fenêtre. Vélénia songea aux paroles de Clayton concernant ses connaissances en archéologie qu'elle aurait pu exploiter autrement... si elle n'avait pas été reléguée au rôle de simple « femme de », une *poupée* de la haute-société américaine. Certes, l'archéologie avait toujours été pour elle une émotion, plus qu'une science. C'était un pont qui unissait deux êtres depuis deux bouts du temps, dans l'essence de leur humanité. Ce que son ami ignorait cependant, c'était que, plus que des vestiges, elle se languissait des cieux étoilés d'Egypte. Ici, aucune étoile ne brillait jamais comme là-bas. Ici, aucun astre ne suscitait cette fiévreuse exaltation ni ce sentiment d'appartenance qui avaient maintenu à flot sa raison.

Lorsque Vélénia s'endormit profondément, Mark observa chaque mouvement cadencé de sa respiration paisible. La nuit il s'éveillait et l'admirait clandestinement. Il cueillait la moindre émotion qui se dessinait sur son visage endormi, guettait les démons qu'il y devinait parfois et qu'il aurait voulu combattre. Mais Vélénia ne les lui livrait pas.

Quelques jours plus tôt, il en avait fait part à son beau-frère qui paraissait connaître Vélénia tellement mieux que lui, probablement parce que tous deux portaient la Russie dans leur cœur.
- Vélénia parle souvent dans ses rêves, dans une langue que je ne comprends pas. Elle possède sûrement des souvenirs auxquels je n'appartiens pas. Je me demande bien pourquoi elle ne veut pas se confier ? Il lui arrive d'évoquer spontanément un fragment de sa vie avant l'Egypte, mais aussitôt qu'elle m'en a dévoilé une infime partie, elle se renferme sur elle-même comme si elle avait profané quelque secret. Une partie

d'elle m'échappe alors qu'elle est bien là, présente à mes côtés.

Il cherchait en son Paul une réponse.
- Je crois qu'il faut lui laisser du temps, Mark. L'Amérique est pour elle un changement radical comparé à l'Egypte et elle doit apprendre à s'adapter à sa nouvelle vie, à *ta* vie. Elle a besoin de toi pour y parvenir.
- J'aimerais pouvoir en être sûr. Si seulement elle me donnait un indice qui me permettrait de savoir ce qui la tourmente, je saurais comment arriver à elle. Mais elle est si prudente quand elle parle, comme si elle avait peur de dire quelque chose de trop. Mais quoi ?

Howard Carter écrivait souvent à Vélénia, depuis Londres ou Le Caire suivant la saison. L'archéologue lui racontait avec minutie et force détails le transport de tous les éléments les plus importants du tombeau de Toutânkhamon, récit qui aurait fait mourir d'ennui quiconque ne s'intéressait pas à l'art. Mais ces lettres enthousiasmaient Vélénia, autant que celles de Lady Mathilda où l'aristocrate ne manquait pas de décrire les visites qu'elle recevait, les dernières nouvelles et potins du Caire, et détaillait aussi tous les travaux d'entretien et les récoltes qui se faisaient à Nur, en leur absence.

La nostalgie de l'Egypte était-elle donc cette lézarde que Vélénia tentait d'ensevelir ?

Mark eut un premier élément de réponse quelques jours plus tard, lors d'un dîner en petit comité en compagnie de Christine, Paul et Clayton venus leur rendre visite à Boston. L'Américain était particulièrement soucieux, sous l'emprise d'un vague à l'âme inhabituel. Peut-être était-ce l'envers du décor d'un bonheur trop parfait, pensa-t-il obscurément. Les yeux rieurs de Vélénia ne cessaient d'observer tout autour d'elle, d'analyser les moindres mouvements de chacun. Elle se divertissait aux côtés de Christine et de Paul, se moquait des traits d'humour de Clayton, enivrée par une sonate de Beethoven qui coulait de nulle part et lui rappelait Le Caire. Ou ailleurs.

Elle dit tant de choses, mais pas ce que je veux savoir. Elle est très volubile, mais ne se dévoile jamais.
- Tu ne devrais pas penser autant aux affaires, Mark ! lança Christine d'une voix enjouée. Reviens parmi nous !
- Je suis désolé...
- Sais-tu au moins de quoi nous parlions ? enchaîna Vélénia, badine.

Elle pétillait de malice.
- J'ai bien peur que non, admit Mark. Peut-être de la pluie ?
- C'est cela à quelques détails près, intervint Clayton, puisque nous parlions d'une tornade nommée Veronica Hawkes.

Mark fixa Vélénia avec amusement.
- C'est vrai, j'avais oublié que Veronica donne une réception la semaine prochaine à l'occasion de sa grande première à Broadway... Je ne sais pas si Vélénia s'est décidée à accepter l'invitation de celle qu'elle trouve être une piètre actrice...
- Je n'ai rien du tout contre elle, assura Vélénia. Je n'aime tout simplement pas sa fausse modestie.
- C'est vrai qu'elle se prend parfois pour la Reine de Saba, observa Clayton.
- En parlant de royauté, se rappela soudain Christine, avez-vous lu le journal d'aujourd'hui ? Il parle de...
- Chérie, tu sais bien que la presse raconte tellement de bêtises en ce moment, interrompit son mari de sa voix pondérée.
- Oui, mais il y avait un article particulièrement intéressant sur...
- Était-ce celui sur la bourse ? insista-t-il, voulant à tout prix dévier le sujet de conversation. Je l'ai lu. Et toi, Clayton ?
- Mais Paul ! Tu ne m'as pas laissé finir ma phrase ! protesta Christine. Ce n'est pas de la bourse qu'il s'agit...

- J'ai cherché le journal partout aujourd'hui, mais je ne l'ai pas trouvé, intervint Vélénia.
- C'est bien dommage, car il y avait un article sur les derniers des Romanov.

Vélénia s'étouffa en avalant de travers sa bouchée de tarte au fromage, et Paul adressa à sa femme une moue si réprobatrice, qu'elle en fut réduite au silence. Clayton décida de poursuivre la conversation.

- Je l'ai lu, dit-il d'un ton détaché. Je ne comprends pas que l'on donne de l'importance à cette femme qui se fait passer pour la grande-duchesse depuis deux ans. Il est évident qu'il n'y a eu aucun survivant lors du massacre du tsar et de sa famille.
- De quoi parlez-vous ? réussit à demander Vélénia.

Elle était blême ; son corps glacé la meurtrissait.

- Les rumeurs disent qu'on aurait retrouvé la grande-duchesse Anastasia, expliqua Mark.

Vélénia posa sur Paul un regard lourd d'interrogations et blessé.

- Je ne pense pas qu'on doive y accorder beaucoup d'attention, observa le Russe.
- Pourquoi ? demanda sourdement Vélénia.
- Il y a quatre ans, en 1920, une certaine Franzisca Schanzkowska, traumatisée par une explosion survenue dans l'usine de munitions où elle travaillait, disparaît de l'hôpital où elle a été internée. Après une tentative de suicide, il y a deux ans, elle réapparaît et prétend être Anastasia Nicolaïevna Romanova, sauvée du massacre d'Ekaterinbourg.
- Avoue que c'est assez troublant, renchérit Christine, parce que cette femme ressemble énormément aux portraits d'Anastasia.
- Oui, mais son âge ne correspond pas, objecta Clayton. En plus, elle parle fort bien l'allemand et ne comprend ni l'anglais ni le français, autres caractéristiques qui ne concordent pas avec ce que l'on sait de la grande-duchesse.

- Pourtant cette pauvre femme est vraiment persuadée d'être Anastasia !
- Christine, lorsqu'elle rencontrera les membres de la famille des Romanov, ils comprendront que ce n'est pas elle, déclara catégoriquement Paul.
- Pourquoi ? insista Vélénia.
- Au moment où les corps du massacre d'Ekaterinbourg ont été incinérés, il n'en manquait pas un, dit-il d'un ton lugubre.

Il comprenait bien aux signes apparents de sa détresse que Vélénia faisait des efforts surhumains pour se souvenir d'une scène qu'elle savait avoir vécu, mais qui avait été oblitérée de sa mémoire. D'une expression à peine voilée, il implorait la jeune femme d'abandonner, de ne plus chercher des explications, d'oublier.

Mark avait lui aussi son attention fixée sur le profil de sa femme. Il la trouvait étrangement grave, et eut l'intuition que cet intérêt pour les Romanov avait une raison d'être.

- Je crois que si Anastasia Nicolaïevna avait réellement survécu, déclara-t-elle d'une voix blanche, la seule chose qu'elle n'aurait jamais faite, c'est de révéler son identité, par respect pour les siens...
- Mais Vélénia, la famille et les parents des Romanov ont bien le droit de savoir si elle est vivante !
- Non, Christine. Où étaient-ils tous quand il fallait se battre pour eux et empêcher leur exécution ?

Une pause suivit, interminable.

Paul contemplait douloureusement Vélénia. Il savait exactement ce qu'elle ressentait au fond d'elle, égarée quelque part entre l'amnésie et la rage d'avoir survécu. Christine eut un air embarrassé. Les paroles de Vélénia étaient si tragiques qu'elles ne cadraient pas avec elle.

Mark, quant à lui, guettait le visage de sa femme, pour en déceler toutes les nuances. Sa réflexion l'avait touché, et elle lui parut si transparente qu'il fut tenté de lire en elle. Mais plus il cherchait la réponse, plus il s'égarait. Comme s'il y avait en elle une autre femme, celle que Vélénia cherchait à réprimer, qui avait parlé ce soir et n'avait rien à voir avec la ravissante jeune fille dont il était tombé amoureux en Egypte.

Ainsi, le passé russe de Vélénia dont il ne s'était jamais soucié, était venu ce soir reprendre le visage, le corps, l'âme, le sourire et les yeux de *sa* Vélénia.

Afin de dissiper l'ambiance devenue soudain extrêmement tendue, Paul proposa à son beau-frère et à Clayton de passer au digestif et cigares dans le salon attenant. Vélénia s'excusa confusément, prétextant une immense fatigue. Mark savait que ce n'était qu'une excuse. Elle avait envie de solitude. Son regard clair glaçait et son visage s'était renfermé.
- Bonsoir, Mark, lui dit-elle d'une voix qui n'appartenait pas à la douce Vélénia.

Leurs prunelles se mesurèrent, chacun portant en soi une réserve inexorable et dure comme le rocher. Elle lui tendit sa joue dans un geste qui déconcerta Mark. Il y déposa sans conviction un léger baiser, la laissa disparaître, déçu et de mauvaise humeur.

L'orage commençait à gronder et les éclairs lacéraient avec furie l'insondable nuit. Le cœur de Vélénia chavirait au rythme saccadé du tonnerre. Elle savait qu'elle avait mal agi, et rien que d'y penser, elle était remplie de remords. Mais Mark semblait lui aussi contrarié. Deux colères qui n'avaient pas les mêmes raisons d'être s'affrontaient dans un silence véhément.

L'orage l'effrayait. Dans son enfance, elle fuyait les éclairs en se réfugiant dans les bras de son père ou de sa gouvernante. Tant d'années s'étaient écoulées depuis, apportant bien d'autres orages. Les êtres chers avaient disparu alors que la nature avait poursuivi son perpétuel cycle, fait de renaissances interdites à l'être humain.

Dans sa robe de chambre en soie, elle frissonnait. La foudre tomba avec violence à quelques blocs. La porte de la chambre grinça sur ses gonds.
- Vélénia, que fais-tu dans l'obscurité ? demanda Mark qui venait d'entrer. Je te croyais endormie.

Elle ne répondit pas, se jeta désespérément à son cou.

- Vélénia… murmura-t-il en l'entourant de ses bras.

Il était incapable de résister aux afflictions de son aimée.

- Je… je suis désolée, tellement désolée ! réussit-elle à placer entre deux sanglots. Je ne voulais pas !

Il caressa sa chevelure éparse pour la calmer, puis desserra son étreinte afin de mieux scruter son angoisse à la lueur des éclairs.

- Ne pleure pas, s'il te plaît, supplia-t-il avec patience. Tu es fatiguée. Demain, nous en parlerons, si tu veux.

Mais il n'y avait aucune parole pour répondre au chagrin de Vélénia. Elle saisit sa main et la serra résolument contre son cœur afin qu'il entende ses battements désordonnés. Mark s'émerveilla de tant de pureté, et lorsqu'elle voulut lui parler, il s'empressa d'étouffer les mots sous un baiser passionné. Il voulait goûter sur ses lèvres l'amertume de ses larmes afin de les dissiper à jamais. Faire durer la magie de cet instant, pareil à tous leurs matins de lumière en Egypte.

A moitié engloutie dans la torpeur de ses rêves, Vélénia ouvrit paresseusement ses paupières pour découvrir le visage de Mark penché sur elle, détendu et gai.

- Tu entends les oiseaux chanter ? murmura-t-elle. Autrefois je pensais qu'ils le faisaient pour me réveiller en douceur. Je me trompais…
- Pourquoi ?

Elle fronça ses sourcils pour adopter un air solennel.

- Parce que la nature est indifférente et se moque éperdument de nos soucis ou de nos bonheurs.
- Mais n'est-ce pas la revanche que nous avons sur elle ? Pouvoir ressentir tout intensément…

L'esprit de Vélénia s'emplit de chagrin.

- Mark, il y a quelque chose dont je voudrais te parler. Quelque chose d'important.
- Est-ce au sujet de la conversation d'hier soir ?
- Oui.

Il n'était pas sûr de vouloir savoir.

- Je suppose que parler de ce qui s'est passé en Russie te blesse quelque part. J'ai trop tendance à oublier que

tu as été élevée là-bas... Je t'ai rencontrée en Egypte, et pour moi, tu es indissociable du Caire, du désert, de tout ce que nous y avons partagé.
- Mark, je suis arrivée au Caire quand j'avais dix-sept ans déjà. Avant cela, j'ai vécu à Petrograd et...
- Je le sais... As-tu commis quelque impardonnable erreur durant ces dix-sept années ? la taquina-t-il.
- Ne peux-tu pas donc être sérieux ? protesta-t-elle.
- Non, pas aujourd'hui.
- Qu'y a-t-il de si particulier aujourd'hui ?

Il la serra dans ses bras, l'embrassant.
- Nous sommes le 1er mai 1924. Cela fait exactement six mois que nous sommes mariés... et toute une éternité que je t'aime.

Il lui tendit un paquet soigneusement enveloppé que Vélénia fixa intimidée.
- Allons, ouvre ton cadeau !

Il avait l'air si impatient qu'elle obéit et défit délicatement les rubans puis le papier, et découvrit un large écrin de velours noir. Elle l'ouvrit et son sang se glaça instantanément. Un ras-de-cou de diamants scintillait de mille éclats, entourant une pierre de 14 carats qui portait l'incomparable couleur des couchers de soleil.

Le choc fut profond, la déchira avec une muette violence.

L'Esprit du Crépuscule. Là, entre ses doigts tremblants. Comment était-ce possible ?
- Que... comment ? bredouilla la jeune femme. Je... je ne comprends pas...
- Ce collier est un chef-d'œuvre unique, expliqua fièrement Mark. Tu vois ce diamant rose au centre ? Il a été découvert dans la mine de Kollur dans l'ancien sultanat du Golconda, quelque part en Inde. En Egypte, lorsque j'étais en train de tomber amoureux de toi et que nous admirions les couchers de soleil, je pensais à ce collier qui dort depuis bien des années dans le coffre-fort des McKenna. Ce soir, il a trouvé l'écrin parfait : ton cou.
- Mais... comment... d'où...

- Mon père l'a acheté lors de notre voyage à Saint-Pétersbourg en 1909, lorsque la ville ne s'appelait pas encore Petrograd. C'était l'année de mes dix-huit ans. Nous sommes partis tous les deux en Europe faire une tournée avant que je n'entame mes études à Princeton...

Julian McKenna souhaitait initier son fils au raffinement culturel Européen, le sensibiliser à la beauté d'œuvres d'art éclectiques qui consolideraient leur patrimoine familial ou enrichiraient les collections des divers musées de la Côte Est qu'ils parrainaient. Saint-Pétersbourg fut leur dernière étape.

- Nous y avons connu un comte russe veuf qui souhaitait se défaire de tout ce qui lui rappelait sa femme. L'un de ses ancêtres s'était procuré ce diamant qui était resté brut jusqu'au jour où il décida de le faire monter en un somptueux ras-de-cou par la Maison Cartier de Paris.

Julian McKenna avait instantanément compris la valeur inestimable du bijou et l'avait racheté pour sa propre épouse dans un geste qui perpétuerait son origine romanesque.

- L'achat de ce joyau a une anecdote que je n'oublierai jamais, continua Mark. Le comte en question avait un étrange petit garçon prénommé Len qui a fait irruption dans la galerie où nous nous trouvions, masqué et déguisé en petit corsaire. Tu aurais dû voir comment l'enfant a vaillamment essayé de défendre ce trésor qui le rattachait à sa mère. Son père a dû faire intervenir les domestiques. Jamais je n'ai pu oublier sa détresse. J'ai failli demander à mon père de renoncer à cet achat. J'avais l'impression de dépouiller l'enfant de son bien le plus précieux. Son regard m'a souvent hanté.

Et moi, jamais je n'ai pu oublier le tien...

- C'était donc toi, murmura tout bas Vélénia émue aux larmes.

Ainsi, elle aimait Mark depuis sa tendre enfance, sans le savoir. Par-delà les tourments de l'histoire, le destin s'était acharné à les unir d'une manière bien étrange. Vélénia comprit que le moment était venu de lui révéler l'existence du portrait de sa mère qu'elle gardait secrètement dans son porte-rouleau. Elle devait refermer le cercle en cet instant précis, rétablir la vérité de son identité. Mais quelque chose l'en empêchait, tel un insurmontable maléfice.

- Je dois t'avouer qu'en apprenant la provenance de ce bijou et surtout les larmes du petit corsaire, ma mère n'a jamais souhaité le porter, au grand dam de mon père. Il est donc resté dans le coffre-fort familial et à sa mort, peu après mon divorce, elle me l'a légué, faisant le vœu que je conjurerais ainsi la tristesse qu'elle lui attribuait.

Tellement de sentiments contradictoires blessaient Vélénia en cet instant précis.

- Le plus étrange dans tout cela, c'est le nom que porte ce collier : l'Esprit du Crépuscule. Le même titre que tu as donné à cette aquarelle que tu as peinte de moi lors de notre expédition en Egypte. Cette aquarelle en particulier m'a fait comprendre que j'étais tombé amoureux de toi... N'est-ce pas une extraordinaire coïncidence ?
- Je ne sais que te dire... dit-elle émue.
- Tu n'as rien à dire...

Il la prit dans ses bras avec effusion, l'embrassa tendrement. Il saisit le collier, entraîna Vélénia devant la psyché de leur chambre. Il lui posa amoureusement la parure autour du cou. La jeune femme sentit le poids des diamants contre sa peau, d'abord glacés, durs. Puis le joyau prit graduellement la température de son corps. Sophie de Castellan avait-elle ressenti cette même étrange sensation d'exhiber un somptueux joug ?

Quelques mois plus tôt, Mark lui avait retiré la croix de John pour la jeter dans les eaux du Nil. La chaîne avait représenté la simplicité de sa vie d'alors, son désir de dépouillement, de liberté et d'absolu. Aujourd'hui, il lui offrait une parure à la valeur inestimable, empesée de non-dits, la liant à lui. L'Esprit du Crépuscule donnait un éclat particulier à la beauté de sa jeunesse, mais dans ses feux dardait une profonde blessure intérieure.

- Alors, que voulais-tu me dire au sujet de Petrograd ?

- Cela n'a plus aucune importance, Mark... Je t'assure, ce n'est rien. Je t'aime.
- Et moi, encore plus.

Elle avait été sur le point de lui révéler son nom, mais *l'instant* s'était dissipé. Mark lui susurrait des mots tendres, qu'elle n'écoutait pas vraiment, se laissant bercer par la chaleur de sa voix, écartelée par la dualité de son être et de son passé. Jusque-là, elle avait tant bien que mal réprimé la vérité sur les Romanov et Petrograd, pourtant elle pressentait que l'ombre des Kemsky menaçait de réapparaitre sous l'éclat de diamants maudits.

La jeune femme souhaitait ardemment se confier à Pavel Mikhaïlovitch et trouver en lui une réponse. Il aurait sans aucun doute trouvé les mots pour apaiser ses tourments. Hélas, il était parti avec Christine pour l'Europe et ne reviendrait que d'ici trois mois. Le prince avait-il eu connaissance de l'existence de l'Esprit du Crépuscule parmi les trésors des McKenna ?

D'exceptionnelles chaleurs chargèrent l'atmosphère d'une lourde moiteur début juin. La saison des bals et fêtes débuta avec l'effervescence propre aux Années Folles. Les activités sociales, culturelles et artistiques s'intensifièrent. Le charleston, le *black bottom* et le Lindy déversaient leurs rythmes endiablés ; le whisky et le champagne coulaient à flots malgré la prohibition. Chacun cultivait une furieuse envie d'insouciance à défaut de sérénité et affichait un optimisme à toute épreuve, porté par une économie florissante et une consommation de plus en plus débridée. La frénésie collective défrayait les chroniques mondaines, alimentées de scandales de *flappers* libérées aux cheveux et vêtements courts, et de rumeurs qui soulignaient la libération des mœurs.

A contre-courant des tendances, Vélénia McKenna naviguait entre le faste et les illusions, entre l'engouement et l'hypocrisie, égale à elle-même. Elle avait certes adopté la mode féminine qui lui seyait à merveille, mais avait gardé sa longue chevelure en cascades sur ses épaules menues, se démarquant de la coupe à la garçonne. Elle ne fumait pas, ne se maquillait pas outrageusement, ne cherchait pas le regard des hommes en dehors de celui de Mark. Et pourtant, son nom revenait inlassablement sur les lèvres de tous ; les femmes enviaient son inaltérable et élégante simplicité, les hommes adoraient son caractère gai mais dans la retenue. La presse se faisait régulièrement l'écho de ses tenues de soirée, en particulier lorsqu'elle portait l'Esprit du Crépuscule que tous admiraient. On la rencontrait à toutes les fêtes, main dans la main de Mark qui ne voyait qu'elle. On se l'arrachait. Elle devint reine choyée d'une insensée mascarade où tout n'était que jeu et illusion. Pourtant, Vélénia ne montrait jamais ce qui se cachait sous cette imperturbable et apparente insouciance. Personne ne devinait combien ces manifestations étaient un supplice pour elle, qu'elle acceptait par amour pour Mark. Nul ne se doutait que l'image qu'elle projetait était loin de ce à quoi elle aspirait réellement et que sa parure de diamants lui brûlait la peau et le cœur.

Les soirs où Mark s'absentait à cause d'un voyage d'affaires, elle soupirait d'aise, vite rattrapée par le vide qu'il laissait derrière lui. Cela, personne ne voulait le voir. Qui se souciait de savoir d'où Vélénia tirait sa force et son énergie pour continuer dans une parodie qui ne lui ressemblait pas ?

Vers la fin juin, les McKenna emménagèrent à Newport, et Vélénia s'y plut davantage qu'à Boston ou New York, peut-être parce que la villa plantée au milieu d'un vaste jardin sur l'île d'Aquidneck possédait une taille plus humaine et ne nécessitait la présence que du tiers des domestiques. L'embrun de l'océan dans la baie de Narragansett la rassérénait, la ramenait par la pensée à des rivages lointains, par-delà l'Europe, aux confins de la Méditerranée et aux portes de l'Orient…

Rhode Island n'échappait pas à la frénésie des soirées arrosées par les *wets*, ces opposants acharnés de la prohibition. Pourtant, dans ce bastion des plus riches familles anglo-saxonnes protestantes dont les McKenna faisaient partie, tout était tout aussi extravagant, la seule différence étant que l'on s'y retrouvait en plus petit comité.

- Qui est cette jeune fille là ? demanda une vieille dame aux yeux perçants.
- C'est la seconde femme de Mark McKenna, répliqua sa voisine. Vous savez, Vélénia… J'ai eu l'occasion de faire sa connaissance chez Lynn Astor. Une fille charmante, quelque peu singulière.
- Mmm… elle me paraît bien jeune pour lui. D'où vient-elle ? Quand je pense qu'il aurait pu faire un beau remariage avec ma nièce au lieu d'aller chercher une étrangère ! Mais que voulez-vous, Mark a toujours fait ce qu'il voulait même si c'était contre l'avis de tous. Qu'en dites-vous, John ?

De tels commérages sans fondement se mélangeaient au brouhaha général de la salle de fêtes de la Villa Breakers. L'homme d'un certain âge, qui jusque-là n'avait pas dit un mot, haussa les épaules. Derrière ses lunettes rondes, il observa attentivement la jeune femme objet de toutes les curiosités, s'asseoir à une table. Non loin de là, Mark McKenna était en grande conversation avec un candidat au sénat de l'Etat de New York et cette starlette de Veronica Hawkes qui décidément était de toutes les soirées.

D'un pas que les années s'étaient évertué à rendre plus indolent, le vieillard se dirigea vers la table de la jeune femme. Si Laura était encore en vie, elle lui aurait rendu la soirée certainement moins pénible.

- Cette place est-elle libre ? demanda-t-il.

Il se vit offrir un sourire avenant.

- Bien sûr, je vous en prie, asseyez-vous…

Elle se leva spontanément pour l'aider à s'installer. Il lui tendit sa canne.

- Vous savez, à quatre-vingt-cinq ans, je n'ai plus l'âge de venir à ces soirées. Je suis gâteux et ennuyeux, mais on s'entête à m'inviter… Au fait, je m'appelle John.
- Et moi je suis Vélénia.
- Oui, je suis au courant, dit-il avec un clin d'œil. Je suis ravi de faire enfin la connaissance de celle dont tout le monde parle !

- Je crois que vous me donnez beaucoup plus d'importance que je n'en ai, Monsieur.
- Appelez-moi John, s'il vous plaît. Vous n'allez tout de même pas vous plaindre de l'adulation dont vous êtes l'objet... A votre âge, que pourrait-il y avoir de plus beau ?
- En Amérique, peut-être rien...
- Mon Dieu, c'est vrai... j'avais oublié que Mark vous a ramenée d'une lointaine contrée !
- Vous connaissez Mark ?
- Et comment ! Je suis un vieil ami de la famille McKenna. Son père et moi avons fait quelques affaires ensemble. C'était un type respectable, ce cher Julian. Sans parler d'Emily, une maîtresse femme. J'ai regretté leur disparition trop prématurée... Mais parlons des vivants, voulez-vous ? C'est un sujet bien plus gai ! Racontez-moi d'où vous venez...
- J'ai été élevée à Petrograd, puis ai émigré en Egypte...
- Tiens ? Et pourquoi en Egypte ?
- Mon père était un voyageur infatigable et avant de mourir, il m'avait promis de m'y emmener. Il n'a jamais pu le faire.
- Vous êtes partie à sa recherche en quelque sorte...

Vélénia acquiesça avec grâce.
- J'ai rencontré en Egypte un passé plus ancien que mes racines et j'y suis restée... jusqu'à ce que Mark m'arrache à mes étoiles et à mes vestiges.

Elle décrivit à son voisin de table sa passion pour les monuments du Nil, les trouvailles de Howard Carter, cadencées par les saisons des fouilles archéologiques. Il l'écoutait avec un intérêt non dissimulé, posant de temps à autres quelques questions ou demandant des précisions. Animée soudain par les images d'hier, elle ne s'était pas rendu compte que la table s'était peu à peu remplie.
- Je vois que vous avez déjà fait connaissance, interrompit Mark de sa voix chaleureuse.
- Vélénia était en train de me raconter ses expériences égyptiennes.

- Je suis désolée de m'être laissée emballer. Vous devez me trouver ennuyeuse avec toutes ces momies et pharaons...
- Je doute fort, Vélénia, que tu aies ennuyé Monsieur Rockefeller avec l'Egypte, répliqua Mark en adressant à l'intéressé un clin d'œil.

Elle sentit son cœur s'emballer à la seule mention de ce nom.
- Pardon ? Qui ? bredouilla-t-elle en accrochant sa main à celle de Mark.
- John. Nul n'ignore qu'il est un adepte de la philanthropie et un grand connaisseur de l'Egypte...
- *Tu veux dire John D. Rockefeller ?* lui répéta-t-elle en aparté, le souffle coupé et sans oser se retourner vers son voisin.

Mark comprit qu'elle se sentait tout à coup démunie, fut attendri.
- John, vous n'avez tout de même pas oublié de décliner votre identité complète en vous présentant à Vélénia ?
- C'est à dire que...

Mark éclata de rire.
- Vous êtes un sacré farceur ! Vélénia, permets-moi de te présenter formellement John Davison Rockefeller.

La jeune femme prit sur elle pour faire face au milliardaire et philanthrope le plus célèbre d'Amérique.
- Monsieur Rockefeller vous m'avez induite en erreur... gronda-t-elle.
- Pourquoi donc ma chère Vélénia ? Je suis enchanté par votre culture et votre amour pour l'Egypte. Et appelez-moi John.
- Vous ne m'avez pas dit qui vous étiez...
- Et qu'est-ce que cela aurait changé ? Savez-vous qui je suis réellement ?
- C'est vous qui avez financé la Chicago House, que James Breasted a établie à Louxor comme centre d'opérations de l'Institut Oriental de l'Université de Chicago.

- Certes, c'est une de mes actions... mais cela n'empêche pas que je suis sensible à la passion que suscite l'archéologie surtout chez une personne à votre si jeune âge. Je pensais que les antiquités étaient le privilège de ma génération... Me pardonnerez-vous, Vélénia ?

Il prit un air tellement dépité, qu'elle fut tout de suite touchée.

- Seulement si en échange vous me parlez de vous...

John Davis Rockefeller était né le 8 juillet 1839 à Richford, dans le comté de Tioga, New York, mais il déménagea bientôt à Cleveland où peu à peu il commença à faire fortune. En 1870 il y fonda The Standard Oil Company. A partir de 1896, il décida cependant qu'il était temps de se dédier à autrui. Ainsi, à partir de 1902, sa General Education Board eut pour but d'améliorer l'éducation. En 1913 naissait la Rockefeller Foundation pour promouvoir le bien-être de l'humanité à travers les continents. Il s'était marié à l'âge de vingt-cinq ans avec Laura C. Spelman dont il eut cinq enfants : Bessie, Alice, Alta, Edith, et John D. Jr.

- Laura nous a quittés en 1915, conclut-il... il y a presque dix ans, et depuis je n'aspire qu'au repos. Plus rien n'est pareil sans elle. Quand je vous vois vous et Mark, aussi jeunes, beaux et amoureux, je repense à ma Laura...

Vélénia sentit une telle sympathie pour cet homme sage au crépuscule de la vie, qu'elle en oublia la présence agaçante de Veronica Hawkes à sa table. L'actrice ne cachait pas son goût pour l'argent et le luxe, tenta à plusieurs reprises d'accaparer l'attention de John D. Rockefeller, mais celui-ci lui préféra la délicieuse discrétion de Vélénia McKenna. Veronica ne supportait pas d'être éclipsée par une autre femme, et c'est à partir de ce soir-là probablement que germa en elle un stratagème qui devait se révéler fatal et destructeur dans les mois à venir.

L'été battait son plein et le séjour à Newport fut pour Vélénia un souffle d'air, car Mark laissa les affaires se ralentir, le temps de profiter de quelques vacances auprès d'elle et rien qu'avec elle. Ils se promenaient bras dessus, bras dessous, sur les plages désertes du petit matin, à travers les pelouses et les jardins, sans vraiment se parler, unis dans la contemplation l'un de l'autre. Ils ne pensaient qu'à eux, à la volupté de leurs nuits étoilées. Ils oubliaient que le monde existait ailleurs, en dehors d'eux-mêmes.

Peut-être qu'enfin, le destin accédait à leur accorder un équilibre nouveau, à laisser les cicatrices du passé se refermer avec douceur, effacer les doutes sans plus rien devoir expliquer. Vélénia le saisit un après-midi où Mark avait décidé d'organiser une partie de criquet avec Clayton et des amis communs dans le jardin de la villa. Plutôt que de se prélasser à siroter quelque citronnade en regardant les hommes jouer, elle avait préféré déambuler seule le long des avenues bordées de magnolias, ignorant délibérément le ciel qui se teintait d'encre au-dessus d'elle.

Les nuages finirent par se rompre et déverser une trombe d'eau. La jeune femme devait être à une mille au moins de la villa, calculait-elle, lorsqu'une *Silver Ghost* roula à sa hauteur et s'arrêta. La portière du passager s'ouvrit et Patricia Lowell fit signe à Vélénia de rentrer.

- Vous allez prendre froid ! Allez, rentrez... Je vous ramène à la villa des McKenna !

Inexplicablement intimidée et captivée par la prestance de Patricia, Vélénia obtempéra et monta dans l'automobile. Le chauffeur ferma avec tant d'assurance la portière que la jeune femme en fut secouée et regretta aussitôt d'avoir accepté. Timorée comme une gamine, elle osa à peine rompre le silence.

- C'est très gentil à vous de me ramener...
- C'est bien la moindre des choses, Vélénia. Je n'allais pas vous laisser là sous la pluie, bien que vous soyez déjà trempée... et bien que cela vous mette mal à l'aise que ce soit moi qui vous raccompagne.

Patricia fumait à l'aide d'un porte-cigarette avec nonchalance et un air blasé.

- Je n'aurais pas dû...

- Vélénia, interrompit-elle… J'ai tellement entendu parler de vous, que j'ai été tentée de vous détester tout de suite. Sans parler du fait que vous m'avez pris Mark et repris la vie que je menais auprès de lui.
- Mark était libre lorsque nous nous sommes rencontrés.
- C'est vrai. Mais pour un cœur meurtri comme le mien, il n'y a pas de différence. J'ai perdu tout ce qui comptait pour moi et jamais je ne pourrai le retrouver.

La pluie tombait tapageusement sur la carrosserie.

- Celle-ci sera probablement la seule rencontre en tête-à-tête que vous et moi ayons, et c'est mieux ainsi. La haute société de la Côte Est s'attend à ce que nous nous déchirions à cause de Mark. Jamais ils ne concevraient que vous et moi parlions amicalement comme nous le faisons. C'est pourquoi j'ai longuement hésité à venir passer quelques jours à Newport malgré l'invitation d'un ami.

Patricia étudia d'un œil critique la jeunesse de Vélénia, ce charisme européen qui émanait d'elle. Était-elle vraiment belle ou tout simplement charmante ? Ou plus que cela, puisque Mark l'avait choisie, elle, envers et contre tout.

- Finalement, poursuivit Patricia, je me moque de ce que les autres pensent. Je n'ai jamais vraiment fait partie de leur monde.
- Comment cela ?
- Je suis une fille de Californie, et je ne suis venue ici que lorsque j'ai voulu entreprendre des études à Princeton, un acte révolutionnaire pour une femme dans la société actuelle, mais je n'y ai jamais été acceptée. A défaut de pouvoir faire les études que je souhaitais, mes parents m'ont inscrite dans une *finishing school* pour jeunes filles de bonne famille. J'ai rencontré Mark dans les cercles sociaux que nous fréquentions tous deux à Princeton. Nous nous sommes mariés, et il n'y a plus eu manière pour moi de repartir sur la Côte Ouest...

Vélénia eut conscience de l'absurde situation dans laquelle elle se trouvait. Elle ne trouvait rien à répondre aux évocations de Patricia.
- On vous aime à ce que j'entends, poursuivait celle-ci. Je vois que vous vous êtes habituée à la vie de Boston. Moi, je la détestais. Surtout la vaste et impersonnelle résidence des McKenna.
- Vraiment ?
- Que cela reste secret, Vélénia... désolée de vous décevoir. Mark vous a certainement donné sa version de notre relation, de notre échec. Nous avons été aussi coupables l'un que l'autre.
- Ce qui est arrivé entre vous et Mark ne me concerne pas...
- C'est une réponse sage et intelligente...

L'automobile s'arrêta devant la villa des McKenna.
- Je vous remercie de m'avoir raccompagnée.

Patricia se dérida.
- Cette rencontre doit rester entre vous et moi, Vélénia. C'est pourquoi je me permettrai de vous donner un conseil, en tout bien tout honneur. Ne faites pas la même erreur que moi avec Mark. Ne le perdez pas en vous perdant.

La portière se referma sur l'évidente et nostalgique tristesse de Patricia Lowell, laissant Vélénia pensive. Ainsi, elle non plus ne s'était jamais plu au manoir des McKenna. L'élégance étouffante du décor ne provenait pas d'elle. Il ne restait aucune empreinte, aucune trace d'elle à Boston, simplement un regret qui s'était attardé et que Vélénia avait mal interprété... Cette rencontre inopinée la libéra d'un poids qu'elle eut du mal à identifier. Désormais, elle pouvait retourner à Mark, heureuse, porter leurs enfants et ensemble ils donneraient la vie aux générations futures des McKenna. Tout lui parut soudain aussi simple que cela.

Mark emmena Vélénia à Washington D.C. le 4 juillet 1924, pour fêter le cent quarante-huitième anniversaire de l'Indépendance des Etats-Unis d'Amérique, en compagnie de relations qu'il avait au Sénat. Bien qu'il ne fût pas particulièrement intéressé par une carrière politique malgré les aspirations de son père pour lui, Mark était très bien introduit dans ce milieu et côtoyait également les plus éminents diplomates de la Capitale Fédérale.

Le couple assista à l'une de ces remarquables réceptions qui réveillent l'éclat des salles de fêtes, la nuit, au son d'un orchestre et à la lueur de feux d'artifice. La lumière fusait des grands lustres de cristal et projetait des arcs-en-ciel sur les miroirs. Les femmes se mouvaient fièrement, parées de leurs plus beaux atours, adressant un air de commisération à celles dont la toilette leur paraissait moins éblouissante. Les hommes admiraient ouvertement leurs compagnes et leur offraient leur bras avec une politesse quelque peu surannée en ces temps où la femme cherchait à se libérer. Des couples superficiels et magnifiques dominaient la vie sociale du milieu diplomatique : ils *étaient* la fine fleur, porteurs d'une parcelle du rêve américain embryonnaire dont ils étaient tous si fiers.

Vélénia considérait avec attention leurs moindres gestes. Ils étaient tellement sûrs d'eux-mêmes et de leur splendeur, néanmoins différaient de la société mondaine de la Côte Est où l'on n'évoquait pas des sujets aussi internationaux et sérieux qu'à la capitale fédérale. Un tel connaissait l'Extrême-Orient, son voisin évoquait l'Europe, alors qu'un autre parlait de ses plantations de café au Brésil. Mark évoluait avec aisance parmi eux, parce qu'il savait naviguer entre deux mondes, celui mondain de Boston et de New York, et celui brillant de Washington D.C. Il était extrêmement cultivé sans jamais en faire étalage, avait toujours un mot aimable, restait maître de la conversation.

L'héritier des McKenna et sa ravissante jeune femme allaient d'une connaissance à une autre, échangeant quelques mots avec ambassadeurs, hauts dignitaires, juges. Tous connaissaient Mark et ne manquaient pas d'exprimer leur estime pour lui ; ils adressaient des compliments fort bien tournés à Vélénia, en particulier pour l'Esprit du Crépuscule que Marc avait tenu à lui faire porter ce soir-là.

Les célébrations débutèrent par un banquet regorgeant des victuailles les plus fines et délicates, des spécialités des quatre coins des Etats-Unis auxquelles Vélénia n'avait jamais goûté, car à Boston, à New York et à Newport, on prisait par-dessus tout ce qui venait d'Europe. Le dîner fut précédé d'un récital de piano arrosé de savoureux vins de Californie, autre entorse à la prohibition qui sévissait uniquement pour les citoyens de seconde zone, semblait-il.

Grisée de se retrouver dans une ambiance aussi agréable, épanouie, Vélénia n'écoutait que les paroles que Mark lui murmurait au creux de l'oreille et se laissait emplir de leur douceur. A la fin d'une valse, ils s'étaient assis, il lui avait pris la main et la pressait dans la chaleur de la sienne. Ils étaient absorbés par leur bonheur et ne prêtèrent guère attention au reste du monde.

- Mark, quel plaisir de vous retrouver ! s'exclama une voix grave chargée d'un lourd accent étranger.

L'homme en question avait une forte carrure, un air jovial et une moustache fournie qui le rendait avenant. Mark se leva pour le saluer chaleureusement. Vélénia leva la tête, et son visage lui parut vaguement familier. Depuis son arrivée aux Etats-Unis, elle rencontrait tellement de personnes qu'il lui était parfois difficile de remettre un visage.

- Vassily, comment allez-vous ? Permettez-moi de vous présenter ma femme, Vélénia. Vel, je te présente Vassily Davidoff.

Celui-ci la scruta attentivement, alors qu'elle lui adressait un « enchantée » enveloppé d'un sourire poli. Il dissimulait mal la curiosité qu'elle lui inspirait, comme s'il attendait une réaction de sa part.

- Vassily est une éminence en matière culturelle et artistique, poursuivit Mark. C'est un ami proche de Serguei Rachmaninov qui a malheureusement décliné notre invitation à devenir chef d'orchestre de Boston, sans quoi, nous y aurions de brillants concerts !
- Ce n'est pas faute d'avoir essayé de le convaincre ! Cette dernière année a été chargée pour lui, avec soixante et onze représentations en cinq mois en

Europe. Il a même équipé un wagon de train avec un piano pour pouvoir gagner du temps.

Les deux hommes rirent de l'incongrue anecdote.
- Mark m'a beaucoup parlé de vous. Il semblerait que nous ayons quelque chose en commun…

Vélénia fut prise au dépourvu.
- Vraiment ? Et qu'est-ce donc ?
- Vous avez tous deux habité Saint-Pétersbourg, rajouta Mark.

Son sang se glaça.
- … sauf que pour ma part, j'ai quitté la Russie un peu plus tard que vous, Madame, je crois. C'était avec Wrangel, le commandant en chef des Armées blanches durant la guerre civile en novembre 1920.

Vélénia rentrait sur un terrain glissant et un vent de panique la saisit. Avait-elle connu cet homme autrefois à Saint-Pétersbourg ? Son regard franc et insistant le confirmait, mais elle ne remettait pas son visage. La reconnaissait-il alors qu'elle avait quitté la Russie au crépuscule de l'adolescence ? La reconnaissait-il dans la femme qu'elle était devenue ?
- Vassily est un grand ami de Paul, intervint Mark, comprenant que Vélénia ne désirait pas toucher le thème.
- Où est-il en ce moment ? Et comment va votre charmante sœur ? s'enquit Vassily.

Au grand soulagement de la jeune femme, la conversation se dévia sur des thèmes plus mondains. Elle saisit l'occasion pour prendre congé, prétextant qu'elle avait besoin de se rafraîchir. Les tempes endolories, elle demanda le boudoir et y demeura un bon moment avant de reprendre ses esprits. Elle s'en voulait pour sa lâcheté et le demi-mensonge sur son passé. Pavel Mikhaïlovitch l'avait plus d'une fois suppliée de s'ouvrir à Mark au sujet de son passé russe, et à chaque fois, elle repoussait l'échéance, pensant qu'elle pouvait procrastiner indéfiniment et impunément.

Elle avait retrouvé son calme, lorsqu'elle traversa la salle de bal pour rejoindre Mark. Le Russe était encore à ses côtés, en grande conversation, mais un troisième homme s'était joint

à eux. Grand et maigre, il possédait des traits anguleux qui avaient perdu de leur superbe, et une expression fort désagréable. Avant que Mark ou Vassily n'aient eu le temps de le présenter, l'inconnu se fendit d'un rictus mauvais.
- Cela fait longtemps que je cherche à vous rencontrer, *Madame McKenna*. Mais vous êtes fort bien entourée et protégée à ce que je vois.

Cet homme-là possédait un fort accent français et massacrait l'anglais sans complexe. Vélénia mit du temps à le reconnaître, car il était complètement sorti de sa vie. Mark posa son bras sur le dos de son épouse.
- Pardonnez-moi, est-ce que vous connaissez mon épouse ? demanda-t-il, étonné par le manque de tact de l'inconnu.
- Simon, baron de Mercœur. Monsieur Davidoff, vous qui portez haut les couleurs de la culture et honorez vos origines russes, vous savez aussi bien que moi que de nombreux vols du patrimoine ont été commis au nom de la Révolution !
- Expliquez-vous, exigea Marc. Il me semble que vous faites preuve d'indélicatesse envers ma femme.
- Je parle de cette somptueuse parure volée que porte Madame.

Les yeux gris se posèrent indécemment sur la parure de Vélénia. En la fraction d'une seconde, il n'exista plus que ces deux billes qui la transperçaient glacialement et impitoyablement. Vélénia fronça les sourcils. Le cauchemar la rattrapait.
- Je vous demande de retirer votre accusation injustifiée, exigea Mark.

Il ignora délibérément la remarque, se rapprochant dangereusement de Vélénia, faisant danser son doigt devant elle d'un air menaçant.
- Cette parure ne vous appartient pas, Madame McKenna ! invectiva-t-il.

Mark se plaça devant Vélénia afin de la protéger, mais le français continuait de vitupérer contre elle.

- Elle appartient à ma famille ! Ma tante, Sophie de Castellan à qui cette parure fut offerte lors de ses fiançailles, est regrettablement et prématurément décédée, ainsi que son époux, donc ces diamants nous reviennent de droit ! J'ai le regret de vous informer, Monsieur McKenna, que vous vous êtes illégalement procuré ce collier !

Il parlait fort tout en perdant son sang-froid, le visage vultueux. Les autres convives commençaient à s'agglutiner en curieux. Dans la confuse pléthore qu'il déblatérait, il menaçait de faire appel à la police et à toutes ses relations haut-placées pour réparer l'injure. Vassily Davidoff tenta de le calmer à maintes reprises. Vélénia restait tétanisée en entendant l'individu qu'elle avait cru ne jamais revoir de sa vie mentionner sa famille maternelle, sentait l'étau se resserrer. Sur ces entrefaites, un homme chargé de la sécurité flanqué de deux agents arriva pour intervenir et s'interposa entre l'individu et les McKenna.

- Peut-on savoir ce qui se passe ? demanda-t-il sévèrement.
- Il s'agit d'une lamentable erreur, Monsieur l'Agent, commença Mark. Cet homme s'en prend à mon épouse et...

Vassily Davidoff lui saisit amicalement le bras et lui fit signe de ne point poursuivre.

- Nous sommes disposés à vous expliquer tout, Monsieur l'Agent, déclara-t-il, mais la discrétion est de mise, si vous voyez ce que je veux dire.

L'agent demanda à ses sbires de disperser les curieux.

- C'est cela ! Eloignez les témoins ! s'emporta Simon de Mercœur. J'irai jusqu'au bout de cette affaire, et le scandale éclatera, je m'en porte garant ! Il est hors de question que ce patrimoine français reste entre les mains d'américains ! Savez-vous qui est votre femme en réalité, Monsieur McKenna ? Une soubrette, une moins que rien ! Je vous parie que seul ce collier, dont ma famille lui a fait part de l'existence, l'intéresse et qu'un jour ou l'autre elle disparaîtra l'emportant avec elle !

Altéré, il redéballa en détail ses accusations. A bout de souffle, il s'interrompit soudainement, rouge d'une colère mal contenue. Vélénia était extrêmement nerveuse et agitée.

- Qu'avez-vous à répondre à cela, Monsieur McKenna ?
- Tout d'abord je vous prie de ne point insulter mon épouse que vous ne connaissez pas. De plus, ce collier a été acquis en tout bien tout honneur par mon père en 1906 à Saint-Pétersbourg. Je puis mettre à votre disposition tous les papiers qui ont été signés à cette date-là.
- Mensonges ! Il n'avait pas le droit de le vendre ! Il appartient, j'insiste, à ma famille !

Vassily Davidoff considéra la pâle Vélénia qui ne prononçait pas un mot et s'accrochait désespérément à son mari.

- En tant que représentant de la communauté exilée russe, je peux vous assurer, Officier, que ce collier est entre de légitimes mains.
- Mensonges ! ragea le français. Et je peux le prouver !
- Si vous me permettez de rétablir la vérité, je vous en serais reconnaissant, insista fermement Vassily. L'Esprit du Crépuscule a certes été offert par le comte Kemsky à Sophie de Castellan lors de leurs fiançailles. Vous ignorez cependant que le comte et la comtesse ont eu de la descendance, Monsieur de Mercœur.
- Ils ont tous disparus lors de la révolution des bolchéviques ! Il ne reste plus de Kemsky, vous le savez aussi bien que moi ! Donc, j'insiste, ce collier revient de droit à ma mère, dernière survivante de la famille de Castellan.
- Je crains que vous ne fassiez erreur…

Davidoff se tourna vers Vélénia, avec une expression navrée.

- … n'est-ce pas, *comtesse* ?
- Comment ça, comtesse ? s'offusqua Simon de Mercœur.

La main de Mark lâcha cruellement la sienne, et elle ne songea même pas à guetter ses réactions.
- Pourquoi t'a-t-il appelée comtesse ? glissa Mark à son oreille avec une tranquillité qui ne présageait rien de bon.

Vélénia saisit l'erreur qu'elle avait commise le jour où elle était partie de Kiev, où elle avait voulu bannir le nom des Kemsky pour oublier.

Livrée face à Mark et à l'inévitable explication qui devrait s'ensuivre, Vélénia fut prise d'un accès de panique. Elle savait combien Mark était irrité par l'incident et le mensonge qu'il entrevoyait. Elle le devinait à son silence et à ses yeux qui la sondaient impitoyablement, exigeants, qui la réduisaient de leur seul éclat à une vulnérable petite chose. Elle se savait méprisable pour les omissions sur lesquelles elle avait cru bâtir une nouvelle vie.

La jeune femme fut si troublée qu'elle entendit vaguement le brouhaha de la foule. La frayeur tambourinait contre les tympans de ses oreilles et l'éloignait du bruit confus qui s'élevait de la salle. Les cristaux de lustres dardaient des boules de feu colorées et mille constellations tourbillonnaient autour d'elle au rythme ensorcelé de la musique.

Mark lui parlait, mais elle ne comprenait pas. Son visage chargé de reproches quelques minutes auparavant avait fait place à l'inquiétude. Pourquoi agissait-il ainsi, les bras tendus dans une longue attente ? Que voulaient tous ces gens qui s'affairaient autour d'elle, lentement, comme si le temps freinait tous leurs gestes ?

Sa dernière pensée consciente fut un vœu. Celui de mourir là, en cet instant précis. Oublier sa vie d'avant en Russie dont seul Pavel Mikhaïlovitch était le gardien. Oublier sa vie d'avant en France que Simon de Mercœur venait de faire éclater au grand jour. Oublier que l'Esprit du Crépuscule était entaché d'un diamant de sang.

Quatrième Partie
Anonyme dans l'histoire

Décembre 1918 à février 1920

*« Informe-toi chez ceux qui nous ont précédés
et retiens bien l'expérience de leurs ancêtres.
Nous sommes nés d'hier, et nous ne savons rien ;
notre vie sur la terre est une ombre qui passe »
Job 8,8*

Vélénia atteignit Paris le 14 décembre 1918. C'était un samedi matin radieux, à la température exceptionnellement douce, et jour de fête dans la capitale française car Woodrow Wilson arrivait. Très populaire auprès de l'opinion publique française grâce à sa réputation d'humanité, de générosité et de bienveillance, il était le premier président américain en exercice à fouler le sol européen. Tandis que la Russie s'enlisait dans la tourmente révolutionnaire, la France tentait d'enfanter la paix. Le contraste entre les deux pays était saisissant, presque cruel, et la jeune fille se retrouva partagée entre ses deux origines inconciliables.

Elle admira la taille exceptionnelle et la silhouette élégante de la Tour Eiffel qui avait fait couler tant d'encre depuis sa construction pour l'Exposition Universelle de Paris en 1889. Depuis le Champ-de-Mars, la tour de fer puddlé réduisait à l'humilité tous les monuments historiques de Paris. Dans une autre vie, Anastasia Nicolaïevna et elle auraient commencé leur tour d'Europe par une visite à la structure humaine la plus élevée de la Terre. Mais ces projets d'enfance avaient tragiquement pris fin une sombre nuit au milieu de l'été dans l'Oural. Si loin de ce moment.

Son cœur se serra, submergé de regrets. Elle se hâta de chasser ses peines en se mêlant un peu plus loin à la foule bigarrée et enjouée qui formait une impressionnante haie d'honneur pour Woodrow Wilson. Gens ordinaires, anonymes de l'histoire, enfants au comble de l'excitation, tous contribuaient à la vive et palpable émotion collective. Vélénia se laissa volontiers envelopper par ce grand moment de communion dans la victoire et la paix et tenta de ressentir la *part de France* en elle. Le cortège présidentiel passa par l'Étoile et elle capta en l'espace d'une brève seconde le président au faciès bienveillant qui détonnait dans l'austère sphère politique de ce début de siècle. Le cortège descendit les Champs-Elysées et tourna au loin pour traverser la Seine par le pont Alexandre III – encore un rappel des liens privilégiés qui avaient uni les tsars à cette ville, bien avant la débâcle.

Un souffle d'espoir balayait la France après les horreurs de la Grande Guerre. Sa présence *ici et maintenant* à Paris était, Vélénia en était persuadée, un heureux présage pour elle dans sa patrie maternelle, sa seconde patrie. Au seuil de la paix nouvelle, elle vibrait au mélange de craintes et d'espérances du peuple français qui voulait croire au renouveau du monde. Elle s'identifia pleinement à ces hommes et ces femmes inconnus et porterait perpétuellement en elle le souvenir ému de cette journée unique à Paris… Car elle ne faisait que passer. Sa destination finale se trouvait plus au sud, là où reposait sa mère.

A la demande de Vélénia, Pavel Mikhaïlovitch avait obtenu pour elle une place d'institutrice à Biarritz auprès d'une famille britannique expatriée depuis l'armistice, et qui souhaitait instruire leur fille unique sur la langue et les manières de la France. Vélénia avait refusé catégoriquement de faire savoir au de Castellan qu'elle était vivante, en accord avec la position qu'avait maintenue le comte Kemsky vis-à-vis de sa belle-famille. Tout ce qu'elle désirait par-dessus tout, c'était voir la tombe de sa mère. Cela lui permettrait en quelque sorte de comprendre l'absence de celle qui lui avait donné la vie et de conclure un chapitre inachevé de son enfance. Par la suite, avait-elle promis à Pavel, elle le rejoindrait à Londres et accepterait son aide pour émigrer en Amérique. C'était tout du moins ce qu'elle avait laissé sous-entendre. Car, même si le prince avait élégamment accédé à rompre leur engagement et à lui rendre sa liberté, il serait toujours un insupportable lien avec un passé qu'elle désirait ardemment laisser derrière elle. Sa propre ingratitude la tourmentait, mais entretenir des souvenirs maudits était au-dessus de ses forces.

Pavel avait certes dû penser que Biarritz était une nouvelle lubie de sa part, pourtant il avait cédé une fois de plus. Après tout, Vélénia n'en était plus à un caprice près, apanage de sa jeunesse et inexpérience de la vie.

La fille de Sophie de Castellan arriva en toute discrétion à Biarritz aux veilles de Noël 1918 chez les Gelbero. Elle ressemblait si peu à celle qui avait grandi dans les ors du Palais Kemsky, à l'ombre de la cour impériale russe. Ses cheveux bouclés coupés à la garçonne et les lunettes rondes qu'elle avait chaussées pour mieux se dissimuler n'entamaient en rien son port, mais la rendaient banale et méconnaissable pour quiconque l'avait connue *avant*. De plus, elle s'était recomposé un nom d'emprunt et un personnage pour parachever la métamorphose : Lénia Anders, anglaise d'origine modeste. C'était une condition temporaire mais une nécessaire précaution pour passer inaperçue dans une ville fréquentée par les Russes Blancs qui avaient eux aussi fui la révolution.

Sur le quai de la gare, Vélénia s'offrit aux rayons d'un soleil qui faisait fondre toute trace de l'hiver russe et marquait sa discrète renaissance. Dans la station balnéaire, la guerre avait figé la *vie normale* pendant cinq années. Tout y avait été bouleversé par la mobilisation ; même loin des combats, Biarritz avait eu sa part de guerre et ses plaies continuaient d'être visibles et palpables. Peu importait, car quelque part dans cette cité de l'océan entre rochers et sables, jadis habitée par d'humbles pêcheurs de baleines, se trouvait la moitié des origines de Vélénia, et après les terribles pertes subies, c'était un sentiment réconfortant.

La famille Gelbero habitait une demeure cossue en face du Casino Bellevue mis à disposition de l'armée pour être transformé en hôpital temporaire pendant la guerre. On assigna à Vélénia une chambrette au cinquième étage, sous des combles à la taille si exiguë qu'elle contenait à peine un lit étroit, une armoire et un simple bureau de bois vermoulu devant une fenêtre dont la vue s'étendait au-dessus des toits et la coupole du Casino, sur le Golfe de Gascogne. Cette vue dont ne jouissaient pas les étages inférieurs considérés nobles, donna à sa chambre une dimension privilégiée. En effet, tôt le matin, avant de descendre à l'étage instruire *Miss* Victoria Gelbero, Vélénia observait l'horizon se teinter des lueurs naissantes de l'aube. Et lorsqu'elle y revenait en fin d'après-midi, le coucher du soleil avait quelque chose de rassurant et de lénifiant. Le temps que dura son séjour à Biarritz, Vélénia eut sans arrêt l'obscure conscience qu'à l'autre bout de cet océan, se trouvait l'Amérique. Le jour viendrait où elle atteindrait fatalement ses rivages.

Pavel Mikhaïlovitch entretenait avec celle qui n'était plus sa fiancée une correspondance assidue... et à vrai dire, à sens unique. Il lui adressait parfois deux ou trois lettres avant qu'elle ne daigne lui répondre des banalités aux questions qu'il posait. Toujours respectueux d'elle, et dans une retenue polie, il se faisait un point d'honneur de lui adresser les comptes du peu de biens appartenant au comte Kemsky qu'il avait réussi à faire expatrier en Angleterre, et que gérait son homme de confiance Edward Hughes... des comptes dont Vélénia se souciait fort peu, et qu'elle ne lisait jamais.

Elle trouvait dommage que les conventions interdisent dans une correspondance autre chose que des formules apprises et des phrases parfois vides de sens. Si sa nature sensible ressentait et magnifiait tout, elle restait enfermée dans ses mots, incapable de les coucher sur du papier ou de les exprimer à voix haute. Si elle avait eu le choix, elle aurait peint pour Pavel des aquarelles ou envoyé des dessins, car c'était le seul langage dont elle était capable. Elle dessinait et peignait dès qu'elle avait un tant soit peu de temps pour elle, et développait un réel talent pour reproduire d'un coup de fusain ou de pinceau ce qu'elle percevait autour d'elle. Lorsqu'elle en avait le loisir, Vélénia se rendait en solitaire au Rocher de la Vierge, entre le Port Vieux et le Port des Pêcheurs pour y peindre la réminiscence des baleiniers disparus. Ses aquarelles du rocher du Basta, entre la Grande Plage et le Vieux Port, représentaient avec justesse le petit pont de tablier de chêne et sa passerelle métallique totalement oxydée par le temps. Le phare de la Pointe Saint-Martin sur l'escarpement rocheux dominant la ville au nord l'inspirait particulièrement. Elle visitait et vivait Biarritz à travers ses peintures, mais cela restait un secret qui creusait davantage l'écart qu'elle cultivait entre elle et les autres.

Hormis le tableau de sa mère qu'elle avait gardé sur elle sans jamais le dérouler depuis sa fuite de Saint-Pétersbourg, elle ne voulait rien qui puisse lui rappeler sa fortune passée. Les bijoux qu'elle avait cousus dans la doublure de ses vêtements avaient tous été vendus – à une exception près – pour pouvoir financer ses frais courants et son voyage jusqu'au Pays Basque. Désormais, elle ne pourrait subvenir à ses besoins qu'avec les maigres revenus que lui dispensaient les Gelbero, mais elle s'en contentait.

Pavel l'informa que son ancienne gouvernante Lily avait réussi à parvenir jusqu'à Londres où elle avait épousé un ami d'enfance avant d'émigrer en Australie. Lui-même projetait de partir pour l'Amérique en septembre rejoindre un nouvel ami avec lequel il avait l'intention de rentrer en affaires sur la Côte Est. Une fois de plus, il proposa à Vélénia de l'aider à émigrer et se réinventer une vie à sa mesure. Elle promit qu'elle regagnerait la capitale britannique bientôt, puisque tel était son destin d'exilée, mais remettait invariablement à plus tard l'échéance. Le brassage de nationalités à Biarritz l'exposait à être un jour peut-être reconnue et démasquée, ce qui faisait qu'à terme, elle quitterait définitivement la France.

En réalité, la jeune fille se plaisait beaucoup plus qu'elle ne s'y était attendue à Biarritz. La douceur du climat ainsi que l'éclat des journées et la tranquillité de la station balnéaire y étaient pour beaucoup. Elle dispensait des cours de français et de musique à *Miss* Victoria, élève assez fade et peu studieuse qui ne pensait qu'à faire un beau mariage. *Mrs* Gelbero s'œuvrait à nourrir ce penchant en rendant sa fille aussi coquette que malléable pour être façonnée à l'image de son futur époux. Vélénia ne ressentait aucun attachement pour son élève ni ses employeurs, ce qui faciliterait les choses le jour où elle déciderait de repartir. L'adolescente passait ses leçons avec Vélénia à massacrer niaisement autant le français que les partitions musicales, à préférer colporter les ragots mondains qu'elle glanait au gré de ses nombreuses sorties et des thés auxquels elle était conviée.

Dès son premier jour de congé, Vélénia avait eu une cruelle déception en se rendant au cimetière de Biarritz, car aucune tombe ne portait le nom de Sophie de Castellan, comme si sa mère n'avait jamais existé, ou tout simplement disparu de la mémoire des siens. Le gardien du cimetière lui indiqua qu'il avait effectivement entendu parler du drame qui avait frappé cette grande famille biarrote plus de dix ans auparavant. D'après ce qu'il avait ouï dire, les de Castellan avaient choisi, pour des raisons obscures, d'enterrer leur fille dans les jardins de sa demeure familiale. Cela compliquait la quête de Vélénia et l'obligerait sans doute à faire ce qu'elle avait voulu éviter à tout prix : prendre contact avec sa famille maternelle.

Pourtant, ce fut grâce à la primesautière vanité et ambition de son élève, que Vélénia eut une lueur d'espoir inattendue. En effet, par son truchement, elle apprit que la sœur aînée de Sophie de Castellan cherchait à marier son premier-né. Ainsi, sa tante maternelle avait fini par se consoler de ses fiançailles frustrées en épousant un baron du Gévaudan auquel elle avait donné trois enfants, le premier et seul garçon étant Simon de Mercœur, de quelques mois son aîné. Ce cousin germain que Vélénia se découvrait émoustillait toutes les jeunes filles de bonne famille en âge de se marier depuis Biarritz jusqu'à Bayonne. Quand bien même le destin la mit sur le chemin de ceux de son propre sang, Vélénia ne ressentait absolument rien. Après l'incommensurable perte de ses parents, la brutale séparation d'Anastasia Nicolaïevna et les affres de la Révolution Russe, plus rien ne pouvait l'atteindre. Ses sentiments avaient été complètement anesthésiés. Depuis de longs mois, elle n'avait pas versé une seule larme, refusant de s'apitoyer sur son sort. Elle devait sa résilience à ses parents et à tous les disparus qu'elle portait en elle mais dont elle ne prononçait jamais le nom.

Cela faisait à peine deux mois qu'elle se trouvait à Biarritz lorsqu'elle fit, malgré elle, la connaissance de la famille de Castellan. L'année 1919 était née depuis quelques semaines et Amélie de Castellan, mieux connue sous le nom de baronne de Mercœur, profita du redoux dans un hiver particulièrement vif, pour organiser dans son jardin d'hiver un déjeuner à l'occasion du dix-huitième anniversaire de son fils. Elle convia les jeunes générations du *gratin* français et étranger de la station balnéaire. Fort heureusement, Victoria figurait sur la liste des invités triés sur le volet, mais vu son jeune âge, il était impensable qu'elle se passe d'un chaperon. *Mrs* Gelbero étant souffrante d'une mauvaise grippe, ce fut Vélénia qui fut désignée d'office par les parents, une aubaine inespérée qui l'aida à supporter les exaspérants élans de la gamine anglaise. Celle-ci ne cessa de piailler et de sautiller sur place comme l'enfant gâtée qu'elle était pendant toute la semaine qui précéda l'évènement, tant et si bien que ses leçons de français et de musique stagnaient lamentablement.

Le jour venu, Vélénia rassembla tout son courage pour se composer un rôle digne d'un chaperon, même si elle-même n'avait pas l'âge requis pour accompagner sa jeune élève. En effet, loin d'avoir atteint la majorité d'âge, elle se garda bien de détromper ses employeurs. Ceux-ci avaient pris pour acquis qu'elle était dans sa vingtaine, ce qui au fond leur convenait. *Mister* Gelbero s'occupait fort peu de sa coquette et exaspérante progéniture, laissant le soin de son éducation à sa femme, s'empressant d'accepter toute invitation qui pût la lancer dans le gotha, comme s'il avait lui aussi hâte de la marier.

Une cinquantaine de jeunes gens avaient été conviés, flanqués de leurs parents ou chaperons. Les jeunes hommes fort élégants dans des costumes sombres et étriqués, jaugeaient les jeunes filles en pâmoison, sous la sévère vigilance de leurs aînés. Les mères aux formes pulpeuses qui retenaient encore les années 1900, guettaient leurs filles aux cheveux courts, corps sportif et androgyne bravant les canons de beauté. Les générations plus âgées couvaient du regard leurs enfants afin de guetter le moindre espoir d'union, la moindre trace d'étincelle qui scellerait une alliance. Vélénia fut amusée par le spectacle et saisit qu'autour du monde et tout au long de l'histoire, toute mère n'avait qu'un but suprême pour sa fille : le mariage. Si Sophie de Castellan avait vécu suffisamment, aurait-elle ainsi surprotégé et projeté sa fille dans un destin unique de fiancée, épouse et mère ? Cette pensée l'accaparait lorsqu'elle pénétra dans le riche décor du château de Castellan, suivant une Victoria surexcitée et ridiculement bavarde. D'un ton aigu, elle parlait sur tout et sur rien pour surmonter sa nigaude nervosité. Bien que discrète et gardant sa distance derrière la jeune anglaise, le regard de Vélénia rencontra celui, froid et autoritaire, de la maîtresse de maison qui accueillait ses invités.

Amélie de Castellan. Rien que de penser à ce patronyme éveilla en Vélénia des sentiments contrastés. Comme un décalage confidentiel entre celle qu'elle aurait dû devenir et celle qu'elle était devenue.

Amélie avait dû être fort jolie autrefois, mais un rictus amer de déception plissait sa bouche fine vers le bas et des rides de lassitude griffaient ses yeux dénués d'humanité. Sa chevelure parsemée de quelques mèches blanches était ramassée en un chignon élégant mais rigide et vieillot. A quel moment s'était-elle perdue ? A ses côtés, traits fins et racés, le port altier et arrogant de ceux qui se savent bien nés, Simon ressemblait trait pour trait à une peinture de Botticelli. Il possédait un je-ne-sais-quoi de connu, peut-être un air de famille qui rappelait vaguement Sophie de Castellan... Hélas, si son apparence était plaisante, il cachait mal une capricieuse impatience et adressait ses salutations d'un air blasé et pincé, concédant occasionnellement un distant baise-main aux jeunes filles qui lui étaient présentées.

Vélénia évita de dévisager sa tante et son cousin afin de ne pas se laisser perturber. Sa présence ici n'avait qu'un seul objectif, et les membres vivants de sa famille n'en faisaient pas partie. Un rapide coup d'œil lui confirma ce qu'elle avait craint et soutenu au prince : les de Castellan se consumaient dans l'apparence et l'extravagance, héritiers d'un monde dont ils ne devinaient pas qu'il s'abimait dans les vents de modernité.

Profitant de ce que Victoria retrouvait plusieurs de ses amies et connaissances pour babiller en attendant d'être remarquées par l'hôte, Vélénia s'éclipsa discrètement du jardin d'hiver bondé et sortit. Dans le parc de la demeure de Castellan, les vieux arbres restaient figés dans leur sommeil hivernal, inconscients du printemps à venir. Ce jour-là, le fond de l'air qui avait caressé les sommets enneigés des Pyrénées, ignorait la douceur que procurait d'habitude l'océan. La jeune fille emprunta l'allée principale, respirant l'air à pleins poumons, promenant ses prunelles sur la végétation du parc au tracé géométrique impeccable. De forme rectangulaire, il était bordé d'arbres monumentaux, pins de Monterrey et bouleaux de l'Himalaya qui accompagnaient le promeneur vers une terrasse tout au fond, donnant sur le Golfe de Gascogne. Devant l'austère perfection du parc qui ne laissait rien au hasard, Vélénia se rendit compte qu'elle avait été induite en erreur. Nul ne songerait à placer une tombe dans un décor aussi solennel. Où donc errait l'esprit de Sophie de Castellan ? Courait-il amoureusement et librement mêlé à celui d'Andreï Sergueïevitch Kemsky, quelque part hors d'*ici et maintenant* ? Sa quête parut à Vélénia soudain dérisoire. Elle contempla l'horizon de l'Atlantique, cet océan qui l'appelait inéluctablement vers son exil définitif, l'Amérique. Elle se dirigea d'un pas lent et las vers la balustrade de la terrasse.

La brise océane se levait et jouait avec les courtes boucles de la jeune fille. Elle ôta les lunettes rondes qu'elle portait pour mieux s'effacer. A quoi bon prétendre ? Le regard de sa tante et de son cousin l'avaient traversée sans la reconnaître. Trop absorbés par leur propre égoïsme, même ceux de son propre sang ne la reconnaissaient pas. L'enfant de Sophie de Castellan était bel et bien anonyme, invisible. Nul ne l'attendait nulle part.

Un jardinet en contrebas de la terrasse attira son attention. Il était bien moins entretenu que le parc et rempli de tamaris à l'état sauvage. La petite taille des arbres les rendait insignifiants par rapport à ceux qui dominaient le parc, mais leurs troncs tortueux, parfois divisés, offerts aux vents et aux embruns, avaient quelque chose d'étrangement humain. Leur feuillage était diffus, presque plumeux. C'est là qu'elle distingua le monument funéraire, à l'ombre des tamaris.

Le cœur empli d'un fol espoir, elle dévala un escalier antique de pierre que du lierre tentait d'engloutir, pour accéder au jardin secret. Arrivée auprès de la tombe, elle se figea sur place, incapable de bouger. La semelle et le soubassement étaient en granit gris clair, alors que le socle et la stèle ainsi que la tombale étaient faites en marbre rose pâle, similaire à celui des chapiteaux et festons du palais Kemsky. Les yeux troublés par les larmes, elle déchiffra l'épitaphe dorée de la stèle, la caressant du bout de ses doigts tremblants.

Sophie de Castellan, comtesse Kemsky
14 février 1883 – 30 avril 1907
« Lorsque sous terre je m'endormirai,
parmi les étoiles je rêverai. ».

Des dizaines d'étoiles de tailles différentes parsemaient la tombale, comme pour donner un sens aux vers inscrits.

- La constellation d'Orion était celle qu'elle préférait par-dessus toutes les autres, commenta une voix douce derrière Vélénia.

Sous l'effet de la surprise parce qu'elle avait été prise en flagrant délit, la jeune fille fit un bond en arrière en poussant un cri aigu, pour atterrir aux pieds d'une vieille dame courbée qu'elle n'avait pas entendu arriver. Son visage respirait la bonté et elle avait la sérénité de ceux qui ont traversé et accepté les turpitudes de l'existence. Vélénia chaussa prestement ses lunettes.

- Pa… pardonnez-moi madame, je ne voulais pas… Je suis désolée de…
- Vous devez être l'une des invitées de la baronne de Mercœur, mais je ne comprends pas bien ce que vous pouvez trouver d'intéressant à une tombe qui ne vous est rien…

La dame scrutait Vélénia sans sévérité, mais plutôt avec une affable curiosité. La jeune intruse tentait de retrouver ses esprits.

- Je… en fait, j'accompagne *Miss* Victoria Gelbero dont je suis l'institutrice… je ne fais pas partie de… je…je suis vraiment désolée d'avoir fait preuve d'indiscrétion. Je me promenais dans le parc lorsque j'ai découvert cet endroit si différent du parc et... et...

Sans rien répondre, la dame déposa sur la tombe une gerbe d'iris nains sur les tons de bleu. Elle se recueillit un instant.

- Plus personne ne vient lui porter de fleurs depuis que les parents de Castellan sont décédés, expliqua-t-elle. Ce n'est pas la baronne qui penserait à entretenir la tombe de sa défunte sœur ! Bien au contraire...
- Pardonnez mon intrusion... Je trouvais tout simplement étonnant qu'une tombe puisse avoir des étoiles gravées comme celle-ci. Mais je crois que je dois vous laisser. *Miss* Victoria va se demander où je suis passée...

Ignorant cette dernière remarque, la vieille dame considéra Vélénia en fronçant ses sourcils.

- Sophie adorait les étoiles. Depuis toute petite, elle rêvait de les habiter... Elle avait décidé de faire graver sur sa tombe la constellation d'Orion. Vous voyez, ce sont ces trois étoiles rapprochées. Mais on ne les voit qu'une partie de l'année.

Elle accompagna ses paroles d'un geste, en caressant trois étoiles rapprochées de la pierre tombale.

- Vous êtes... de sa famille ?
- C'est tout comme, mon petit. Je l'ai vue naître, je l'ai nourrie et élevée jusqu'à son mariage. Madame de Castellan, voyez-vous, avait une santé fragile lorsqu'est née sa cadette...
- Et... comment était Sophie de Castellan ?

A l'expression mélancolique que la nourrice lui adressa, Vélénia comprit que peut-être elle avait dépassé la limite de la convenance.

- Je veux dire... c'est... c'est tout de même remarquable qu'une si jeune personne ait été attirée par les étoiles et les ai fait graver sur sa tombe. C'est plutôt romanesque...
- Comment vous appelez-vous, mon petit ?

- Lénia Anders. Je suis arrivée en décembre à Biarritz. Je ne connais pas encore beaucoup de monde. En dehors des Gelbero, évidemment.

La jeune fille parlait précipitamment, comme pour combler la gêne qu'elle ressentait et éviter à tout prix les silences qui mèneraient à d'autres questions. Si elle continuait ainsi, elle deviendrait comme la volubile Victoria !

- Lénia, dites-vous... Vous n'êtes visiblement pas du pays, mais votre français impeccable dénote une bonne éducation. A moins que vous ne soyez...
- Je suis anglaise, interrompit Vélénia. Je suis venue ici pour instruire *Miss* Gelbero. Je lui enseigne le français et la musique.

La vieille dame accueillit cette information d'un *ah* peu convaincu et se tut un moment, perdue dans la contemplation nostalgique de la stèle.

- Pourriez-vous m'en raconter un peu plus sur Sophie de Castellan ? osa Vélénia. D'après ce que vous me dites, c'était une personne exceptionnelle...
- Pourquoi vous intéresseriez-vous à une parfaite étrangère ?

Vélénia sentit le piège se refermer sur elle.

- ... j'adore écouter, répliqua-t-elle en lui offrant son plus beau sourire. Et je suis intriguée par le fait que Sophie de Castellan était comtesse, alors que sa sœur est baronne.

La nourrice la considéra un moment sans proférer de parole.

- Aimez-vous le chocolat, Lénia ?

C'est ainsi que Vélénia connut la ville voisine de Bayonne où habitait l'ancienne nourrice de Sophie de Castellan. Le mari de celle-ci travaillait, malgré son âge avancé, en tant qu'artisan chocolatier chez Daranatz dans la rue du Port-Neuf. Lorsqu'elle avait congé, Vélénia se rendait auprès de Marie et Matthieu Cambère. Le vieux couple l'accueillit avec une singulière bonté, retrouvant peut-être en sa jeunesse l'enfant qu'ils avaient cruellement perdu trop tôt. Une affection spontanée lia les deux femmes. L'air de rien, à travers les souvenirs de celle qui avait vu grandir Sophie de Castellan, Vélénia put en quelque sorte faire connaissance avec une jeune version de sa mère que même le comte Kemsky n'avait pas connue.

Marie avait subitement quitté la maison de Castellan à la mort des parents de Sophie, quatre ans auparavant. Amélie n'avait eu aucun scrupule à la congédier du jour au lendemain, prétextant qu'avec la guerre des restrictions s'imposaient. La vieille femme s'était retrouvée dans une situation précaire et délicate qui obligeait son mari à travailler pour subvenir non seulement à leurs besoins, mais aussi à l'éducation de leur petite-fille de cinq ans, Ariane, orpheline depuis que leur fils était mort au combat dès les premiers jours de la Grande Guerre et que leur bru avait succombé à une pneumonie deux mois après.

Vélénia fit connaissance de l'univers en levant humblement le regard dans la nuit. Peut-être saurait-elle atteindre et se mettre au même diapason que l'âme de sa mère. Jamais elle ne s'était posé de questions sur les mondes nocturnes qui illuminaient l'obscur manteau du ciel. Seule la lune de Tsarskoïé Selo l'avait captivée lors des escapades improvisées à la sauvette avec Anastasia. Les fous rires d'alors éclaboussaient encore cruellement les tréfonds de sa mémoire. Jamais elle n'avait compris la *dérive vers les étoiles* qu'évoquait souvent son père. Était-ce là qu'il rejoignait la passion de Sophie, se fondait en elle ?

La fille de Sophie se mit à étudier assidûment les confins de l'univers connu. Soleils, étoiles et constellations n'eurent bientôt plus de secret pour elle. La nuit, sous la voûte étoilée, elle se sentait protégée par la tendre présence de sa mère, lui murmurait des prières.

Vélénia avait un besoin impérieux de déterrer ses origines loin de la Russie devenue un pénible fardeau dans son cœur et son esprit. Plus que tout le luxe et les privilèges dont elle avait été entourée, c'étaient les êtres chers disparus qui la hantaient. Aucune tombe nulle part n'accordait le repos éternel ni à son père Andreï Sergueïevitch, ni à son unique amie Anastasia Nicolaïevna. Seule la tombe de Sophie pouvait devenir le réceptacle de tous ses deuils.

Parallèlement, à travers les ragots colportés par Victoria, Vélénia suivit de loin les agissements de Simon de Mercœur qui régnait sans partage sur les cœurs à prendre. Elle savait par Marie, dont la nièce était cuisinière au château de Castellan, que la famille était au bord de la ruine, ne vivant que d'apparences et de faux-semblants. Seule une alliance avantageuse pourrait éviter un revers de fortune et maintenir leur extravagant train de vie, raison pour laquelle l'hériter ne fréquentait que des jeunes héritières fortunées. Bien évidemment, Vélénia se garda d'en faire mention aux parents Gelbero. De toute façon, ils ne visaient que le prestige d'un nom à particule. Victoria était ainsi obnubilée par l'idée qu'elle se faisait du jeune apollon et du titre nobiliaire que lui faisait miroiter sa mère.

Simon de Mercœur connut cependant bientôt une redoutable concurrence qui mit en péril ses desseins. En effet, en mars 1919, les rues et les salons de Biarritz résonnèrent des cadences joyeuses du jazz, arrivées avec plus de vingt mille jeunes américains, auréolés de leur incursion salvatrice sur le vieux continent, doublant pour ainsi dire la population de la ville. Avant de les rapatrier, le gouvernement américain avait décidé de leur offrir quelques mois de vacances dans différents lieux de villégiature de l'Europe libérée.

Les *sammies*, ainsi que l'on surnommait alors ces soldats américains, étaient aussi enthousiastes que désinvoltes, jeunes et spontanés, apportant un souffle de jeunesse et d'espoir après des années de privations et de tourments. Outre le jazz aux inédits rythmes syncopés et entraînants, ils imposèrent le base-ball, le football américain et le surf qu'ils pratiquaient sur les vagues de la plage du Port-Vieux. Ce fut une véritable manne financière pour Biarritz qui passa sans transition d'un long cauchemar à une période d'insouciance et de démesure. Les années folles naissaient, imprimant à la ville une période joyeuse qui contribua à asseoir la renommée de la station balnéaire basque.

La musique revint dans la ville ; les fanfares américaines résonnaient dans les squares et les rues de la ville. Les bals et festivités reprirent de plus belle, avec la saison des amours, emportant dans l'euphorie le sinistre naufrage de la guerre. Grands-ducs, nobles, hommes d'affaires et artistes se côtoyaient. 1919 fut l'année de l'arrivée sur la côte basque de couturiers de renommée internationale parmi lesquels se trouvaient Coco Chanel, Jean Patou ou même Cristobal Balenciaga.

Vélénia vit dans cette incursion étrangère un signe supplémentaire du destin qui l'appelait à choisir l'Amérique. Malgré la frénésie ambiante, elle maintenait la tête froide et évitait de se laisser gagner par l'insouciance qui s'immisçait dans les esprits des jeunes générations. Aussi, il lui était de plus en plus difficile d'instruire et de maintenir l'intérêt de Victoria. Désormais, la jeune écervelée était ouvertement courtisée par Simon depuis qu'elle s'intéressait de trop près aux fringants soldats et leurs rythmes endiablés. De ce fait, Vélénia côtoya indirectement sa famille maternelle. En vue de possibles fiançailles, les Gelbero lui demandèrent de chaperonner de plus en plus souvent leur héritière, que ce fût pour acheter quelque nouvelle toilette au grand magasin Biarritz Bonheur, grand temple du luxe et de la mode, ou pour l'accompagner lors de ses rendez-vous avec Simon. Les deux jeunes étaient aussi mal assortis qu'incompatibles, n'ayant rien en commun, à commencer par la langue. Victoria baragouinait aussi bien le français que Simon l'anglais, mais aucune des deux familles ne semblait s'en soucier. Lorsqu'elle accompagnait les Gelbero au château de Castellan, Vélénia s'éclipsait en toute discrétion dans le jardin des tamaris. Elle s'efforçait de devenir fade et invisible, surtout en présence d'Amélie et de Simon.

Tout aurait pu s'écouler ainsi, indéfiniment, entre les leçons vaines à une élève indisciplinée, les visites régulières à Bayonne auprès des Cambère qu'elle voyait vieillir et décliner jour après jour tout en essayant d'assurer un futur à leur petite-fille, les missives de Pavel qui s'espaçaient, l'étude confidentielle de l'astronomie, et ses dessins auxquels elle se consacrait scrupuleusement dans sa chambrette avec l'océan pour décor et la liesse des sammies pour musique de fond. Elle aurait pu procrastiner son départ vers l'Amérique pendant de longs mois ou années, ne jamais prendre aucune décision, mais un double évènement changea abruptement le cours des choses. Et Victoria en fut l'artifice.

Tout d'abord, il y eut cette soirée à la Villa Marbella où elle avait dû suivre Victoria. Juchée sur un promontoire en bordure de mer quelque peu éloigné du centre de Biarritz, la propriété avait jadis été bâtie par une lady qui s'était liée d'amitié avec Napoléon III. Son architecture mauresque imitait les cours de l'Alhambra de Grenade. Une coupole de verre recouvrait le patio de céramique et de mosaïques qui paraissait continuer de résonner des retours de chasse passés, des réceptions pour la colonie britannique et des séjours du Maharajah de Kapurthala. La Grande Guerre avait tari toutes ces festivités luxueuses. On racontait que la Villa Marbella était en vente, mais en attendant, elle restait un haut lieu de festivités, où se retrouvaient les jeunes gens de la ville.

Vélénia déambula dans les couloirs de la villa, admirant les arabesques et la complexité des colonnades, contournant les petits groupes de personnes qui bavardaient. Elle jetait un coup d'œil occasionnel sur Victoria qui, tout en se pavanant au bras de son baron, n'oubliait pas de distribuer des œillades coquettes aux autres potentiels soupirants. L'anglaise gardait ses options ouvertes, car s'il était vrai que Simon était un éphèbe, sa fatuité dissipait vite l'enchantement.

Une conversation qui se tenait dans une petite pièce ramena Vélénia à la réalité. Les sonorités de la langue parlée étaient slaves, et sans se montrer, elle tendit l'oreille. Il était courant d'entendre parler le russe à Biarritz, refuge de beaucoup d'exilés. Mais cette conversation-là avait le ton de la confidence et dans un geste téméraire, Vélénia prêta attention, car elle avait entendu mentionner le nom de son élève. C'était inconvenant, elle le savait, d'autant plus que les deux hommes parlaient à voix basse, ignorant qu'ils étaient écoutés.

- … la baronne mise sur le mariage de son fils pour mettre la main sur la fortune des Gelbero, car voyez-vous, mon ami, j'ai appris que les tractations de la famille pour récupérer le diamant n'ont toujours pas abouti. C'est leur dernier espoir.

Vélénia pensa avoir mal compris.
- Ne savent-ils donc pas où se trouve l'Esprit du Crépuscule ?
- Si, aux dernières nouvelles, c'est aux Etats-Unis d'Amérique, entre les mains de quelque mécène. Une fois que le jeune baron en aura les moyens, il y partira remuer terre pour retrouver le collier et le réclamer. Plus le temps passe, plus sa valeur devient colossale.
- Mais le comte et la comtesse Kemsky n'avaient-ils pas eu de descendance qui aurait eu légitimement droit au diamant ?
- Si. Ils ont eu une fille si je ne me trompe. Elle a, d'après ce que j'ai su, tragiquement disparu durant la Révolution. Cela dit, même si elle était encore en vie, elle serait un obstacle et la supprimer ne serait que peccadille, au vu du crime que la baronne de Mercœur a commandité contre sa propre sœur pour se saisir du diamant. Tout le monde à Biarritz sait parfaitement que cet accident de fiacre n'en était pas un. C'était une terrible machination qui n'a servi à rien, puisque le diamant leur a échappé…

Vélénia étouffa un cri d'effroi et quitta les lieux brusquement. Elle était incapable d'écouter la suite de la conversation. Ses oreilles bourdonnaient, une douleur fulgurante pressait ses tempes et opprimait son cœur, l'empêchant de respirer. Elle dut faire un effort surhumain pour ne pas montrer son agitation extrême. Elle n'avait qu'une hâte : retrouver Marie Cambère de toute urgence et lui demander des explications sur cette effroyable révélation.

- On murmure que l'accident de Sophie de Castellan n'en était pas un, affirma-t-elle de but en blanc lorsqu'elle revit la nourrice.

Elle l'avait commenté aussi froidement que si elle avait parlé d'un fait divers d'une tierce personne. Il n'y avait, lui semblait-il, aucun autre moyen d'aborder le sujet qui la tourmentait depuis deux jours. Les deux femmes déambulaient sur les quais de la Nive, à Bayonne. Le printemps battait son plein en ce mois de mai. Vélénia sentit le léger tressaillement de Marie à laquelle elle donnait son bras.

- Doux Jésus, mon petit ! Vous n'y allez pas par quatre chemins !
- Vous m'avez beaucoup raconté sur Sophie de Castellan, Marie, sur sa passion pour les étoiles, l'enfant vive qu'elle était, la joie qu'elle donnait à tous ceux qui l'entouraient. Mais vous m'avez si peu raconté sur son mariage et sa mort. Si elle avait épousé un comte russe, pourquoi n'a-t-elle pas été enterrée là-bas ?

Les premières hirondelles chantaient à tue-tête. Saisie d'un étourdissement, Marie vacilla, se détacha de Vélénia et s'affaissa sur un banc vide près de là. La vieille dame ferma un instant les yeux pour reprendre ses esprits et peut-être se protéger d'un pénible souvenir. Elle fixa ensuite d'un air pénétrant Vélénia qui s'était assise à ses côtés.

- Et si on cessait cette mascarade, mon petit ? suggéra-t-elle avec douceur.
- … Quelle mascarade, Marie ?...
- Vous lui ressemblez tellement que si Amélie ne s'en est pas encore rendu compte, c'est bien parce qu'elle est absorbée par son égoïsme monstrueux et calculateur.

Une bouffée de panique s'empara de Vélénia.

- Non, Marie, non… murmura-t-elle.
- La première fois que je vous ai vue sur sa tombe, j'ai cru voir un fantôme. Lorsque vous avez chaussé vos lunettes à nouveau, je me suis dit que je m'étais peut-être trompée. Mais nos rencontres et toutes vos questions, l'intérêt singulier que vous portiez à Sophie n'ont fait que confirmer mes soupçons… Je me suis dit qu'avec le temps, vous finiriez par me révéler votre

vraie identité, mais quelque chose vous en empêche. Qu'est-ce ?

Vélénia éclata involontairement en sanglots. Toutes les émotions et peurs qu'elle avait réprimées jusque-là explosaient en elle avec violence, la submergeant. Marie l'entoura tendrement de ses bras et lui murmura les mots de réconfort qui autrefois calmèrent les chagrins d'une autre petite fille.

- Votre mère vous a tant aimée, *Vélénia*… tant aimée !

En épousant le séduisant comte Kemsky, Sophie de Castellan était entrée dans un véritable conte de fée. Leur mariage avait eu lieu à Saint-Jean-de-Luz, en février 1900, en l'église de Saint-Jean-Baptiste. C'était précisément là, qu'en 1660 l'histoire avait fait Louis XIV épouser Marie-Thérèse d'Autriche et les de Castellan s'étaient absurdement imaginé qu'une partie de cette splendeur rejaillirait non seulement sur le nouveau couple mais surtout sur leur propre réputation. Si les jeunes mariés étaient absorbés dans une contemplation mutuelle, l'Esprit du Crépuscule porté par la fiancée vola toute l'attention et attisa les convoitises, en particulier celle d'Amélie toujours humiliée par l'affront du comte Kemsky qui lui avait préféré sa sœur. Dès lors qu'elle entrevit le fastueux destin que sa cadette lui avait ravi, à défaut de récupérer ce qu'elle estimait lui revenait de droit, elle s'œuvra à machiner toutes les stratégies possibles pour l'éclipser. En l'espace de quelques mois, Amélie s'était attelée à s'approprier de tout ce qui avait constitué l'univers de Sophie à Biarritz. La jeune mariée perdit un à un ses amis d'enfance qui se rangèrent du côté de l'ainée lésée. Même sa chambre de jeune fille au château de Castellan fut entièrement redécorée pour effacer toute trace d'elle. Usant de son droit d'ainesse, Amélie avait convaincu ses parents de modifier leur héritage en sa faveur, soutenant qu'avec la fortune de son comte de mari, Sophie serait à jamais à l'abri du besoin. Pour ce faire, elle s'était empressée de se faire épouser deux mois après sa sœur par un baron du Gévaudan qui la triplait en âge et possédait une coquette rente annuelle. Mais cela ne suffisait pas à Amélie. Neuf mois plus tard, en février 1901, elle donnait un héritier mâle non seulement à son mari, mais à la lignée de Castellan, devançant ainsi sa sœur qui ne mit au monde Vélénia que neuf mois plus tard. Simon devint l'héritier de facto de tout ce que possédaient les de Castellan. Parallèlement, Amélie abusa du prestige de sa sœur et de son beau-frère pour contracter à l'insu de son mari, de monumentales dettes auprès de divers créanciers de Biarritz et Paris. Le baron n'en eut jamais vent et mourut paisiblement de vieillesse peu après la naissance de son troisième enfant, convaincu qu'il avait été follement aimé, ignorant qu'il avait été dupé.

Les visites annuelles de Sophie à sa famille l'exposaient aux piques constantes de son aînée, alors qu'elle voyait ses repères biarrots disparaître.

- Le bonheur conjugal de Sophie était total et absolu, ajouta Marie, car le comte et elle s'adoraient. Mais son adaptation dans la société de Saint-Pétersbourg n'allait pas de soi. Elle s'y sentait étrangère. Lorsque la tsarine l'a prise sous son aile, la baronne enragea davantage et se promit de se venger…

… et quand bien même Sophie devint rapidement une étrangère dans sa propre ville natale à cause des agissements de sa sœur, elle y revenait régulièrement s'y ressourcer sous les étoiles qui avaient bercé son enfance.

- Elle revenait seule, même après votre naissance, mon petit. Sans doute ne souhaitait-elle pas vous exposer à la jalousie de votre tante. Une fois le comte disparu et votre survie mise sérieusement en doute à cause des ravages de la révolution, la baronne pense avoir droit à la fortune de votre père.
- Il ne reste plus rien de tout cela, Marie. Tous les biens des Kemsky ont disparu avec la révolution. Même l'Esprit du Crépuscule, le joyau le plus beau, a été vendu par mon père peu après la mort de ma mère à un mécène américain...

Un long silence suivit. La jeune fille respira à pleins poumons le printemps. Cela faisait beaucoup de choses à assimiler, mais il lui restait un dernier voile à faire tomber. Elle

devait revenir à sa question première, celle qui l'avait démasquée.
- Alors, Marie... je vous supplie de me dire la vérité. L'accident de ma mère... a-t-il été provoqué ?

Nul ne le saurait jamais vraiment. Le cabriolet-milord dans lequel Sophie de Castellan perdit la vie était flambant neuf. Les deux chevaux auxquels il avait été attelé étaient inexplicablement devenus fous et le cocher n'avait pas réussi à les redresser. Le fiacre avait poursuivi sa course effrénée sur les falaises de Biarritz qui surplombaient la Grande Plage. La mortelle chute sur les sables de la plage avait été inévitable.
- La disparition de votre mère profitait certes à la baronne qui ne montra jamais aucun chagrin. Pourtant l'enquête a rapidement été close. La rumeur sur sa culpabilité est fondée sur le fait que votre tante devait être du voyage mais s'est inexplicablement ravisée à la dernière minute. Si elle a vraiment machiné l'accident, que Dieu ait pitié d'elle.

Baignée de larmes, Vélénia saisit la main de Marie. Elle ne pouvait proférer aucun mot. Elle pressentait que son séjour à Biarritz devait toucher à sa fin. Il était impérieux qu'elle s'éloigne de sa famille maternelle et de tout ce qui avait trait au collier maudit.

Le deuxième évènement qui précipita le départ de Vélénia fut la scandaleuse fuite de Victoria Gelbero avec un sammie dont elle s'était entichée. Jusque-là, la riche héritière anglaise avait été courtisée avec plus ou moins de conviction par Simon de Mercœur, réalisant ainsi les vœux les plus chers des deux familles. Il avait été tacitement convenu que lorsque Simon atteindrait sa majorité, dans trois ans, des fiançailles en bonne et due forme seraient célébrées. Malgré cela, au fond, ni l'un ni l'autre ne s'investissait dans une relation damnée d'avance. Victoria s'était lassée d'un caprice qui ne possédait plus d'attraits et Simon démultipliait les conquêtes faciles avec, pensait-il à tort, beaucoup de discrétion. C'était sans compter sur le charme juvénile des soldats américains qui croquaient la vie à pleines dents, porteurs de la graine des années folles.

Sans crier gare, Victoria quitta la demeure familiale à la faveur d'une nuit de mai, laissant une courte note expliquant qu'elle partait en Amérique avec un certain Joe auquel elle s'était engagée. Elle emporta avec elle tous les bijoux de famille qu'elle avait dérobés dans le coffre-fort de son père, ainsi que deux lingots d'or. Le lendemain des faits, Vélénia fut tirée de son sommeil au petit matin par des pas précipités dans les escaliers de la maison, mêlés aux cris aigus de *Mrs* Gelbero. L'on frappa énergiquement à la porte de sa chambrette pour la convoquer immédiatement dans le bureau de *Mister* Gelbero, sans lui accorder le temps de s'habiller convenablement. Elle fut sommée de descendre en chemise de nuit pour expliquer le méfait. Dans la précipitation, ses lunettes tombèrent dans la cage d'escalier et le majordome les écrasa par mégarde de sorte qu'elle dut s'en passer. Lorsqu'elle pénétra dans le bureau, la mère dépitée se rua sur elle, déblatérant un hystérique soliloque, déclamant qu'il était impossible que son ingrate fille ait pu agir de la sorte seule. Elle avait forcément été influencée par le manque de rigueur et d'instruction morale de la part de sa préceptrice. Vélénia tenta de se défendre à plusieurs reprises, mais était aussitôt réduite au silence.

- Est-ce donc vrai ce que j'apprends, Madame Gelbero ? s'exclama fort impérieusement une voix derrière elle.

La porte avait été vigoureusement ouverte. Pour comble de malheur, la baronne de Mercœur et son fils faisaient irruption dans le bureau, eux aussi vitupérant tout un chapelet d'exclamations et déversant leur offuscation. Les cheveux en bataille, en tenue de nuit légère et sans les lunettes qui l'avaient dissimulée, Vélénia se sentit nue, offerte en pâture. Elle fit discrètement un pas vers la sortie désirant passer inaperçue pour disparaître de la scène au plus vite.

- Ne faites pas un pas de plus, je n'ai pas fini d'en découdre avec vous ! l'apostropha *Mrs* Gelbero.

Alors, quelque chose d'aussi puissant que silencieux eut lieu. Amélie, baronne de Mercœur, posa son air sévère sur

Vélénia, la *voyant* pour la première fois. Elle cessa abruptement de déverser sa colère, surprise par sa présence.
- Qui êtes-vous ? demanda-t-elle au bout de quelques secondes.
- Vous savez bien, mère, qu'il s'agit de la préceptrice de Victoria ! intervint Simon, agacé. Celle qui l'a toujours chaperonnée et accompagnée !

Le regard d'Amélie se fit inquisiteur, comme si elle devinait un obscur secret.
- D'où venez-vous ? Comment vous appelez-vous ?
- Lénia Anders est le moindre de nos soucis, croyez-moi, intervint *Mister* Gelbero. Elle n'est qu'une vulgaire soubrette de Londres qui y repart dès aujourd'hui ! Et ne pensez pas, Lénia, avoir droit à vos gages ! Vous avez fait assez de dégâts ainsi. Hors de ma vue, vous dis-je !

Vélénia fut congédiée en moins d'une demi-heure, littéralement mise à la rue. Elle put à peine se rendre dans sa chambrette, un valet lui emboîtant le pas, pour rassembler les maigres affaires qu'elle possédait dans une valisette ainsi que son porte-rouleau. Elle se trouvait sur le pas de la porte, prête à quitter les lieux, lorsque *Mrs* Gelbero apparut dans le vestibule, flanquée d'Amélie de Mercœur, et lui barra le passage en désignant d'un doigt rageur son porte-rouleau.
- Montrez-moi donc ce que vous emportez dans ce rouleau !

Le piège se resserrait sur Vélénia. Elle se maudissait d'avoir voulu retrouver la tombe de sa mère, et déterrer un passé aux conséquences inextricables.
- Je n'emporte rien qui ne m'appartienne, Madame, se défendit Vélénia, la tête haute.
- Si c'est le cas, vous n'aurez donc aucune objection à ce que nous examinions le contenu de votre mallette et de votre porte-rouleau.

La mort dans l'âme, Vélénia tendit ses bagages à *Mister* Gelbero, pensant combien le destin était cruel et ironique ! Elle finirait par être démasquée devant sa propre famille. Que deviendrait-elle alors ? Ils ne la lâcheraient plus jusqu'à savoir ce qu'était devenu l'Esprit du Crépuscule.

Après avoir fouillé la mallette, *Mister* Gelbero renversa le porte-rouleau et quelques aquarelles et esquisses en tombèrent. Il ne se rendit pas compte qu'une toile était restée coincée dans le porte-document. Celle qui aurait pu tout trahir et révéler. Il se contenta de piétiner et de salir méchamment les aquarelles que la jeune fille avait pris tant de temps à composer. Il tendit le porte-rouleau à Vélénia, un sourire sarcastique sur les lèvres.

- Maintenant, disparaissez de notre vue ! Et ne comptez pas sur nous pour vous donner des lettres de recommandation.

Ce même jour, Marie et Matthieu l'accueillirent dans leur humble demeure, horrifiés par la façon dont elle avait été maltraitée.

- C'est une deuxième et profonde humiliation pour la baronne, commenta Marie, et si vous voulez mon avis, c'est bien fait pour elle. Vous voudrez bien m'excuser, mais votre cousin est un bon à rien qui ne songe qu'à son bon plaisir et à mettre la main sur la fortune de la première malheureuse qu'il séduira. Ma nièce m'a rapporté que ces dernières semaines Simon parle ouvertement et sérieusement de se rendre aux Etats-Unis pour retrouver celui qui a racheté l'Esprit du Crépuscule et le réclamer comme héritage familial. Et la baronne l'appuie aveuglément.
- Il y a autre chose, Marie…
- Quoi donc, mon petit ?
- Je crois que ma tante m'a reconnue. Il faut que je quitte la France dès demain. C'est trop dangereux pour moi de rester.
- Et où irez-vous ?
- Je rejoindrai le prince Mikhaïlovitch à Londres. Il saura m'aider à trouver un exil définitif.
- Aux Etats-Unis d'Amérique ?

- Non. Il m'est désormais impossible d'y aller. Je n'y aurais jamais de tranquillité d'esprit, sachant que ce pays-là est lié à l'Esprit du Crépuscule. Je veux partir, ailleurs, loin de tout.
- Mais où ?
- Je ne le sais pas. Je veux partir là où mon passé ne me rattrapera jamais. Mais avant, Marie, je voudrais aller une dernière fois sur la tombe de ma mère, accomplir ce pour quoi j'étais venue : lui faire mes adieux définitifs.

En juin 1919, les sammies repartaient de Biarritz et Vélénia aussi. Avant de quitter la France, elle se recueillit sur la tombe de sa mère entourée de tamaris en floraison. Leurs jolies fleurs roses conféraient de la tendresse au lieu que personne, hormis Marie, ne visitait. Elle savait qu'elle ne reviendrait plus jamais ici, mais elle emportait avec elle une parcelle de sa mère. Elle avait pris goût au ciel et aux étoiles, au dépouillement et à la simplicité de la solitude. Elle savait désormais de *qui* elle venait.

1919 fut une année qui bouleversa le monde. On se relevait avec peine de la grippe espagnole qui avait fait plusieurs millions de morts, beaucoup plus que la Grande Guerre. La conférence de paix au Quai d'Orsay à Paris aboutissait à la création de la Société des Nations et à la signature du Traité de Versailles. La Russie était plus que jamais soviétique.

Toute cette agitation et ce bruit perturbait Vélénia, qui n'aspirait qu'à un havre de paix. Elle sut en arrivant à Londres qu'elle ne partirait pas aux Etats-Unis, et qu'elle ne voulait pas rester en Europe, du moins à Londres qui lui parut trop trépidante. Au lendemain du conflit mondial et de la démobilisation, les britanniques avaient leurs propres défis à relever. L'excédent de main-d'œuvre suscitait le mécontentement d'une bonne partie de la société civile et la guerre d'indépendance irlandaise avait débuté en janvier. Londres demeurait cependant une ville animée, remplie de culture et à l'architecture remarquable. Des monuments comme Piccadilly Circus et Buckingham Palace étaient des lieux de prédilection où rien ne semblait atteindre les passants.

Cependant, Pavel Mikhaïlovitch n'était plus à Londres. Ce fut une cruelle déception pour Vélénia, car il ne l'avait pas attendue comme il l'avait promis dans toutes ses missives. En effet, au lieu de le faire au de septembre, il s'était embarqué pour l'Amérique une semaine à peine avant que la jeune fille n'arrive à Londres. Ainsi l'en informa Edward Hughes, l'homme d'affaires du prince à Londres lorsqu'elle se présenta chez lui.

C'était un homme grand et sec, aux traits anguleux et aux manières quelque peu obséquieuses, mais d'une douceur qui contrastait avec un premier abord rêche.

- Je suis heureux, comtesse, que vous ayez pu me contacter enfin. De fait, le prince n'était pas certain que vous ayez gardé mon contact. Il craignait tant pour votre sécurité à Biarritz qu'il a failli s'y rendre à plusieurs reprises.

Il m'a pourtant lui aussi abandonnée.
- Je vais demander à ma secrétaire de retenir une chambre pour vous au Savoy tant que vous resterez à Londres. Et je suppose qu'il vous faudra aussi vous refaire une garde-robe.

Il avait rajouté cette dernière phrase en jetant un regard apitoyé sur la valisette de Vélénia.
- Monsieur Hughes, je vous remercie pour votre diligence et amabilité, mais ce ne sera pas nécessaire... voyez-vous, je ne possède plus rien...

L'homme d'affaires fut un moment interloqué avant de comprendre la méprise.
- Mon Dieu ! s'exclama-t-il. Je pensais pourtant que le prince vous avait rendu des comptes au sujet des sommes laissées par votre père le comte Kemsky.
- Pavel Mikhaïlovitch m'a bien adressé des comptes, avoua-t-elle honteuse, mais... je... je n'en ai jamais pris connaissance. Je sais pourtant que tout a été perdu à Saint-Pétersbourg.
- Certes, comtesse, vous ne disposez plus de la fortune immense des Kemsky qui a été confisquée par les soviétiques. Vous savez tout de même qu'il vous reste une somme qui a été mise à l'abri par les soins du prince et qu'il a simplement rajoutée au compte que votre père avait ouvert par mon entremise pour ses déplacements à Londres ?
- Mon père ? Il venait donc à Londres ? Vous le connaissiez ?

Edward Hughes considéra avec tendresse ce visage à peine sorti de l'adolescence qui se tendait vers lui, qui recouvrait soudain sa jeunesse. Ce que cette enfant avait traversé avait dû être terrible.
- Votre père était un homme prévoyant, bien au fait des enjeux et des troubles de la Sainte Russie. Certes, il voyageait dans toute l'Europe, en Afrique et au Moyen-

Orient, mais il faisait toujours une escale ici avant de repartir pour Saint-Pétersbourg.
- Pourquoi ici ?
- Il était fort cultivé, friand d'échanges culturels. Passionné d'histoire, il ramenait souvent des pièces de ses périples dont il faisait don au British Museum…
- Mais, alors… il me reste un peu d'argent ?

Le britannique se dérida.
- Croyez-moi, vous possédez suffisamment de fonds pour entreprendre votre voyage aux Etats-Unis et y recommencer votre vie. Cependant, il vous faudra faire fructifier vos biens savamment afin de pouvoir maintenir votre train de vie.

C'est ainsi que la comtesse Vélénia Andréïevna Kemsky reparut à Londres, après avoir disparu de Saint-Pétersbourg pendant plus d'une année. Logée dans un appartement avec service au Savoy, elle retrouva le style de vie dans lequel elle avait été élevée, lut la déférence et le respect dans le regard du personnel de l'hôtel. Mais ce n'était que son rang qu'ils reconnaissaient, car nul ne pouvait comprendre l'état d'esprit et le vécu qui lui pesaient. Quelque chose sonnait faux dans cette vie retrouvée où la guettait une profonde solitude. Hormis Edward Hughes, personne ne savait qui elle était vraiment.

Plus que la fortune qui lui permettait d'appréhender un futur plus serein, ce qu'elle chérit le plus, fut de rencontrer une facette méconnue de son père, cette vie secrète et pourtant si exaltante qu'il avait menée pour guérir de Sophie de Castellan. Avait-il réussi à oublier l'éclat sublime d'un amour tragiquement perdu ?

Dès le lendemain de son installation à Londres, elle se rendit au British Museum, situé à une vingtaine de minutes à pied du Savoy. Le musée avait ouvert en 1759. Ses collections avaient été enrichies avec les contributions d'archéologues, de cartographes et explorateurs dont le capitaine Thomas Cook était le plus illustre. La confluence de toutes ces cultures lui donnait le vertige, et elle passa des jours entiers au musée, s'y installa pour peindre des aquarelles de toutes les pièces qu'elle contemplait. L'Egypte ancienne la captiva de manière particulière. La défaite de Napoléon lors de sa campagne en Egypte avait apporté son lot de pièces uniques... une collection alimentée par son père au fil de ses visites. Elle se rappelait maintenant clairement qu'il avait décrit l'Egypte comme « la source du monde ». Il avait parlé à l'enfant ignorante qu'elle était alors de pyramides, de sables et de soleil mais elle n'avait rien saisi de tout cela.

De juin 1919 à janvier 1920, Vélénia se rendit tous les jours au British Museum. Avec l'aide d'Edward Hughes, elle avait décroché un apprentissage en restauration d'art et devint une élève fort précise, méticuleuse, investie et passionnée par ce qu'elle faisait, particulièrement douée pour le dessin et les aquarelles.

Rien d'autre ne l'intéressait. Nul n'arrivait à la détourner ou la distraire de ce qu'elle avait entrepris. La comtesse déchue de la Sainte-Russie s'effaçait chaque jour davantage pour laisser place à une jeune femme indépendante et déterminée à oublier les traces derrière elle pour miser sur le futur. Le seul passé qui l'intéressait était celui de l'Histoire. La grande, la vraie, celle qui la dépassait.

Chaque fois qu'Edward Hughes lui proposait de planifier son départ en Amérique, elle détournait la conversation, promettait vaguement qu'elle contacterait Pavel, mais n'en faisait rien. De même, elle acceptait les invitations que l'homme de confiance lui obtenait pour rencontrer des membres de l'aristocratie britannique. Elle s'y pliait de bonne grâce, y suscita l'intérêt d'un lord et de deux vicomtes, mais ne donna jamais d'espoir à ses prétendants. A leur attitude guindée et suffisante, elle préférait la compagnie des gens simples, comme celle de ses collègues apprentis au musée.

Sa correspondance avec Marie l'aidait à maintenir les pieds sur terre. Elle apprit qu'en définitive, les Gelbero avaient déménagé à Paris suite au scandale provoqué par la fugue de Victoria. Amélie de Mercœur s'acharnait à trouver une belle-fille fortunée, alors que Simon avait repris le flambeau de la cupidité familiale en déclarant qu'il partirait à la recherche de l'Esprit du Crépuscule, dût-il pour cela aller jusqu'à la fin du monde et des temps.

Puis un jour, Vélénia eut une révélation sur la direction qu'elle désirait prendre. Elle se trouvait face à la pierre de Rosette au British Museum. La stèle de granodiorite gravée de l'Egypte Antique portait trois versions d'un même texte qui avait permis le déchiffrement des hiéroglyphes le siècle d'avant. A l'image de la stèle, elle saisit que toutes les versions de sa vie n'étaient pas incompatibles, mais l'avaient au contraire menée jusqu'à cet instant unique, face à une pierre deux fois millénaire.

Un doute l'avait taraudée depuis qu'elle avait reçu la somme laissée par son père : la fortune retrouvée lui garantissait-elle son bonheur ? Pouvait-elle combler toutes ses envies et ses désirs ? Pouvait-elle se sentir complète ?

Ce soir-là, elle se rendit chez Edward Hughes pour lui donner des instructions précises qu'elle le priait de suivre à la lettre et en toute discrétion. La moitié de la somme qu'elle possédait fut transférée sur un compte en banque en France au nom de Marie et Matthieu Cambère pour l'éducation de leur petite-fille Ariane. Elle garda suffisamment d'argent pour pouvoir subsister une année et demanda à ce que le reste soit transféré au prince Pavel en Amérique afin d'être destiné à un fonds d'aide aux émigrés russes.

L'ultime faveur qu'elle demanda à Edward Hughes fut de l'aider à partir pour sa nouvelle destination. Elle avait choisi de se reconstruire ailleurs qu'en Amérique ou en Europe, au seul pays qui pouvait unir les étoiles et les vestiges : l'Egypte.

Cinquième Partie
La déchirure

Juillet 1924 à février 1925

*« Ne me donne pas tout ton temps,
Ne m'interroge pas si souvent,
Avec des yeux aussi confiants,
Ne cherche pas à prendre ma main.*

*Ne mets pas tes pas dans les miens
A travers les flaques d'eau du printemps
Je sais que de notre rencontre
Plus rien ne sortira.*

*Tu crois que c'est par orgueil
Que je me détourne de toi ?
C'est la douleur et non l'orgueil
Qui me fait tenir la tête si droite. »*

Bella Akhmadoulina

Chaque jour qui s'écoula sans Mark fut un tourment qui tarissait les mots de Vélénia, ceux qu'elle cherchait pour tout lui avouer. Cent fois, mille fois, elle imaginait de quelle façon elle pourrait bien tourner ses paroles afin de ne pas perdre celui qu'elle aimait plus que sa propre vie.

Après la soirée du 4 juillet, ils avaient eu une orageuse explication où il lui reprochait de ne pas lui faire confiance et de lui taire le passé.

- Vélénia, as-tu songé à toutes ces fois où je me suis battu pour toi parce que tu m'éloignais ?! N'est-ce pas moi qui ai toujours et immanquablement fait les premiers pas vers toi, qui ai cherché à t'atteindre lorsque nous étions en Egypte ?! Et chaque matin, je me réveille avec une incertitude, celle de te garder ou te perdre, de me demander si tu seras encore là à la fin de la journée, si tu ne partiras pas à cause de cette si grande soif d'indépendance que tu as ! Pourquoi ne me dis-tu pas tout de ton passé ?!
- Parce que je ne vais pas t'embarrasser d'un passé qui n'a rien à t'offrir, alors que tu m'as amenée exactement là où tu voulais, sur ton territoire ! Mon Dieu Mark, mais ne vois-tu pas ce que j'ai laissé pour toi ?! J'ai accepté de quitter l'Egypte, la vie qui m'amenait l'équilibre pardessus-tout, parce que tu étais plus important que tout ! N'as-tu rien compris ?!
- Mais pourquoi ne me parles-tu jamais de la Russie ni de la France ?! fit-il avec désespoir. Pourquoi ?! Qu'y a-t-il donc de si obscur pour toi, que tu ne puisses partager avec moi ?
- Mark, ne cherche pas à savoir…
- Vélénia ! s'exclama-t-il. Qui es-tu ?!

Cette question résonnait dans son esprit, la guettait, tapie au fond de ses nuits sans sommeil. Le soir de leur dispute, Mark avait boudé le lit conjugal, et s'était installé dans une des chambres d'invités, refusant de dialoguer, malheureux, furieux. Le lendemain matin il était parti de très bonne heure, sous prétexte qu'il devait se rendre à Cleveland régler des affaires, et qu'il reviendrait à Boston quelques jours plus tard.

Les « quelques jours plus tard » duraient depuis presque deux semaines, et il n'avait donné aucun signe de vie. Ce 16 juillet 1924 marquait un anniversaire sordide. Une date fatidique que Vélénia portait gravé en elle.

La jeune femme ouvrit les volets mi-clos sur la fraîcheur estivale de la nuit pour emplir ses poumons et ses idées de cet air pur. Dans le secrétaire de Mark, il y avait du papier à lettre fait de papyrus qu'il avait ramené d'Egypte, et une plume en or que Vélénia lui avait offerte pour ses trente-trois ans, avec ses initiales gravées dessus.

Vélénia se recueillit un instant devant le crucifix qui la dominait de haut. Cet homme mort sur la croix comprenait lui aussi la souffrance, mais il n'avait pu la sauver, elle. Son sacrifice était destiné à l'humanité comme un tout, pas à une âme solitaire et condamnée comme la sienne.

Elle s'assit avec lassitude et prit la plume. Sa main tremblait à peine.

Les mots commencèrent à danser, confessant l'existence de Vélénia Andréïevna Kemsky.

La nuit profonde engourdit tout d'un silence feutré. Les étoiles se sont allumées une à une, parsemant le ciel d'une myriade de mondes…

A l'instant où Mark pénétra dans le silence du manoir, quelques jours plus tard, il perçut un vide infini, inexplicable. Mr. Crawford vint l'accueillir, mais le vieux majordome était visiblement éreinté, sans entrain lorsqu'il annonça que Madame était partie depuis la semaine précédente à New York seule et n'avait pas précisé quand elle reviendrait.

Mark se précipita vers l'étage des chambres, habité soudain par un manque. Il appela Vélénia même s'il savait qu'elle ne répondrait pas, et son nom lui apparut irréel.

Sur le pas de la porte de leur chambre, il comprit qu'elle était partie pour longtemps. Il venait de perdre. Mais il ne comprenait pas pourquoi. Il restait là, dans l'ombre, victime absurde à se demander pourquoi lui ? L'épuisement l'accabla, engourdissant chacun de ses membres. Et ce goût amer de la frustration qu'il avait connu pendant de longues années sans se l'avouer. L'échec et l'impuissance. Ces derniers jours, il avait énormément réfléchi à leurs différences et différends. Et il avait découvert qu'il l'aimait sincèrement et profondément.

Pourquoi était-elle partie alors qu'il était venu se réconcilier ?

Il remarqua sur son secrétaire une toile déroulée que le reflet du soleil matinal voilait. Lorsqu'il s'en approcha, il fut saisi de stupeur. Une très belle femme, née de la perfection d'un pinceau de maître, semblait le dévisager avec intensité et douceur. Autour de son cou, elle portait le collier reconnaissable entre tous. Ce portrait l'avait fasciné, adolescent, dans un palais de Saint-Pétersbourg. Puis il l'avait oublié pendant de longues années. A côté de la toile, l'Esprit du Crépuscule avait été posé sur une enveloppe portant son prénom, de cette écriture régulière et lisible qui caractérisait Vélénia. Voir le collier comme un écho de celui du tableau avait quelque chose de chimérique. Il analysa la splendide femme figée dans la peinture légèrement craquelée, caressa les contours de son visage. Il voulait l'extraire elle aussi de la toile. Pourtant, il savait que c'était chose faite car elle s'était incarnée en Vélénia, sa fille.

Mark ouvrit l'enveloppe à son nom, déplia les feuillets vaguement emplis d'un éthéré parfum de jasmin... et commença à lire.

Les heures s'étaient écoulées, cadencées par l'effrayant martèlement de l'horloge, et avaient mené l'après-midi à sa fin. Mark reposa la lettre de Vélénia sur le bureau et son attention fixa la dame au portrait.

Evidemment.

C'était le seul mot qui lui venait à l'esprit.

Elle avait laissé passer des silences qui en disaient bien long. Tous ces signes auxquels il n'avait prêté aucune attention. Elle avait essayé de lui dire, peut-être. Mais avait-elle vraiment essayé ?

Vélénia Andréïevna Kemsky.
Folie ou vérité ?

Les liens entre Vélénia et Paul le blessaient, ainsi que les détails qu'il aurait dû savoir interpréter et qui aujourd'hui ne paraissaient plus aussi insignifiants. Vélénia appelait son beau-frère Pavel, employant son prénom russe. Et puis, c'était bien Paul qui l'avait vivement encouragé à rencontrer John Kavanagh en Egypte. Sans doute à cause de Vélénia. Deux êtres qui s'étaient dit au revoir malgré eux au cours de la Révolution Russe s'étaient retrouvés, des années plus tard... Ce n'était pas le fruit du hasard. Vélénia aimait-elle encore le prince ?

Tout cela était injuste, mal écrit. Quelqu'un s'était trompé. Tout ce gâchis, c'était une injure plus qu'un oubli. Mark ne voulait plus être cet homme que l'on croyait invincible et fait pour gagner, pour séduire.

Il avait envie de pleurer. Pas celle qui était arrivée aux Etats-Unis avec lui et s'était métamorphosée dans des tourbillons mondains. Non, pas cette traîtresse. Il pleurait sa femme telle qu'il l'avait connue dans les sables d'Egypte. Il pleurait son seul et vrai amour.

Mark se rendit à New York dès le lendemain, chez sa sœur.
- Je n'ai pas vu Vélénia depuis quelques jours et elle ne me rend pas les appels, dit Christine lorsqu'il débarqua dans son vestibule. Tout va bien ?
- Je n'ai pas de ses nouvelles, coupa Mark. Paul est-il là ? C'est lui que je suis venu voir.
- Oui, bien sûr, passe. Il est dans son étude. Tu as l'air bouleversé, quelque chose est arrivé ?

D'un seul élan, il s'engouffra dans le couloir tout en gratifiant sa sœur d'un noir regard qui voulait étouffer là toute explication.

- Où est-elle ? interrogea durement Mark, se ruant comme un fou dans la pièce.
- Qui donc ?

Le Russe ne comprenait pas bien cette irruption brusque et inattendue.
- Paul, je suis déjà assez en colère comme ça. Epargne-moi tout détour. Je veux savoir où est Vélénia !

Paul blêmit, grimaça d'étonnement et d'anxiété, tant et si bien que Mark fut tenté de croire qu'il ne savait pas.
- Que s'est-il passé exactement ? s'inquiéta-t-il.
- Elle est partie après m'avoir écrit une longue lettre où elle m'avoue qu'elle n'est pas exactement Vélénia de Castellan ! D'après ce qu'elle prétend, tu es particulièrement bien placé pour pouvoir m'en parler !

Abattu, Mark se laissa tomber sur un fauteuil et prit un air renfrogné. Son beau-frère s'empara d'une chaise et se rapprocha de lui, attendant la suite.
- Nous étions à Washington D.C. pour le 4 juillet. Tout allait très bien jusqu'à l'irruption d'un certain français, Simon de… de… o puis flûte, je ne me rappelle pas son nom !
- Tu veux parler certainement de Simon de Mercœur…
- Oui ! Et Vassily Davidoff a appelé Vélénia « comtesse ». Et c'est là que tout a commencé !

Il évoqua le désagréable incident avec Simon, leur dispute, son départ précipité le lendemain matin, leur distancement, le contenu de la lettre de Vélénia.
- Que veux-tu savoir, Mark ? demanda le prince avec bienveillance.
- Tout ! Pourquoi ne nous as-tu jamais rien dit ? Pourquoi m'as-tu forcé à rencontrer John Kavanagh en Egypte ? Pourquoi m'as-tu jeté dans les bras de Vélénia ? Pourquoi m'as-tu laissé l'épouser sachant qu'elle n'était pas qui je croyais ?! Qui est ce Simon ? Pourquoi as-tu trahi Christine ?!

Mark se tut abruptement, à bout de questions. Son désarroi lui faisait perdre ses moyens.
- Je n'ai pas trahi Christine, répliqua Paul d'un ton très calme. Elle sait parfaitement qui est Vélénia. Je lui en ai parlé peu après que nous ayons eu la discussion au

sujet de cette femme qui se faisait passer pour la grande-duchesse Anastasia.

Au cours de ce dîner, Mark avait pour la première fois perçu la fragilité de sa femme. Hagard, il remarqua à peine que Paul s'absenta pour ramener Christine dans le bureau. Elle aussi était étrangement placide. Ne se rendait-elle pas compte combien il était déchiré, lui, par cette révélation ? D'où sa sœur sortait-elle la force de pardonner l'amour entre Vélénia et Paul ?

Egal à lui-même, sans un mot, Paul se dirigea vers le coffre-fort où il gardait les documents importants et quelques bijoux de famille. Il tourna la combinaison de gauche à droite, puis ouvrit la porte et en sortit une enveloppe de papier brun. Il eut un regard pour Christine, auquel elle répondit par un signe d'approbation.

- Ouvre et sors la photographie qui est dedans, Mark, dit Paul en lui tendant l'enveloppe.

Une image vieillie de deux gamines souriantes lui apparut. Elles se trouvaient sur le ponton de quelque bateau et leur complicité évidente transcendait les teintes sépia du cliché. Les années qui s'étaient écoulées n'avaient visiblement pas entaché le bonheur insouciant qui s'en dégageait.

- Reconnais-tu Vélénia ? demanda Paul.
- Qui est l'autre gamine ?
- Elle devrait t'être plus familière que Vélénia, car l'humanité entière a vu des clichés d'elle.

Mark fronça les sourcils.

- Anastasia Nicolaïevna Romanova... conclut-t-il.
- La grande-duchesse était une passionnée de photographie et se promenait sans cesse avec un appareil. Ici, elles avaient toutes deux une douzaine d'années, et c'est Anastasia Nicolaïevna qui avait insisté pour qu'on leur prenne cette photo sur le Standart, le yacht impérial. Elles se trouvaient sur les rives du Golfe de Finlande. Vélénia ne sait pas que j'ai conservé cette photographie. Je n'ai pas trouvé le moment propice pour la lui rendre. Bizarrement, c'est la dernière chose que j'ai retrouvée dans le palais des

Kemsky mis à sac, peu de jours avant de quitter définitivement Saint-Pétersbourg. Tout le reste avait disparu. Bijoux, titres de propriétés, meubles, œuvres d'art. Tout, sauf cette photographie.
- La connaissais-tu à cette époque ? questionna Mark avec une pointe d'amertume. T'aimait-elle déjà ?
- Vélénia n'a jamais été amoureuse de moi.
- Mais toi, tu l'as aimée ! accusa-t-il.
- Ecoute attentivement ce que je vais te raconter, Mark. Ecoute avec ton cœur…

Le prince Pavel Mikhaïlovitch avait hérité du titre et des richesses de son père, accordées par Catherine la Grande pour services rendus à l'Empire, ainsi que des terres dans la Principauté de Moscovie, ainsi qu'à Kiev.

Il avait à peine vingt ans lorsqu'il fut introduit à la cour impériale de Saint-Pétersbourg, et 1905 ne laissait en aucun cas présager les soubresauts des années à venir. Il fit la connaissance de toute la caste de courtisans, de sujets titrés et de fonctionnaires qui gravitaient autour de Nicolas II, s'immergea dans les intrigues et la politique pour lesquelles il n'avait pourtant aucun goût, participa même secrètement au complot qui aboutit à la disparition du sinistre et néfaste Grégory Raspoutine, en décembre 1916.

Au début de la Première Guerre Mondiale, fin 1914, il fit la connaissance du comte Andreï Sergueïevitch Kemsky, un personnage qui se démarquait largement de l'affectation et l'hypocrisie de la cour, préférant traverser les frontières du Grand Empire et parcourir les terres les plus éloignées. Rêveur, passionné, exalté, parfois distrait, le comte veuf ne trouvait de vraie joie que dans l'évocation de ses voyages, et laissait aux soins de ses domestiques la manutention de son Palais à Saint-Pétersbourg. Lors d'une de ses rares apparitions dans le cercle restreint des grands, il se prit spontanément d'amitié pour le jeune prince et se décida à le guider entre les méandres de la noblesse russe pour en éviter les pièges. Il le convia dans son palais privé, près de la Neva.

- J'y ai rencontré Vélénia par hasard, poursuivit Paul. C'était en janvier 1915 et elle avait à peine treize ans. Andreï Sergueïevitch préparait son prochain voyage en Orient. Lorsque je lui rendis visite, une gracieuse adolescente apparut dans le vestibule. Elle possédait une spontanéité désarmante, la promesse d'une beauté propre à son très jeune âge, une douceur angélique et des manières exquises. Le comte avait omis de me mentionner qu'il avait une fille…

Par la suite, le prince croisa souvent Vélénia Andréïevna à la cour, habituellement accompagnée de la grande-duchesse Anastasia Nicolaïevna. Mois après mois, il assistait à la lente métamorphose de l'adolescente, résistait péniblement aux sourires innocents qu'elle lui adressait, à la séduction toute féminine qui s'éveillait en elle et dont elle ne mesurait pas encore le pouvoir. Elle se glissa dans ses pensées au fil de leurs brèves rencontres et lorsqu'Andreï Sergueïevitch revint pour la dernière fois en février 1916, le prince était tombé sous le charme de Vélénia… Il ne tarda pas à demander sa main.

- Andreï Sergueïevitch savait parfaitement que Vélénia était trop jeune, mais d'un autre côté, ma demande lui permettrait de trouver un protecteur pour sa fille qu'il avouait aimer profondément sans savoir comment l'élever. Par ailleurs, il savait qu'il lui donnerait par ce mariage un titre supérieur à celui des Kemsky, puisque les princes de Russie se trouvaient au-dessus des comtes et des barons, juste après les grands-ducs… Il m'accorda la main de Vélénia, souhaitant que nos noces se célèbrent après ses seize ans révolus, qu'elle fêterait en novembre 1917.

Malgré la promesse du comte et des fiançailles célébrées en grande pompe, l'échéance du mariage fut sans cesse repoussée à cause de la gravité des évènements et de l'instabilité qui faisaient agoniser l'Empire des Tsars.

- Je crois bien que Vélénia en était soulagée, car si elle me portait de l'estime, jamais elle ne me regarderait avec d'autres yeux que ceux d'une enfant qui voulait découvrir la vie, mais surtout ne pas s'emprisonner dans un avenir tout tracé. Je l'ai libérée de notre engagement en 1918, lorsqu'elle a choisi de partir en France, avant l'Egypte par l'entremise d'Edward Hughes que toi et Christine avez aussi connu.

Mark parut réfléchir un instant. Il observa Christine et Paul assis l'un à côté de l'autre, la main dans la main, unis.

- Vélénia prétend dans sa lettre qu'elle ne se souvient pas de ce qui est arrivé la nuit du 16 juillet 1918. Y était-elle vraiment ?
- La mémoire est un mystère, Mark. Et l'amnésie peut être une délivrance, surtout lorsqu'elle dissimule des souvenirs pénibles. Vélénia a entendu les fusillades dans la Maison Ipatieff et vu de ses propres yeux comment les corps ensanglantés étaient menés dans les bois pour y être brûlés. Mais elle n'a retenu rien de tout cela.
- Et toi, comment le sais-tu ?
- J'y étais, moi aussi. J'étais inquiet à son sujet et l'ai retrouvée à Ekaterinbourg. Je l'ai recueillie à moitié évanouie près du lieu de massacre. Elle a eu de la chance que les communistes ne la démasquent pas.
- Tu ne m'as jamais parlé de ce Simon.
- Il est le fils d'Amélie de Mercœur, tante maternelle de Vélénia.

Paul expliqua la démarche et le séjour de Vélénia à Biarritz une fois qu'elle eut quitté la Russie.

- Je suppose que Simon ignorait tout de l'existence de sa cousine, et Vélénia souhaitait maintenir les choses ainsi. Il est sûrement obnubilé par l'Esprit du Crépuscule, non pas pour venger l'humiliation de sa mère causée par le comte Kemsky, mais plutôt pour sa valeur commerciale. J'ignorais d'ailleurs, Mark, que ton père l'avait racheté au comte Kemsky.
- Le collier est resté longtemps oublié dans un coffre-fort.

Mark se leva et arpenta la pièce nerveusement. Il n'arrivait pas à réfléchir clairement à tout ce qu'il venait d'entendre, au secret éventré qui lui livrait une Vélénia différente.

- Je me souviens bien de cette soirée de février 1917 à Saint-Pétersbourg, dit-il d'un ton dur. Je me souviens t'y avoir rencontré, Paul. J'étais encore marié avec Patricia. Et toi, Christine, tu t'en souviens ?
- En effet, Mark.
- Mais te souviens-tu de cette jeune fille aux côtés de Paul, au loin ? s'exclama-t-il. Te souviens-tu de sa fiancée ?!
- Mark, cela s'est passé il y a sept ans. C'est du passé...
- Du passé ! railla-t-il.

La vérité lui avait donné raison. Il eut la fugace vision de sa première rencontre avec Vélénia au Caire. Son visage lui avait paru familier. Il ne s'était pas trompé... mais quelle cruelle ironie, rien que de penser que cette femme entr'aperçue à Saint-Pétersbourg au loin, n'était autre que le vaillant petit corsaire qui voulait défendre le seul bijou qui retenait l'absente, que c'était la fille de cette femme à la solaire beauté peinte sur une toile de maître chez un comte ruiné ! Le destin s'était acharné à le lancer dans ses bras quelques années plus tard, la prenant pour une autre.

- J'ignore ce que tu comptes faire maintenant, dit Paul, mais n'oublie pas une chose, c'est que Vélénia mène une lutte pour survivre à ce passé. Elle a toujours eu peur de te perdre à cause de cela.
- Je n'ai jamais été sien pour qu'elle me perde. En partant, elle m'a fait comprendre qu'elle n'avait pas besoin de moi.
- Je crois que tu te trompes, intervint Christine.
- Tu crois ? fit-il ironique. Pas moi. Tout ceci est tellement... tellement invraisemblable qu'il ne m'appartient pas de juger ! Je crois que je vais partir un temps pour Washington D.C. ou l'Europe.
- Mais tu ne peux pas ! s'exclama Christine.
- Oh si, je le peux. Mr. Crawford se débrouillera bien sans moi quelque temps pour tenir la maison de Boston et l'appartement de New York.
- Mais, et Vélénia ? demanda Paul.

- Vélénia ? Elle a fait son choix pour nous deux. Elle est partie et je ne veux plus rien savoir d'elle. Ne m'en veuillez pas si vous ne me revoyez pas pendant un certain temps. J'ai beaucoup de choses auxquelles réfléchir et aucune envie de les partager !

En quittant l'appartement de sa sœur et de son beau-frère, Mark désirait couper définitivement les derniers liens qui l'avaient si passionnément lié à une femme éphémère et qu'il avait osé aimer après Patricia. Plus que Patricia. Plus que quiconque.

Il devrait se résoudre à changer de cap et de priorités, loin de celle pour qui il n'y avait aucun pardon possible. Il se présumait invulnérable alors qu'au fond de lui-même il se savait irrémédiablement blessé. Mais qu'importait cette contradiction si c'étaient les autres qui l'avaient provoquée ?

Si l'absence inopinée de Vélénia surprit l'entourage de Mark, personne n'osa en chercher les véritables raisons, s'en tenant uniquement aux vagues explications qu'il donnait quand on demandait après elle. Il prétendait que sa femme était temporairement partie en voyage en Europe retrouver sa famille.

Mais bientôt son éloignement prolongé éveilla les soupçons quand les mois passèrent et qu'elle ne revenait pas, ne donnait aucun signe de vie. Le manque d'information que cultivait jalousement Mark engendra la rumeur et désormais tous scrutaient d'une curiosité mal dissimulée les moindres faits et gestes du mari esseulé, cherchant dans sa réserve quelque indice qui put justifier cette situation.

Nul ne discernait les tourments qu'endurait Mark. Ses amis et connaissances voulaient percer le silence qu'il imposait sur le sujet de Vélénia. Il n'y avait qu'à voir leurs yeux avides et interrogateurs, les commentaires à peine déguisés, pour deviner l'indiscrétion qui les rongeait. Mais qu'auraient-ils pensé s'ils savaient que lui-même n'avait pas la moindre idée d'où se trouvait Vélénia ?

Pendant tout le mois d'août et de septembre, il l'avait recherchée, à Boston, à New York, à Newport, puis dans les registres de tous les bateaux en partance pour l'Europe et l'Afrique depuis juillet, sans aucun résultat. Ses contacts au Caire lui confirmèrent qu'elle n'y était pas non plus et que le domaine de Nur demeurait solitaire. Devenu secret et taciturne, Mark chercha quelque consolation dans l'amitié de ses proches. En vain. Ses visites à Christine et Paul s'espacèrent au fil des semaines. L'amertume et l'entêtement l'éloignaient d'eux et de la Résidence McKenna à Boston où chaque recoin lui était devenu insupportable, car tout lui parlait de l'absente. Mark préféra l'agitation mondaine de Washington D.C. Là-bas, au moins il pouvait oublier de penser.

On ne vit qu'une fois, mais à chaque déchirure, une part de nous meurt un peu plus. Mark était conscient de la dérive qui s'opérait en lui et les maux qu'elle engendrerait pour lui et les siens. Mais plus rien ne lui importait à présent, pas même cette déchéance vers laquelle son esprit plongeait vertigineusement. Il savait que personne ne serait là pour lui quand il chuterait. Il le savait, et pourtant, il continuait.

Le célèbre héritier finit par défrayer la chronique mondaine en se montrant en société parfois seul et visiblement peu gêné de l'être, souvent bien accompagné, ainsi qu'on le soulignait avec une fausse pudeur. L'éclat illusoire des fêtes le séduisirent à nouveau. Des réjouissances qui commençaient au crépuscule et s'achevaient à l'aube, dans l'ivresse des sens la plus totale, défiant tout tabou. La dépravation était vertu en ces temps-là où l'on ne songeait qu'à soi. Le plaisir était poussé à son extrême, comme si l'on avait voulu en profiter jusqu'à l'épuisement, de peur qu'il ne fût trop éphémère.

Mark acquit un appartement dans un quartier élégant de Washington D.C. pour en faire sa garçonnière, et y convia tous ses amis à venir arroser copieusement l'insouciante Amérique dont ils étaient l'incarnation. Jamais de sa vie il ne s'était tant amusé. L'argent coulait à flots et il dépensait sans compter, sujet à d'indomptables caprices.

Dans ses moments de lucidité, il ressentait un vague à l'âme auquel il ne pouvait ni ne voulait faire face. Son existence allait au gré des vents et des courants…

Si sa vie privée était un désastre, il n'en restait pas moins que paradoxalement, il restait un symbole de réussite sociale. Au fond, son entourage fermait les yeux sur sa conduite, se refusant à croire qu'il s'agissait là d'autre chose qu'une simple toquade, un mauvais passage comme le destin nous en réserve parfois.

A la naissance de l'automne, il se rapprocha sensiblement de Veronica Hawkes, croisée pour la centième fois au hasard d'un cocktail enfiévré. Un inavouable égarement les unit, mais sûrement pas leurs personnalités trop disparates. Veronica était au sommet de la gloire et de son glamour, l'actrice en vue dont on louait obséquieusement les formes plus que le talent. Sa beauté fatale et ses dons artistiques éclipsaient son manque de maturité et compensaient le fait qu'elle n'était pas vraiment ce qu'il convenait d'appeler un modèle de vertu.

Au début, personne ne se douta de la liaison entre Mark et Veronica, parce qu'on avait l'habitude de les voir fréquenter les mêmes milieux et endroits. Ce n'était pourtant un secret pour personne que l'actrice avait toujours vainement soupiré après l'héritier des McKenna et cet amour non-partagé avait copieusement alimenté les ragots à mi-voix dans les milieux mondains. Le désespoir, l'envie de vivre à brûle-pourpoint eurent raison de la discrétion et la scandaleuse relation s'ébruita comme une traînée de poudre, affichée régulièrement dans une certaine presse à sensation.

Ce fut le pas de trop que l'on ne pardonna pas à Mark, car il signifiait ouvertement qu'il avait écarté Vélénia de sa vie, et qu'après l'avoir perdue, il se perdait lui-même. Christine souffrait de l'attitude de son frère, devenu ombre de lui-même, et maintes fois elle le supplia par l'entremise de Clayton, de revenir à la raison.

Puis une nuit, tout bascula, à nouveau, miraculeusement. Les amants s'étaient retrouvés en tête à tête dans la garçonnière de Mark.
- Veronica, est-ce que tu resterais avec moi si je te le demandais ?

Elle le considéra d'un air félin et empli d'avidité.
- Tu sais bien que j'ai toujours rêvé d'être avec toi.
- Oui, mais les autres… qu'en penseraient-ils ?
- Je me moque des autres et du qu'en dira-t-on.
- Tu m'aimes donc tant que ça ?
- Je t'adore !
- Plus que Vélénia ?

Un silence de plomb pesa. La maladroite question lui avait échappé et détruisait des mois d'illusions, de faux-semblants. Veronica se leva du lit en bataille, alla se poster devant le feu de cheminée, la tête baissée.
- Personne ne t'aimera jamais comme elle...

Ce n'était pas ce qu'il voulait entendre. A la lueur chancelante des flammes, la femme fatale lui apparut si menue et accablée après son aveu, qu'elle fit pitié à Mark. Car au fond, c'était tout ce dont il était capable : de condescendance pitié et de cruauté, de contradictions. Pourquoi lui avait-il posé cette question dont il savait pertinemment qu'elle détruirait l'extase qu'il croyait vivre ?
- Je suis stupide... Bien sûr. Comment ai-je pu te demander cela ? Ecoute, oublie-le. Ça n'a aucune importance.

Il se leva pour aller à elle et l'enlacer. Tous deux restèrent prostrés dans un silence étrange à observer le feu crépiter.
- Tu ne l'as pas oubliée.

Il se raidit, mais ne répondit pas.
- Tu sais, Mark, je ne devrais pas te le dire, parce que je n'ai jamais vraiment aimé Vélénia, peut-être plus par jalousie que par conviction. Mais je dois quand même lui rendre ce qui est à elle. Je ne connais pas les raisons de votre séparation, mais il y a bien une chose dont je suis certaine, c'est qu'elle ne mérite pas ce que tu es en train de lui faire. Tu t'es trompé de chemin, je crois. Vois où tu en es arrivé aujourd'hui. Tu t'es brouillé avec ta sœur et tes vrais amis. Tu as déserté le manoir de Boston qui était la fierté des McKenna depuis des générations, et tu mènes une vie de débauché. Tu as une liaison avec moi et...
- ... et je te prie d'arrêter tout de suite cette leçon de morale, coupa-t-il d'un ton impérieux.
- Tu ne m'impressionnes pas, Mark. Tu ne peux nier tout ce que je viens de te dire... Ça fait un certain temps que je te vois errer tristement à te demander pourquoi tu en es arrivé là. Ça te ressemble si peu, cet égarement.

Il arborait un air contrit, car Veronica avait mis à nu sa faiblesse.
- Je t'ai observé depuis que nous sommes ensemble et par la force des choses j'ai appris à te connaître. Je n'appartiens pas à ton monde : ta vie et tes obligations

sont ailleurs. As-tu pensé une seule fois à Vélénia ? Moi oui, je l'avoue. Parce que je me sens coupable à chaque fois que tu m'embrasses, à chaque fois que tu es avec moi. Qu'est devenue Vélénia ? As-tu pensé qu'elle t'attend peut-être depuis tout ce temps ?
- Elle a commis une grave erreur.
- Si c'est l'infidélité, vous êtes quittes. Quand tu me prends dans tes bras, ce n'est pas moi, Mark, mais Vélénia que tu imagines, je l'entends dans tes soupirs. Quand tu parles de moi, c'est à elle que tu penses. Tu as voulu faire ressusciter Vélénia à travers moi, mais je ne suis pas elle.
- Tu ne sais pas ce que tu dis…
- Malheureusement si. Mais je n'ai aucun chagrin, rassure-toi. Je sais à présent que je ne suis pas la femme qu'il te faut, ni toi l'homme dont je rêve. Je veux briller toute seule, tu comprends ? Je ne veux pas d'un seul homme dans ma vie et encore moins en épouser un. Je ne veux pas être dans ton ombre et aller au gré de ta volonté, ni adapter ma vie à la tienne. Vélénia s'est laissée mouler par toi parce qu'elle a su accepter tes termes et te choisir.
- Mais elle est partie…
- Quand une femme part, c'est qu'il lui manque quelque chose.
- Je lui ai tout donné ! Tout ce qu'elle voulait !
- Relève-toi avant qu'il ne soit trop tard, Mark. La société pardonne jusqu'à un certain point. Elle t'a pointé du doigt quand tu t'es séparé de Vélénia. Ta propre intégrité est en jeu, tu le comprends, n'est-ce pas ? Ta carrière, ta vie, tes ambitions. Tout va se briser à cause de l'homme que tu n'es plus. Je me demande comment tu as bien pu en arriver là, toi qui étais le meilleur d'entre nous.

Ses paroles résonnaient comme une tragédie dans un théâtre de bas-niveau.
- Pourquoi est-ce toi qui rompt avec moi ?

- Et pourquoi pas ? Je ne suis pas une sainte, Mark, et je m'en accommode. Pourtant, pour une fois dans ma vie j'ai une pensée généreuse. Après tout ce que j'ai volontairement détruit et obtenu, j'en ai assez de jouer les garces. Je veux changer de registre pour une fois.

Elle se dégagea de ses bras.
- Comment peux-tu tout bousculer du jour au lendemain, Veronica, tourner le dos à ce que nous venons de vivre à deux ?

Elle s'approcha de lui, enjôleuse, et l'embrassa avec légèreté.
- Tu me connais mieux que cela et sais que je n'ai et ne veux aucune attache... Et puis nous n'avons vécu ensemble que des bons moments. Vélénia, elle, a tout partagé avec toi. Je regrette que ce ne soit que maintenant que je fasse demi-tour, mais j'avais trop besoin de toi pour consolider ma célébrité.
- Tu es une garce, Veronica, lâcha-t-il mi-amusé, mi-accusateur.
- Je sais, admit-elle. Mais toi et moi comprenons pourquoi. Il n'y a pas d'autre issue. J'ai forcément le mauvais rôle et Vélénia le beau.
- Est-ce un au revoir ?
- Ne va pas me faire croire que tu vas pleurer. Ce n'est pas le chant d'un cygne. C'est la fin d'un chapitre, c'est tout. Mais tu remonteras la pente, car tu as toujours été un battant, et moi je continuerai de savourer ma gloire.

Des photos d'eux dans une vieille boîte, reflétant une année de leur vie. C'était tout ce qui restait d'hier, de leur mariage. Ça faisait mal de voir ce minois si cher sourire devant l'objectif. Où était Vélénia ? Lorsqu'il revint à la Résidence McKenna, tout était resté tel quel. Il n'y avait plus de fleurs, mais un parfum de jasmin resté dans l'air, et le cœur qui partait en silence jusque dans les méandres de l'absence.

On cherche à oublier, on voudrait, on lutte, mais souvent les sentiments nous fourvoient. C'est étrange comme parfois on a l'impression d'avoir déjà vécu certaines scènes de sa propre vie, certains échecs, en ne s'en apercevant qu'au moment où ils se manifestent. Comme si l'on portait depuis toujours en nous le fil de notre destinée, sans pouvoir en déchiffrer par avance l'énigme.

Vélénia l'avait terriblement déçu.

Mais au fond, se demanda-t-il, que sont les déceptions sinon une méconnaissance de l'autre ? Ce qui désenchante, c'est qu'autrui a fait ou dit quelque chose dont on ne le croyait pas capable, soit par idéalisation, soit parce qu'on a des œillères qui empêchent de voir. Les déceptions sont souvent égoïstes. Nous voulons que l'autre réagisse selon nos valeurs, nos jugements, sans penser qu'il s'agissait de ses aspirations et non pas des nôtres.

Voilà son erreur. Il n'avait pas voulu savoir d'où elle venait, se contentant de savoir qu'elle était là, par et pour lui... Il y avait un an, il l'avait arrachée à l'Egypte, à son salut après la révolution, sans se soucier de savoir ce qu'elle désirait ou ressentait.

Décembre annonçait Noël. Il s'était mis à neiger abondamment. En bas, la sonnerie du téléphone brisa le silence, Mr. Crawford répondit et arrivait de son pas discipliné sans doute livrer un message. Pourquoi donc ne pouvait-on pas le laisser en paix ?

- Monsieur ? appela-t-il à la porte. C'est Clayton Roberts. Il dit que c'est extrêmement important...

Mark maugréa comme un vieux grincheux, et suivit le majordome à contre-cœur.
- Oui ? dit-il d'un ton agressif.
- Dieu soit loué Mark ! On t'a cherché partout, et personne à Washington D.C. ne savait où tu te trouvais !
- Tu m'as trouvé Clayton, je suis là.
- Mark, il faut absolument que tu viennes à New York !
- Je viens à peine d'arriver à Boston…
- Il s'agit de Vélénia, mon vieux ! Elle a eu un accident et se trouve dans le coma depuis deux jours.

Pour la première fois depuis longtemps, *trop longtemps*, il fut sensible à l'enchantement de la nature qui valsait devant lui alors que le train roulait à vive allure vers New York. Quand était-ce la dernière fois qu'il s'était émerveillé devant les flocons de neige ou les poussières d'or des rayons du soleil ? Vélénia, elle, n'avait jamais manqué une occasion pour souligner les plus insignifiantes banalités de la nature. Sa grandeur, c'était admirer les plus petites choses. Un papillon qui se posait sur une fleur ou un bourgeon qui cherchait une place au soleil. Rien n'était médiocre pour celle qui avait pourtant connu le plus grand faste jamais rêvé.

L'orgueil nous aveugle et nous pousse à ignorer l'existence de ce qu'on ne veut pas voir. Il est facile de croire que la seule réalité, c'est soi, tout le reste n'étant qu'une illusion.

A Central Station, Clayton l'attendait de pied ferme, fumant nerveusement une cigarette dont les volutes s'envolaient en une colonne opaque. En apercevant son meilleur ami, il se réjouit perceptiblement, mais la préoccupation plissait son front. Dans la berline qui les menait à travers les rues de Manhattan, Clayton s'efforça de donner les dernières nouvelles.
- Christine et Paul sont au chevet de Vélénia…
- Comment est-ce arrivé ?
- Une voiture l'a renversée alors qu'elle traversait la rue. Elle n'a pas repris reconnaissance depuis.
- Que disent les docteurs ?

- Ils ne veulent pas se prononcer... Ecoute, Mark, on n'a aucune idée si elle va s'en sortir. Il faut que tu sois fort.

La détermination de Mark l'ébranla.

- Je l'ai perdue une fois, je ne la reperdrai pas une seconde fois.

Plus il avait hâte de la retrouver, plus il lui semblait impossible de parvenir à elle. La clinique, bien que privée, grouillait de gens affligés, de brancards, d'infirmières qui s'affairaient à sauver des vies, à soulager des souffrances. Depuis la mort tragique de ses parents, il n'avait jamais remis les pieds dans un hôpital, et ne pouvait endurer l'odeur pernicieuse d'éther qui s'en dégageait.

Un pas après l'autre, il suivit avec difficulté Clayton dans le dédale des couloirs, se sentant comme dédoublé, ayant de la difficulté à respirer. Des journalistes avaient appris l'infortune de Vélénia et l'assaillirent pour avoir la primeur des nouvelles. Il les repoussa avec une véhémence qui ne lui était pas coutumière. Jamais un McKenna ne s'était conduit de la sorte avec ceux qui avaient contribué à faire briller le prestigieux nom de famille...

Christine et Paul se trouvaient dans une pièce blanche et impersonnelle, que seul un bouquet de fleurs associait à un semblant de vie. Leurs visages décomposés, ils veillaient sur un corps inanimé étendu dans un lit. Au dehors, il faisait gris et froid.

Sa sœur le prit spontanément dans ses bras et pleura doucement, comme elle l'avait fait quelques années auparavant, quand Emily puis Julian McKenna les avaient quittés, mais Mark refusait de se laisser aller. Paul lui serra la main, car il ne savait pas comment exprimer autrement sa compassion...

Mark se pencha doucement sur Vélénia qui respirait très calmement. Quelqu'un avait, ô sacrilège, coupé ses longs et beaux cheveux, désormais réduits à quelques boucles éparses qui s'échappaient d'un bandage. Ses yeux clos et cernés et les hématomes de son visage n'entamaient pas la finesse de son profil, ajoutant simplement une touchante vulnérabilité à son être. Ses frêles bras reposaient sur ses côtés, le droit meurtri par une perfusion. Cette injection lente et continue de sérum était un piètre miracle pour la ramener à la vie…

- Monsieur McKenna ? fit une voix derrière lui.

Clayton était allé chercher le docteur.

- Je suis le Docteur Jennings. Pourrions-nous parler en privé ? demanda-t-il, en congédiant du regard Christine, Paul et Clayton.

Ceux-ci quittèrent la chambre aussitôt, muets d'impuissance.

- Votre femme a souffert une commotion cérébrale due à la violence du choc qu'elle a subi. Son état est critique de ce côté-là, mais plutôt stable. Nous avons aussi réussi à freiner son hémorragie abdominale à temps, mais... je suis désolé, nous n'avons rien pu faire pour le bébé. Nous ne connaîtrons pas l'étendue des lésions avant qu'elle ne reprenne conscience. *Si* elle reprend conscience.

Le bébé. Deux mots qui le prirent par surprise et le déchirèrent au-delà de tout ce qu'il pouvait supporter ou exprimer. Une nouvelle inespérée étouffée avant de naître.

L'homme de science avait posé son diagnostic avec quelque peu de fatalité, mais il ne faisait que son devoir. Il ne pouvait s'attendrir sur le sort d'une seule patiente, alors qu'il devait posséder une force inébranlable pour protéger bien d'autres vies.

- Je préfère que vous sachiez à quoi vous en tenir, Monsieur McKenna. Nous faisons l'impossible pour la sauver.
- Je vous en remercie, bredouilla-t-il...

Comme il ne trouvait rien d'autre à rajouter, le Docteur Jennings décida de prendre congé en murmurant quelques formules d'usage où se perdait un autre *je suis désolé*.

Il avait failli être père. Qui d'autre avait su ? Comment Vélénia avait-elle pu lui cacher un tel évènement, alors qu'il avait participé à la vie de cet être qui lui était ravi avant même d'exister ? L'enfant qui ne naîtrait plus emportait avec lui tout espoir de continuité. Tout espoir de rédemption.

Un enfant de lui et de Vélénia.

Elle avait porté le secret seule. Comme elle avait bravé tant d'autres pertes et malheurs. Mais avait-elle aussi pensé à lui ?

Clayton revint à ses côtés, discret ami de toujours.

- Christine est repartie s'occuper de ses enfants, et Paul a été rappelé d'urgence pour une affaire de dernière minute. Ils m'ont dit qu'ils reviendraient dans l'après-midi.

Mark hocha la tête, harassé. Assis au chevet de Vélénia, il cherchait à comprendre encore ce qui était arrivé. Malgré la confusion et la précipitation, un détail lui échappait.

- Comment avez-vous su qu'elle était ici ? demanda-t-il.

Clayton maudit intérieurement la perspicacité de Mark.

- C'est moi qui ai appelé l'ambulance...
- Donc tu étais avec elle au moment de l'accident, conclut-il d'une voix morne.
- Oui, Mark, avoua-t-il au bout d'une longue hésitation.
- Que faisais-tu auprès d'elle ?
- Ecoute, Mark, je ne crois pas que le moment soit bien choisi pour en discuter.
- Pourquoi ?

Clayton se passa une main nerveuse dans sa chevelure, cherchant à se donner une contenance. Il se méfiait de cette fausse tranquillité chez Mark. Il savait que sous des eaux placides rageait parfois la plus meurtrière des tempêtes.

- Lorsque Vélénia est partie de Boston, en juillet dernier, elle est venue ici, à New York, et m'a demandé de l'aider, sans donner beaucoup d'explications... Elle disait qu'elle avait besoin de te donner un peu d'espace et de se retrouver seule quelque temps, juste pour retrouver un terrain d'entente. Elle ne voulait surtout pas impliquer Christine ni Paul, raison pour laquelle elle faisait appel à moi. Je lui ai prêté ma villa de Newport, puisque personne ne s'en servait...

C'est alors qu'avait commencé à s'ébruiter l'absence de Vélénia dans le milieu. Les rumeurs sur les agissements de son mari lui parvenaient indirectement. Et plus la curiosité

grandissait, plus elle se retranchait dans sa retraite. Qu'avait-elle fait tous ces longs mois ?
- Elle s'est mise à peindre, inlassablement, ce qu'elle appelait « la mélancolie de l'arrière-saison ». Les plages de Rhode Island se vidaient, mais elle tenait à rester emmurée dans cette solitude, et me suppliait de ne rien dire à personne.
- Et l'enfant ? Quand comptait-elle m'en parler ?

Clayton demeura silencieux.
- Mark. Je ne prétends pas savoir ce que tu peux ressentir. Vélénia voulait se tenir à l'écart de tout le tumulte ; elle m'a promis qu'elle reviendrait à toi. Mais il y a eu ces articles dans la presse à sensation, tu comprends, ces photos de toi avec Veronica.
- Mon Dieu… murmura Mark, saisissant la gravité de son infidélité.
- Elle se mourait littéralement de tristesse, et moi, je ne pouvais rien pour elle. Je la suppliais qu'elle revienne à New York ou à Boston, qu'elle te contacte, mais elle me répétait que tu ne voulais plus rien savoir. Quelle inexcusable erreur avait-elle donc commise à ton égard pour que tu ne puisses pas la pardonner, Mark ? Je le lui ai souvent demandé mais elle n'a jamais voulu me le dire.

Vélénia se murait dans un mutisme absolu. Quelle que fût cette faute, pensait alors Clayton, cela ne pouvait être plus épouvantable qu'une infidélité passagère…
- *L'infidélité* ? m'avait-elle répondu. *Je n'ai même pas su être fidèle à moi-même…* a-t-elle rajouté. Et puis, il y a quelques semaines, elle avait enfin consenti à regagner New York avant de rentrer à Boston. Elle savait qu'elle t'avait perdu, puisque tu avais refait ta vie, mais elle ne voulait pas priver l'enfant de son père. Elle pensait que peut-être après la naissance, tu lui demanderais de repartir pour l'Egypte…

L'Egypte. Encore et toujours l'Egypte. Ce havre dont elle ne pouvait se passer.

Comme Mark ne réagissait pas, Clayton décida d'achever son récit.
- L'accident s'est passé devant moi. Elle n'a pas vu l'automobile qui se dirigeait vers elle, et elle n'a même pas entendu mes cris pour la prévenir… C'était horrible.

Mark portait un masque impénétrable. Il fixait impassible la cicatrice que Vélénia portait à son poignet gauche, et se rappela qu'il l'avait découverte un matin, lorsqu'ils étaient les hôtes involontaires d'un bédouin, dans le désert d'un monde lointain, perdu dans le sortilège des sables. Peut-être à cet instant précis avait-il commencé à tomber amoureux d'elle. Ou était-ce bien avant, quand il voulait découvrir pourquoi elle sondait avec autant d'émotion les étoiles du firmament ? Ou alors…

Il ne pouvait plus se rappeler avec précision quand elle était entrée dans sa vie.
- Mark, je sais tout ce que tu imagines, et je comprendrai si tu m'en veux…
- Non, Clayton, non. Je ne t'en veux pas du tout, dit-il lentement, au bout d'interminables secondes.

Son ami fit une drôle de grimace.
- Tu ne m'en veux pas ? répéta-t-il incrédule.
- Tu es mon ami et j'ai entièrement confiance en toi, dit Mark en pesant chacun de ses mots. Je sais que tu as fait ce que tu devais. Tu as protégé Vélénia de moi, et tu as eu raison.

Clayton eut une velléité de sourire.
- J'avoue que je ne m'attendais pas à ce que tu le prennes comme ça…
- Je t'ai entraîné malgré toi dans mes déboires sentimentaux. J'ai commencé par te voler toutes les filles que tu approchais à Princeton, y compris Patricia.
- Mark, elle était pour moi un béguin sans importance qui n'aurait jamais abouti à rien de sérieux...
- Nous ne le saurons probablement jamais… Et pour comble, je t'ai demandé de plaider mon divorce de Patricia sans même prendre en considération votre amitié… Je te remercie très sincèrement de ne pas

avoir pris mon côté et d'avoir défendu et veillé sur Vélénia.

Jamais Mark ne lui avait parlé d'une façon aussi humble et sincère. Clayton avait toujours fidèlement marché un pas derrière lui, se laissant éclipser sans protester, l'épaulant quand il en avait besoin, le tirant d'embrouilles parfois inextricables. Il avait volontairement tu ses sentiments naissants vis-à-vis de Patricia Lowell, lorsqu'ils étaient étudiants à Princeton, s'était éclipsé pour laisser resplendir Mark.
- Bien, je crois que je vais vous laisser tous les deux, dit-il avec quelque peu de timidité. Surtout ne quitte pas son chevet, Mark… on ne sait jamais quand elle va se réveiller.
- Je resterai ici, de pied ferme…

Clayton empoigna gauchement son chapeau, se dirigea vers la sortie.
- Clayton ?
- Oui ?
- Tu ne sais à quel point ton amitié inconditionnelle m'est précieuse. Je regrette en être arrivé à ce moment pour m'en rendre compte. Je te dois tant…

Vélénia reprit connaissance dans la matinée du 27 janvier 1925, plus d'un mois après son accident. Affaiblie, elle ne reconnaissait ni les personnes qui l'entouraient, ni l'endroit où elle se trouvait. Des millions d'images et de clichés s'enchevêtraient dans son esprit ; elle avait perdu toute notion de temps. Seuls, l'habitaient de vagues sensations et sentiments éprouvés, mais rien de net, de fiable.

Après une épuisante nuit de veille, Mark venait de partir se changer et se reposer quelques heures à l'appartement de Madison Avenue. Christine avait pris la relève et fut la première personne de la famille à la voir éveillée. Elle fut aussi la première que sa belle-sœur reconnut, au grand soulagement du Docteur Jennings.
- Christine, qu'est-ce que je fais ici ? avait-elle demandé.

Une banale question qui avait arraché des larmes d'émotion à la sœur de Mark.
- Tu as eu un accident, ma chérie, mais tu vas te rétablir vite. Tout va s'arranger, maintenant.

La patiente tâta son ventre plat et fut saisie d'un affreux pressentiment.
- Et mon bébé ?
- Ton... je suis désolée...

Vélénia émit un gémissement rauque avant de fondre en larmes. Cette vie qu'elle avait tenté de protéger envers et contre tout lui avait échappé elle aussi, approfondissant son sentiment de culpabilité. Elle commença à s'agiter.
- Je vais prévenir Mark, intervint Christine.
- Mark ?

Ce nom sonnait faux ici et maintenant. Vélénia voulut relever la tête, mais un vertige l'en empêcha.
- Tu dois te reposer, insista Christine. Je vais appeler le docteur et Mark.
- Non... pas Mark ! S'il te plaît appelle Pavel...
- Paul ?
- Oui... je voudrais lui parler...
- Mais Mark...
- ... je veux voir d'abord Pavel, *je t'en supplie...*

Sur ces entrefaites, une infirmière arriva et prit en charge Vélénia. Christine s'éclipsa pour appeler son mari et lui fit part de la volonté de Vélénia. Ils convinrent qu'ils ne préviendraient pas Mark pour l'instant. Il devait se reposer. Les nuits de veille au chevet de Vélénia l'avaient épuisé, mais il n'avait tenu aucun compte de sa fatigue.

Paul arrivait une heure plus tard, dans un état d'anxiété visible. Lorsqu'il entra dans la chambre, le visage de Vélénia s'illumina et elle lui fit signe de s'approcher d'elle. Son regard possédait l'exaltation des fous.
- Pavel Mikhaïlovitch, commença-t-elle en russe, doucement. Je porte en moi des souvenirs qui ne m'appartiennent pas... Je voudrais tant les libérer pour les rendre à la mémoire des disparus !

- Vélénia Andréïevna... Vous devez vous reposer pour reprendre des forces.
- Je sais exactement ce qui est arrivé ce soir-là, à Ekaterinbourg ! A présent, je m'en rappelle très clairement...Il y a eu des cris et du sang dans la cave, beaucoup trop de sang... Trop de cruauté ! Anastasia respirait encore... J'ai essayé de l'aider, mais lorsque je l'ai prise dans mes bras... ils l'ont achevée à la baïonnette... et... et ils m'ont blessée au bras... et je n'ai rien pu faire... rien !

Elle tendit impuissante son poignet à la cicatrice qui ne s'estomperait jamais, ne fit rien pour retenir ses larmes ni sa blessure.
- Vélénia, maintenant que vous les avez retrouvés, laissez s'envoler ces souvenirs, je vous en conjure... Oubliez ce qu'ils ont de douloureux pour vous.
- Est-ce là le prix de ma liberté ?

Il lui parlait en anglais, mais elle refusait de parler une autre langue que celle de son père, comme pour retenir les disparus dans les mots et sonorités qui les avaient liés autrefois.
- C'est le prix de votre bonheur, et de celui de Mark.

Paul lui répondait résolument en anglais.
- J'ai perdu le bébé de Mark ! cria-t-elle. Jamais il ne me le pardonnera !

Comme elle s'agitait, l'infirmière lui administra un calmant.
- Je voudrais me reposer pour toujours, se plaignit-elle en anglais en fermant les yeux avant de sombrer, souhaitant que les silhouettes de Christine et de Paul elles aussi se dissipent.

En fin d'après-midi, Vélénia sentit une présence à ses côtés, et ouvrit péniblement ses paupières. Mark la dévisageait, la détresse vissée à son expression, et pourtant il se dégageait de lui une force et un magnétisme auxquels elle voulait échapper. Avec une infinie délicatesse, il saisit la main de Vélénia comme celle d'une marionnette et leurs doigts s'entrelacèrent.

- Pourquoi es-tu là ? demanda-t-elle faiblement.
- J'ai lu ta lettre…

De simples mots avaient bouleversé le cours de sa vie, l'avaient mené sur le chemin erroné.

- Je pense qu'elle a dissipé bien des malentendus entre nous, Vélénia…

… *mais…*

Mais quoi au juste ? se sermonna-t-il.

Il attribua le silence et l'impassibilité de Vélénia à la fatigue.

- Le Docteur Jennings a dit que nous pouvons te ramener à la maison pour poursuivre ta convalescence. Il ne va pas tarder à venir le confirmer. Et ce soir, je te ramène avec moi. Chez nous.
- Je ne veux pas rentrer à Boston…
- Pour l'instant nous resterons à New York, jusqu'à ce que tu aies assez de forces pour faire le voyage jusqu'à Boston.

L'arrivée du docteur les interrompit. Vélénia détourna son regard, laissa un léger malaise s'installer entre eux. Elle n'avait pas envie de le dissiper. C'était devenu une deuxième nature chez elle, un état d'esprit auquel elle avait été conditionnée.

C'était comme si on avait tenté de recoller les morceaux d'un miroir brisé. Les fragments avaient beau être à nouveau unis, les cassures et les lézardes ne disparaissaient pas pour autant. Cette image était celle qui décrivait le mieux ce que Vélénia ressentit le soir où elle rentra dans l'appartement de New York, lorsque Mark la porta dans ses bras pour l'aider à s'installer dans son lit.

Il l'avait bordée, s'était assuré qu'elle avait assez d'oreillers et de confort. A un moment donné, il s'était rapproché d'elle, et l'avait embrassée sur le front avec une tendresse infinie, avant de la laisser se reposer.

- Est-ce que tu vois toujours Veronica ? demanda-t-elle au moment où il voulut éteindre la lumière.

Cette question l'immobilisa sur le champ, le transperça cruellement. Il fit face à Vélénia. Elle dégageait la même

éphémère douceur qu'il avait retrouvée sur la photo d'elle et d'Anastasia Nicolaïevna que lui avait montrée Paul. Elle avait ce soir cette expression qui l'avait touché au plus profond de lui-même lorsqu'ils s'étaient rencontrés au Caire, sur le pavé millénaire d'une pyramide qu'éclairait le mystère de l'univers.
- Non.
- Pourquoi *elle* ? murmura-t-elle avec déchirement.
- Vélénia, je suis sincèrement désolé… je sais que rien ne peut justifier mon égarement et ma conduite.
- Est-ce ainsi que s'est brisé ton mariage avec Patricia ?

Comme il se sentait inapte à répondre, elle se rallongea avec lassitude et lui tourna le dos.
- Pourrais-tu s'il te plaît éteindre la lumière ? poursuivit-elle. Je suis fatiguée et le docteur a dit que je dois me reposer autant que je le peux.

Vélénia maintint farouchement les distances tous les jours suivants, prétextant la fatigue, refusant de communiquer avec Mark, et encore moins d'aborder le sujet de l'enfant qui n'était plus. Elle était blessée par l'infidélité, même si au fond d'elle, elle se savait aussi coupable, parce qu'elle l'avait provoqué, l'avait obligé à aller au bout d'eux-mêmes. Elle lui en voulait de ne pas avoir été capable de revenir indemne.

Christine lui rendait visite tous les après-midis, avec la petite Chloé dont la fraîcheur primesautière était un baume au cœur. Théodore fit ses premiers pas dans la chambre de Vélénia. Paul se joignit aussi souvent que possible. Et Clayton ne manquait pas de venir déverser sa dose de bonne humeur.

Mark se retranchait dans une tristesse qu'il dissimulait à ses proches, respectant la distance imposée par sa femme. En apparence, il continuait à être le même, mais il souffrait obscurément du supplice que lui imposait Vélénia. Elle avait même refusé qu'il assiste à la visite du Docteur Jennings.

Ce jour-là, elle avait commencé à marcher sans vertiges, et déjà, elle avait repris quelques kilos ; elle avait bien meilleure mine.

- Je suis ravi de voir que vous vous en sortez très bien, Madame McKenna. Vous n'aurez aucune séquelle… ou presque.
- Que voulez-vous dire, docteur ?

Il parut quelque peu gêné, s'agita avant de poursuivre.
- Voyez-vous, mis à part votre traumatisme crânien, vous avez eu de très fortes contusions et hémorragies internes dans la région de l'abdomen qui ont provoqué la perte du bébé…
- Oui, je le sais… mais je n'ai plus de douleurs depuis une semaine, docteur.
- Effectivement, les douleurs ont disparu, cependant je crains que votre organisme ait été irrémédiablement endommagé, même si vous jouirez d'une très bonne santé.
- Que voulez-vous dire ?
- Je pense que vous devriez renoncer à la maternité, Madame McKenna. Vous avez eu une rupture de l'utérus. Une seconde grossesse serait trop risquée pour vous et pour l'enfant.

Abasourdie, elle écoutait le docteur lui expliquer les technicités du danger qui la guettait, mais elle ne comprenait pas. Comment pouvait-il la priver de ce pour quoi elle était née ?

D'une manière étonnante, ce mauvais augure la ramena avec une force véhémente à penser à Mark. A présent, il savait tout d'elle et de la sordide infortune des Kemsky. Au cours des nuits de convalescence où elle reprenait ses forces dans un sommeil induit, elle sentait la présence de Mark auprès d'elle, alors qu'il la croyait endormie. Elle entendait ses soupirs, sa frustration. Et plus elle le sentait malheureux, moins elle avait la force de tendre sa main vers lui.

Après tout ce qu'ils avaient traversé, comment pouvait-elle lui donner la désillusion de ne pas avoir d'enfant ? Elle ne voulait pas lui imposer ce fatal échec, car elle l'aimait encore et toujours. Son infidélité n'avait rien changé, et son repentir le rendait plus proche de son cœur.

Alors elle prit une décision seule, car elle ne voyait aucune autre issue et elle devait la lui annoncer le plus vite possible. Une fois le docteur reparti, Mark vint lui apporter une tisane pour prendre ses comprimés. Jamais il n'avait été aussi discipliné en ce qui concernait les médicaments pour la convalescence de Vélénia, administrant rigoureusement et avec ponctualité les doses prescrites.

Mark dut remarquer que son hostilité envers lui était retombée, car il lui adressa un sourire qui creusa de légères pattes d'oie, illumina ses yeux verts. Il était réellement séduisant.

- Mark…si je te le demandais, me laisserais-tu repartir pour quelque temps ?

Il ne put éviter une grimace de désenchantement.

- Longtemps ?
- Quelques mois…
- C'est l'Egypte que tu veux, n'est-ce pas ?

On sentait dans le timbre de sa voix qu'il était déçu.

- Oui, souffla-t-elle.
- Pourquoi n'ai-je pas su te rendre heureuse, Vélénia ? murmura-t-il.

Dans un geste spontané, elle saisit sa main.

- Tu as été merveilleux avec moi, Mark, bien plus que je ne le méritais.
- Vélénia, répliqua-t-il d'une voix caverneuse, je t'aime au-delà de tout ce que je pourrais te dire ou te prouver… malgré les apparences… j'ai commis une erreur impardonnable, mais je t'aime éperdument.

Cet aveu la ravagea et elle fut tentée de s'abandonner dans les bras de Mark, mais elle n'avait pas le droit. Elle devait faire face et retrouver ses forces seule.

- C'est vrai que je t'avais promis que nous retournerions au Caire, poursuivit-il… et j'ai maintes fois repoussé l'échéance… Alors… c'est d'accord, je tiendrai ma parole.

Un fol espoir se profila.

- Je te laisserai partir dès que le docteur te le permettra.
- Tu viendras avec moi ? fit-elle avec incertitude.

- Je crois que tu as besoin de t'éloigner de tout ceci. Et puis tu auras Howard, Lady Mathilda, et tous tes admirateurs du Caire pour te tenir compagnie.
- Tu n'es pas drôle…
- Je le sais. Désolé… mais je ne te suivrai pas, Vélénia. Car je voudrais que tu retournes là-bas, que tu réfléchisses vraiment à ce que tu désires. Et tu ne reviendras ici que lorsque tu seras prête.
- Tu me laisses vraiment partir ?
- Je ne peux te retenir contre ta volonté.
- Et toi ?
- Je ne bougerai pas d'ici. Sous l'œil vigilant de Christine, de Paul et de Clayton. Ils ne me laisseront aucun répit, tu le sais.
- Mais… m'écriras-tu ?
- Non, je ne t'écrirai pas non plus, répliqua-t-il avec une amertume palpable. Ne me demande pas de te donner plus. Je ne peux pas… Je ne peux plus lutter contre tes démons.

Vélénia sentit sa gorge se nouer. Comment en étaient-ils arrivés à cet échec flagrant ? A quel moment avait débuté leur dérive ?

- Et si je ne revenais pas ?
- C'est toi qui choisiras, Vélénia…

Il avait rajouté ces derniers mots avec un tel détachement, que Vélénia se sentit désemparée, au bord d'un abîme insondable.

Vélénia s'embarqua le dernier matin de février, partagée entre des sentiments opposés. Sur le pont du navire, elle regardait New York devenir un minuscule point qui engloutissait Christine et Pavel. Mark avait refusé de faire ses adieux sur le quai impersonnel d'un port et ce matin-là, il s'était contenté de l'embrasser sur la joue, sur le pas de la porte, comme s'il la reverrait à la fin de la journée.

C'était elle qui s'en allait, mais pour la première fois, cette liberté portait le goût d'un abandon supplémentaire. Mark avait accédé à ce qu'elle parte, sans vouloir comprendre pourquoi. Il n'avait surtout pas cherché à la retenir, ni à se battre pour elle. Et encore moins à parler de l'enfant qui aurait pu les rapprocher. Il était trop tard pour eux deux, elle en avait à présent la certitude. Tout autant qu'elle pressentait qu'elle ne reverrait jamais l'Amérique.

Vélénia ferma les yeux, dans une méditation désespérée. Déjà, elle imaginait les bruissements secs des brassées de feuilles d'eucalyptus soulevées par le vent caressant du désert ailleurs, loin d'ici et de cet instant.

Sixième Partie
Matins de lumière

Avril 1925 à février 1926

« Qui peut dire
où mène le chemin
vers où coule le jour ?
Seul le temps.
Et qui peut dire
si ton amour s'épanouit
comme l'a choisi ton cœur ?
Seul le temps.

Qui peut dire
pourquoi ton cœur soupire
alors que s'envole ton amour ?
Seul le temps.
Et qui peut dire
pourquoi ton cœur pleure
lorsque ton amour ment ?
Seul le temps.

Qui peut dire
lorsque des chemins se rencontrent
que l'amour est peut-être dans ton cœur ?
Et qui peut dire
lorsque le jour s'endort
si la nuit protège tout ton cœur ?

La nuit protège tout ton cœur

Qui peut dire
si ton amour s'épanouit
comme ton cœur l'a choisi ?
Seul le temps.
Et qui peut dire
où mène le chemin,
vers où coule le jour ?
Seul le temps.

Qui sait ? – Seul le temps »

Enya

Le Caire, tissage de legs provenant tour à tour des Pharaons, puis des « étrangers » dont les premiers furent les Grecs guidés par Alexandre le Grand, puis les Romains, les Arabes, les Turcs, les Britanniques…

Dans Le Caire, amalgame de tous les temps, cité de murmures, des voitures croisaient des charrettes poussées par des mules. Les marchands de caroube et de réglisse offraient avec fierté les fruits de ce printemps lumineux de 1925. Les femmes, aux aguets derrière l'étroite visière de leur sombre voile portaient un regard étonné sur une étrangère qui se coulait entre elles, parcourant chaque recoin, empruntant des ruelles cachées.

Depuis son retour, Vélénia venait régulièrement se plonger dans l'atmosphère qui l'avait sauvée, quelques années auparavant. Flanquée de la fidèle et ronde Safia, elle reprenait des bribes de conversation en arabe, marchandait avec les égyptiens, laissait transparaître son allégresse. Elle se sentait enfin chez elle.

Sous le soleil d'Egypte, et face au désert sauvage qui commençait derrière les remparts de Nur, elle renaissait, lentement. Elle avait retrouvé avec joie ses amis, et plus particulièrement Howard Carter. Il s'était ouvertement inquiété de ne pas voir Mark à ses côtés, mais elle promettait d'une réponse expéditive qu'il viendrait bientôt, se demandant jusqu'à quand elle pourrait alimenter le mensonge et maintenir les apparences.

Lady Mathilda, plus perspicace, sut lire au-delà de cette absence, dans une intuition toute féminine. Mais à ses questions, Vélénia opposait une sérénité si absolue, que pour une fois l'aristocrate anglaise décida de ne pas se mêler de ce mystère supplémentaire.

Ses journées étaient tellement remplies par l'intendance de Nur que Vélénia en oubliait sa mélancolie. Dès le lever du soleil, elle montait sur le seul étalon noir de son écurie et parcourait la plantation au galop avec Ibrahim, le fils de Safia, que Mark avait chargé de la gestion du domaine. Rythme de la course, rythme du vent, rythme de la liberté. Tous les horizons s'ouvraient à elle... et les promesses de la terre aussi. En effet, la récolte du coton et des agrumes étaient généreuses. Aux côtés d'Ibrahim, elle réapprit la terre et ses signes, son langage hermétique, guetta l'éveil des bourgeons, interpréta le vol des oiseaux et les crues du Nil.

Le soir, retranchée entre les murs blanchis du domaine, elle reprenait sur le piano des mélodies qu'elle avait été incapable de jouer en Amérique comme si là-bas quelque chose d'inexplicable avait maintenu ses dons en captivité.

Avril s'acheva en un rien de temps, et bientôt cela faisait deux mois qu'elle avait quitté les rivages de New York. Quelque part, quelque chose sonnait faux, et elle ne comprenait pas ce que c'était. Mark lui avait accordé la liberté à laquelle elle aspirait tant, et cependant elle lui trouvait un arrière-goût amer. Il avait dit qu'il resterait à Boston, mais l'attendrait-il ? Saurait-il lui rester fidèle, corps et âme ? Voulait-il qu'elle revienne à lui ? Toutes ces questions se bousculaient et aucune réponse ne lui venait à l'esprit.

Le soir, lorsqu'elle élevait son visage vers les étoiles, elle appelait Mark dans de muettes prières. Ses pensées traversaient les pyramides, les cieux et l'océan. Pouvaient-ils s'aimer ainsi, loin l'un de l'autre ? Quelque chose de puissant empêchait Vélénia de retourner en Amérique.

Elle commença plusieurs lettres à l'intention de Mark, mais les mots ne sortaient pas, car elle se sentait extrêmement vide. Comment pouvait-elle partager quelque chose qui n'existait pas en elle ? Comme si la seule lettre qu'elle lui avait écrite, en juillet de l'année précédente, avait suffi à tout expliquer, à absoudre ses silences passés et à venir...

Ce fut Mark qui rompit le silence en lui écrivant une missive datée de mai.

Vélénia,
Deux mois se sont écoulés, sans nouvelles de toi...
Je sais bien que j'avais dit que je ne t'écrirais pas, mais visiblement je n'en suis pas à ma première promesse brisée...

Depuis ton départ, j'ai tant à te dire, mais si peu d'inspiration pour le faire, ce qui ne fait qu'agrandir mon désarroi…

Ton absence m'a confronté à une pénible question. Comment se peut-il que deux êtres qui sont tout l'un pour l'autre puissent se déchirer et s'opposer ? L'amour n'est-il pas censé suffire ?

Il y a deux semaines, je suis parti en Californie, voir Patricia. Depuis notre divorce, je ne l'avais plus revue, et d'une certaine façon, je voulais comprendre ce qui nous était arrivé à elle et moi. J'avais toujours été persuadé qu'elle seule avait provoqué notre rupture ; j'ai traîné son nom dans la boue, je lui ai été infidèle sans me préoccuper des éclaboussures qui rejailliraient sur elle, scandaleusement.

Je ne suis pas parti en Californie pour revenir à elle. Simplement, je voulais me réconcilier avec elle, et à travers elle, avec moi-même.

Nous avons longuement parlé de toi. Elle m'a raconté votre rencontre à Newport. Et sais-tu ce qu'elle m'a dit ? « Il a fallu que tu perdes Vélénia, pour apprendre à venir à moi, et me demander pardon. Elle a éveillé le meilleur de toi. Elle a su te comprendre, marcher à tes côtés, mieux que quiconque. »

Est-ce pour cela que tu es partie, Vélénia, parce que tu m'as compris, parce que tu as compris que finalement je n'étais pas le meilleur ? Parce que derrière l'image du succès je ne suis qu'un simple homme ? N'était-ce pas au contraire ce qui aurait pu nous rapprocher ?

Ce qui me blesse tout aussi profondément, c'est notre incapacité de parler de l'enfant, de partager et de surmonter le deuil pour laisser la vie se réinventer malgré tout.

Dieu sait que je me suis sincèrement cru capable de t'attendre jusqu'à la fin des temps. Mais l'éternité est insupportablement longue… A travers ton absence, j'ai saisi que je ne suis pas fait pour le mariage. Tu es la seule personne qui ait donné pour moi un sens à ce sacrement, et malgré cela, nous l'avons brisé. N'est-ce pas un signe ? Je n'ai pas su te retenir, et nous nous sommes perdus dans un impossible combat.

Je viendrai par le bateau de juin au Caire et apporterai les papiers de notre divorce. Je suis conscient que cette décision est brutale et difficile, mais je suis certain que tu arriveras comme moi à la conclusion que c'est la seule issue. J'aurais pu t'envoyer un homme de loi, mais je souhaiterais venir te faire le don personnel et légal de Nur pour te laisser à l'abri du besoin. Considère-le comme un cadeau d'adieu, un gage de l'attachement profond que je te porterai inconditionnellement, malgré notre défaite.

Vélénia, souviens-toi que je t'ai laissée partir ainsi que tu le désirais. Alors, je t'en supplie, lorsque je viendrai à toi pour la dernière fois, à ton tour, libère-moi de toi.

Mark

A partir de ces lignes-là, Vélénia commença à mourir lentement, un jour après l'autre, une déception à la fois. Et elle n'attendait plus que la venue de Mark pour que lui fut donné le coup de grâce, celui qui supprimerait à jamais ses maux.

Le premier jour de juin, au déclin du soleil, les odeurs, les parfums et les couleurs sortirent des recoins de la terre où elles s'étaient tapies pendant la journée. Vélénia se trouvait sur la véranda de Nur, perdue dans ce qu'il lui restait de rêveries, lorsqu'elle entendit un vague bruit de moteur, et pensa que c'était Howard ou Lady Mathilda venus prendre de ses nouvelles ainsi qu'ils en avaient l'habitude de le faire régulièrement. Tous deux se souciaient énormément d'elle, trop même, mais quelque part cet excès de protection était un baume.

Le véhicule se stationna au détour de l'allée de palmiers dattiers, et une silhouette familière en sortit. On voyait à sa démarche qu'elle n'était plus habituée à piétiner le sable fin du désert. Il y avait quelque chose d'intensément touchant dans son allure et dans ses gestes que Vélénia connaissait par cœur...

Ainsi, il était réellement venu, comme il le lui avait écrit. Mark s'avançait à elle, le visage impénétrable, comme dans un mirage indolent, arborant cette assurance dont il ne se

déparait jamais. Et pour être à la hauteur de la force qu'il transmettait, elle ne lui parlerait pas des larmes inconsolables qu'elle avait versées sur sa lettre.
- Bonjour, Vélénia, dit-il.

Elle n'aurait su dire où se trouvait le changement. Était-ce son regard profond ou le ton de sa voix un rien distante ?
- Bonjour, Mark. Je t'attendais après-demain.
- Nous avons eu bon vent. Je ne resterai qu'un soir. Je dois repartir demain matin à Alexandrie pour régler quelques affaires.

Comme elle ne faisait aucun geste, il s'avança.
- Puis-je rentrer ?
- Oui… oui, bien sûr. Je vais demander à Ibrahim de monter tes valises, et à Safia de nous préparer un thé à la menthe. Cela nous désaltérera.

L'Egyptienne accourut et fut ravie de retrouver *Sidi MacKina*, dont elle palpa les bras de ses mains potelées pour s'assurer qu'il s'agissait bien de lui. Contrainte par l'expression de Vélénia, elle disparut dans la cuisine s'affairer, déclinant tout un chapelet de *mabrouks*. Mark et Vélénia s'installèrent confortablement sur les fauteuils en osier de la véranda alors qu'Ibrahim montait les affaires de Mark à l'étage. Vélénia pensa que cette scène était irréelle, comme une pièce de théâtre au ralenti dont elle serait à la fois la spectatrice et la tragique héroïne.
- Tu es radieuse, Vélénia. L'Egypte te sied.

Ce compliment l'effaroucha. Elle bafouilla un merci inaudible et se sentit rougir comme une petite fille.
- Tu disais que tu repars demain à Alexandrie…
- Oui, je dois y retrouver Ahmed Mourad pour voir quelques pièces qu'a commandées le Met de New York. Après cela je dois me rendre à Londres, et de là je repartirai pour Boston.
- Toujours dans tes valises à ce que je vois…
- Oui, fit-il avec entrain. Je dois dire que les affaires vont plutôt bien et que dernièrement la vie me traite plutôt bien. Je ne peux pas me plaindre.

La brise du soir souffla sur lui et lui apporta les effluves du parfum de Vélénia. Elle lui échappait, mais il s'en remettrait sûrement. Avec le temps.
- Comment vont Christine et Pavel ?
- Très bien. Je crois que Christine t'a écrit plusieurs fois.
- Oui…
- Clayton aussi t'envoie ses amitiés.
- C'est gentil de sa part.

Silence.
- Mark…
- Oui ?
- C'est étrange de te revoir ici, dans ces circonstances…

Safia fit irruption avec le plateau de thé, animée d'un entrain soudain auquel Mark n'était sans doute pas étranger.
- Le mouton va être bientôt prêt, annonça-t-elle avec fierté.
- Quel mouton ? demanda Vélénia.
- Pour le dîner, quelle question !
- Oh, je vous remercie, Safia, mais je crains que je ne doive repartir ce soir au Caire. Je suis attendu pour un dîner en ville de la plus haute importance.

Vélénia sentit son cœur mourir, là, en silence.
- Tu ne vas pas rester dîner ? hasarda-t-elle d'une voix blanche.
- Non.
- Mais alors…

Il rapprocha son visage du sien, plongea ses yeux dans les siens.
- Je suis désolé, Vélénia. Je ne peux me décommander… Je suis ici pour peu de temps et dois boucler plusieurs affaires. Tu comprends, n'est-ce pas ?
- Oui, souffla-t-elle.

En buvant le thé à la menthe, il sortit une enveloppe rectangulaire de son attaché et la brandit.
- Je te laisse les papiers du divorce, là, si tu veux les lire à tête reposée au cas où tu aurais des questions avant que je ne reparte demain. Tout y est spécifié, surtout

quant au domaine de Nur et la rente annuelle que je pense te laisser.

Vraiment, il ne perdait pas son temps. La gorge nouée, Vélénia prit le pli qu'il lui tendait, incapable de soutenir son regard.

- Je te les rendrai demain matin signés…
- Merci.

Il fouilla à nouveau dans son attaché et en sortit un paquet enveloppé dans du tissu écru et attaché par une ficelle rustique.

- Je suis aussi venu te rendre personnellement trois choses qui t'appartiennent…

Il lui tendit un paquet léger enveloppé de tissu et de ficelles. Les fins sourcils de Vélénia s'arquèrent de surprise. La curiosité l'emporta sur la tristesse.

- Qu'est-ce ?
- La seule chose que Paul ait gardée de toi, lorsque vous étiez en Russie. Il me l'a restitué le jour où il m'a expliqué ce que la comtesse Vélénia Andréïevna Kemsky avait signifié pour lui. Ouvre-la donc.
- Peut-être plus tard…
- Comme tu voudras.
- Pourquoi est-ce toi qui me le donnes et pas Pavel ?
- Même si je te l'expliquais je ne suis pas certain que tu me croirais ou que cela ait de l'importance désormais…

Pas le moins du monde perturbé, il consulta sa montre de poche.

- Ah oui, et il y a les deux autres colis qu'Ibrahim a montés dans ma chambre en plus de ma valise. Je voudrais que ce soit toi qui les gardes. Vélénia, excuse-moi mais je dois vraiment te quitter. Ne m'attends pas ce soir. Je te verrai certainement demain matin, avant de repartir.

L'été s'était installé à Nur, et de sa chaleur torride, il avait dévoré les couleurs riantes du printemps, le bleu du ciel. Mais il s'était arrêté au bord du Nil, comme si la fraîcheur qui y habitait l'effarouchait.

Ce soir, l'été s'assoupissait, comme à chaque fois que s'en allait le soleil. D'habitude, Vélénia s'endormait aussitôt la lumière du jour évanouie, bercée par le tintamarre des grillons et des insectes. Mais ce soir, elle ne pouvait concilier le sommeil. Depuis sa chambre, elle comptait les étoiles et suivait leur bal. Mark était parti depuis quelques heures pour ce mystérieux dîner, et elle guettait chaque mouvement, chaque vrombissement de moteur au loin qui annoncerait son retour. A quoi bon ? Tout prendrait fin à l'aube, lorsqu'elle signerait les papiers du divorce.

Assise dans la pénombre, elle tenait entre ses mains le paquet que Mark lui avait remis en mains propres et qu'elle avait refusé d'ouvrir devant lui, par pudeur. Ou était-ce par méfiance de ses propres sentiments ? Tout ce qui touchait à son passé ne pouvait lui être indifférent et elle ne voulait surtout pas se montrer vulnérable. Elle défit la ficelle puis le tissu rêche, avec une délicatesse extrême, le cœur battant. Quel objet Pavel pouvait-il avoir gardé d'elle ?

Le reflet de la lune se posa sur un verre encadré de fines baguettes d'argent qu'elle tint de ses mains tremblantes. Vélénia redressa le cadre, pour mieux apercevoir la photographie qu'il contenait.

Le visage pétillant d'Anastasia Nicolaïevna lui souriait, aux côtés de la Vélénia d'antan. De l'autre côté du temps, deux fillettes s'étaient témoignées en toute innocence une amitié éternelle, mais le destin les avait fatalement séparées. Pourtant, rien ni personne ne pouvait lui enlever ce souvenir heureux. Même ceux qui avaient banni son nom et les siens ne lui voleraient jamais ces jours insouciants passés sur le Standart, lorsque le soleil de minuit se posait à peine sur le Golfe de Finlande.

Quels qu'aient été les chagrins et les tragédies qu'Anastasia Nicolaïevna et Vélénia aient connues chacune de leur côté, ces instants partagés avaient réellement existé.

Ainsi, Mark était venu lui rendre le bonheur d'avant, celui de son enfance. Il était venu la libérer du poids de son remords, lui apprendre que même si ceux qu'elle aimait étaient loin d'elle et de cette vie, les liens ne se briseraient jamais. L'amour était-il plus fort que les échecs ? Que leur divorce imminent ? Vélénia n'avait pas le droit d'oublier les siens au nom de la blessure qu'elle ressentait en pensant au bien-être enfui. Chaque bonheur comporte sa part de douleur. L'amour, sa part de souffrance.

Mark le lui avait répété mille fois. Comment n'avait-elle pas compris avant ce qu'il voulait dire exactement ? Rien n'est absolu, rien n'est jamais ni entier ni fini, et l'homme est la plus imparfaite des créatures. Cela ne le rendait que plus attachant dans son éternel combat contre lui-même.

Mark ne devait jamais savoir pourquoi Vélénia avait demandé à quitter les États-Unis. Elle ne lui avait pas fait part de la terrible sentence du Docteur Jennings et l'impossibilité de pouvoir lui donner enfant sans mettre en danger sa propre vie. Cela lui avait cruellement rappelé qu'elle était imparfaite. Elle n'avait pas le pouvoir de donner à Mark ce que Patricia lui avait refusé… et malgré cela, elle l'aimait davantage.

Mark lui avait manqué dès l'instant où le bateau avait quitté les rivages des Amériques. Elle avait voulu ignorer que jamais plus rien ne serait pareil sans lui, pas même cette Egypte où elle aspirait à un repos illusoire.

La position de la demi-lune indiquait minuit lorsque Mark rentra du Caire. Vélénia attendit patiemment qu'il fut rentré dans la chambre des invités, à pas feutrés, à l'extrémité du couloir. Après de brèves agitations dans la pièce, le silence fut rendu à l'obscurité.

Alors, doucement, elle sortit de sa chambre et se dirigea pieds-nus vers la porte de Mark, l'ouvrit avec mille précautions. Dans la pénombre, elle le distinguait étendu sur son lit. Torse-nu, il était allongé sur le dos, ses deux bras croisés sous sa nuque, et elle entendait sa lourde respiration de dormeur.

D'une main légère, elle écarta la moustiquaire, s'assit sur le rebord du lit. Habituée à l'obscurité, elle distinguait parfaitement le visage de Mark, ses paupières fermées, ses cheveux châtain clair habillés en cet instant d'une faible

lumière de cendre. Savait-il qu'elle était là, si près de lui, ou faisait-il semblant de dormir ?
- Fleurs de jasmin, murmura-t-il en battant des paupières.

Il ne paraissait ni surpris ni contrarié par sa présence.
- Les jasmins de la terrasse sont en fleurs, acquiesça-t-elle.
- Non. C'est ton parfum, Vélénia. Il m'a toujours envoûté…

Elle sourit, eut conscience de sa magnétique présence.
- Mark…

Sa voix trahissait son trouble.
- Oui ?
- Pourquoi dans ta lettre m'as-tu demandé de te libérer de moi ?

Il fit un geste pour allumer la lampe à huile, mais elle arrêta son geste.
- Non, s'il te plaît, n'allume pas.
- Pourquoi ?
- … La nuit donne de la profondeur aux êtres et aux choses.
- … tu veux dire de la magie ?
- Oui, de la magie…
- Crois-tu que nous puissions encore vivre l'illusion de la magie ?

La question résonna dans la pièce quelques secondes.
- Oui, je le crois, Mark.
- Alors pourquoi nous déchirons-nous tant ?

A l'extérieur, la symphonie des grillons redoubla.
- Il y a fort longtemps, Mark, tu m'as dit une vérité, le soir où lady Mathilda avait décidé de fêter notre retour d'expédition… Nous étions sur la terrasse, et tu m'as dit « la vie est écrite très simplement. Il suffit de naître, vivre, puis mourir. Rien de plus catégorique et clair. Mais entre les deux, il faut faire face aux sentiments et aux émotions. C'est pour cela que tout se complique. »
- … Et moi qui étais persuadé que tu n'avais pas écouté un traître mot de ce que je t'avais dit… J'essayais

désespérément d'attirer ton attention, de t'atteindre. Et c'était la première fois où je parvenais à t'embrasser après avoir cent fois cherché comment le faire sans t'effaroucher…

Elle gloussa comme une enfant. Mark se sentit touché par sa gaieté.

- Je n'ai jamais oublié, Mark, ce que tu essayais de me dire… Je n'ai jamais oublié non plus ce premier baiser… T'aimer me complique la vie, mais je te choisis quand même. Je *nous* choisis. Par-dessus tout.
- Pourquoi ?
- … Parce qu'en me rendant la photographie d'Anastasia Nicolaïevna, tu m'as rendu le bonheur de mes souvenirs… et tu m'as prouvé que rien ni personne ne peut dissoudre les liens quand ils sont forts.

Mark se redressa, alluma sa lampe de chevet et considéra les deux colis intacts posés sur la chaise de la chambre.

- Tu ne les as pas ouverts…
- J'ai peur qu'en les acceptant tu ne disparaisses comme par enchantement, chuchota-t-elle.

Il hésita peut-être à répondre, mais se rappela que rien, rien ne résiste aux soleils à naître. Les ténèbres finissent par se dissiper à la fin. Il se leva lentement, saisit le plus grand paquet qu'il défit délicatement. Il tenait entre ses mains une toile de maître délicatement restaurée et encadrée. Ce soir, Sophie de Castellan revenait d'entre les morts, parée d'une beauté irréelle. Ses yeux possédaient une étincelle réconfortante.

- Tu ne sauras jamais à quel point la femme sur cette toile a impressionné l'adolescent que j'étais. Plus que sa beauté, je trouvais que l'artiste avait su divinement capter quelque chose de réconfortant, de maternel et de doux, qui reléguait tout le reste au second rang. Plus que la parure de diamants, c'est cette œuvre-là que j'aurais achetée au comte Kemsky si j'avais été à la place de mon père… Mais en voyant l'enfant-corsaire tapi dans la cage d'escaliers, dont le regard vibrait de la même émotion, je décidai de ne rien dire à mon père.

Cet enfant, c'était toi, n'est-ce pas ? Ton père t'appelait Len, diminutif de Vélénia...
- Oui, c'était moi, murmura-t-elle troublée.

Il saisit le deuxième colis, un écrin qu'elle ne connaissait que trop. Il l'ouvrit et l'Esprit du Crépuscule scintilla de tout son éclat.
- Je ne veux pas d'un diamant maudit, réussit-elle à dire entre ses larmes.
- Tu n'as donc pas compris ? Comment pourrait-il l'être ? Il est revenu à toi par le plus heureux des hasards, car tu *es* l'Esprit du Crépuscule. Libre, éternel, à la fois délicat et puissant...

Mark plaça la parure autour du cou de Vélénia qui demeura figée. Il la contempla avec une infinie tendresse.
- Il faudra peut-être songer à déchirer ces papiers de divorce... dit-il au bout d'un long moment.
- A l'heure qu'il est, je pense que les crocodiles de Nil en ont probablement déjà fait un festin...

Emu, Mark caressa son visage dans la nuit. De ses doigts, il entortilla ses soyeuses boucles, dessina le contour de sa joue, le galbe de son cou. Il l'attira à lui en silence pour l'embrasser, la serrer très fort dans ses bras.

Cette nuit-là, auprès de Mark, Vélénia fit secrètement le choix de la mort pour donner la vie. Elle ne pourrait jamais le lui dévoiler ni lui expliquer. Un jour, elle en était certaine, un enfant naîtrait à nouveau d'eux, prenant vie au sein de l'imparfaite humanité de ses parents, unissant à jamais chaque goutte de leurs sangs et de leurs destinées.

Un jeune garçon longeait les rivages de Nur, menant un chameau indolent dont la bosse se reflétait comme un mirage déchiqueté sur les eaux du Nil. Une felouque naviguait dans le courant vers la Méditerranée, alors qu'une jeune fille frêle venait au bord de l'eau emplir une jarre de terre cuite, près d'un massif d'arbres de *lebbek*. Un homme solitaire habillé d'une petite tunique nouée autour de la taille s'abaissait et se relevait, inlassablement, avec la discipline d'une pendule, égal aux images qui peuplaient les tombes d'Egypte.

Sur la terrasse supérieure de la maison, Mark s'était assis avec Howard pour siroter du karkadé, malgré la chaleur de fournaise en cette fin août et observait ces rituels immuables avec intérêt.

- J'étais venu pour un seul jour et voilà que je suis ici depuis plus de trois mois, déclara Mark, la satisfaction sur le bord des lèvres. Je suis venu seul, et je repartirai avec la femme de ma vie et notre enfant. La vie est incroyablement surprenante.

Howard Carter se réjouissait de ce dénouement.

- A chacun son moment unique, répondit-il en levant son verre. La découverte du tombeau de Toutânkhamon fut pour moi ce moment qui ne se répétera jamais dans mon histoire personnelle, surtout après des années de frustrations…
- Je ne croyais plus que les nuits finissent par prendre fin…
- Vous savez, Mark, à force de vivre en Egypte et d'observer le Sahara avec un mélange d'effroi et de passion, j'ai compris… Le désert est une traversée, et la vie coule, tel le sable des dunes, oscillant entre ombre et lumière… mais si vous le voulez bien, laissons là la philosophie, car voici la future maman qui arrive !

Vélénia était arrivée sur la terrasse, enveloppée de cet air angélique qui l'habitait depuis qu'elle avait su qu'elle portait en elle la vie. Ses cheveux au vent, elle sourit aux deux hommes, et se rapprocha de Mark, une enveloppe à la main.

- Mark, ce télégramme vient d'arriver pour toi.

Elle s'assit sur l'accoudoir du fauteuil en osier de Mark, sa main tendrement posée sur son épaule, alors qu'il en lisait les quelques lignes. Mark replia précipitamment le message, puis fut secoué par un éclat de rire.

- Qu'est-ce ? interrogea Vélénia, piquée par la surprise.
- C'est Clayton... il a épousé Patricia il y a deux jours.
- Clayton et... Patricia ?
- Oui, qui l'eut cru ? dit-il ému. Je savais qu'il avait le béguin d'elle lorsque nous étions tous trois étudiants, mais jamais je n'aurais cru qu'il ne l'avait pas oubliée. Je suis... je suis sincèrement heureux pour eux.

Ses doigts cherchèrent ceux de Vélénia, puis s'entrelacèrent dans ce geste affectueux qui leur était devenu si familier.

- Et si nous allions déjeuner ? s'exclama joyeusement Vélénia. J'ai une de ces faims et Safia nous a concocté un délicieux ragoût de mouton. Et il y aura des pistaches et des figues pour le dessert !
- Je vois que bébé ne te laisse aucun répit... dit amoureusement Mark en posant sa main sur le ventre à peine arrondi de Vélénia.

Elle lui adressa un air sibyllin et l'entraîna par le bras.

- Venez, Howard, je ne voudrais pas qu'un jour mon enfant me reproche de ne pas assez nourrir son futur parrain !

Au cours de la grossesse de Vélénia, John D. Rockefeller se mit en rapport avec elle pour lui commander des croquis et des aquarelles du Caire Copte, car il envisageait d'en faire faire un exposé à l'Institut Oriental de l'Université de Chicago. Encore plus ancien que celui de l'Islam, Le Caire Copte avait été le berceau d'une des premières communautés chrétiennes du monde. C'était un endroit sacré tant pour les Juifs, les Musulmans que pour les Chrétiens. Cette mission spéciale accorda à Vélénia quelques mois supplémentaires en Egypte et combla la fibre artistique qu'elle avait délaissée lors de son séjour en Amérique. Elle se trouvait en pleine forme, et en dehors d'un appétit démesuré pour les pistaches et les figues, sa grossesse se déroula sans anicroche les premiers mois. Il lui arrivait de repenser souvent à l'avertissement du Docteur Jennings, surtout lorsqu'elle éprouvait de la lassitude en fin de journée. Elle se sentait tellement emplie de vie et de projets, d'une indicible joie, qu'elle conclut qu'il s'était trompé de diagnostic. Après tout, les médecins étaient des hommes et pouvaient commettre des erreurs.

Mark avait repris en mains l'exploitation de Nur et constaté avec satisfaction que le domaine était une affaire très rentable, surtout pour ce qui était la culture du coton et des agrumes. Il apporta quelques réformes à l'administration, épaulé par Ibrahim qu'il forma pour prendre sa relève en son absence. Il disait en plaisantant qu'il s'en fallait de peu pour que lui-même devienne un *fellahin* égyptien…

En attendant le départ pour les Etats-Unis, prévu pour décembre, afin que le bébé y naisse, le couple McKenna s'intégra dans la vie sociale du Caire, sous l'œil attentif de Lady Mathilda, toujours aussi assidue aux mondanités et aux ragots. Dans les salons de l'aristocrate et dans ceux de l'élite locale, l'Américain côtoya beys, pachas et excellences, des personnalités des milieux culturel et politique, s'intéressa de plus près aux affaires du pays, lui qui avait autrefois considéré ce chapitre avec une indifférence polie. En cette période de post-protectorat, l'Egypte vivait une période d'instabilité depuis la démission de Saad Zahloul quelques mois auparavant, en novembre 1924. Les relations entre l'Egypte et la Grande-Bretagne restaient tendues, mais les McKenna jouaient habilement la « carte américaine » pour rester neutres sur un terrain miné et parfois hostile à l'étranger. Le domaine de Nur était une exception, l'idéal d'une certaine *pax americana* où malgré le fait qu'ils étaient étrangers, ils donnaient leur place aux égyptiens. Vélénia avait déjà su gagner leur respect, démontrant son amour pour le pays qui l'avait accueillie ; son talent artistique avait toujours servi la culture égyptienne. Mark quant à lui suscitait l'admiration pour ce qu'il faisait afin de former un maximum d'égyptiens sur son exploitation.

Vélénia et Mark ne manquaient jamais de contempler la voûte du ciel nocturne. Allongés, côte à côte sur la terrasse septentrionale de la maison, ils cherchaient les constellations, à commencer par celle d'Orion qui réapparaissait de plus en plus clairement et que Vélénia affectionnait particulièrement. Et pour les étoiles qu'ils ne connaissaient pas encore, ils s'inventaient des noms. Ainsi naquirent dans leur monde privé des astres et des constellations personnelles portant le nom de tous ceux qui leur étaient proches.
L'étoile d'Andreï Kemsky jouxtait la galaxie de Sophie de Castellan. Un peu plus haut, la nébuleuse d'Anastasia guidait vers les étoiles jumelles de Clayton et de Patricia... Il leur fallait trouver celle de Paul et Christine, de Howard, de Charlie, John et Maryann Kavanagh, et de tous ceux qui avaient traversé et habité leurs vies. Mais pour cela, ils avaient toutes les nuits du monde à venir.

Décembre 1925. Le départ pour l'Amérique était proche.
Au septième mois de sa grossesse, Vélénia devint du jour au lendemain fragile, exténuée et dut garder le lit pendant plusieurs jours, atteinte de douleurs dans l'abdomen et d'une fièvre légère mais permanente. Le docteur personnel de Lady Mathilda déconseilla fortement le voyage de retour en Amérique, qui risquait de mettre en péril la vie de la mère et du bébé.
Vélénia commença à se morfondre intérieurement. Ainsi, la funeste prédiction du Docteur Jennings menaçait de s'accomplir... pourtant, lorsqu'elle sentait le bébé bouger en elle, rien ne lui semblait plus sublime, plus important, plus fort que cette vie en devenir. Mark restait auprès d'elle infatigablement, sans fléchir et il lui transmettait un tel amour, une telle force, qu'elle arrivait à surmonter les souffrances physiques, qu'elle se disait que l'amour finirait par triompher de la fatalité.

Le matin de Noël, elle s'éveilla tôt à cause du bruit du vent contre les volets de sa chambre. La place de Mark était vide ; il s'était levé dès l'aube pour faire sa promenade matinale. Allongée sur le lit, la main sur son ventre rond, elle se demandait où donc s'en allait mourir le vent... L'ombre des branches des palmiers dansait contre la lumière. La nature était là pour rappeler que tout avait un envers, une autre face. La nuit, le jour. L'hiver, l'été. Les étoiles, la terre. La vie, la mort. Rien ne pouvait exister sans son contraire. Ce n'était ni bon ni mauvais. Tout juste un équilibre pour donner un sens et une harmonie à la création.

Mark revint, les cheveux en bataille, les idées exaltées par le galop dans la plantation. Il l'embrassa tendrement, posa sa main sur l'enfant endormi dans les entrailles de sa mère.

- Il vivra, Mark... chuchota Vélénia.
- Bien sûr, qu'il vivra. Et ce sera le plus beau bébé sur la face de la terre !

Vélénia réprima une larme. Le moment de vérité était arrivé.

- C'est le deuxième Noël que je gâche par ma faute...
- Nous en aurons d'autres, dit-il avec un sourire.
- Mark... il y a quelque chose que je dois te dire.

Elle se redressa sur son lit péniblement.

- Après l'accident l'an dernier...
- Vélénia, mon amour, ne parlons plus de cela. Tout cela est derrière nous. On doit oublier...
- Non, Mark, non... écoute-moi, je t'en prie.

Mark se tut, attentif. Un changement était intervenu dans l'esprit de Vélénia. Alors qu'elle lui faisait part du diagnostic du Docteur Jennings en choisissant ses mots, il écoutait, mais ne comprenait pas pourquoi la vie le foudroyait à nouveau. Lorsqu'elle eut fini de tout lui expliquer d'une voix affaiblie, mais calme et sereine, il se leva lentement, arpenta la chambre, perdu dans ses réflexions, tenaillé par la rage et l'envie de pleurer. Aucune femme avant Vélénia n'avait réussi à le bouleverser aussi profondément, à le rendre si pleinement heureux, et à le faire souffrir à cause de cela.

- Tu savais que tu risquais ta vie, et tu ne me l'as jamais dit… finit-il par dire au bout d'un long silence, d'une voix caverneuse.

Il ne pouvait pas la regarder, fou de la douleur qui rageait en lui.
- La vie est un risque en soi, Mark.
- Mais n'as-tu jamais pensé à m'en parler ? s'exclama-t-il. C'est une décision que nous aurions dû prendre ensemble ! Sais-tu ce que je ressens en ce moment ?

Les branches du palmier s'agitaient plus frénétiquement devant leur chambre, indifférentes à sa déception profonde.
- … C'est justement parce que j'ai pensé à toi que je ne t'ai rien dit, répliqua-t-elle avec douceur. Lorsque je t'ai demandé pourquoi toi et Patricia aviez divorcé, tu m'as dit que c'était parce que tu voulais un enfant, et elle non.
- Tu m'as aussi demandé si mon amour pour elle n'était pas plus important que le fait ou non d'avoir des enfants. Et la réponse, je ne te l'ai jamais donnée. Car c'était non. Mon amour n'était pas assez fort…

Le vent cessa un moment. Mark retourna au chevet de sa femme, s'agenouilla auprès d'elle.
- Mais toi, Vélénia… poursuivit-il. Avec toi, c'est différent. Je ne peux pas être moi sans toi. De toi, j'ai accepté tant de choses dont je ne me serais jamais cru capable ! Ne vois-tu pas combien je t'aime ?
- Moi aussi je t'aime, Mark. Et c'est pour cela que je donnerai la vie à notre bébé... Pour conjurer le sort, pour nous prolonger, toi et moi, quoi qu'il arrive.
- Mais Vélénia ! dit-il à bout. Pourquoi désires-tu tant la mort ? Elle finit fatalement par arriver. La vie, elle, est un miracle !
- Notre histoire ne s'achèvera pas par une mort, mais par une naissance... Il y aura une vie, née de toi et de moi, au-delà de toi et de moi…

Sa sérénité éthérée et résolue n'appartenait plus à ce monde. Ses yeux d'ambre, auxquels il avait succombé irrémédiablement, se posèrent sur Mark. Toute trace de peur avait disparu. D'une certaine façon, elle allait remporter son ultime combat. Ceux qui n'ont pas de passé sont condamnés à revivre, mais elle avait retrouvé les reflets d'hier, avait accepté son passé et fait la paix avec ses démons.

Les derniers jours de Vélénia furent emplis d'une douceur aérienne, de recueillement et d'amour inconditionnel. Elle fut entourée de ses amis Howard et Lady Mathilda, de ses êtres les plus chers. Jamais elle et Mark ne furent aussi proches. Ils n'avaient plus besoin de se parler, partageant main dans la main des instants éphémères qui s'envoleraient… mais resteraient gravés dans leur être et prendrait chair d'eux.
La faiblesse privait Vélénia de paroles, et pourtant, tout ce qu'elle ressentait, elle tentait de le transmettre à Mark, dans ses regards, dans un discours muet. Peu de jours avant l'échéance, elle demanda à se procurer du papier et une plume, écrivit à l'enfant en devenir, sous l'œil vigilant de Mark.

Mon enfant, mon tout petit bout d'amour,
Tu n'es pas encore de ce monde, et de nombreuses années devront s'écouler avant que tu ne puisses lire et comprendre le sens de ces lignes. Tu auras toujours connu mon absence et je sais qu'elle t'aura été d'autant moins pénible, que tu auras eu le plus merveilleux des pères pour combler ce vide.
Un jour, Mark te parlera peut-être de moi. Il te dira que je n'ai jamais su vraiment apprivoiser les mots et que malgré tout, c'est ce manque qui nous a unis… Tout ce que je n'ai jamais su dire, je l'ai dessiné. Regarde mes aquarelles, mes dessins et mes esquisses. Avec les formes que j'ai tracées et les couleurs que j'ai choisies, tu verras un jour à travers moi.
Peut-être comprendras-tu que si c'était à recommencer, je voudrais retrouver les déchirures, parcourir le même chemin qui m'a conduit jusqu'à cet instant de vérité. Je ne voudrais enlever aucune larme, aucune douleur. Je ne voudrais rien changer, le cœur absout.
Si c'était à recommencer dans une histoire à feu et à sang, je voudrais connaître la grandeur et la décadence pour

atteindre les rivages de mon exil. J'aimerais les mêmes personnes, voudrais retrouver ceux qui m'ont trahie pour les pardonner enfin. Je laisserais aussi en mon âme et conscience s'en aller ceux qui sont partis de ma vie. J'ai souvent souhaité disparaître avec les miens pour ne pas hériter de leur flamme éteinte. Car ceux qui restent subissent. Mais à présent je sais que je leur ai survécu pour trouver ma rédemption.

Si c'était à recommencer, je choisirais à nouveau de partir pour te donner à la lumière du monde. Je te sens bouger dans mes entrailles, réagir au son de ma voix, te rapprocher de ma main qui se pose tendrement sur mon ventre. Je ne t'ai pas encore donné la vie, et pourtant un lien indissoluble s'est tissé entre toi et moi. Mon amour pour toi est si entier qu'il dépasse ma propre mortalité.

Si c'était à recommencer, je bénirais l'Esprit du Crépuscule. Je sais désormais qu'il n'a jamais été une malédiction, mais l'artifice de mon destin, celui par qui j'ai vécu et emporterai avec moi l'éclat du plus grand amour…

Que la vie te porte bonheur, mon enfant, qu'elle te comble d'amour et de sagesse. Puisses-tu vivre des millions de matins de lumière.

Ta maman qui t'aime.

Le docteur apparut sur le pas de la porte, exténué et le visage trempé de sueur. Plus de dix heures s'étaient écoulées depuis son arrivée au chevet de Vélénia.
- C'est une fille, dit-il. Une jolie et vigoureuse petite fille, en parfaite santé.
- Et Vélénia ? s'enquit Mark avec empressement.

L'homme trapu s'épongea le front avec un grand mouchoir blanc qu'il avait sorti d'une des poches de sa blouse.
- Elle est encore… éveillée.

Mark poussa un soupir de soulagement.
- Je veux la voir.

Le docteur lui attrapa le bras dans son élan.
- Elle est très affaiblie et épuisée… dit-il en secouant la tête. Je ne pense pas qu'elle verra l'aube…

Mark se dégagea vivement et accourut vers la chambre où gisait Vélénia, le cœur à la fois ivre de chagrin et gonflé d'amour. En arrivant au chevet de sa femme, Mark n'aurait pour rien au monde voulu perturber la quiétude qui régnait dans la pièce. Vélénia avait le visage tourné vers la fenêtre ouverte sur le Nil et les dernières étoiles du firmament, fixant l'horizon qui se teinterait de lumière d'ici peu. Sa chevelure était une soyeuse cascade de boucles sur l'oreiller.

- Tu es là, dit-elle avec une infinie douceur.

La voix de Vélénia n'était plus qu'un murmure, et son pouls si faible qu'il battait déjà dans une autre dimension. Mais elle demeurait rayonnante. Mark s'agenouilla à son chevet et lui prit la main, incapable de proférer une parole.

- Nous avons eu une petite fille… Je peux la voir ?
- L'infirmière va arriver avec elle, murmura-t-il…

La fierté se devinait dans sa voix.

Les forces de Vélénia s'évanouirent de plus en plus, mais son être s'imprimait d'un ineffable sentiment de plénitude. Mark veillait tendrement sur elle. Elle *sentait* cet amour qui se perpétuait par-delà cette réalité et cette existence.

Dieu qu'il est difficile de laisser derrière soi des attaches et faire ses adieux ! Pourquoi ne peut-on pas mourir en silence, sans que personne ne s'en aperçoive ?

- Mark, je t'aime, chuchota-t-elle.
- Et moi encore plus…

Elle voulut rire, mais sa faiblesse suffoqua sa spontanéité.

- Toujours le dernier mot, dit-elle.

Il acquiesça de ce sourire qui l'avait séduite. Un soupçon d'inquiétude s'empara de la nouvelle maman.

- Comment va-t-on… l'appeler ? demanda Vélénia.
- Je me disais qu'Anastasia est un charmant prénom…

La jeune maman laissa transparaître sa joie.

- Anastasia signifie *résurrection*…
- Je le sais…

Un râle échappa à Vélénia.

- Reste avec moi… supplia-t-il.
- Tu sais que je serai avec toi où que tu sois… quoi que tu fasses…

L'infirmière entra, portant dans ses bras un petit tas de linge qui gesticulait. Remué, Mark se leva pour découvrir le visage du petit être.
- Elle est si belle, Vélénia ! s'exclama Mark...
- Belle comme un matin de lumière...

Le visage baigné de larmes, Vélénia accueillit le nourrisson dans ses bras. *Son enfant, son petit bébé d'amour.* Elle n'attendait plus que cet instant précis pour s'éteindre, remplie de la promesse qui venait de naître d'elle. Ses larmes coulèrent sur le minuscule minois qui ressemblait au sien, sur cette petite bouche identique à celle de Mark et qui buvait chaque goutte de chagrin, comme pour l'éloigner. La mère esquissa un dernier sourire d'une bonté extraordinaire alors que son visage se pencha lentement sur la petite tête aux cheveux si doux.
- Matin de lumière, susurra-t-elle avant de fermer les yeux.

« Daigne le Roi et daigne le Dieu Anubis
lui accorder une belle sépulture dans la nécropole occidentale
et une très belle vieillesse comme protégé du Grand Dieu ;
daigne le Roi, daigne Osiris
lui accorder un repas funéraire,
lors de toutes les fêtes et tous les jours pour l'éternité ;
daigne le roi, daigne Anubis
lui accorder d'aller sur les belles routes de l'Occident
sur lesquelles vont les protégés,
chez le Grand Dieu ».

Il est un fleuve qui naît au cœur de l'Afrique, serpente de riantes collines vertes, grossit grâce aux torrents des Montagnes de la Lune, abreuve le plus vaste désert de la Terre, et franchit sept mille ans d'histoire et de royaumes pour se plonger dans les eaux de la Méditerranée.

A l'est du Nil, là où naissent le jour et la vie, les temples où les dieux ont été adorés plongent dans les eaux leur reflet immortel, leurs colonnades grandioses, leurs hiéroglyphes empreints de magie. Les poissons et les oiseaux s'y abreuvent, les herbes nourricières et le limon y perpétuent un cycle éternel.

Sur l'autre rive du Nil, à l'ouest, reposent les corps de ceux qui ont construit l'Egypte à travers les millénaires, héros inconnus qui ont gagné une bataille, mortels qui ont lutté pour prolonger la tradition et l'histoire. Les inscriptions des mastabas expriment les vœux de ceux qui ont quitté cette vie pour l'autre, franchi la porte qui les a menés sur le chemin des étoiles.

Près du fleuve, et de l'ondoiement des dunes du désert, dans le domaine de Nur, on aperçoit un homme solitaire se promener en compagnie d'une jolie fillette qu'il tient par la main. Les années ont creusé des sillons dans son expression sans en entamer la mâle beauté ; il arbore un sourire dont lui seul connaît la nostalgie.

Il regarde l'enfant jouer avec insouciance. Ses boucles auburn tombent lourdement sur ses menues épaules et encadrent un minois d'une fraîcheur à ravir, qui rappelle étrangement celui d'une autre fillette immortalisée avec sa compagne de jeux dans une vieille photographie encadrée qui trône dans le salon de la villa de Nur. Ses yeux sont si clairs qu'on aurait envie d'y noyer son chagrin. Déjà se profile en eux l'éclair de la vivacité.

La fillette continue de fleurir avec son père la même tombe dans un jardin enchanté de Nur, année après année, sans vraiment comprendre le mystère de ce passé enfoui sous les sables.

A chaque printemps, l'homme revient et ne peut échapper au parfum des jasmins en fleurs. Chaque année, il meurt un peu plus et laisse sa fille participer à cette vie qu'elle a reçue en toute innocence. Un jour, l'enfant comprendra que tout a commencé bien avant sa naissance, creuset d'une rencontre, de deux vies qui se cherchaient et ont abouti en elle. Dans ses veines coulent les traces de ceux qui ont été avant elle, et la promesse de ceux qui seront après.

Nos vies sont tissées d'étoiles et de vestiges, pense souvent l'homme…

… des étoiles pour rêver au-delà de notre réalité et de nos limites. Et des vestiges, pour apprendre du passé et de sa singulière sagesse, pour apprendre à atteindre l'infini.

Epilogue
Des étoiles et des vestiges

Mars 1950 à juin 1952

*« Puisse ton esprit vivre,
puisses-tu vivre des millions d'années,
toi qui aimas Thèbes,
ton visage face au vent du nord
et tes yeux contemplant le bonheur. »*

Professeur Charles J. Kavanagh
Princeton University

Princeton, le 25 mars 1950

Cher Monsieur McKenna,

Je me permets de vous adresser ce courrier sur la recommandation de Vassily Davidoff, membre du Conseil d'Administration de l'Université de Princeton dont il se trouve que vous et moi sommes tous deux diplômés. Mon nom est Charles Kavanagh et j'occupe actuellement une chaire à la faculté d'histoire que j'ai intégrée dès mon retour du front, à la fin de la Seconde Guerre mondiale. De plus, je suis chargé de projet au Département d'Histoire de l'art européen et c'est en cette qualité que je vous contacte officiellement.

Dans un registre plus personnel, mon nom ne vous dira peut-être plus rien, mais je suis le fils de Maryann et John Kavanagh, archéologues avec qui vous aviez été en rapport lors de vos différents déplacements en Egypte, au début des années 1920. En juin 1923, suite à la mort subite de mon père au Caire, ma mère décida de quitter le pays. Les opportunités d'après-guerre pour une veuve étant maigres dans son Angleterre natale, nous ne sommes restés à Londres qu'une année. Ce fut le temps nécessaire pour nous préparer à émigrer aux Etats-Unis d'Amérique. Ma mère et moi sommes devenus par la suite citoyens américains et avons toujours vécu dans le New Jersey, hormis pour moi la pénible parenthèse de la guerre.

Bien qu'étant né et élevé les premières années de ma vie en Egypte, je dois avouer que j'ai très peu de souvenirs de cette période de ma vie, si ce n'est ceux dont je vous parlerai un peu plus loin.

Si mes propos vous semblent quelque peu décousus ou confus je vous prie de bien vouloir m'en excuser. Il est nécessaire que j'établisse objectivement les différents faits qui m'ont mené jusqu'à vous pour que vous puissiez bien saisir la portée de cette missive.

Dans mon esprit, donc, je n'ai pratiquement connu que les États-Unis dont j'ai adopté depuis un très jeune âge la culture et les goûts ; les cinq premières années de ma vie ne sont proportionnellement qu'une « peccadille » si vous voulez bien me passer l'expression. En fait, tout serait resté ainsi si ma mère ne m'avait fait une double et surprenante révélation, il y a trois mois sur son lit de mort, et qui éclaire d'un nouveau jour certains de mes plus anciens souvenirs. Elle savait que, dans mes jeunes années d'étudiant, j'étais féru d'histoire et de culture des peuples européens, mais particulièrement de la Sainte Russie. J'ai toujours admiré son rayonnement artistique et pluriculturel avant l'URSS. A vrai dire, il m'a longtemps semblé avoir été exposé en bas-âge aux consonances slaves du russe, ce qui m'a été catégoriquement démenti pendant de longues années par ma mère.

Lors de mes études à Princeton, j'ai élaboré un mémoire sur les joyaux dans les différentes cours européennes du XVIIIème au XXIème siècles. La plupart des pièces ont déjà été dûment recensées et identifiées dans les collections privées des familles royales ou de noble lignée, mais certains joyaux sont encore considérés fruits de l'imaginaire. Il en est ainsi d'une remarquable pièce baptisée « L'Esprit du Crépuscule » dont j'ai longtemps cru qu'elle n'était qu'une fable car personne n'avait jamais vraiment pu prouver son existence. Les seules mentions que j'avais pu en retrouver remontaient à une famille noble de Saint-Pétersbourg, les Kemsky, qui l'avaient conservée pendant plusieurs générations. Hélas, il semblerait que les Kemsky auraient été totalement décimés lors de la Révolution Russe. Une seconde piste me menait vers une famille de la petite bourgeoisie française à Biarritz, les Mercœur, qui auraient eu un lien direct avec les Kemsky de Saint-Pétersbourg, mais j'ignore les détails sur leur éventuelle parenté. Après ma mobilisation en Europe pour le débarquement de juin 1944, et une fois la guerre finie, j'ai décidé de voyager un temps en France et en Europe avant de rentrer à Princeton, pour comprendre comment l'humanité avait pu en arriver là. Je voulais essayer de me convaincre que la culture est capable de réparer et absoudre les horreurs commises par l'être humain. Ainsi, je me suis rendu sur la Côte Basque sur la trace des Mercœur, mais hélas, leur dernier héritier, le baron Simon, était interné dans un asile psychiatrique depuis quelques années déjà, totalement ruiné et fou, clamant à qui voulait l'entendre que toute sa fortune lui avait été usurpée en Amérique. A Biarritz, j'ai pu établir un contact avec Ariane Cambère, petite-fille de Marie Cambère, ancienne gouvernante des Mercœur. La jeune femme n'avait que très peu d'éléments à m'apporter. Ses grands-parents l'avaient élevée puisqu'elle était orpheline, mais ils avaient disparu emportant avec eux des énigmes restées sans réponse. Ariane Cambère se rappelait cependant qu'une parente anglo-russe des Mercœur, appelée Lénia Anders, avait séjourné à Biarritz au début des années 1920. Elle devait à cette femme le généreux don d'une coquette somme pour assurer son avenir. Cela avait permis à Ariane de se former dans la haute chocolaterie, puis de s'établir à son propre compte en ouvrant une boutique à Biarritz. A son très grand regret, la jeune femme n'a pu me donner de précisions sur ce que devint Mme. Anders car celle-ci disparut sans laisser d'adresse. Autant dire que j'étais arrivé à un point mort dans mes recherches sur l'Esprit du Crépuscule.

Étant donné ces antécédents, vous pourrez imaginer mon étonnement lorsque ma mère m'avoua, quelques heures avant de mourir, que le joyau existait bel et bien, et qu'il avait été porté pour la dernière fois par une femme de la haute société lors d'un évènement à Washington D.C. en 1924, suivant ce que rapportaient les chroniques mondaines de l'époque… et dont ma mère avait gardé les coupures, soigneusement classées par date. Je ne saisissais pas bien pourquoi elle avait porté un quelconque intérêt à ce joyau en particulier, ni pourquoi elle me l'avait caché pendant tout ce temps sachant qu'il était l'objet de mon mémoire. En fait, ce n'était pas tant l'Esprit du Crépuscule que celle qui le portait qui avait retenu l'attention de ma mère. Elle m'indiqua qu'il s'agissait de Vélénia de Castellan, une jeune orpheline que mes parents avaient accueillie au Caire au printemps 1920 pour s'occuper de moi et les épauler dans leurs labeurs d'archéologues. Pour une raison que ma mère ne voulut jamais me révéler, elle choisit délibérément de ne pas contacter Vélénia de Castellan même la sachant en Amérique.

C'est alors que des images très claires de ma petite enfance, longtemps enfouies, ont refait surface avec une force inouïe, envers et contre tout, en dépit des efforts déployés par ma mère pour les effacer. Ainsi, je me suis rappelé de la tendresse de Vélénia et de l'enfantine adoration que je lui vouais ; des mots de russe qu'elle m'enseignait (donc, je n'avais pas rêvé : j'avais réellement été exposé à cette langue dès mon plus jeune âge !) ; d'un oiseau magique que nous avions nommé Pépi ; des étoiles dont elle ne se lassait jamais de me conter les légendes ; d'une aquarelle aux lumineux paysages égyptiens qu'elle m'offrit un jour où je devais prendre un bateau…

Je ne m'explique toujours pas pourquoi ma mère n'avait jamais souhaité renouer avec celle qui fut pour elle une aide si précieuse et une amie en Egypte. Peut-être Vélénia était-elle liée trop étroitement au souvenir de mon père ? Lorsque je lui posai la question pour la énième fois, ma mère se borna à me dire qu'elle vous avait connu vous aussi, autrefois au Caire, et qu'elle était heureuse pour vous deux que vous ayez fini par vous marier.

Alors que me faisais une joie de recontacter Vélénia, j'ai appris par le biais de Vassily Davidoff qu'elle est malencontreusement décédée il y a vingt-quatre ans de cela. Vous ne savez à quel point j'en suis profondément peiné. J'en éprouve un deuil à retardement, après avoir vécu celui de ma mère.

Cher Monsieur McKenna, cette lettre n'a pour but qu'une étrange catharsis, d'abord celle d'une parure dont je sais d'ores et déjà qu'elle n'était pas qu'une illusion, mais surtout celle d'une personne pour laquelle j'avais une profonde affection dans ma tendre enfance. Vélénia a d'une certaine façon influencé le petit garçon que j'étais, en lui insufflant ses propres passions, sa vision émerveillée de l'univers d'en haut et des chroniques des hommes. C'est elle qui m'a appris à voir, *vraiment* voir la beauté du monde et de la culture.

Si vous ne souhaitez pas revenir sur le passé, je vous prie de bien vouloir excuser l'audace que j'ai eue de vous écrire, et je comprendrai parfaitement que cette lettre reste sans réponse. Je ne saurais vous en tenir rigueur et respecterai votre silence sans chercher à vous recontacter. Mais si d'aventure vous souhaitiez que nous puissions nous rencontrer, je serais enchanté de faire le déplacement jusqu'à Boston à votre convenance.

Cordialement,
Charles Kavanagh

Boston, le 6 décembre, 1950

Cher Professeur Kavanagh,

Je suis consciente que vous devez avoir interprété le long silence de mon père comme le signe qu'il ne souhaitait pas donner suite à votre requête. Pourtant, rien n'est plus loin de la vérité et je vous prie d'excuser le retard énorme pris pour vous répondre.

Nous sommes partis lui et moi pour le Caire au mois d'avril dernier, comme nous le faisions chaque année depuis aussi loin que remonte ma mémoire, afin de passer le printemps dans notre domaine de Nur. Il avait entre ses affaires votre lettre à laquelle il avait la ferme intention de répondre, puisqu'il m'en avait fait part. Soyez assuré que mon père a été profondément ému par son contenu, surtout par l'évocation de ma mère, ne s'étant jamais remis de sa disparition prématurée. Cette émotion résonne en moi, car votre description de ma mère, que je n'ai jamais connue, la rend bien réelle et chère à mes yeux.

Hélas, le cœur de mon père a cessé de battre un soir de mai dans son sommeil, peu après notre arrivée en Egypte. Ma seule et unique consolation est de savoir qu'il n'a pas souffert et qu'il s'en est allé paisiblement sur la terre où il avait rencontré le grand amour de sa vie... L'un de ses vœux les plus chers s'est ainsi réalisé : celui d'être enterré aux côtés de celle qu'il n'oublia jamais, dans le jardin de Nur qui donne sur les rivages du Nil. Peut-être l'a-t-il retrouvée dans un au-delà dont eux seuls avaient le secret.

Aucun mot ne peut décrire l'immense perte que j'ai subie et le vide laissé par Mark McKenna, et pourtant je voudrais ne retenir que la gratitude que je ressens. Il fut un père très présent, aimant et dévoué ; si je n'avais jamais su que tout enfant doit avoir une mère, je pourrais affirmer que j'ai eu l'enfance la plus choyée et heureuse qui soit, partagée entre les Etats-Unis et l'Egypte où je suis née. A Boston, j'ai grandi entourée de mon père, de ma tante paternelle Christine et de son mari Paul ainsi que de mes cousins Chloé, Théodore et Xenia. J'ai aussi eu une « tante et un oncle d'adoption » en la personne de Patricia et Clayton Roberts, les deux plus proches amis de mon père. Ils sont tous désormais le pilier sur lequel je me repose pour aller de l'avant sans mon père.

Quant au Caire, j'y ai grandi quelques mois chaque année depuis ma naissance, dans le cadre privilégié du domaine de Nur, entre deux exaltantes éternités dont je ne saurais me passer : celle des étoiles, des astres et des constellations dont ma mère m'a légué la passion, et celle des rivages du Nil qui a nourri mon imaginaire et mon insatiable curiosité. J'y ai grandi sous la tendre bienveillance de Safia dont je sais qu'elle a aussi veillé sur vous enfant... Elle coule aujourd'hui de paisibles *matins de lumière* à Nur, sans doute les derniers de sa longue vie, auprès de son fils Ibrahim qui mène de main de maître les affaires du domaine en mon absence.

Ayant terminé mes études universitaires au Wellesley Collège en sciences humaines cette année, aujourd'hui je pense partager mon temps entre mes deux patries. Je souhaite reprendre le flambeau de mon père et honorer son amour pour l'art et la culture, poursuivre ses multiples œuvres.

Cette missive aura probablement pour vous un ton très personnel alors que nous ne nous connaissons pas. De grâce, ne vous en offusquez pas, car à la lecture de vos propres confidences, je sens que je dois vous expliquer qui je suis pour que les éléments de réponse que je vais apporter à vos interrogations prennent toute leur valeur.

Sachez que ma mère *est* l'aboutissement de votre quête sur l'Esprit du Crépuscule. Vous comprendrez tout lorsque je vous révélerai que son nom de baptême était Vélénia Andréïevna, fille du comte Kemsky de Saint-Pétersbourg, qu'elle était une amie intime d'Anastasia Nicolaïevna Romanova, l'une des dernières grandes-duchesses de la Sainte Russie. Elle dut ensuite prendre le nom d'emprunt Lénia Anders lorsqu'elle s'enfuit vers la France afin de se dissimuler... avant de devenir la Vélénia de Castellan que vous avez connue en Egypte. Elle avait choisi le nom de jeune fille de ma grand-mère, Sophie de Castellan, qui n'était autre que la sœur cadette et jalousée de la baronne de Mercœur...

... mais les dernières années de sa vie, ma mère fut tout simplement Vélénia McKenna pour s'affranchir d'un passé et d'identités trop lourdes à porter. C'est ainsi qu'elle a souhaité s'en aller, dans une discrétion et un anonymat qui ne rendent pas justice à la lignée qu'elle représentait, ni aux grands de ce monde qu'elle a côtoyés de près. En tant qu'historien, vous comprendrez certainement mieux que moi que Vélénia Andréïevna Kemsky avait disparu depuis déjà bien longtemps, et qu'elle s'est effacée dans les méandres de l'histoire, ne laissant aucune trace ou presque...

C'est tout cela que mon père s'apprêtait à vous écrire lorsqu'il s'est éteint. Il souhaitait vous inviter à découvrir l'Egypte, à séjourner à Nur où nous conservons désormais l'Esprit du Crépuscule. Entre ciel et sable, nul autre écrin, nulle autre luminosité ne saurait mieux lui seoir.

Sachez que l'invitation de mon père est maintenue lorsque le temps et l'envie vous en prendra. J'aurais mille autres choses à vous livrer quant au fabuleux destin de ma mère et de mes aïeux. J'aurais aussi mille questions à vous poser pour retenir un dernier petit supplément d'elle. Voyez-vous, à travers les centaines d'aquarelles et de croquis qu'elle laissa derrière elle, j'ai pu me retrouver sans mal dans le regard qu'elle portait sur le monde. Par contre, pour me construire une idée de qui elle fut, je n'ai eu qu'une seule lettre d'adieu qu'elle m'adressa avant de mourir, et dans laquelle je saisis vite que les mots n'étaient pas son fort. Puis j'ai aussi et surtout faits miens les souvenirs que mon père et mon cercle le plus proche me distillaient au fil des ans... Peut-être qu'à travers l'enfant que vous étiez, j'aurai une ultime vision dépouillée des complications d'adultes qui m'aidera à compléter *l'intuition* que j'ai de ma mère pour la laisser enfin reposer en paix.

Avant de vous quitter, je voudrais rajouter un dernier détail qui aura indubitablement une certaine importance pour vous. Vous mentionnez le canari Pépi que vous aviez choisi avec ma mère pour le porter à Howard Carter. Sachez, que pour conjurer d'une certaine façon le triste sort de l'oiseau et rendre hommage à son ami archéologue, dès son retour en Egypte, ma mère a pris pour habitude d'avoir toujours un canari à la maison... l'oiseau portait invariablement le nom de Pépi, suivi du nombre ordinal qui lui correspondait. C'est une tradition que mon père et moi avons maintenue, et si vous veniez au domaine de Nur aujourd'hui, vous écouteriez le mélodieux chant de Pépi VI.

Je ne m'étendrai pas davantage afin de pouvoir vous faire parvenir cette lettre au plus vite, et j'ose espérer faire votre connaissance très prochainement.

Bien à vous,
Anastasia McKenna

Monsieur et Madame Paul Mikhaïlovitch
Monsieur et Madame Clayton Roberts

sont très heureux de vous faire part du mariage
de Mademoiselle Anastasia McKenna, leur nièce et filleule,
avec Monsieur Charles Kavanagh

Anastasia et Charles vous invitent à partager leur joie et vous prient
d'être témoins de leur engagement ou de vous unir par la pensée
à la messe de mariage qui sera célébrée le samedi 31 mai 1952
à 15 heures à la chapelle du Domaine de Nur, Le Caire,
Egypte

The New York Times

New York, Samedi 7 juin, 1952
La mariée possédait l'éclat de l'Esprit du Crépuscule

Le Caire, Egypte – Dans une cérémonie digne des contes des mille et une nuits, et dans le cadre exceptionnel du domaine de Nur, Anastasia McKenna s'est unie à Charles Kavanagh devant leurs proches et de nombreuses personnalités.

La mariée, 26 ans, est la fille unique et héritière du regretté mécène et hommes d'affaires Mark McKenna et de son épouse, Vélénia de Castellan, une émigrée d'origine franco-russe.

Charles Kavanagh, 33 ans, est quant à lui un éminent professeur et chercheur de l'Université de Princeton dans le New Jersey, auteur réputé de nombreux ouvrages historiques. Il est fils d'archéologues anglais qui participèrent à la fabuleuse et historique découverte de la tombe de Toutânkhamon en 1924.

Il semblerait que la rencontre du couple soit le fruit d'un heureux hasard, car ils étaient destinés à s'unir. En effet, bien qu'américains, les mariés sont tous deux nés en Egypte et partagent un même amour pour l'art et l'histoire. Leur amitié, qui débuta par une correspondance assidue, s'est vite muée en des sentiments plus forts.

Malgré la discrétion des mariés, plusieurs membres de la haute société internationale se sont réunis à l'occasion des noces. Rappelons que l'oncle de la mariée, qui l'a menée à l'autel avec une émotion palpable, n'est autre que le distingué prince d'origine russe Paul Mikhaïlovitch, époux de Christine McKenna. Tous deux sont fort connus et appréciés dans les milieux mondains de la Côte Est. Pour sa part, Lady Evelyn Beauchamp, fille du mécène Lord Carnarvon à l'origine de la découverte des trésors de Toutânkhamon, a assuré qu'elle n'aurait pour rien au monde raté une cérémonie qui lui faisait revivre les grands moments de l'égyptologie. Quant à John Davison Rockefeller Junior, grand ami du père de la mariée, il ne put faire le déplacement, mais adressa ses plus vives félicitations au jeune couple.

Rien n'a été laissé au hasard pendant trois jours de célébrations sobres mais originales et chaleureuses, à l'image des mariés, depuis le lâcher de papillons à la sortie de la messe (en lieu et place des traditionnels grains de riz), jusqu'au gâteau des mariés, une exquise création d'Ariane Cambère, l'une des plus grandes chocolatières de Bayonne, en France, et amie personnelle d'Anastasia et Charles.

Le secret le mieux gardé de la mariée n'était pas celui auquel on s'attendrait. Sa robe en soie et coton égyptien créée par Gabrielle Chanel fut certes à la fois simple, élégante et confortable. Mais, ce qui sublimait la beauté d'Anastasia McKenna-Kavanagh portait un nom fort évocateur : *l'Esprit du Crépuscule*. Le légendaire et somptueux collier dont le diamant central possède une teinte unique, serait d'origine indienne, et aurait appartenu à un comte russe qui l'offrit à sa bien-aimée. D'une valeur inestimable, la parure a pendant plusieurs décennies été considérée comme disparue avant d'intégrer la collection privée des McKenna...

Made in the USA
Coppell, TX
24 May 2025

49628751R00215